LES PIÈGES DE L'EXIL

PHILIP KERR

LES PIÈGES DE L'EXIL

roman

TRADUIT DE L'ANGLAIS
PAR PHILIPPE BONNET

ÉDITIONS DU SEUIL
25, bd Romain-Rolland, Paris XIVe

Ce livre est édité par Marie-Caroline Aubert

Titre original : *The Other Side of Silence*
Éditeur original : A Marian Wood Book / Putnam

ISBN original : 978-0-399-17704-0

ISBN 978-2-02-133993-2

www.seuil.com

À Jane, pour toutes ces années de bonheur

M’ayant détruit d’abord, il me recomposa,
D’absence, d’ombre et de mort – choses qui ne sont pas.

John Donne,
« Nocturne sur le jour de la Sainte-Lucie »

UN

La Côte d'Azur, 1956

Hier, j'ai essayé de me tuer.

Moins parce que j'avais envie de mourir que parce que je voulais que la souffrance s'arrête. Elisabeth, ma femme, m'a quitté il y a quelque temps, et elle me manque beaucoup. C'est une de mes sources de souffrance, et non des moindres, je dois bien l'avouer. Même après un conflit dans lequel plus de quatre millions de soldats allemands sont morts, trouver une femme allemande n'a rien d'évident. Mais la guerre elle-même et ce qui m'est arrivé à ce moment-là, puis dans les camps soviétiques de prisonniers, représentent également, bien entendu, une souffrance majeure dans ma vie. Ce qui rend peut-être ma décision de me suicider assez curieuse, si l'on songe combien il était difficile de ne pas mourir en Russie. Toutefois, rester en vie avait jusque-là toujours été pour moi une habitude plutôt qu'un choix à proprement parler. Si j'ai réussi à sauver ma peau sous les nazis pendant toutes ces années, c'est parce que je suis une foutue tête de lard, purement et simplement.

Pourquoi ne pas te tuer ? me demandai-je de bonne heure, un matin de printemps. Pour un Prussien admirateur de Goethe tel que moi, la raison pure d'une telle question constituait une critique quasi irréfutable. En outre, ce n'était pas comme si la vie était redevenue si belle que ça – pour autant qu'elle l'eût jamais été, en fait. Le lendemain et l'année longue, longue et vide, qui suivrait ne présentaient pas grand intérêt, surtout ici sur la Côte d'Azur. J'étais seul, à l'orée de la soixantaine, avec, dans un hôtel, un boulot que j'aurais pu faire en dormant – non que je dorme beaucoup ces jours-ci. La plupart du temps, j'étais malheureux comme les pierres. Je vivais quelque part où je n'avais pas ma place et qui donnait l'impression d'être un coin glacial de l'enfer, de sorte que je ne pensais pas que quiconque souhaitant profiter d'une journée ensoleillée regretterait beaucoup le nuage noir de mon faciès.

J'avais toutes ces raisons pour décider de mourir, plus l'arrivée d'un client à l'hôtel. Un client que je reconnus, et je m'en serais passé. Mais j'y reviendrai dans un instant. Avant, je dois expliquer comment je suis encore ici.

J'allai dans le garage situé sous mon minuscule appartement de Villefranche, fermai la porte et m'assis dans la voiture, le moteur en marche. S'intoxiquer au monoxyde de carbone n'est pas si désagréable que ça : vous fermez tout bonnement les yeux et vous vous endormez. Si la bagnole n'avait pas calé ou n'avait pas manqué d'essence, peut-être ne serais-je pas là à cette minute. Je me dis que j'essaierais une autre fois, si les choses ne s'arrangeaient pas et que j'achetais une automobile plus fiable. Bien sûr, je pourrais repartir à Berlin, comme ma pauvre épouse, ce qui aurait le même effet, selon toute vraisemblance. Aujourd'hui encore, il est aussi facile de se faire tuer là-bas que par le passé, et si jamais je retournais dans l'ancienne capitale allemande il ne s'écoulerait pas longtemps, j'imagine, avant que quelqu'un ait la bonté de projeter ma mort subite. Chacun des camps a une dent contre moi, et à juste titre.

Quand j'habitais Berlin et que j'étais flic, puis ex-flic, j'ai réussi à me mettre pratiquement tout le monde à dos, à l'exception des Britanniques, et encore. Malgré tout, la ville me manque beaucoup. Ainsi que la bière, naturellement, et les saucisses. Et être flic à l'époque où faire partie de la police de Berlin avait encore un sens. Mais surtout, ce sont les habitants qui me manquent, des habitants aussi revêches que moi. Même les Allemands n'aiment pas beaucoup les Berlinois, et c'est un sentiment réciproque en général. Les Berlinois – et en particulier les femmes – n'aiment pas grand monde, ce qui les rend d'autant plus attrayants pour les imbéciles comme moi. Il n'y a rien de plus attirant pour un homme qu'une jolie femme qui se soucie comme d'une guigne qu'il vive ou qu'il meure. Les femmes me manquent par-dessus tout. Il y en avait tellement… Je repense aux femmes bien que j'ai connues – à pas mal de mauvaises aussi – et que je ne reverrai jamais, et parfois je me mets à pleurer, moyennant quoi il n'y a pas loin jusqu'au garage et à l'asphyxie, surtout quand j'ai bu. Et à la maison, c'est le cas la plupart du temps.

Lorsque je ne m'apitoie pas sur moi-même, je joue au bridge, ou je lis des bouquins sur le bridge, ce qui, pour bon nombre de gens, pourrait sembler en soi une excellente raison de se tuer. Pourtant, c'est un jeu que je trouve stimulant. Le bridge m'aide à garder l'esprit vif et occupé par autre chose que la pensée de la mère patrie – et de toutes ces femmes, bien sûr. Rétrospectivement, il me semble qu'un grand nombre d'entre elles étaient blondes, et pas simplement parce qu'elles étaient allemandes, ou presque. Un peu trop tard dans l'existence, j'ai appris qu'il existait un genre de femme qui m'attirait, à savoir le mauvais genre, qui inclut fréquemment une certaine nuance de couleur de cheveux, laquelle est tout simplement synonyme d'ennuis pour un type comme moi. Recherche risquée d'un partenaire et cannibalisme sexuel sont beaucoup plus répandus qu'on ne pourrait le penser, quoique davantage encore chez les araignées. Apparemment, les femelles estiment la valeur nutritionnelle d'un mâle par rapport à son utilité comme étalon. Cela résume plus ou moins toute l'histoire de ma vie privée. Je me suis fait dévorer tout cru tellement de fois que j'ai l'impression d'avoir huit pattes, même s'il n'en reste probablement que trois ou quatre. Ce n'est pas vraiment une révélation, je sais, et, comme je me plais à le répéter, ça n'a plus guère d'importance, mais, même si ça se produit à l'âge mûr, un certain degré de connaissance de soi vaut mieux que pas du tout. C'est en tout cas ce que ma femme n'arrêtait pas de me dire.

La connaissance de soi a certainement marché pour elle : un beau matin, elle s'est réveillée en se rendant compte à quel point elle était lasse et déçue de moi et de notre nouvelle vie en France, et elle est repartie dès le lendemain. Je ne peux pas dire que je lui donne tort. Elle n'est jamais parvenue à apprendre le français, à apprécier la nourriture, ni même à bien profiter du soleil, la seule chose ici qui soit abondante et gratuite. Au moins, à Berlin, vous savez toujours pourquoi vous n'avez pas le moral. C'est de ça que parle *die berliner Luft*[1] : une tentative pour sortir de la déprime en sifflotant. Ici, sur la Côte d'Azur, on pourrait croire qu'il y a toutes les raisons de siffloter et aucune de se sentir abattu, mais j'y arrivais quand même, et elle n'en pouvait plus.

Je suppose que si j'étais malheureux, c'est en grande partie parce que je m'ennuyais au possible. Je regrette

1. « L'air de Berlin ». Chanson célèbre, issue de l'opérette *Frau Luna* (1899) de Paul Lincke et caractérisée par des passages sifflés dans le refrain. *(Toutes les notes sont du traducteur.)*

mon ancienne vie de flic. Je donnerais n'importe quoi pour franchir les portes du Praesidium de la police sur Alexanderplatz – il semble qu'il ait été démoli par ceux qu'on appelle aujourd'hui les Allemands de l'Est, c'est-à-dire les communistes – et pour monter à mon bureau de la commission criminelle. Ces derniers temps, je suis concierge au Grand-Hôtel de Saint-Jean-Cap-Ferrat. C'est un peu comme être policier, si diriger la circulation est l'image que l'on se fait du travail de policier – et j'en sais quelque chose. Voilà exactement trente-cinq ans que j'ai débuté en uniforme, à régler la circulation sur Potsdamer Platz. Mais je connais l'industrie hôtelière d'autrefois ; pendant un moment, après l'arrivée au pouvoir des nazis, j'ai été le détective du célèbre hôtel Adlon à Berlin. Être concierge est très différent. Pour l'essentiel, cela consiste à réserver des tables dans les restaurants, à retenir des taxis et louer des bateaux, à coordonner les services de bagagiste, à chasser les prostituées – ce qui n'est pas aussi facile qu'il y paraît : de nos jours, seules les Américaines peuvent se permettre de ressembler à des putes – et à donner des indications à des touristes stupides qui ne savent pas lire une carte et ne parlent pas français. Très rarement, il arrive qu'il y ait un client turbulent ou un menu larcin, et je rêve d'avoir à seconder la sûreté locale pour résoudre une série de vols de bijoux audacieux, comme dans *La Main au collet* d'Alfred Hitchcock. Bien sûr, ce n'est que ça : un rêve. Jamais je ne proposerais mon aide aux flics du coin. Non pas parce qu'ils sont français – encore que ce serait une assez bonne raison –, mais parce que je vis avec un faux passeport, et pas n'importe lequel, un faux passeport qui m'a été donné par nul autre qu'Erich Mielke, aujourd'hui chef adjoint de la Stasi, les services de sécurité de l'Allemagne de l'Est. C'est le genre de faveur qui a parfois un coût élevé, et je m'attends à le voir se pointer un jour pour m'obliger à m'acquitter de ma dette. Jour qui, vraisemblablement, sera aussi celui où je devrai reprendre mes pérégrinations. Comparé à moi, le *Hollandais volant* ressemble au rocher de Gibraltar. Je soupçonne que ma femme était au courant, vu qu'elle connaissait Erich Mielke, et même mieux que moi.

Où irai-je au juste, je n'en ai pas la moindre idée, bien que j'aie entendu dire que l'Afrique du Nord se montrait plutôt conciliante avec les Allemands inscrits sur une liste de personnes recherchées. Il y a un bateau de la Compagnie Fabre qui part de Marseille pour le Maroc trois fois par semaine. C'est exactement le genre de chose qu'un concierge est censé savoir, même s'il y a de grandes chances que l'hôtel abrite davantage de clients nantis ayant fui l'Algérie que d'individus désireux de s'y rendre. Depuis le massacre de civils pieds-noirs à Philippeville l'année dernière, la guerre contre le FLN ne se passe pas très bien pour les Français et, au dire de tous, la colonie est dirigée de façon encore plus brutale que lorsque les nazis l'avaient confiée aux bons soins du gouvernement de Vichy.

J'ignore si l'homme aux cheveux bruns et à la distinction naturelle que je vis prendre une des meilleures suites de l'hôtel la veille de ma tentative de suicide figure sur une quelconque liste de personnes recherchées, mais c'est sans conteste un Allemand et un criminel. Non qu'il ressemble à rien de moins prospère qu'un banquier ou un producteur de films hollywoodiens, et qu'il ne parle un excellent français, mais je suis sans doute le seul à savoir qu'il est allemand. Il se fait appeler Harold Heinz Hebel et il a donné une adresse à Bonn, mais son vrai nom est Hennig, Harold Heinz Hennig, et pendant les derniers mois de la guerre il était capitaine dans le SD[1]. Âgé à présent d'une quarantaine d'années, il portait ce jour-là un joli costume d'été gris taillé sur mesure et des chaussures faites main qui luisaient comme un sou neuf. On a tendance à remarquer ce genre de choses quand on travaille dans un endroit comme le Grand-Hôtel. Je suis désormais capable de repérer un Savile Row depuis l'autre bout du hall. Ses manières étaient aussi lisses que la cravate en soie Hermès à son cou et qui lui allait mieux que le nœud coulant qu'il mérite amplement. Il distribua de généreux pourboires à tous les porteurs en puisant dans une liasse de billets neufs aussi épaisse qu'une tranche de pain, à la suite de quoi ils le traitèrent, lui et ses bagages Louis Vuitton, avec plus de soin qu'une valise en porcelaine de Meissen. Curieusement, la dernière fois que je l'avais vu, il avait aussi avec lui de coûteux bagages, bourrés d'objets de valeur, qu'Erich Koch, le *Gauleiter* de Prusse-Orientale, avait vraisemblablement pillés dans la ville. C'était en janvier 1945, lors de la terrible bataille de Königsberg. Il avait pris place à bord d'un paquebot allemand, le *Wilhelm Gustloff*, qui serait torpillé quelques jours plus tard par un sous-marin russe, provoquant la mort de neuf mille civils. Lui-même ferait partie des quelques rats ayant réussi à quitter le navire en détresse, ce qui était bien dommage, dans la mesure où il avait contribué à provoquer sa destruction.

Si Harold Hennig me reconnut, il ne le montra pas. Dans leur jaquette noire, les employés de la réception de l'hôtel ont naturellement tendance à se ressembler tous. Il y a ça et le fait que je suis un peu plus gros que je ne l'étais alors, avec moins de cheveux probablement, sans parler d'un léger hâle dont ma femme prétendait qu'il m'allait

1. Sicherheitsdienst : service de renseignement de la SS.

bien. Pour un type qui vient d'essayer de se tuer, je suis remarquablement en forme – enfin, c'est moi qui le dis. Alice, une des femmes de chambre, pour laquelle je me suis pris d'affection depuis le départ d'Elisabeth, affirme que je pourrais facilement passer pour un homme de dix ans plus jeune. Ce qui est tout aussi bien, vu que mon âme me fait l'effet d'en avoir au moins cinq cents. Elle a si souvent contemplé l'abîme qu'elle se prend pour la canne sur laquelle Dante s'appuyait pour marcher.

Harold Hennig me fixa droit dans les yeux et, même si je ne soutins son regard qu'une ou deux secondes, c'était bien suffisant, car, étant un ancien flic, je n'oublie jamais un visage, surtout quand il appartient à un meurtrier de masse. Neuf mille personnes – des hommes, des femmes et un grand nombre d'enfants –, cela fait pas mal de raisons de se rappeler un visage comme celui de Harold Heinz Hebel.

Je dois reconnaître que le revoir aussi florissant et pétant de santé me laissa totalement déprimé. C'est déjà une chose de savoir qu'il y a des types comme Eichmann et Mengele qui arrivent à se tirer indemnes des forfaits les plus abominables. C'en est encore une autre quand plusieurs des victimes faisaient partie de vos amis. Il fut un temps où j'aurais peut-être tenté d'exercer une sorte de justice sommaire, mais cette époque est depuis longtemps révolue. Ces jours-ci, la vengeance est quelque chose dont nous parlons d'un ton léger, mon partenaire et moi, à la fin ou parfois au début d'une partie de bridge à la Voile d'Or. Je ne possède même pas d'arme à feu. Sinon, je ne serais certainement pas ici à l'heure qu'il est. Je tire bien mieux que je ne conduis.

DEUX

Entre Nice et Monaco, le cap Ferrat est un éperon rocheux planté de pins qui s'avance dans la mer, tels les organes sexuels rabougris et quasi inutiles d'un vieux roué français – une comparaison tout à fait appropriée étant donné la réputation de la Côte d'Azur : un lieu où le grand âge et la beauté précoce vont main dans la main, d'ordinaire à la plage, dans les magasins, à la banque et ensuite au lit, même si ce n'est pas toujours dans un ordre aussi convenable. La Riviera me rappelle bien souvent Berlin juste après la guerre, si ce n'est que de la compagnie féminine vous coûtera beaucoup plus qu'une barre de chocolat ou quelques cigarettes. C'est l'argent qui parle, ici, même si la conversation se limite à « voulez-vous ? » ou « s'il vous plaît ». La plupart des femmes préféreraient passer du temps avec un papa-gâteau plutôt qu'avec le prince charmant, encore qu'il se trouve bien souvent que ce sont les mêmes, ce qui n'a rien d'étonnant. À coup sûr, si j'avais un peu plus de fric, je me trouverais moi aussi une jolie petite compagne avec qui me rendre ridicule et que je pourrais dorloter à loisir. Je ne suis pas faible d'esprit au point de croire que je possède ce que cherchent presque toutes les femmes de la Côte, sauf s'il s'agit de la direction de Beaulieu-sur-Mer, du nom du meilleur restaurant de Cannes (à savoir, Da Bouttau) et peut-être d'un ou deux billets en plus pour l'Opéra municipal de Nice. On voit beaucoup Papa-Gâteau et la prunelle juvénile et vivace de ses yeux chassieux au Grand-Hôtel, mais il a des confrères à la Voile d'Or, un petit hôtel élégant situé pas très loin sur une péninsule surplombant le lagon bleu du pittoresque port de pêche de Saint-Jean-Cap-Ferrat. Cette villa de trois étages – anciennement l'Hôtel du Parc – fut construite en 1925 par un champion de golf anglais, le capitaine Powell, ce qui explique probablement les vieux putters en bois accrochés aux murs ; ça, ou bien ils ont un trou jusque dans le salon ultra-chic de l'hôtel. C'est là que je m'assois pour boire des gimlets et jouer au bridge avec mes trois seuls amis, deux fois par semaine, sans exception.

À vrai dire, ce ne sont pas ce que la plupart des gens appelleraient des amis. Après tout, on est en France, et les vrais amis ne courent pas les rues, surtout quand vous êtes allemand. On peut difficilement le reprocher à quiconque, après une guerre brutale ayant coûté la vie à plus de soixante millions de personnes. D'ailleurs, on ne joue pas au bridge pour se faire des amis ni pour les garder, et ça peut même être un avantage d'éprouver une sérieuse aversion pour ses adversaires. Mon partenaire de bridge, Antimo Spinola, est italien et directeur du casino de Nice. Heureusement, c'est un bien meilleur joueur que moi, ce qui est malheureux pour lui. Nos adversaires habituels sont un couple marié, M. et Mme Rose, qui possède une petite villa dans les collines au-dessus d'Èze. Je ne dirais pas que je les déteste tous les deux, mais pour moi ce sont des époux anglais typiques, car ils semblent ne jamais éprouver le moindre sentiment, encore moins l'un vis-à-vis de l'autre. J'ai déjà vu des poissons carnivores plus affectueux. M. Rose était l'un des meilleurs cardiologues de Harley Street à Londres. Il a gagné une petite fortune en soignant un millionnaire grec avant de se retirer dans le sud de la France. De son propre aveu, si Spinola aime bien jouer avec Rose, c'est que, dans le cas où il aurait soudain une crise cardiaque, Jack saurait quoi faire, mais je n'en suis pas aussi certain. Rose picole plus que moi, et je ne suis pas sûr qu'il ait seulement un cœur, ce qui me paraît être une condition préalable pour un tel travail. Sa femme Julia était son infirmière-réceptionniste, et c'est de loin la plus douée, avec un vrai sens des cartes et une mémoire d'éléphant, l'animal dont elle se rapproche le plus, bien que ce ne soit pas à cause de sa taille. Ce serait une fort jolie femme si elle n'avait pas des oreilles démesurées fixées à angle droit de chaque côté de sa tête. Mais surtout elle ne commente jamais les mains qu'elle vient de jouer, comme si elle répugnait à nous donner des indications, à Spinola et à moi, sur la manière de les affronter. Ce qui est un bon exemple à suivre quand il est question de la guerre, bien évidemment. Pour tout le monde, Walter Wolf – c'est le nom sous lequel je vis en France – était capitaine au bureau de l'intendant général à Berlin, où il s'occupait de ravitaillement militaire. C'est ce à quoi on pourrait s'attendre de la part de quelqu'un ayant travaillé dans de grands hôtels une bonne partie de sa vie. Jack Rose est absolument persuadé de m'avoir déjà vu lors d'un séjour à l'Adlon. Je me demande parfois quelle serait leur réaction s'ils savaient que leur adversaire a porté autrefois un uniforme SS et servi quasiment de confident à des hommes tels que Heydrich et Goebbels.

En revanche, je ne pense pas que Spinola serait très surpris de découvrir que j'ai un passé secret. Il parle le popov presque aussi bien que moi, et je suis plus ou moins convaincu qu'il était officier dans la 8e armée italienne en Russie et qu'il a fait partie des petits veinards qui ont réussi à s'échapper en 1943, au moment de la débâcle de la bataille de Nikolajewka. Il n'évoque jamais la guerre, bien entendu. C'est ce qu'il y a de formidable avec le bridge. Personne ne discute vraiment de quoi que ce soit. C'est le jeu idéal pour les gens qui ont quelque chose à cacher. J'ai essayé de l'enseigner à Elisabeth, mais elle n'avait pas la patience de faire les exercices que je lui montrais et qui lui auraient permis de progresser. La seconde raison pour laquelle elle n'a jamais pris goût à ce jeu, c'est qu'elle ne parle pas l'anglais – langue dans laquelle nous jouons au bridge parce que les Rose n'en connaissent pas d'autre.

Deux jours après l'arrivée de Hennig au Grand-Hôtel, je me rendis à la Voile d'Or pour jouer au bridge avec Spinola et les Rose. Ils étaient en retard comme à l'accoutumée, et je trouvai Spinola assis au bar, regardant fixement le papier peint. Il était d'humeur sombre, fumait des Gauloises à la chaîne dans son petit fume-cigarette en ébène et alignait les americanos. Avec ses cheveux noirs frisés, son sourire facile et son allure sportive, il n'était pas sans me rappeler l'acteur Cornel Wilde.

« Qu'est-ce que vous faites ? » lui demandai-je en russe.

Parler ensemble dans cette langue nous permettait de continuer à la pratiquer, car peu de Russes viennent à l'hôtel ou au casino.

« J'admire le panorama. »

Me tournant, je montrai du doigt la terrasse et le port un peu plus loin.

« Le panorama est de ce côté.

– Je l'ai déjà vu. Du reste, je préfère celui-ci. Il ne me rappelle rien dont je préférerais ne pas me souvenir.

– C'est une journée comme ça, hein ?

– Ici, ce sont toutes des journées comme ça, vous ne trouvez pas ?

– Ouais. La vie est de la merde. Mais ne le dites à personne au cap Ferrat, la déception les tuerait. »

Il secoua la tête.

« Je n'ai plus rien à apprendre en matière de déception, croyez-moi. Je sortais avec cette femme. Et j'ai arrêté. Ce qui est dommage. Mais il fallait que ça cesse. Elle était mariée, et ça devenait compliqué. Bref, elle l'a très mal pris. Elle a menacé de se faire sauter la cervelle.

– Un truc bien français, se faire sauter la cervelle. C'est le seul genre d'aptitude au tir auquel on peut se fier de la part des Français en cas de pépin.

– Vous êtes si allemand, Walter. »

Il m'offrit un verre, puis me dévisagea.

« Parfois, je regarde dans vos yeux de l'autre côté de la table de bridge et je vois bien plus qu'une poignée de cartes.

– Vous voulez dire que je suis un mauvais joueur ?

– Je veux dire que je vois un homme qui n'a jamais été dans le ravitaillement militaire.

– Manifestement, vous n'avez pas goûté à ma cuisine, Antimo.

– Walter, ça fait combien de temps qu'on se connaît ?

– Je ne sais pas. Plusieurs années.

– Mais nous sommes amis, n'est-ce pas ?

– Je l'espère.

– Parfait. Spinola n'est pas mon vrai nom. J'en portais un autre pendant la guerre. Franchement, je ne serais pas resté en vie très longtemps si je l'avais gardé. Je n'ai jamais été ce genre d'Italien. C'est un nom italo-juif.

– Peu m'importe ce que vous êtes, Antimo. Je n'ai jamais été ce genre d'Allemand.

– Je vous aime bien, Walter. Vous n'en dites jamais plus qu'il ne faut. Et je sens que vous êtes capable de garder un secret.

– Ne me dites rien à moins d'y être obligé, répliquai-je. À mon âge, je ne peux pas me payer le luxe de perdre un ami.

– Je comprends.

– Et si on va par là, je ne peux pas non plus me payer le luxe de perdre des gens qui ne m'aiment pas. C'est pour le coup que je me sentirais vraiment seul. »

Sur le bar, à côté de mon gimlet, se trouvait une boîte de cigares Partagas sur laquelle Spinola posa la main.

« J'ai un service à vous demander.

– Tout ce que vous voulez.

– Il y a là-dedans quelque chose que j'aimerais que vous gardiez pour moi. Juste quelque temps.

– D'accord. »

Je parcourus la salle des yeux à la recherche du serveur et, le voyant dehors sur la terrasse, je m'emparai de la boîte, puis jetai un coup d'œil furtif à l'intérieur. Mais avant même d'avoir soulevé le couvercle je savais ce qu'elle contenait. Ce n'étaient pas des cigares. C'était un engin pesant autour des six cents grammes d'un pistolet de police Walther, que j'aurais reconnu les yeux fermés. Je le pris. Il était chargé et, à en croire mon odorat du moins, il avait servi récemment.

« Vous me direz que ça ne me regarde pas, mais, à le sentir, il n'est pas resté inactif. J'ai moi-même abattu quelques quidams, et ça ne regardait personne non plus. Ce sont des choses qui peuvent arriver quand des flingues sont impliqués.

– C'est son pistolet, expliqua-t-il.

– Ce doit être une sacrée nana.

– Pour ça oui ! Je le lui ai enlevé, de peur qu'elle ne fasse une bêtise. Et je ne veux pas l'avoir chez moi, au cas où elle reviendrait. Du moins, jusqu'à ce qu'elle m'ait rendu ma clé.

– Bien sûr, je le garderai. Les bons partenaires de bridge ne se trouvent pas sous le pas d'un cheval. D'ailleurs, ça me manquait de ne pas avoir de flingue dans les parages. Une maison paraît toujours un peu vide sans une arme à feu. Mais je le mettrai dans la voiture, d'accord ?

– Merci, Walter. »

J'allai enfermer le pistolet dans ma boîte à gants, puis regagnai l'hôtel juste au moment où les Rose arrivaient dans leur Bentley décapotable couleur crème. J'attendis quelques instants, puis ouvris la lourde portière à Mme Rose. C'était toujours lui qui les amenait à la Voile d'Or, mais c'était toujours elle qui les ramenait, après s'être autorisé deux gins tonic seulement contre les six ou sept whiskies que son mari s'accordait.

« Chère madame », dis-je d'un ton cordial avant de ramasser galamment l'étole verte qu'elle avait fait tomber par terre en sortant de la voiture. Elle était assortie à la robe qu'elle portait – le vert n'était pas sa couleur, mais je n'allais pas laisser un tel détail altérer mon jeu. « Quel plaisir de vous revoir ! »

Elle répondit par un sourire, mais je n'y prêtai guère attention ; j'avais toujours en tête le pistolet de la petite amie de Spinola, alors que mon regard était attiré par deux types en train de se disputer à l'extrémité de la terrasse de l'hôtel. L'un d'eux était un Anglais au teint rougeaud qui traînait souvent à la Voile d'Or, l'autre était Harold Hennig. Machinalement, j'ouvris la porte d'entrée à Mme Rose, puis je risquai un second coup d'œil en direction de Hennig et de l'Anglais et compris qu'il s'agissait peut-être moins d'une dispute que de Hennig, le sourire aux lèvres, disant quoi faire à l'Anglais, qui n'appréciait pas. Il avait toute ma sympathie. Moi-même, je n'avais jamais beaucoup aimé recevoir des ordres de Harold Hennig. Mais je chassai rapidement cet incident de mon esprit et suivis Jack et Julia à l'intérieur. Et, pour la première fois depuis une éternité, nous les battîmes, Spinola et moi, ce qui l'emporta sur le reste jusqu'à ce que je retourne au Grand-Hôtel pour remplacer notre portier de nuit qui avait téléphoné pour prévenir qu'il avait un rhume des foins ou quelque chose du même acabit. J'avais eu un rhume d'hiver pendant près de deux ans dans un camp soviétique de prisonniers de guerre, et c'était déjà assez pénible. Un rhume des foins semblait tout simplement une abomination.

Travailler de nuit ne me dérange pas. Il fait frais, et le chant des cigales est aussi apaisant que le parfum du chèvrefeuille qui orne les murs derrière les statues décharnées près de la porte d'entrée. En outre, il y a moins de clients qui se pointent avec des questions et des problèmes à résoudre, de sorte que je passe la première heure de service à lire *Nice-Matin* pour améliorer mon français.

Vers 1 heure, je dus aller aider un très riche Américain, M. Biltmore, à regagner sa suite au quatrième étage. Il avait bu du cognac pendant toute la soirée et réussi à vider une bouteille, ainsi que la salle du bar avec ses remarques désagréables concernant principalement la guerre, et entre autres les Français, qui n'avaient pas vraiment fait leur part, et Vichy, un gouvernement nazi à tous égards sauf de nom. Ce que je n'aurais contesté en aucune manière, à moins d'être français. Comme Napoléon l'aurait dit, mais ne l'a pas fait : « L'histoire de France est la version des événements passés sur lesquels les Français ont décidé de se mettre d'accord. » Je trouvai Biltmore affalé dans un fauteuil et à peine conscient, ce qui est l'attitude dans laquelle je préfère les ivrognes d'hôtel, mais il se montra légèrement bruyant et indiscipliné quand je voulus le réveiller poliment. Il me décocha alors un swing, suivi d'un second, tant et si bien que je dus lui cogner le menton avec mon poing, juste assez pour l'étourdir et nous éviter des bosses supplémentaires. Cela me laissa avec un autre problème, parce qu'il était aussi grand qu'un séquoia et non moins difficile à plier sur mon épaule. J'eus besoin de presque toutes mes forces pour le faire entrer dans l'ascenseur, et usai le peu qui en restait à le traîner hors de la cabine jusque sur son lit. Je m'abstins de le déshabiller. En tant que concierge, la dernière chose que vous désirez, c'est qu'un Américain ivre mort reprenne brusquement conscience alors que vous lui avez descendu son pantalon jusqu'aux chevilles. Les Yankees n'apprécient guère d'être déshabillés, en particulier par un autre homme. Dans une telle situation, ce ne sont pas seulement des dents qu'on peut perdre, mais aussi son boulot. Sur la Côte, un concierge – même un bon, avec toutes ses dents – se remplace en un clin d'œil, mais aucun hôtel n'a envie de se priver d'un client comme M. Biltmore, surtout quand il paie plus de quinze cents francs la nuit, soit environ quatre cents dollars, pour une suite qu'il a réservée pendant trois semaines entières. Personne ne peut se permettre de perdre trente mille francs, plus les notes de bar et les pourboires.

Lorsque je retournai en bas, j'étais aussi en nage et froissé qu'une pattemouille de blanchisseur chinois. Je regagnai le bar, où je demandai au barman de me préparer un gimlet glacé avec l'alcool qui convenait – le gin Plymouth

Navy Strength à 57 % qu'on donne aux matelots dans les sous-marins nucléaires –, histoire d'aider les quatre autres, moins forts, que j'avais déjà bus à la Voile d'Or à supporter la pression. Je le fis descendre avec mon repas du soir, composé de quelques olives et d'une poignée de bretzels.

Je finissais juste de dîner quand au bureau de réception se présenta une cliente qui était un vrai cadeau : légèrement parfumée, sobre, enveloppée bien serré dans un emballage noir vous donnant une assez bonne idée de ce qui se cachait sous le papier et rehaussé d'un joli petit nœud en diamant sur le devant. Je ne connais pas grand-chose à la mode, mais sa robe comportait une sorte de corsage de ballerine dont une épaule était découverte et, maintenant que j'y jetais un nouveau coup d'œil, à la taille non pas un nœud, mais une minuscule fleur. Avec ses gants noirs et ses chaussures assorties, elle avait l'air aussi éblouissante que le solde bancaire de Christian Dior. Mme French était une de nos habituées, une Anglaise riche et des plus séduisantes, la quarantaine, dont le père, un artiste célèbre, avait jadis vécu et travaillé sur la Côte d'Azur. Elle était écrivain, disait-on, et louait une maison à Villefranche, mais elle passait une grande partie de son temps au Grand-Hôtel. Nageant beaucoup dans la piscine, lisant un livre au bar, utilisant abondamment le téléphone, avant de prendre un dîner tardif au restaurant. Elle était souvent seule, mais parfois aussi avec des amis. Quelques semaines auparavant, Mme French semblait avoir jeté son dévolu sur le ministre français de la Défense nationale, M. Bourgès-Maunoury, qui séjournait ici, toutefois cela n'avait rien donné. Le ministre avait apparemment d'autres choses en tête – telles que la menace indépendantiste constituée par le FLN algérien, sans parler du Hitler égyptien au petit pied, Gamal Abdel Nasser, et en dernier lieu l'inconnue occupant la chambre voisine de la sienne. Un type qu'on pourrait trouver pas vilain, je suppose : cheveux bruns, yeux marron, un peu grassouillet, peut-être, plutôt petit et, en vérité, de plusieurs divisions inférieur à celle où joue Mme French. Franchement, je pensais qu'une belle brune comme elle pouvait faire mieux. D'un autre côté, on prédit que Maurice Bourgès-Maunoury sera le prochain président du Conseil de la France.

« Bonsoir, madame, dis-je. J'espère que votre dîner vous a plu.

– Oui, ce n'était pas mal.

– Apparemment, ce n'était pas aussi bon que cela aurait dû. »

Elle poussa un soupir.

« Cela aurait pu être meilleur.

– Était-ce la nourriture ? Ou peut-être le service ?

– Pour être honnête, ni l'un ni l'autre n'était fautif. Et pourtant il y avait quelque chose qui manquait. Avec mon livre pour seule compagnie, j'ai bien peur que ce ne soit rien à quoi on puisse facilement remédier au Grand-Hôtel.

– Dans ce cas, puis-je vous demander ce que vous lisez, madame ? »

Mes manières s'étaient beaucoup améliorées depuis que je m'étais remis à travailler dans des hôtels. Il m'arrivait même d'avoir presque l'air aimable.

Elle ouvrit sa sacoche en crocodile et me montra son bouquin : *The Quiet American*[1] de Graham Greene. Mes yeux de flic prirent rapidement note du flacon de *Mystikum*[2], de la liasse de francs français, du poudrier en or et de la petite boîte pourpre à couvercle à vis qui contenait

1. Paru en français sous le titre *Un Américain bien tranquille*.
2. Parfum créé par Ludwig Scherk à Berlin en 1910.

peut-être une houppette, mais plus vraisemblablement son diaphragme.

« Je n'ai pas lu celui-ci, dis-je.

– Non. Mais, à mon avis, vous savez probablement mieux que Graham Greene comment rendre un Américain à peu près raisonnable. » Elle sourit. « Pauvre M. Biltmore. Espérons qu'il imputera demain matin son mal de tête à l'alcool plutôt qu'à vos poings.

– Ah, vous avez vu ça… Voilà qui est fâcheux. Je pensais que le bar était désert.

– J'étais assise derrière un pilier. Vous vous en êtes remarquablement bien tiré. Comme un spécialiste. Je parierais que vous avez déjà fait ce genre de chose. Professionnellement. »

Je haussai les épaules.

« L'activité hôtelière comporte toujours quantité de défis intéressants.

– Hum… Si vous le dites.

– Je pourrais peut-être vous recommander quelque chose d'autre à lire, proposai-je, me hâtant de changer de sujet.

– Pourquoi pas ? Après tout, vous êtes concierge. Même si, d'après ma propre expérience, jouer les Robert Benchley[1] dépasse peut-être vos fonctions habituelles. »

Je lui parlai d'un livre d'Albert Camus qui m'avait marqué.

« Non, je ne l'aime pas, répondit-elle. Il est trop français à mon goût. Trop politisé aussi. Mais, maintenant que j'y pense, vous pourriez peut-être me conseiller un ouvrage sur le bridge. J'aimerais apprendre ce jeu et je sais que vous y jouez souvent.

1. Humoriste, acteur et scénariste (1889-1945), qui, après des déboires à Hollywood, s'illustra durant les années 30 par ses critiques pour le *New Yorker*.

– Je me ferai un plaisir de vous prêter quelques-uns des miens. Quelque chose de Terence Reese ou de S. J. Simon ferait très bien l'affaire, à mon avis.

– Encore mieux, vous pourriez m'apprendre vous-même à jouer. Je vous paierais volontiers pour me donner quelques leçons particulières.

– Malheureusement, mes obligations ici ne me le permettraient pas vraiment. En y réfléchissant, je pense que vous devriez commencer par le livre de Iain Macleod, *Bridge is an Easy Game*[1]. »

Si elle fut déçue, elle ne le montra pas.

« Cela semble tout simplement parfait. Vous me l'apporterez demain ?

– Certainement. Hélas, je ne serai pas là pour vous le donner moi-même, mais je ne manquerai pas de le laisser à un de mes collègues.

– Vous ne travaillez pas demain ? Dommage. J'apprécie nos petits bavardages. »

Je souris avec diplomatie et inclinai la tête.

« Toujours heureux de vous servir, madame. »

Au bridge, c'est ce qu'on appelle « passer ».

1. « Le bridge est un jeu facile ».

TROIS

« Tiens, quelle agréable surprise ! Je suis ravie de vous rencontrer ici. »

À cinq kilomètres à peine du cap Ferrat, Villefranche-sur-Mer est une curieuse vieille ville de la Côte d'Azur, bourrée de touristes attirés par ses escaliers dérobés à la Escher, ses hauts immeubles et ses ruelles pavées et tortueuses. On se croirait dans une version gauloise d'un film de Fritz Lang, ténébreux, secret et plein de perspectives à cent quatre-vingts degrés, l'idéal pour un homme recherché et sans racines, vivant paisiblement sous un faux nom. Aussi était-il assez surprenant de tomber sur Mme French devant un bar, de la rue Obscure qui plus est, laquelle, entièrement voûtée, ressemble à une crypte et me rappelle toute une partie du vieux Berlin, ce qui explique probablement que j'y vienne. Seul. La Darse est un bar miteux, sépulcral, avec de la sciure par terre et des tables en bois poisseuses comme s'il datait du règne de Charles Quint, mais le rosé maison servi dans des pichets en terre cuite est à peu près buvable, et on peut souvent m'y voir, si tant est que quelqu'un souhaite me voir. Ce qui n'arrive jamais. De sorte que je ne pus m'empêcher de penser que le fait que Mme French me trouve dans la rue Obscure n'était pas totalement le fruit du hasard, comme elle le prétendait.

Elle portait un pantalon corsaire rose, un foulard assorti, un ample pull noir et autour du cou un collier de perles et un Leica qui semblait encore plus coûteux. Elle avait cette allure insouciante et décontractée que les femmes passent des heures à fignoler devant une glace.

« Vous habitez par ici ? demanda-t-elle.

– En quelque sorte. J'ai un appartement quai de la Corderie. En front de mer. »

Je me demandai qui, parmi mes collègues de l'hôtel, avait bien pu lui dire où j'habitais et, surtout, quelles étaient mes habitudes, pour en arriver rapidement au nom de Ueli Leuthard, qui était mon patron et, comme je le savais, un ami de la dame.

« Vous rendez-vous compte que nous sommes presque voisins ? Ma maison se trouve avenue des Hespérides. »

Je souris. La mienne ressemblait à la prison locale. Les bicoques de l'avenue des Hespérides étaient de grandes villas bien aménagées, avec plusieurs étages, de vastes jardins et une vue dégagée sur la mer valant la peau des fesses. Nous qualifier de « voisins » revenait à comparer un oursin à une pieuvre géante.

« Sans doute, répondis-je. Mais qu'est-ce qui vous amène dans cette rue, chère madame ? Elle ne s'appelle pas Obscure pour rien.

– Prendre des photos, comme tout le monde. Quand je n'écris pas, je prends des photographies. J'en ai même vendu quelques-unes. Et appelez-moi "Anne", s'il vous plaît. Nous ne sommes pas au Grand-Hôtel en ce moment.

– C'est certain. Vous savez, je n'aurais jamais pensé qu'il y avait assez de lumière pour faire des photos ici.

– C'est tout l'enjeu d'un bon cliché : travailler avec les lumières et les ombres disponibles, trouver une définition et un sens en noir et blanc là où il n'y en a apparemment pas. Et peut-être éclaircir un mystère. »

À l'entendre, on aurait cru un détective.

« Eh bien, allez-vous m'offrir un verre ? demanda-t-elle.

– Ici ?

– Pourquoi pas ?

– Si vous aviez déjà franchi la porte, vous connaîtriez la réponse à cette question. » Je secouai la tête. « Non, allons ailleurs. »

Je me penchai un instant vers son oreille et reniflai bruyamment, pour l'effet.

« C'est *Mystikum*, et je préfère qu'il me plaise parce que vous le portez plutôt que parce qu'il cache l'odeur de poisson.

– Je suis impressionnée, que vous connaissiez mon parfum.

– Je suis concierge, c'est mon métier de savoir ces choses-là. De plus, j'ai vu le flacon dans votre sac hier soir quand vous m'avez montré votre livre.

– Vous avez un œil de lynx.

– Plus pour très longtemps, je le crains. »

Elle eut un hochement de tête.

« Je ne verrais pas d'inconvénient à bouger. Cela empeste effectivement le poisson par ici.

– Bien.

– Où allons-nous ?

– On est à Villefranche. Il y a plus de bars dans cette ville que de boîtes aux lettres. Ce qui explique sans doute que le courrier soit si lent.

– J'ai une meilleure idée. Pourquoi pas chez vous ? Cela vous permettra de me donner ce livre sur le bridge par la même occasion.

– Il se peut que je vous aie induite en erreur, en parlant d'"appartement". Je voulais dire, en réalité, un casier à homard.

– Et vous êtes le homard, c'est ça ?

– Assurément. Il n'y a pas de place pour beaucoup plus que moi et la main d'un pêcheur du coin.

– Très bien. Pourquoi n'iriez-vous pas chercher ce livre, après quoi vous me l'apporteriez chez moi ? Avenue des Hespérides, numéro 8. Nous pourrions boire un verre là. Il y a une cave à vin assez bien garnie à laquelle je n'ai pas touché depuis que j'ai loué la maison.

– Est-ce que le jardin des Hespérides ne contenait pas des pommes d'or gardées par un dragon nommé Ladon qui avait cent têtes et ne dormait jamais ?

– Nous avions un chien de garde, mais il est mort. J'ai bien un chat. Il s'appelle Robbie. Mais je ne pense pas que vous ayez lieu de vous inquiéter à son sujet. Cependant, si vous préférez…

– Voici comment les choses se présentent, madame, cela afin d'éviter tout malentendu : nous pourrions facilement devenir amis ; mais imaginons que nous nous disputions par la suite… Vous voulez que je vous apprenne le bridge. Il y a des exercices, des devoirs à faire. Et si je vous disais que vous n'êtes pas une élève attentive ? Que se passerait-il ? Si je devais me montrer grossier avec vous parce que vous avez joué vos cartes de travers ? Croyez-moi, ça s'est déjà vu. » Je haussai les épaules. « C'est juste que, comme tous les homards, je n'ai pas très envie de prendre le bouillon. On déconseille au personnel de sympathiser avec les personnes logeant à l'hôtel, et je ne tiens pas à perdre mon travail. Non que ce soit un travail sensationnel, mais c'est tout ce que j'ai pour l'instant. L'activité cinématographique a un peu ralenti ici depuis qu'Alfred Hitchcock a quitté la ville.

– Alors tout va bien, je n'y ai jamais logé. Je déteste coucher dans les hôtels. Et en particulier les palaces. Ce sont des endroits où l'on se sent terriblement seul, à vrai dire. Toutes les chambres ont un verrou à la porte, et cela me rend claustrophobe.

– Vous êtes extrêmement persévérante.

– Pour rien au monde je ne voudrais vous mettre mal à l'aise, monsieur. »

Elle fit la grimace et, sentant que c'était moi qui l'avais mise mal à l'aise, je m'en voulus. C'est un problème que j'ai parfois : je n'ai jamais aimé mettre les gens mal à l'aise, surtout quand ils ressemblent à Mme French.

« Walter. S'il vous plaît, appelez-moi “Walter”. Et oui, bien sûr, je serais enchanté de venir. Disons dans une demi-heure ? Cela me donnera le temps de chercher le livre et de changer de chemise. Pour un homard, c'est le moyen le plus indolore de changer de couleur.

– Je pense que le rose vous irait très bien, dit-elle.

– C'est certainement ce que pensait ma mère quand j'étais bébé. Jusqu'au moment où elle s'est aperçue que j'étais un garçon.

– Il est difficile d'imaginer que vous ayez eu des parents.

– J'en ai eu deux, en fait.

– Ce que je veux dire, c'est que vous avez l'air de quelqu'un de très sérieux.

– Ne vous y trompez pas. Je suis allemand, et, comme tous les Allemands, je me laisse facilement détourner du droit chemin. »

De retour chez moi, je fis plus que changer de chemise. Je me lavai, me peignai. Je m'aspergeai même d'un peu de *Pino Silvestre* qu'un client avait oublié dans sa chambre.

Je récupère un tas de bricoles de cette façon. On croirait sentir un mélange de boules antimites et de sapin de Noël, mais ça éloigne les moustiques, qui constituent ici un réel problème, et ça valait mieux que mon odeur corporelle, un peu aigre ces derniers temps.

La villa de Mme French occupait un beau jardin, formé d'une série de terrasses gazonnées suspendues au bord des rochers dominant Villefranche et qui semblaient avoir été dessinées par un Babylonien n'ayant pas le vertige. Recouverte de crépi rose semi-rustique, la maison possédait une tour d'angle ronde et, au premier étage, une élégante terrasse équipée d'un auvent. Il y avait une piscine, un court de tennis en terre battue, un pavillon pour les invités et un gardien avec un chenil vide, juste un peu plus petit que mon propre appartement. Néanmoins, en jetant un coup d'œil au panier et à la gamelle, je songeai un instant à poser ma candidature pour le poste. Nous nous installâmes sur la terrasse, qui donnait sur la piscine bleu-vert éclairée. Mme French me pria d'ouvrir une bouteille de tavel dont la couleur s'harmonisait avec celle du crépi et qui contribua à supprimer l'amertume de mon eau de Cologne.

À l'intérieur, la maison regorgeait de livres et de tableaux du genre qu'il faut toute une vie pour rassembler, ou peindre, selon que vous avez le goût ou le talent. Comme je n'avais ni l'un ni l'autre, je restai simplement devant à hocher la tête en silence, soucieux de ne pas laisser voir que, pour moi, tout ça était un peu du Picasso, ce qu'elle aurait pu raisonnablement prendre pour un compliment, n'eût été le fait que je ne peux pas supporter Picasso. Ces derniers jours, ses visages avaient tous l'air aussi laids que le mien, et il semblait peu probable que celui-ci soit susceptible d'intéresser une femme qui avait au moins dix ans de moins que moi. Je ne savais pas trop ce qu'elle mijotait ; du moins, pas encore. Peut-être voulait-elle réellement que je lui apprenne à jouer au bridge, comme elle le prétendait, mais il y a des écoles pour ça, et des professeurs, même sur la Côte d'Azur. Vous allez sans doute me trouver cynique, mais elle ne prêta aucune attention au livre lorsque je le lui donnai, et il resta fermé sur la table tout le temps qu'il nous fallut pour finir une bouteille et en ouvrir une autre.

Nous ne parlâmes de rien en particulier, sujet sur lequel je suis une sorte d'autorité. Puis, au bout d'un moment, elle se rendit dans la cuisine pour nous préparer quelque chose à grignoter, me laissant seul à fumer et à fureter parmi ses étagères de livres. J'en emportai un sur la terrasse, que je me mis à lire. Mais elle finit par ressortir et ne tarda pas à en venir au fait.

« Vous vous demandez sans doute pourquoi je tiens tellement à apprendre le bridge, dit-elle.

– Non, non, pas le moins du monde. Actuellement, je m'efforce d'en demander le moins possible. Les clients préfèrent ça.

– Je vous ai dit que j'étais écrivain.

– Oui, j'ai remarqué tous les livres. Ça doit être pratique quand on a besoin d'un pense-bête.

– La plupart appartenaient à mon père. » Elle prit sur la table le bouquin que j'avais entamé, puis le reposa. « Y compris celui-ci. *Russian Glory* de Philip Jordan. De quoi s'agit-il ?

– C'est une espèce de panégyrique de Staline et du peuple russe, et une dénonciation des méfaits du capitalisme.

– Pourquoi diable lisez-vous ça ?

– C'est comme retrouver un vieil ami un peu naïf. À un moment pendant la guerre, c'était le seul livre dont je disposais.

– Cela ne devait pas être une sinécure.

– Non, en effet. Mais vous étiez en train de m'expliquer pourquoi vous teniez tellement à apprendre le bridge…

– Que savez-vous de William Somerset Maugham ? L'écrivain.

– Suffisamment de choses pour vous assurer que vous ne l'intéresseriez pas, madame. D'une part, vous n'êtes pas assez jeune. D'autre part, vous n'êtes pas du sexe adéquat.

– Exact. C'est pourquoi je désire apprendre le bridge : je pensais que cela pourrait me procurer le moyen de le rencontrer. D'après ce que j'ai entendu dire, il joue aux cartes presque tous les soirs.

– Et pourquoi voulez-vous le rencontrer ?

– Je suis une fervente admiratrice de ses écrits. C'est probablement le plus grand romancier vivant aujourd'hui. Certainement le plus populaire. Raison pour laquelle il peut se permettre de mener cette existence fastueuse sur le Cap à la Villa Mauresque.

– Vous ne vous en sortez pas trop mal non plus.

– Je loue cet endroit. Je n'en suis pas propriétaire, hélas.

– Quelle est la vraie raison pour laquelle vous désirez le rencontrer ?

– Je ne comprends pas ce que vous voulez dire. Vous ne l'avez peut-être pas remarqué, mais je possède l'ensemble de ses éditions originales et j'aimerais beaucoup qu'il les signe avant… avant de mourir. Il est très âgé. Cela leur donnerait beaucoup plus de valeur, naturellement. Il y a aussi ça, je suppose.

– Nous chauffons. Mais je parie que ce n'est toujours pas la véritable raison. Vous ne donnez pas l'impression d'un courtier en livres rares. Pas avec ce pantalon. »

Anne French regimbait un peu, mais elle finit par lâcher :

« Bon, très bien. C'est parce que j'ai une offre d'une maison d'édition américaine, Victor Weybright, pour écrire sa biographie. Cinquante mille dollars, pour être précise.

– Voilà une bien meilleure raison. Cinquante mille, très exactement.

– Je souhaiterais vraiment le rencontrer, mais, comme vous l'avez fait observer, je ne suis pas du sexe adéquat.

– Pourquoi ne pas lui écrire et lui parler du livre, tout bonnement ?

– Parce que ça ne servirait à rien. Somerset Maugham a la réputation d'être un homme extrêmement réservé. Il déteste l'idée qu'on puisse écrire à son sujet et il a résisté jusqu'ici à tous les biographes. Ce qui explique que ce soit aussi bien payé. Personne n'y est parvenu. Je me disais que, si j'apprenais à jouer au bridge, je pourrais peut-être m'introduire dans son cercle et récolter des bribes de conversation, des couleurs… Jamais il n'acceptera de me rencontrer s'il sait que j'écris un livre sur lui. Non, le seul moyen, c'est de lui fournir un motif de m'inviter. Il a joué avec Dorothy Parker, à ce qu'il paraît. Et plus récemment avec la reine d'Espagne et lady Doverdale.

– Le bridge n'est pas un jeu de cartes qu'on peut maîtriser en quelques minutes, chère madame. Devenir bon exige du temps. D'après ce que j'ai entendu dire, Somerset Maugham y a joué toute sa vie. Je ne suis même pas sûr d'être de taille.

– J'aimerais quand même essayer. Et je suis prête à vous payer pour que vous veniez ici me donner des cours. Que diriez-vous de cent francs l'heure ?

– J'ai une meilleure idée. Quel genre de cuisinière êtes-vous ?

– Quand je suis seule, je vais en général à l'hôtel. Mais je sais faire la cuisine. Pourquoi ?

– Alors je vous propose un marché. Ma femme m'a quitté il y a peu. Les bons repas me manquent. Invitez-moi deux fois par semaine et je vous enseignerai le bridge. Qu'en pensez-vous ? »

Elle acquiesça.

« D'accord. »

C'était là ma donne. Et, au bridge, le donneur a le droit de faire la première enchère.

QUATRE

Pendant deux ou trois semaines, mon arrangement avec Anne French marcha comme sur des roulettes. Elle apprenait vite et prit goût au jeu. Ce n'était pas une mauvaise cuisinière, et je réussis même à prendre quelques kilos. Mais, par-dessus tout, elle préparait un gimlet d'enfer, du genre dont vous sentez encore la saveur plusieurs heures après. Cela pourrait sans doute expliquer pourquoi, une ou deux fois, j'eus l'idée qu'elle voulait que je l'embrasse, mais je parvins à résister à la tentation, ce qui est plutôt inhabituel chez moi. La tentation n'est pas une chose à laquelle je résiste facilement quand elle porte du *Mystikum* derrière les pétales de rose de ses oreilles et que vous pouvez voir sa lingerie encore suspendue à la corde derrière la buanderie. Ce n'est pas que je ne la trouvais pas attirante, ou que je n'aurais pas su quoi faire d'un peu d'affection – ou que je n'aimais pas ses sous-vêtements –, mais j'avais été échaudé tellement de fois que j'étais encore plus craintif que les sangliers qui venaient fouiner dans les arbres au bas de son jardin à la tombée du jour pour chercher de le nourriture. Craintif et enclin à penser que quelqu'un pourrait bien avoir un fusil pointé sur ma tempe.

Pendant ce temps, je continuais à aller à la Voile d'Or pour ma partie bihebdomadaire et ma vie suivait le même cours monotone qu'auparavant. La vie ne peut être appréciée à sa juste valeur que quand vous avez un travail régulier, un salaire substantiel et que vous pouvez éviter de penser à quoi que ce soit de plus important que ce qui se passe en Égypte. C'est du moins ce que je me disais. Mais, un soir, Spinola se révéla trop ivre pour jouer au bridge, ce qui me ravit car ça me donnait un prétexte pour appeler Anne afin de savoir si elle ne voulait pas prendre la place de l'Italien à la table. Je fus déçu de constater, premièrement, qu'elle n'était pas chez elle et, deuxièmement, que j'étais plus déçu que nécessaire après tout ce que je m'étais raconté et lui avais raconté sur le fait de ne pas se lier à des clients de l'hôtel. Dans l'intervalle, les Rose ramenèrent Spinola chez lui dans leur Bentley, si bien que je restai seul sur la terrasse avec un dernier verre et une cigarette, me demandant si je ne devrais pas aller à Villefranche chercher Anne au cas où elle n'aurait pas entendu le téléphone ou aurait décidé de ne pas répondre. Ce n'était pas la chose à faire, mais je m'apprêtais à la faire quand même lorsqu'un Anglais avec un petit chien m'adressa soudain la parole.

« Je vous vois souvent ici. Jouer au bridge. Deux fois par semaine. Dites, vous ne seriez pas le concierge du Grand-Hôtel ?

– De temps à autre, répondis-je. Quand je ne joue pas au bridge.

– C'est assez addictif, pas vrai ? »

Il devait avoir la quarantaine, mais paraissait plus vieux. Des kilos en trop, un peu moite, il portait un blazer croisé en lin, une chemise blanche avec des poignets mousquetaires et des boutons de manchettes en or évoquant une modeste journée au bord du Klondike, un pantalon gris en tricotine, une cravate en soie de la couleur d'un jaguar sud-américain et un mouchoir en soie assorti débordant de sa poche de poitrine comme s'il était sur le point de faire apparaître un bouquet de fleurs artificielles, tel un magicien de fête foraine. C'était l'homme que j'avais vu se disputer devant l'entrée de l'hôtel avec Harold Hennig.

« Bonjour, je m'appelle Robin Maugham.

– Walter Wolf. »

Nous nous serrâmes la main, et il fit signe au serveur.

« Je vous offre un verre ?

– Avec plaisir. »

Après avoir commandé des boissons et de l'eau pour le chien, nous allumâmes des cigarettes, prîmes une table sur la terrasse face au port et essayâmes de manière générale de nous comporter normalement, ou du moins aussi normalement que possible quand l'un des deux interlocuteurs n'est pas homosexuel et sait que l'autre l'est, et que l'autre en a parfaitement conscience. Légèrement embarrassant, mais rien de plus. J'avais cru autrefois à un ordre moral, tout comme les nazis, sauf que leur idée à eux d'un ordre moral incluait le fait d'assassiner les homosexuels dans des camps de concentration, ce qui était largement suffisant pour me faire changer d'avis. Après la rage de destruction que Hitler avait infligée à l'Allemagne, ce que pouvait bien faire un homme avec un autre dans une chambre à coucher était le cadet de mes soucis.

« Vous êtes allemand, n'est-ce pas ?

– Oui.

– Pas de problème. Je ne fais pas partie de ces Anglais qui n'aiment pas les Allemands. J'ai vu pas mal de vos gars pendant la guerre. Des types solides, pour la plupart. En 42, j'étais en Afrique du Nord avec le 4e comté de London Yeomanry, dans les chars. On était opposés au DAK – le Deutsches Afrikakorps –, à savoir, dans notre coin, la 15e Panzer-Division. De fameux tireurs, hein ?

J'en sais quelque chose… J'ai été blessé à la tête à la bataille de Knightsbridge, ce qui a mis fin à mes exploits guerriers. En réalité, il s'agit de la bataille de Gazala, mais on s'en souvient encore comme de la bataille de Knightsbridge.

– Pourquoi ?

– Oh, eh bien, c'était le nom de code de notre position défensive le long de la ligne de Gazala : Knightsbridge. Mais, pour être tout à fait franc, il y avait tellement de gars dans la 8e armée que je connaissais d'Eton, de Cambridge et de ma fac de droit qu'on avait parfois l'impression de faire du shopping à Knightsbridge. Non pas que j'étais officier, cela dit. Je m'étais engagé comme simple soldat. Vu que j'étais plutôt mauvais coucheur. Et pour payer mes notes de bar, en quelque sorte. Je n'ai jamais beaucoup aimé ces satanés officiers et leurs foutaises. »

À l'entendre, on aurait cru qu'il parlait d'une journée éprouvante sur un terrain de golf.

« Et vous, Walter ?

– Je me trouvais loin derrière les lignes, bien au chaud à Berlin. Un homme sans honneur, je le crains. Trop vieux pour tout ça. J'étais capitaine au bureau de l'intendant général. Dans le corps de ravitaillement.

– Ah. Je commence à voir une constante. »

J'opinai.

« Avant la guerre, je travaillais à l'hôtel Adlon.

– Précisément. Tout le monde passe par l'Adlon. *Grand Hotel*. Le film, je veux dire. Vicki Baum, c'est ça ? La romancière autrichienne.

– Oui, je crois.

– Je pensais bien. Je suis écrivain moi aussi. Livres, pièces de théâtre. En ce moment, je travaille sur une comédie inspirée du *Roi Lear* de Shakespeare. Au sujet d'un homme qui a trois filles.

– En voilà, une coïncidence ! »

Il rit.

« Tout à fait.

– Je suppose que ça ferait beaucoup de coïncidences si vous n'étiez pas parent du Maugham qui habite près d'ici.

– C'est mon oncle. D'ailleurs, il connaissait Vicki Baum quand il vivait à Berlin avant la guerre. »

Les consommations arrivèrent, et Robin Maugham saisit son verre de vin blanc sur le plateau en étain du serveur avec l'impatience d'un authentique pochard. J'étais bien placé pour le démasquer ; ma propre boisson aux reflets verdâtres avait soudain pris l'allure du Saint-Graal.

« Lui aussi aime bien les Allemands. Willie. C'est ainsi qu'on appelle le vieux. Parle couramment la langue, étant donné qu'avant l'école de médecine il a passé plus d'un an à l'université de Heidelberg. Oncle Willie adore l'Allemagne. Il affectionne particulièrement Goethe. Continue à le lire en allemand. Ce qui n'est pas rien pour un Anglais, croyez-moi.

– Alors nous avons un point commun.

– Vous aussi ? Formidable ! »

On voyait facilement que Robin Maugham était auteur dramatique. Il parlait de lui avec aisance, une espèce de bavardage railleur qui dévoilait autant qu'il dissimulait, tel un personnage dont vous savez qu'il va devenir beaucoup plus consistant qu'il n'en a l'air, ne serait-ce qu'en raison de son importance sur l'affiche.

« Vous savez, avec le bridge et l'allemand, vous aimeriez peut-être faire un quatrième à la Mauresque un soir. Le vieux est toujours désireux de rencontrer des gens intéressants. Bien sûr, il est très réservé, comme chacun sait, mais j'aurais tendance à penser que le concierge du Grand-Hôtel – sans parler de quelqu'un ayant travaillé au fameux Adlon –, eh bien, doit avoir l'habitude de garder quelques petits secrets, non ?

– Je serais ravi de venir, répondis-je. Et je sais faire preuve de discrétion, ne craignez rien. »

Je songeai à Anne French et à sa réaction quand je lui raconterais que j'avais été invité à la Villa Mauresque. Peut-être considérerait-elle cette invitation comme une confirmation de sa stratégie : apprendre le bridge pour rencontrer Somerset Maugham. Mais il était également possible qu'elle y voie une sorte de trahison. Et alors que, pendant un bref instant, j'envisageais tout simplement de ne rien lui dire afin de ménager sa susceptibilité, il me sembla que ma présence là-bas ne pouvait que favoriser sa propre invitation. Sinon, je pourrais toujours être son espion et lui rapporter comment les choses se passaient véritablement à la Villa Mauresque, ce qui lui fournirait la couleur dont elle avait besoin pour son livre.

« Je devrais peut-être lire un de ses romans, ajoutai-je. Je dois malheureusement reconnaître que je n'en connais aucun. Lequel me conseilleriez-vous ?

– Un court. *L'Envoûté*, c'est celui que je préfère. Sur la vie de Paul Gauguin. Je vous prêterai mon exemplaire, si vous voulez. » Robin Maugham jeta un coup d'œil à sa montre. « Vous savez, je crois que nous pourrions encore dîner à la villa. Enfin, si vous n'avez pas déjà mangé. Willie tient une très bonne table. Annette, notre cuisinière italienne, est fantastique. Willie était de bonne humeur aujourd'hui. De façon assez ridicule, une invitation aux noces prochaines du prince Rainier et de Grace Kelly à Monaco semble l'avoir rendu aussi heureux que si c'était lui qui se mariait.

– J'ai moi-même reçu une invitation, mais je vais malheureusement devoir refuser. Ça signifierait que je retrouve toutes mes décorations et que je m'achète un nouveau costume, ce que je ne peux guère me permettre. »

Robin sourit d'un air incertain.

Je regardai ma montre.

« Mais oui, allons-y. Je n'ai rien contre l'idée d'interrompre ma consommation d'alcool pour absorber un peu de nourriture.

– Bien. »

Robin vida son verre de blanc, prit le terrier dans ses bras et indiqua l'extrémité de la terrasse.

« On y va ? »

Je montai dans ma voiture et suivis l'Alfa Romeo rouge de l'Anglais alors qu'elle grimpait la colline et sortait de la ville. C'était une belle et chaude soirée, avec une légère brise marine et une frange rose corail dans le ciel bleu, comme si quelque Vésuve tout proche était entré en éruption. Derrière nous, les Myrmidons d'Achille, légèrement vêtus, remplissaient les nombreux restaurants en bord de mer et les rues étroites, tandis que le Troie miniature formé par le petit port de Cap-Ferrat se hérissait d'une multitude de grands mâts et que des centaines de bateaux blancs d'envahisseurs se bousculaient pour occuper une position ondoyante sur l'eau transparente et quasiment invisible, comme si la destination ou la provenance de quiconque avaient la plus petite importance. Pour moi, ça n'en avait assurément aucune.

CINQ

Proche d'une route étroite et sinueuse bordée de pins, la Villa Mauresque se dressait au sommet du Cap, derrière un grand portail en fer forgé aux piliers de plâtre blanc. Sur l'un d'entre eux étaient gravés le nom de la propriété ainsi que, en rouge, ce que je pris pour un signe destiné à chasser le mauvais œil. Lequel ne me ralentit pas, et je franchis allègrement le nuage de poussière soulevé par Robin Maugham. L'endroit n'aurait pas pu avoir l'air plus privé s'il avait abrité le roi Léopold II de Belgique avec son Pygmée de compagnie, ses trois maîtresses et son zoo personnel, sans compter les millions qu'il avait réussi à voler au Congo. De l'avis général, il possédait également toute une collection de mains humaines, directement prélevées aux bras des indigènes afin d'encourager les autres à aller dans la jungle récolter le caoutchouc, et il aurait sans doute pu apprendre deux ou trois choses aux nazis sur la cruauté et la manière de diriger un empire. Contrairement à Hitler, il était mort dans son lit à l'âge de soixante-quatorze ans. Il avait été jadis propriétaire de tout le cap Ferrat, et la Mauresque avait été construite pour un de ses confesseurs, un dénommé Charmeton, qui avait gardé de ses origines algériennes un penchant pour l'architecture mauresque.

Je le savais parce que c'est le genre de détail qu'un concierge du Grand-Hôtel est censé savoir.

D'après Robin Maugham, cela faisait plus de trente ans que son oncle possédait la villa. C'était le style d'endroit où l'on n'avait pas de mal à imaginer un romancier en train d'écrire, sauf que personne n'y aurait cru, car la maison était encore plus sophistiquée – à l'intérieur comme à l'extérieur – que je ne m'y attendais. Anne French habitait une jolie villa. Celle-ci était magnifique et soulignait à la fois la réputation internationale de Maugham, sa fortune colossale et son goût irréprochable. Elle était peinte en blanc, avec de hautes portes à double battant et des volets verts, des fenêtres cintrées, une arcade d'entrée mauresque et une grande coupole sur le toit. Il y avait un court de tennis, une immense piscine et un beau jardin plein d'hibiscus, de bougainvilliers et de citronniers qui donnaient à l'air du soir le parfum d'agrumes d'une boutique de coiffeur. Dans la villa, des planchers en ébène, de hauts plafonds, de lourds meubles espagnols, des lustres en bois doré, des statues de nègres porte-torchères, des tapis de la Savonnerie et, parmi beaucoup d'autres, un tableau de Gauguin : une de ces Tahitiennes aux membres massifs et au nez épaté qui semblent avoir disputé trois rounds avec Jersey Joe Walcott[1]. Sur la cheminée, un grand aigle doré qui me rappela mes anciens employeurs de Berlin, tandis que tous les livres sur une table ronde de style Louis XVI étaient neufs et envoyés par la librairie londonienne Heywood Hill. Le savon que j'utilisai pour me laver les mains dans les toilettes du rez-de-chaussée se trouvait encore dans son emballage Floris et les serviettes étaient aussi épaisses

1. Boxeur américain (1914-1994) qui devint champion du monde poids lourds en 1951.

que les coussins en soie sur les fauteuils Directoire. Le Grand-Hôtel faisait l'effet d'une version bon marché des plaisirs offerts par la Villa Mauresque. Un lieu où le temps et le monde extérieur n'étaient pas les bienvenus ; un lieu dont il était difficile d'imaginer qu'il puisse encore exister dans une économie de tickets de rationnement, une guerre effroyable à peine terminée ; un lieu reflétant probablement l'esprit de son propriétaire, un homme âgé, vêtu d'un blazer croisé qui paraissait avoir été confectionné par le même tailleur londonien que celui de Robin, avec une tête de dragon de Komodo.

Il se leva et vint me serrer la main tandis que son neveu faisait les présentations, et quand il lécha les lèvres roses et minces de sa grande bouche tombante, ça ne m'aurait pas surpris d'apercevoir une langue fourchue.

« Où étais-tu, Robin ? Nous avons retardé le dîner à cause de toi, et tu sais que j'ai horreur de ça. C'est un manque d'égard total envers Annette.

– Je suis passé à la Voile boire un verre et j'ai rencontré un de mes amis. Walter Wolf. Il est allemand, et c'est un passionné de bridge. Il n'avait rien à faire, alors je l'ai invité.

– Vraiment ? Cela me fait très plaisir. »

Maugham plaça un monocle sur son œil, me regarda bien en face et sourit avec un rictus.

« Nous voyons beaucoup trop peu d'Allemands, dit-il avec un léger bégaiement. C'est un bon signe qu'ils reviennent sur la Côte. Cela augure bien de l'avenir, que les Allemands soient de retour.

– Je crains, monsieur, que vous ne vous mépreniez à mon sujet. Je ne suis pas ici pour la saison. Je travaille au Grand-Hôtel. Comme concierge.

– Vous n'en êtes pas moins le bienvenu. Ainsi, vous jouez au bridge... Le jeu le plus divertissant qu'ait conçu le génie humain, n'est-ce pas ?

– Oui, monsieur. C'est aussi mon avis.

– Robin, tu ferais bien de dire à Annette que nous avons un convive supplémentaire à dîner.

– Il y a toujours de la nourriture en quantité, mon oncle.

– La question n'est pas là.

– Je pensais qu'Alan pourrait nous rejoindre un peu plus tard pour faire une partie.

– Excellent ! » fit Maugham.

Pendant que Robin allait parler à la cuisinière, Somerset Maugham me prit par le bras pour me conduire au salon baroque, vert foncé, où un majordome portant une veste en lin blanc se matérialisa comme par magie et entreprit de me préparer un gimlet en suivant mes instructions à la lettre, puis un martini avec un doigt d'absinthe pour le vieillard.

« Je déteste les hommes qui ne sont pas précis quant à ce qu'ils désirent boire, déclara Maugham. On ne peut pas faire confiance à un type qui reste vague s'agissant de sa boisson préférée. S'il n'est pas précis sur quelque chose qu'il va boire, il est clair qu'il ne sera précis sur rien. »

Nous nous assîmes, et Maugham m'offrit une cigarette de la boîte posée sur la table. Je secouai la tête et allumai une des miennes, ce qui suscita une nouvelle fois son approbation. Il parlait à présent en allemand – avec un léger bégaiement, comme en anglais –, histoire de montrer qu'il en était capable probablement, mais comme il ne devait pas en avoir eu l'occasion depuis un certain nombre d'années, je fus quand même impressionné.

« J'apprécie également qu'un homme préfère fumer ses propres cigarettes plutôt que les miennes. Fumer est une chose que l'on doit prendre au sérieux. Ce n'est pas une affaire d'expérimentation. Pour ma part, je ne pourrais pas plus fumer une cigarette d'une autre marque que courir un marathon. Dites-moi, Herr Wolf, cela vous plaît d'être concierge au Grand-Hôtel ?

– Me plaire ? » Je souris. « C'est là un luxe que je ne peux tout simplement pas me payer, Herr Maugham. Il s'agit d'un emploi, voilà tout. Après la guerre, il n'était pas facile de trouver du travail en Allemagne. Les horaires sont réguliers, et l'hôtel est un endroit agréable. Mais l'unique raison pour laquelle je le fais, c'est l'argent. Le jour où ils cesseront de me payer, je m'en irai.

– Je suis d'accord. Je n'ai pas de temps à consacrer à un homme qui prétend que l'argent ne l'intéresse pas. Cela signifie qu'il n'a pas d'amour-propre. Moi-même, je n'écris que pour l'argent ces temps-ci. Certainement pas pour le plaisir. » Ses yeux s'embuèrent légèrement. « Non, ça, c'est fini depuis belle lurette. En général, j'écris parce que je l'ai toujours fait. Parce que je ne vois pas ce que je pourrais faire d'autre. Malheureusement, je n'ai jamais réussi à me persuader que quoi que ce soit d'autre avait de l'importance. J'ai quatre-vingt-deux ans, Herr Wolf. Écrire est devenu pour moi une habitude, une discipline et, dans une certaine mesure, une manie, mais je ne donnerais certainement pas ce que j'écris à quelqu'un gratuitement.

– Travaillez-vous sur quelque chose en ce moment, monsieur ?

– Un recueil d'essais, autrement dit, rien de très important. Les essais sont comme les politiciens. Ils veulent changer les choses et, à mon âge, les changements ne présentent guère d'intérêt. »

Un gros homme à l'air pataud, atteint d'un vilain psoriasis et vêtu d'une chemise aux couleurs criardes, apparut soudain, puis alla droit au plateau de boissons, où il se prépara un verre comme s'il n'avait pas la patience d'attendre que le majordome le fasse.

« Voici mon ami Alan, dit Maugham, revenant à l'anglais. Alan, viens dire bonjour à Walter Wolf, un ami de Robin. Il est allemand, et nous espérons qu'il va jouer quelques robres avec nous après le dîner. »

L'homme s'avança pour me serrer la main juste au moment où Robin Maugham réapparaissait pour annoncer que le dîner était servi.

« Dieu merci ! s'exclama Maugham.

– Ronnie Neame a appelé pendant que tu étais dans ton bain, dit le gros homme à l'écrivain. Apparemment, la MGM va faire *La Passe dangereuse,* mais ils veulent un autre titre. Ils souhaitent l'appeler *Le Septième Péché.*

– Pouah ! Quel titre abominable !

– C'est le septième commandement, dit Robin.

– Ce serait dans le traité de Versailles que je m'en moquerais. L'adultère ne scandalise plus personne de nos jours. Pas depuis la guerre. Après Auschwitz, l'adultère est un délit mineur. Souvenez-vous de ce que je vous dis, le film sera un flop. »

Nous allâmes dîner.

Robin Maugham n'avait pas exagéré ; son oncle tenait une excellente table. Le repas se composait d'aspics d'œufs en gelée, de poulet Maryland, de petites fraises des bois et de glace à l'avocat – qui ne me disait rien –, le tout arrosé d'un délicieux puligny, suivi d'un sauternes encore meilleur. Après quoi Maugham alluma une pipe, fixa une paire de lunettes à monture d'écaille sur son nez, puis ouvrit le chemin vers la table de jeu, où je m'associai à Robin. Nous jouâmes et perdîmes deux robres. Le vieux était un démon du bridge.

« Vous n'êtes pas mauvais, Herr Wolf. Si je peux me permettre de vous donner un tuyau, c'est celui-ci : ne sortez jamais une carte de votre main avant la déclaration de votre partenaire. Ce serait anticiper sur son jeu. Restez modeste jusqu'à ce que ce soit votre tour de jouer. »

J'acquiesçai.

« Merci.

– Il n'y a pas de quoi. »

La partie terminée, Maugham s'assit à côté de moi sur le canapé, les jambes repliées sous lui, laissant voir des chaussettes en soie et des fixe-chaussettes, et me posa toutes sortes de questions personnelles.

« Êtes-vous marié ?

– Trois fois. Je n'ai jamais eu beaucoup de chance avec les femmes, monsieur. Et moins encore avec celles que j'ai épousées. Ce sont d'étranges créatures qui ne savent pas ce qu'elles veulent jusqu'au moment où elles décident de ce qu'elles veulent exactement, et, si vous ne le leur donnez pas dans la minute qui suit, elles sont capables de vous rendre la vie infernale. Le reste du temps, avec les autres femmes que j'ai connues, c'était ma faute. Ma dernière épouse m'a quitté récemment parce qu'elle ne m'aimait plus. C'est en tout cas ce qu'elle m'a dit quand elle a plié bagage avec presque toutes mes économies. Mais j'imagine qu'elle essayait de me ménager. »

Maugham sourit.

« Vous êtes aigri. J'aime ça. Ah, ah ! Désirez-vous reprendre un verre ?

– Non merci, monsieur. J'ai assez bu. »

Nous parlâmes encore un peu, puis, à vingt-trois heures pile, William Somerset Maugham annonça que c'était pour lui l'heure d'aller se coucher.

« Vous m'êtes sympathique, Herr Wolf, dit-il avant de monter dans ses appartements. Revenez. Revenez sans tarder. »

SIX

Anne French fut ravie quand je l'informai, le lendemain soir, chez elle dans les collines au-dessus de Villefranche, que j'étais allé à la Villa Mauresque dîner et jouer aux cartes.

« Que c'est excitant ! Comment est-ce ? Très *camp* ? »

« *Camp* » n'étant pas un mot que je comprenais, Anne dut l'expliquer.

« C'est un terme très britannique, dit-elle, même s'il vient du français, assez bizarrement. Du verbe *se camper*, qui signifie prendre une attitude exagérément affectée. Mais en anglais on l'emploie pour désigner ce qui présente un caractère homosexuel flagrant ou ostentatoire.

– Alors, oui, c'était très *camp* – bien que je ne puisse en rien incriminer le goût du vieux. Il vit en tout point comme un prince de la Renaissance, tout est ce qu'il y a de mieux. Le personnel se compose d'une dizaine d'employés, dont un majordome et plusieurs jardiniers. Il ne mange pas beaucoup, boit avec parcimonie. En général, il se contente de parler et de jouer aux cartes, même s'il n'est pas permis de parler en jouant aux cartes. C'est un joueur redoutable. Nous allons devoir travailler dur pour vous amener à un niveau où il me soit possible de demander que vous preniez ma place.

– Jusque-là, vous pourriez être ma taupe. La prochaine fois que vous irez là-bas, je veux une description détaillée de tout. Notamment la maison et les jardins. Y a-t-il des statues dénudées ? Qui vient régulièrement ? Ce genre de choses. Et essayez de savoir quelles sont ses opinions sur les écrivains actuels. Qui il admire. Qui il déteste. Et le nouveau petit copain, bien sûr. Lui surtout. Selon tous les témoignages, le dernier, Gerald, était un poivrot intégral et une crapule. Dites-moi, y avait-il des tas de jeunes garçons ? Y a-t-il eu une orgie ?

– Non. Vous parlez d'une déception ! L'ami et compagnon de Maugham est un type souffrant d'un sérieux problème de psoriasis. Il s'appelle Alan Searle et est aussi son secrétaire. Pas franchement pédé, contrairement au neveu, Robin, pour qui, à mon propre étonnement, j'éprouve de la sympathie. Très cordial et, semble-t-il, une sorte de héros de guerre, à son corps défendant. Tout ça était très loin de Pétrone. » Je secouai la tête. « D'ailleurs, j'aime bien le vieux aussi. J'ai pitié de lui. Il possède tout l'argent du monde, une splendide demeure, des amis célèbres, mais il n'est pas heureux. Apparemment, nous avons au moins ça en commun.

– Vous n'êtes pas heureux ? »

J'éclatai de rire.

« Question suivante.

– Est-ce qu'il écrit en ce moment ?

– Des essais.

– Ah. Ces choses-là n'intéressent personne. Les essais sont bons pour les écoliers[1]. Vous avez jeté un coup d'œil à son bureau ?

1. « *Essay* » signifie en anglais « rédaction », « dissertation ».

– Non, mais il m'a dit qu'on pouvait en voir une réplique exacte dans *Quartet*, un film pour la télévision tourné en studio il y a trois ou quatre ans.

– Quand comptez-vous y aller de nouveau ?

– Je ne sais pas. Quand on me le demandera, je présume. Si on me le demande.

– Croyez-vous qu'il le fera ?

– Il a quatre-vingt-deux ans. À cet âge-là, tout est possible.

– Je ne suis pas certaine d'être d'accord. Quand même…

– Le temps presse pour quelqu'un comme ça. Oui, il y a des chances qu'on m'invite à nouveau. »

Il se trouve que, pas plus tard que le lendemain, je reçus un coup de téléphone à la réception de l'hôtel me demandant si j'étais éventuellement libre le soir même. Je l'étais.

Cette fois-ci, le grand homme était d'une humeur plus expansive. Il me parla de sa rencontre avec la reine et des nombreuses célébrités qui étaient venues à la villa, dont Churchill et H. G. Wells.

« Comment était Churchill ? demandai-je poliment.

– Il ressemblait à une vieille poupée en porcelaine. Tout rose. Tout tremblotant. Les cheveux comme une toile d'araignée. Si vous pensez que je suis sénile, vous devriez le voir. » Il poussa un soupir. « Quelle tristesse, vraiment. Avant la guerre – la Première –, on jouait au golf ensemble. Je le faisais rire, voyez-vous. Seigneur ! Cela devait être en… 1910 ? Bon Dieu, comme le temps passe ! »

J'opinai, puis, sans raison, si ce n'est le désir de lui montrer que j'en étais capable, je citai Goethe, en allemand :

« "Précipitons-nous dans le murmure des temps, dans les vagues agitées du destin ! et qu'ensuite la douleur et la jouissance, le succès et l'infortune, se suivent comme ils pourront. Il faut désormais que l'homme s'occupe sans relâche[1]."

– C'est du Goethe, n'est-ce pas ?

– *Faust.* » J'avalai avec difficulté. « Ça me coupe toujours un peu la respiration. »

Maugham eut un hochement de tête.

« Vous êtes encore un jeune homme, Walter. Avec vingt bonnes années devant vous pour vous occuper. Mais ne les foutez pas en l'air, mon ami.

– Non, monsieur. J'essaierai.

– J'ai beaucoup forniqué et foutu de choses en l'air dans mon existence. Ce qui revient souvent au même, bien entendu… Sans plaisanter. Je serais chevalier du royaume à l'heure qu'il est si je n'avais pas forniqué de façon aussi scandaleuse. Cela dit, je suppose que vous avez l'habitude. Des comportements scandaleux, vous devez en voir de toutes sortes au Grand-Hôtel.

– Bien sûr. Mais rien dont il me soit loisible de parler.

– Les riches ont le temps de forniquer. Les pauvres n'ont que celui de lire les comptes rendus de la presse. Ils sont trop occupés à essayer de gagner leur vie pour pouvoir beaucoup forniquer.

– J'ai fait de mon mieux pour les imiter. Mais vous avez sans doute raison.

– Et avant la guerre, d'après ce que m'a dit Robin, vous avez été le détective de l'hôtel Adlon à Berlin.

– C'est exact.

– Vous avez dû voir des agissements encore pires alors. Berlin était l'endroit idéal où vivre dans les années 20. Surtout pour quelqu'un comme moi. Ma première pièce

1. Traduction de Gérard de Nerval, Garnier Frères, 1877.

a été montée à Berlin. Par Max Reinhardt. Au cabaret Schall-und-Rauch. Une salle minuscule.

– Dans Kantstrasse. Je m'en souviens. Malheureusement, il semble que je me souvienne de tout. Il y a tant de choses que j'aimerais oublier... Mais j'ai beau essayer, ça ne donne strictement rien. Comme si j'étais incapable de me rappeler comment faire. Ce n'est pas trop demander à la vie, n'est-ce pas ? D'oublier ce qui vous cause de la peine. Pour une raison ou une autre.

– Aigri et larmoyant. J'aime aussi ça. »

Il prit une cigarette dans la boîte en argent sur la table et l'alluma. Nous attendions le dîner, suivi de l'incontournable partie de bridge.

« Cela me revient maintenant. Oui. “Funes ou la mémoire”, dit Maugham. C'est une nouvelle de Borges sur ce thème. Un homme qui ne parvient pas à oublier.

– Et que lui arrive-t-il ? demanda Robin.

– J'ai oublié, répondit Maugham, qui éclata de rire. Ce cher vieux Max ! Il a fait partie de ceux qui ont eu de la chance. Les Juifs, j'entends. Il a filé en 38 pour aller s'installer en Amérique, où il est mort, beaucoup trop tôt, en 43. Presque tous mes amis sont morts à présent. Y compris ce merveilleux Adlon. Ça, c'était un bon hôtel. Qu'est devenu le couple qui en était propriétaire ? Louis Adlon et Hedda, sa charmante épouse.

– Louis a été tué par les Russes en 1945. Avec ses bottes de cheval et ses moustaches cirées, ils l'ont pris pour un général allemand. » Je haussai les épaules avec dédain. « L'Armée rouge se composait en majeure partie de simples paysans. Quant à Hedda... Eh bien, je n'ose pas penser à ce qui lui est arrivé. La même chose qu'aux autres femmes de Berlin, j'imagine. Violée. Encore et encore. »

Maugham hocha tristement la tête.

« Dites-moi, Walter, comment se fait-il que vous soyez devenu le détective de l'Adlon ?

– Jusqu'en 1932, j'ai fait partie de la police de Berlin. J'ai dû démissionner en raison de mes opinions politiques. J'étais social-démocrate, ce qui, pour les nazis, équivalait à être communiste.

– Et ça a duré combien de temps ?

– Dix ans.

– Doux Jésus. Une éternité !

– À ce moment-là, ça en donnait effectivement l'impression. »

Après le dîner et quelques robres, Maugham me dit :

« Je désirerais vous parler en privé.

– Bien. »

Il me conduisit à son espace d'écriture, accessible par un escalier en bois et situé à l'intérieur d'une structure isolée au sommet d'un toit plat. Il y avait une grande table de réfectoire, une cheminée et aucune fenêtre offrant une vue qui risquerait de détourner l'attention d'un homme de la simple entreprise d'écrire un roman. Une étagère contenait quelques volumes favoris et sur une table basse étaient posés plusieurs exemplaires du magazine *Life*. Sur le mur se trouvait une autre des partenaires d'entraînement tahitiennes de Jersey Joe. Avec le faisceau du phare à la pointe sud-ouest du Cap, c'était un peu comme être sur le pont d'un navire dont Maugham aurait été le capitaine Achab.

Nous nous assîmes chacun à un bout d'un grand canapé, puis il en vint au fait :

« Vous me donnez l'impression d'être un homme honnête, Walter.

– Jusqu'à un certain point.

– On peut supposer que vous ne travailleriez pas comme concierge au Grand-Hôtel dans le cas contraire.

– Peut-être. Mais quand vous retournez à votre voiture, c'est rarement la providence qui vous tient la porte ouverte. » Je haussai les épaules. « Ce que je veux dire, c'est que nous essayons tous de gagner notre vie, monsieur. Et si l'on n'est pas obligé de prétendre le faire honnêtement, alors tant mieux.

– Vous êtes encore plus cynique que moi, Walter. Vous me plaisez de plus en plus.

– Je suis allemand, monsieur. J'ai eu davantage d'occasions de pratiquer. Chacun de nous. Ce sont les mille tonnes du poids du cynisme allemand qui ont provoqué la chute de la République de Weimar et qui nous ont donné le Reich de mille ans.

– Je suppose.

– Que puis-je pour vous, monsieur ? Vous ne m'avez pas amené ici pour m'aider à confesser mes péchés.

– Non, vous avez raison. Je suis venu vous parler de quelques-uns des miens. Le fait est, Walter, que je suis encore victime d'un chantage.

– "Encore" ?

– Je suis un vieux et riche pédéraste. J'ai plus de squelettes dans mes placards que les catacombes de Rome. Faire l'objet de chantage n'est pas tant pour moi un risque du métier qu'une condition existentielle. Je continue à m'envoyer en l'air, je suis donc en butte à des demandes d'argent, des demandes avec menaces à l'appui.

– Payez-le, qui que ce soit. Vous êtes suffisamment riche.

– Celui-ci est un professionnel.

– Alors adressez-vous à la police. »

Maugham eut un faible sourire.

« Nous savons tous les deux que ce n'est pas possible. Les maîtres chanteurs fonctionnent sur le même principe que la Mafia. Ils s'attaquent à une minorité de gens vulnérables qui ne peuvent pas s'adresser à la police. Leur pouvoir réside dans notre besoin de silence.

– Ce que je voulais dire, c'est : pourquoi m'en parler à moi ?

– Parce que vous avez été policier, et parce que je désire votre aide.

– Je ne vois pas comment je pourrais vous être utile, monsieur. Je suis concierge. Ma période d'enquêteur est depuis longtemps terminée. Ces derniers temps, j'ai du mal à chasser les veuves joyeuses de l'hôtel, alors les maîtres chanteurs professionnels… Du reste, je suis devenu un peu lent à la détente. J'en suis encore à essayer de comprendre comme vous savez que j'ai été policier.

– Vous avez travaillé pendant dix ans dans la police berlinoise. Vous l'avez dit vous-même.

– Certes. Et quelqu'un vous a dit que j'avais été le détective de l'hôtel Adlon, mais qui ? » Je hochai la tête. « Attendez ! C'est Hennig, n'est-ce pas ? Harold Hennig. Je l'ai vu se disputer avec votre neveu devant la Voile d'Or, il y a quelques semaines. C'est donc ça, son racket.

– Jamais entendu parler de lui.

– J'oubliais : il ne s'appelle plus ainsi. Il est descendu au Grand-Hôtel sous le nom de Harold Heinz Hebel. C'est lui qui vous a parlé de moi, pas vrai ?

– C'est exact. Hebel. Il a parlé de vous à mon neveu. C'est son idée que j'essaie de vous embaucher, Walter.

– Son idée ?

– Il a expliqué qu'il vous avait connu durant la guerre et que vous étiez quelqu'un de fiable. Et d'honnête. Jusqu'à un certain point.

– Très aimable à lui. Non qu'il soit capable d'épeler “fiable” et “honnête”. Ce type est un criminel.

– Je sais.

– Bon. Alors pourquoi suivre ses conseils ? Pourquoi ne pas louer les services de quelqu'un de la région ? Un Français.

– C'est très simple : voyez-vous, Walter, c'est Harold Heinz Hebel qui me fait chanter.

– Maintenant, je suis vraiment perdu…

– Hebel demande pas mal d'argent pour une photo compromettante de moi et de quelques autres personnes, mais il tient à ce que j'aie le sentiment de pouvoir conclure un accord avec lui en toute confiance. Il a dit que vous étiez le genre d'homme à veiller à ce qu'il respecte sa part du marché. Et que cela ne vous donnerait pas le trac de manier une grosse somme d'argent.

– Eh bien, j'aurai tout entendu ! Des maîtres chanteurs recommandant des détectives… ou des ex-détectives. Ça paraît incroyable, comme un saumon recommandant un bon braconnier.

– C'est parfaitement logique quand on y réfléchit. Une transaction réussie n'en est pas une si l'une ou l'autre des parties a l'impression de s'être fait rouler. Hebel veut que je sois sûr d'en avoir pour mon argent.

– Je ne peux pas vous aider, monsieur. Je vous aime bien. J'ai beaucoup apprécié le dîner. Je suis désolé pour vous. Mais je suis tout simplement incapable de vous aider.

– Il a dit que c'était ce que vous répondriez. Hebel.

– Il a dit ça, hein ?

– Il m'a demandé de le prévenir si vous refusiez ma proposition, car il pense pouvoir vous convaincre.

– A-t-il précisé de quelle façon ? »

Maugham sourit.

« Oh, bien sûr. Vous êtes un homme intéressant, Walter. Ou devrais-je dire Herr Gunther ? Oui, vous avez eu une vie intéressante. Carrière dans la SS et le SD. Travaillant pour le Dr Goebbels, parmi d'autres. Il faudra me raconter tout ça un de ces jours, cela semble absolument fascinant. Hebel m'a chargé de vous dire que si jamais la Sûreté française découvrait que vous vivez ici sous une fausse identité, vous perdriez votre emploi et vous seriez renvoyé directement à Berlin, où les Américains vous pendraient sans nul doute. Pour quelle raison, il ne l'a pas mentionné, mais je dois reconnaître que ça a l'air sérieux.

– Je vous emmerde ! m'écriai-je en me levant. Je vous emmerde, vous, votre pédé de copain et votre pédé de neveu !

– À vrai dire, je pense que nous allons tous l'être, dans la merde, si nous ne trouvons pas une solution, Herr Gunther. Asseyez-vous, finissez votre verre et discutons de cette question sensible. » Il hocha la tête. « Vous savez que j'ai raison. Alors calmez-vous et réfléchissez avant de parler.

– Comme je l'ai déjà dit, "Hebel" est également un faux nom. Il pourrait se faire expulser. »

Je m'assis et allumai une cigarette. Que je me mis à fumer de surcroît, encore que je l'aurais bien enfoncée dans le globe oculaire injecté de sang du vieux.

« Peut-être. Mais il est prêt à prendre le risque. La question est la suivante : êtes-vous prêt à prendre le même risque, Herr Gunther ? Vous avez une bonne place. Avec la perspective de vous faire un peu d'argent supplémentaire grâce à moi. Disons, cinq pour cent de commission ? Pourquoi fiche ça en l'air rien que pour le faire tomber ?

– Croyez-moi, si vous l'aviez fréquenté comme moi, vous connaîtriez la réponse à cette question.

– Oh, je le crois sans mal. À l'évidence, cet individu est une canaille. Mais, de grâce, il n'est pas nécessaire d'en arriver là, Herr Gunther. Il vous suffit d'accepter d'être mon intermédiaire dans cette affaire, et tous ces désagréments disparaîtront. Nous pouvons être amis. Vous n'êtes pas d'accord ?

– Est-ce lui qui me fait chanter en ce moment, ou vous, monsieur ?

– Allons, allons ! Je ne fais que répéter ce que m'a dit Hebel.

– Vraiment ? J'ai l'impression qu'on vous a fait chanter suffisamment souvent pour que vous sachiez parfaitement comment exercer vous-même une certaine pression.

– C'est bien possible. Et je vous prie de m'en excuser. Mais je suis un homme désespéré. Vous pouvez en être certain.

– Peut-être êtes-vous désespéré, mais vous ne pouvez pas faire confiance à ce type. Que je serve d'intermédiaire n'y change rien. Bon Dieu ! Qui sait si je ne fais pas partie de l'arnaque ? Vous ne savez strictement rien de moi. Comment pouvez-vous être sûr que je ne vais pas acheter la photo et vous faire chanter moi aussi ? Vous ne pouvez pas. Voilà le problème avec le chantage : c'est un truc louche. Chacun est votre ami jusqu'au moment où il se change en rat et se met à vous mordre.

– Vous avez raison, mais je n'ai pas d'autre choix que de courir le risque.

– Puis-je être tout à fait franc ?

– Je vous en prie.

– La planète entière sait que vous êtes pédé. Et après ? Qu'est-ce que ça change ? Vous avez eu votre invitation au mariage princier à Monaco. Ne vous est-il pas venu à l'esprit que ce que vous faites dans votre chambre n'a plus aucune importance pour les gens ?

– C'est sans doute vrai en France. Et à coup sûr en Italie. Mais cela compte encore beaucoup en Angleterre. L'homosexualité est un délit dans ce pays, et je n'aimerais pas qu'on m'empêche d'y retourner. En outre, il y a bien plus dans cette photographie que le simple fait que je sois pédé. »

Je restai là à fumer d'un air maussade pendant quelques secondes.

« Dix pour cent. Si je dois jouer le rôle d'agent, je veux une vraie commission d'agent. Dix pour cent.

– D'accord. Ce sera dix pour cent.

– Alors parlez-moi de cette photo. »

SEPT

« Avant la guerre, j'ai travaillé pour les services secrets britanniques, expliqua Somerset Maugham. J'étais basé à Genève, mais une partie du temps j'étais en poste à ce qui s'appelait alors Petrograd. Je ne vous ennuierai pas avec les détails de ma mission, sachez juste que j'avais sous mes ordres une équipe d'agents assez importante. C'est une activité qui a toujours attiré les homosexuels, parce qu'ils ont l'habitude de vivre leur vie dans l'ombre – tout au moins en Angleterre, où être homosexuel peut encore vous valoir jusqu'à deux ans de prison. Garder le silence sur qui et sur ce que l'on est constitue une seconde nature chez les pédérastes anglais. Les choses ne se sont guère améliorées depuis l'époque d'Oscar Wilde. C'est pourquoi tant d'homosexuels, comme Isherwood et Auden, sont allés à Berlin dans les années 20. Parce que c'était le paradis des tantes. Et une bonne raison pour que j'y habite. Bon, tout cela est sans importance… J'ai encore un tas d'amis dans le SIS[1]. Nombre d'entre eux, dont sir John Sinclair, l'actuel patron du MI6, étaient mes agents – ce n'est pas le genre de profession dont on peut jamais vraiment se retirer. »

1. Secret Intelligence Service, ou MI6 (Military Intelligence, section 6), service chargé du renseignement extérieur.

J'acquiesçai d'un air sombre.

« À qui le dites-vous ! Voilà maintenant des années que j'essaie de me retirer de la police, et ça continue à me poursuivre.

– Oui. J'en suis navré.

– J'en doute. »

Maugham regarda un instant dans le vide, puis ajusta son monocle.

« Au fil des ans, j'ai effectué ici et là des petits boulots pour le SIS, continua-t-il. Et j'ai reçu des amis et des connaissances à la Mauresque. En 1937, peu après que j'ai acheté cette maison, plusieurs d'entre eux ont séjourné ici, dont deux garçons alors frais émoulus de l'université de Cambridge et qui ont travaillé par la suite pour le MI5[1] : Anthony Blunt et Guy Burgess. Blunt est un peu moins connu, du moins pour quiconque ne fait pas partie du monde des beaux-arts. Mais Guy Burgess est devenu tristement célèbre il y a peu, à la suite d'une conférence de presse ayant eu lieu à Moscou au cours de laquelle il a été révélé que lui et un autre homme, Donald Maclean, espionnaient de longue date au profit de l'Union soviétique, où ils résident tous les deux aujourd'hui. Peut-être avez-vous lu des articles à ce sujet dans les journaux. Toujours est-il que Guy est et a toujours été un homosexuel notoire ; Anthony aussi, du reste. Et il existe une photo de nous avec plusieurs autres, nus au bord de ma piscine. C'est la photo qui se trouve en possession de votre ami Harold Heinz Hebel et qu'il menace d'envoyer à la presse anglaise. Je ne saurais vous dire l'embarras que cela me causerait si les journaux britanniques divul-

1. Military Intelligence, section 5, service responsable de la sécurité intérieure.

guaient que nous avions une relation intime, Guy Burgess et moi. Comme vous pouvez sûrement le comprendre, Herr Gunther, ce n'est pas seulement la question de notre homosexualité dont il s'agit ; cela concerne également ma loyauté envers mon pays. Je ne suis pas un espion soviétique. Je ne l'ai jamais été. Mais, étant donné mes fonctions à Petrograd et mon amitié avec Burgess, qui sait les ennuis que les journaux pourraient m'attirer ? J'ai certainement eu des contacts avec des personnes travaillant pour le VRK[1] de Petrograd et la Tchéka – l'ancêtre du KGB – quand j'étais là-bas. Vous pouvez donc voir combien je suis vulnérable. Surtout en Amérique. Le sénateur McCarthy ne s'en prend pas seulement aux communistes, mais aussi aux homosexuels : exemple, la fameuse peur lavande[2]. On pourrait me retirer mon visa pour les États-Unis. Annuler des contrats de cinéma lucratifs. À l'heure où nous parlons, la MGM est en train d'adapter un de mes livres, et United Artists prévoit de porter à l'écran une de mes nouvelles l'année prochaine. J'ai beau être l'écrivain le plus apprécié dans le monde, je ne suis pas à l'abri de l'opinion publique. Sans parler de l'embarras que cela pourrait causer à mon pauvre frère, Frederic, en Angleterre, lequel se trouve être l'ancien lord-chancelier. Nous n'avons jamais été proches, lui et moi, mais je préférerais lui épargner ça, si je peux. Il est très âgé. Encore plus âgé que moi.

– Où Hebel a-t-il eu cette photo ?

– On peut avancer un certain nombre d'hypothèses. Plusieurs personnes présentes à cette soirée ont pu

1. Voenno-revoliutsionny komitet (Comité militaire révolutionnaire).

2. Vague de persécutions des homosexuels ayant éclaté en Amérique dans les années 50. Ainsi nommée en référence à la « peur rouge », provoquée à la même époque par la crainte d'une propagation des idées communistes.

prendre des photos : Dadie Rylands, Raymond Mortimer, Godfrey Winn, Paul Hyslop. Mais, plus vraisemblablement, il s'agit de mon ancien ami et compagnon, Gerald Haxton. J'ai rencontré Gerald pendant la Grande Guerre, et nous sommes restés ensemble jusqu'à la fin de sa vie. Il est mort en 1944. Gerald était un homme merveilleux, et je l'aimais énormément. Hélas, en dépit de ma générosité, il dépensait beaucoup trop et était sans cesse endetté – le plus souvent, auprès des casinos de la région. Pour se procurer des liquidités, il se peut qu'il ait vendu la photo à un prostitué nommé Louis Legrand dont il s'était entiché. Loulou venait souvent ici durant les années 30, et de nombreux invités à la Mauresque – moi y compris – étaient ses clients obligés. Il figure également sur le cliché. Après ça, il est parti vivre en Australie. Pour faire quoi, je l'ignore, mais il a brusquement réapparu il y a quelques années en exigeant de l'argent pour des lettres écrites par moi et par quelques-uns de mes illustres amis.

– Et que s'est-il passé ?

– J'ai payé. Avec un chèque.

– Qui s'est occupé de cette affaire pour vous ?

– Un avocat de Nice. Un certain maître Gris.

– À votre satisfaction ?

– Pleine et entière. Mais, avant que vous ne posiez la question : je ne peux pas faire de nouveau appel à lui. Malheureusement, il est mort il y a peu.

– Si Louis Legrand avait été en possession de la photo, il s'en serait sûrement servi à l'époque, non ?

– Oui, c'est vrai. Mais je soupçonne à présent que, s'il ne s'en est pas servi, c'est parce qu'il figure dessus. Quoi qu'il en soit, il a été déçu par son chèque, faut-il ajouter, et a menacé de revenir avec quelque chose de plus "dévastateur". Mon avocat lui a écrit une lettre pour l'informer que, si jamais il rappliquait avec de nouvelles demandes d'argent, nous remettrions à coup sûr le dossier entre les mains de la police. Or Loulou a écopé d'une condamnation en France, pour proxénétisme, ce qui est illégal dans ce pays, et il aurait très facilement pu être expulsé.

– Dans ce cas, est-il possible, selon vous, qu'il ait décidé d'utiliser la photo par procuration en la vendant à Harold Hebel ?

– Oui, c'est possible.

– Avez-vous un tirage que vous pourriez me montrer ? »

Maugham s'approcha de sa table de réfectoire et ouvrit un tiroir. Il en sortit une photographie noir et blanc assez grande qu'il me passa, sans hésitation ni gêne, ce qui, pour quiconque sauf lui, aurait probablement nécessité un certain courage. Mais, à quatre-vingt-deux ans, je suppose qu'il en avait fini de s'excuser ou d'avoir honte de ce qu'il était.

C'était une jolie piscine. À chaque coin il y avait une pomme de pin en plomb décorative, avec un plongeoir à un bout et, sur un mur à l'autre bout, un masque de Neptune en marbre de la taille d'une cible de tir à l'arc. Il y avait même de l'eau dans le bassin. Je tâchai de garder les yeux fixés dessus, ce qui n'était pas facile. N'importe quel satrape qui se respecte aurait été comblé par le luxe évident de l'installation et, très probablement, par les nombreux hommes et garçons nus, à divers stades d'excitation, regroupés autour du masque de Neptune et prêtant une attention particulièrement priapique à la bouche ouverte du dieu. Pour une photographie obscène, c'en était une, avec quelque chose de l'Arétin dans ce qu'il a de plus provocateur. J'avais vu pire, mais pas depuis la République de Weimar, quand Berlin était la capitale mondiale de la pornographie.

« Qui est qui ? demandai-je. Il est assez difficile de faire la différence entre les uns et les autres.

– Ici, c'est Guy Burgess, dit Maugham. Là, Anthony Blunt. Et celui-ci, c'est Loulou.

– Il faut bien que jeunesse se passe, je suppose.

– Exactement.

– Vous a-t-il proposé le négatif ?

– Oui.

– Combien demande-t-il ?

– Cinquante mille dollars américains. En liquide. Pour le négatif et les tirages.

– Ça fait beaucoup d'argent pour une photo de vacances.

– C'est précisément la raison pour laquelle je veux quelqu'un sur qui je puisse compter pour s'occuper de cette affaire. Quelqu'un qui sache ce qu'il fait, nom d'un chien ! Et qui ne risque pas de devenir un peu trop nerveux ou surexcité. Quelqu'un comme vous. Du moins, c'est ce que prétend Hebel. Il m'a dit que vous possédiez une certaine expérience, s'agissant de traiter avec les maîtres chanteurs. C'est vrai ?

– Oui.

– À Berlin ?

– Oui.

– Peut-être désirez-vous m'en parler ? Juste par curiosité, j'entends. Si je dois vous donner cinq mille dollars de commission, je pense avoir le droit de savoir quel genre de service j'achète, n'est-ce pas ?

– C'est le problème avec le chantage, répondis-je. Vous ne tardez pas à vous apercevoir que vous n'avez aucun droit. » J'eus un haussement d'épaules. « Mais oui, bien sûr, je vais vous le dire – non qu'il y ait grand-chose à dire. Cela se passait il y a déjà pas mal d'années, notez bien, de sorte que, contrairement à cette photographie…

hélas… l'histoire est maintenant un peu granuleuse. Cela devait être en janvier 1938. Bien après que j'ai démissionné de la police et un ou deux ans après mon départ de l'Adlon. Alors que je travaillais comme détective privé à Berlin et avant… enfin bon, peu importe. Mais il y a un détail dont vous disposez déjà : l'identité du maître chanteur. Voyez-vous, chassez le naturel, il revient au galop. Ce maître chanteur était un certain Harold Heinz Hennig, que vous connaissez mieux sous le nom de Harold Heinz Hebel. »

HUIT

Berlin, 1938

« On me fait chanter.

– Je suis vraiment navré de l'apprendre.

– Mon ancien adjudant m'a dit que vous aviez été policier et que vous étiez devenu détective privé, alors, comme nous sommes de vieux camarades, j'ai décidé de venir solliciter votre aide.

– J'en suis très heureux. Cela fait bien longtemps, mon capitaine.

– Vingt ans.

– Vous avez bonne mine.

– C'est gentil à vous de le dire, Gunther, mais nous savons tous les deux qu'il n'en est rien. »

Le capitaine Achim von Frisch devait avoir la soixantaine, mais il paraissait beaucoup plus âgé, pour ne pas dire racorni. Ses cheveux avaient la couleur de l'étain et son visage, jadis séduisant, était amaigri et mal rasé. Il portait un manteau gris foncé au col de fourrure épais, un monocle, des gants gris en chevreau et tenait une canne à pommeau d'argent. Même la cire de sa moustache à l'impériale semblait terne et sèche, et une forte odeur de naphtaline entourait sa personne. Ses manières étaient exactement ce que l'on pouvait attendre d'un ancien officier de cavalerie prussien, raides et courtoises, et pourtant j'avais gardé le souvenir d'un homme bon, profondément soucieux du bien-être des soldats placés sous ses ordres, dont j'avais fait partie en 1918. Cela faisait bien vingt ans que je ne l'avais pas vu, mais on n'oublie pas de sitôt ce genre de camaraderie. J'aurais fait n'importe quoi pour mon vieux capitaine de l'armée. Une fois, il m'avait saisi par le col de ma tunique pour me tirer à couvert alors que j'avais commis la bourde de gagner une position prise pour cible par un tireur embusqué australien. Une seconde après, une balle de .303 destinée à ma tête atteignait la paroi arrière de la tranchée.

Nous nous trouvions dans mes bureaux au quatrième étage de l'Alexander Haus. Les locaux étaient petits mais confortables, et j'avais une assez bonne vue sur mon ancien bureau du Praesidium de la police, de l'autre côté de l'Alexanderplatz, où j'avais exercé comme inspecteur pendant tant d'années, jusqu'à ce que mes opinions politiques m'obligent à donner ma démission. Grâce aux nazis, le métier de détective privé était florissant : en majorité des personnes disparues – des gens disparaissaient continuellement à Berlin sous les nazis.

Mon enquêteur, Bruno Stahlecker, alluma bruyamment sa pipe et remua sur sa chaise, gêné, quoique bien moins que le pauvre capitaine.

« Je crois que je préférerais que nous soyons seul à seul pour en parler, Gunther, dit-il.

– Herr Stahlecker jouit de toute ma confiance. Vous pouvez parler librement devant lui, je lui confie une grosse partie de mon travail d'enquête.

– Je comprends. Néanmoins, je dois vraiment insister. C'est déjà suffisamment difficile comme ça. »

Je hochai la tête.

« Bruno, pourrais-tu avoir la gentillesse de t'absenter une demi-heure ? Encore mieux, pourrais-tu aller me chercher des Muratti ?

– Bien sûr, patron, pas de problème. »

Stahlecker décrocha son manteau de la patère et, continuant à fumer sa pipe qui dégageait une odeur infecte, sortit dans le froid mordant de janvier.

Après son départ, j'allumai ma dernière cigarette, alimentai le feu, rangeai mes trombones, polis mes ongles et attendis patiemment que le capitaine von Frisch en vienne au fait. La patience est la clé avec les clients victimes de chantage. Ils ont tellement l'habitude de payer pour qu'on n'ébruite pas leurs vilains petits secrets qu'on les imagine mal rompant le silence et se mettant à en parler, de surcroît à quelqu'un qu'ils n'ont pas revu depuis la guerre.

« Je ne vous cacherai pas que ces cinq dernières années ont été un enfer », déclara-t-il. Sortant un mouchoir, il le pressa contre le coin de ses yeux. « J'ai souvent envisagé de mettre fin à mes jours. Mais ma vieille mère serait terriblement affectée si je faisais une chose pareille – elle a quatre-vingt-dix ans. Et je suis contraint d'employer une infirmière pour s'occuper de moi, tellement ma santé s'est dégradée. C'est mon cœur, voyez-vous… Avec le temps, les tracas que me donne tout ceci finiront certainement par me tuer. J'espère seulement ne pas mourir avant elle, cela lui briserait le cœur. »

Dans son grand manteau militaire gris, qu'il avait refusé jusque-là d'ôter – le feu était modeste, et il avait expliqué qu'il était sensible au froid –, von Frisch ressemblait à un vénérable cuirassé allemand sur le point d'être sabordé à

Scapa Flow, et à cet instant précis il poussa un soupir si profond et si désespéré qu'on aurait dit un navire gravement endommagé plongeant déjà dans les abîmes vers une sépulture aquatique au fond de la mer du Nord glacée.

« Vous auriez dû téléphoner, mon capitaine. Ou écrire. J'aurais été ravi de me rendre chez vous. Où habitez-vous actuellement ? »

Je pris mon stylo, m'apprêtant à noter quelques informations.

« Dans le sud-ouest de Berlin. Ferdinandstrasse, numéro 26, à Lichterfelde. Juste à côté de la station de la S-Bahn. Merci, c'est très aimable à vous, mais l'infirmière est une gentille fille, et je ne voudrais pas qu'elle entende quoi que ce soit sur mon passé sordide. Une bonne infirmière est difficile à trouver de nos jours – même si elle commence à coûter assez cher.

– M. le baron est encore un homme riche, certainement.

– Plus maintenant. Ces affreux individus m'ont saigné à blanc.

– Je vois. Alors peut-être serait-il préférable que vous me racontiez tout ça. »

Il déboutonna son manteau et commença à se détendre un peu.

« Je ne me suis jamais marié. Peut-être le saviez-vous ; et, dans le cas contraire, peut-être pouvez-vous comprendre pourquoi je ne l'ai pas fait, Gunther. Quand un homme choisit de ne pas se marier, il dit à sa mère que, pour toutes sortes de raisons, il n'a jamais rencontré la jeune fille qui convenait, mais, en général, il n'existe qu'une seule raison. La plus vieille de toutes. À savoir qu'il ne pourra jamais y avoir de jeune fille qui convient. Si vous voyez ce que je veux dire… » Il eut un mince sourire. « J'imagine que ce n'est pas la première fois que vous rencontrez ce type de situation.

– Je comprends parfaitement, mon capitaine. Sous la République de Weimar, quand j'étais flic à l'Alex, je pense avoir vu toutes les facettes connues du comportement humain. Et aussi quelques inconnues. Croyez-moi, je suis immunisé contre ce genre de chose. De nos jours, les outrages aux bonnes mœurs ne semblent plus indigner que les nazis. »

Ce n'était pas vrai, bien sûr, mais il faut dire ces choses-là à ses clients, sans quoi jamais ils ne desserreraient les dents. J'avais autant de sens moral que le voisin, à condition que le voisin en question ne s'appelle pas Adolf Hitler. D'après le *Daily Mail* anglais – alors le journal le plus vendu à Berlin parce que le seul à avoir publié l'histoire –, le Führer et la plus grande partie du haut commandement allemand faisaient montre d'une profonde indignation concernant le mariage du ministre de la Guerre, le maréchal von Blomberg, avec une femme nommée Erna Gruhn, de basse extraction et de mœurs d'un niveau encore plus bas. Cela était de notoriété publique à l'Alex et dans les alentours, car Erna Gruhn était une prostituée et un ancien modèle nu. On racontait que les gars des Mœurs avaient un dossier sur elle presque aussi épais que le crâne de Blomberg.

« En novembre 1933, commença von Frisch, j'ai rencontré dans les toilettes de la gare de Potsdamer Platz un jeune homme surnommé Jo le Bavarois et qui était… eh bien, qui était… »

J'inclinai la tête.

« Un garçon chaud pour une nuit froide. Je crois avoir saisi, mon capitaine, pas besoin d'en dire plus sur ce qui s'est exactement passé. Mieux vaut en venir au tour de vis – je veux dire au maître chanteur.

– Après cette rencontre, alors que je prenais un train en direction de l'ouest, un homme est monté, qui m'a déclaré être officier de police et m'a dit s'appeler le préfet Kröger, me semble-t-il. Mais ce n'était pas le cas : il n'était pas officier de police, ni même préfet. Bref, il a déclaré avoir tout vu de ce qui s'était passé et a menacé de me mettre en état d'arrestation comme étant un "175", autrement dit un homosexuel. Puis il a proposé d'abandonner les poursuites si je lui donnais cinq cents marks en espèces. J'avais environ deux cents marks sur moi, que je lui ai remis en lui promettant de l'emmener à ma banque le lendemain, où je lui réglerais le solde. Ce que j'ai fait.

– De quelle banque s'agissait-il ?

– La Dresdnerbank, dans Bismarck-Strasse. »

J'acquiesçai et pris note de la banque, non que ce fût utile, mais la plupart des clients aiment voir que vous prenez des notes.

« Je croyais en avoir fini mais, quelques jours plus tard, Schmidt – c'est son vrai nom : Otto Schmidt – est revenu avec un autre homme qui s'est révélé un véritable officier de la Gestapo, nommé Harold Heinz Hennig, travaillant au département II-h, lequel a été créé, m'a-t-on indiqué, dans le but d'enquêter sur l'homosexualité. Ils m'ont demandé de nouveau de l'argent – mille marks, pour être précis. Et, cette fois encore, j'ai payé. Ils m'ont dit que, si je refusais de leur donner l'argent, ils veilleraient à ce qu'on m'envoie dans un camp de concentration où j'aurais de la chance si j'arrivais à tenir jusqu'à la fin de l'année.

– En espèces ?

– Toujours. Et en petites coupures.

– Hum…

– Mais ce n'était qu'un début, et depuis lors j'ai versé à ces deux gredins mille marks par semaine, ce qui représente à ce jour une somme de près de deux cent cinquante mille marks. En fait, je n'ai pas même les moyens de m'offrir le taxi qui m'a amené ici ce matin. »

Je laissai échapper un sifflement. Deux cent cinquante mille marks, c'était un joli petit lot, aussi séduisant que tout ce qu'on peut voir dans un cours de dessin de nu de l'Académie des arts de Berlin.

« C'est beaucoup d'argent.

– En effet.

– Écoutez, avec tout le respect que je vous dois, mon capitaine, le cheval s'est déjà échappé. Je vois mal à quoi cela pourrait servir que je vous aide à refermer la porte de l'écurie maintenant.

– Tout simplement parce que je suis à présent victime d'un chantage exercé par ces mêmes individus – ou du moins l'un d'entre eux, le capitaine Hennig –, d'une manière et pour des motifs totalement différents. Non pas de l'argent – pas pour l'instant, en tout cas. C'est mon silence qui semble requis dans l'immédiat. Cela pourrait être drôle si ce n'était aussi tragique… C'est là que j'ai besoin de votre aide, Gunther. Je présume que la Gestapo possède un code de déontologie. Que la corruption est mal vue même parmi les nazis. Ce capitaine Hennig a vraisemblablement un supérieur, et l'on peut imaginer qu'il ne serait pas très content d'apprendre que des membres de son propre département touchent des pots-de-vin.

– À quoi ressemble ce Hennig ?

– Jeune, suave, arrogant. Intelligent aussi. Toujours en civil. Costumes de bonne qualité. Achète ses chapeaux chez Habig. Montre-bracelet Rolex. Conduit une Opel Kapitän noire, ce qui signifie que je ne suis jamais parvenu à le suivre. Nous nous rencontrons toujours dans des lieux publics. Et jamais deux fois au même endroit. »

Je hochai lentement la tête. Les ennuis ne me dérangeaient pas, c'était un des risques du métier. Mais cette affaire commençait à donner l'impression qu'elle allait représenter davantage d'ennuis que la dose habituelle, ce qui, dans l'Allemagne nazie, était toujours casse-cou.

« Si je me souviens bien, dis-je, le II-h est dirigé par deux immondes salopards, Josef Meisinger et Eberhard Schiele. Il y a de grandes chances qu'ils empochent une bonne partie de tout ce que vous extorque ce Hennig. Mais Meisinger a lui-même un supérieur, Arthur Nebe, un homme que je connais et qui n'est pas entièrement dénué de principes. Il se pourrait qu'il voie ces activités sordides d'un mauvais œil et il devrait alors être possible de le convaincre de les obliger à y mettre fin.

– Je l'espère.

– Mais attendez… Vous m'avez dit qu'on vous faisait chanter pour que vous gardiez le silence. Si ce n'est pas trop gênant, peut-être pourriez-vous m'expliquer pourquoi. Je n'ai pas très bien compris.

– Ce n'est pas du tout gênant. Otto Schmidt a passé un certain temps en prison. Pendant qu'il était là-bas, il a informé d'autres membres de la Gestapo qu'il me faisait chanter depuis plusieurs années, et ces imbéciles ont réussi à me confondre avec le commandant en chef de l'armée : le numéro deux de Blomberg, le colonel-général *Freiherr* Werner von Fritsch. Fritsch avec un t, vous comprenez. Un officier de la vieille école, et nullement un nazi, aussi sans doute cherchent-ils un prétexte pour se débarrasser de lui. En d'autres termes, il semblerait qu'ils m'aient délibérément confondu avec lui dans le but de salir son nom et de le forcer à démissionner de l'armée. Et je fais à présent l'objet d'un chantage pour que je taise ce que je sais là-dessus.

– De la part de Hennig ?

– De la part de Hennig.

– Et qui est l'officier de la Gestapo qui essaie de coller ça sur le dos du général von Fritsch ?

– Un *Kommissar* du nom de Franz Josef Huber. Et Fritz Fehling, un inspecteur.

– Mais ça n'a aucun sens ! objectai-je. Ils essaient déjà de se débarrasser de Blomberg. Von Fritsch est sûrement le mieux placé pour prendre sa succession. Pourquoi se débarrasser de lui aussi ?

– Du sens ? Rien de tout cela n'a de sens. D'après ce que je peux voir, une loyauté muette et sans faille à l'égard de Hitler est la seule chose qui compte pour les nazis. En ce qui me concerne, la question est la suivante : jusqu'où cela va-t-il dans la chaîne de commandement ? Voilà ce que j'ai besoin de savoir. Le fait que von Fritsch soit totalement innocent du crime dont on l'accuse est-il connu à tous les niveaux de la hiérarchie, jusqu'à Goering et Hitler ?

– Et dans ce cas ? Alors quoi, mon capitaine ?

– Simplement ceci : un tribunal militaire a été désigné pour entendre l'affaire du général von Fritsch le 10 mars à la Preussenhaus. Il sera présidé par Goering, Raeder et Brauchitsch, et les charges se rapporteront au paragraphe 175 du Code pénal allemand, qui punit l'homosexualité, bien évidemment. Avant cela, il me faut décider si je mettrai un point d'honneur à insister pour témoigner afin d'expliquer à la cour que c'est moi et non le général qui suis la victime du chantage de la Gestapo. Autrement dit, qu'est-ce que je risque en me dressant contre elle ?

– De but en blanc, je dirais que ce n'est jamais une bonne idée de s'opposer à la Gestapo. Les camps de concentration sont remplis de gens qui pensaient pouvoir lui faire entendre raison. À quel point êtes-vous malade, mon capitaine ? Je veux dire, pouvez-vous voyager ? Avez-vous songé à quitter le pays ? Il n'y a rien de déshonorant à fuir les nazis. Surtout la Gestapo. Beaucoup l'ont déjà fait.

– J'en aurais peut-être fait autant sans ma mère âgée, admit-il. Je pourrais sans doute trouver la force de partir quelque part. Mais elle certainement pas. Et jamais je ne pourrai la laisser. C'est impensable.

– Vous êtes dans une situation difficile, à ce que je vois.

– C'est pourquoi je suis ici.

– Écoutez, en avez-vous parlé au général von Fritsch ? J'imagine qu'il serait vivement intéressé par ce que vous avez à dire.

– Non, pas encore. Comme je vous l'ai expliqué, je tiens à savoir jusqu'où cela va avant de m'exposer pour le général. Et si je dois en arriver là, je préférerais que vous preniez d'abord contact avec son conseiller juridique. J'ai bien peur de ne pas avoir l'énergie de faire le pied de grue dans Bendlerstrasse pour le voir. Je compte aller me coucher dès que je serai rentré chez moi.

– Savez-vous qui est son conseiller juridique ? Un autre officier supérieur, je suppose.

– Le comte Rüdiger von der Goltz. Vous le trouverez également Bendlerstrasse.

– Bien. Mais avant, j'en toucherai un mot à Nebe. Et éventuellement à Franz Gürtner, le ministre de la Justice. Peut-être saura-t-il quoi faire.

– Merci. »

Von Frisch sortit son portefeuille, l'ouvrit et posa deux coupures bleu de Prusse sur mon bureau.

« D'après ce que m'a dit votre collègue tout à l'heure, voilà qui devrait suffire à m'assurer vos services durant une semaine.

– C'est plus que suffisant, mon capitaine. »

En réalité, je me serais occupé de cette affaire pour rien, mais il était inutile de discuter avec le vieil homme. Achim von Frisch était un Prussien vieux jeu, très fier, et il n'aurait pas plus accepté mon aumône qu'il n'aurait proposé de faire le ménage dans mon bureau ou d'aller me chercher des cigarettes.

Après son départ, je restai les bras croisés à invoquer en vain le nom du Seigneur, ce qui ne fit qu'augmenter ma tension artérielle. Puis Bruno revint avec mes Muratti, et j'en fumai une sans attendre pour reprendre mon souffle, avant d'avaler une lampée de la bouteille de Korn que je gardais dans le tiroir de mon bureau.

Enfin, je lui répétai ce que von Frisch m'avait dit. Il jura comme un charretier et but lui aussi un verre. Nous devions avoir l'air de deux curés en vacances.

« Ce n'est pas une affaire, fit-il observer, c'est un scandale politique en perspective. Suis mon conseil, patron : laisse tomber. Tu pourrais tout aussi bien te lancer à la recherche d'Amelia Earhart[1] qu'essayer d'aider ce vieux Fridolin.

– Peut-être.

– Il n'y a pas de “peut-être”. Si tu veux mon avis, tu te mettrais la tête dans la gueule d'un lion en ayant peu de chances de la récupérer avec les deux oreilles. Les nazis consolidant leur pouvoir, voilà de quoi il s'agit. D'abord l'incendie du Reichstag, ensuite la Nuit des longs couteaux, quand ils ont zigouillé Ernst Röhm et la direction de la SA, et maintenant ceci… l'émasculation de l'armée. C'est juste une façon pour Hitler de dire à la Wehrmacht que c'est

1. Aviatrice américaine disparue dans la région de l'archipel des îles Phœnix en 1937.

lui qui commande. Tu sais, ça ne m'étonnerait pas qu'il se désigne lui-même comme nouveau ministre de la Guerre. Après tout, qui y a-t-il d'autre ?

– Goering ? murmurai-je sans trop y croire.

– Ce gros matamore ? Il est déjà trop puissant au goût de Hitler. »

J'acquiesçai.

« Oui, tu as raison, naturellement. Trop puissant et trop populaire dans l'opinion publique. » Je secouai la tête. « Mais il faut que je fasse quelque chose. En Turquie, le capitaine von Frisch m'a sauvé la vie. Sans lui, j'aurais un grand trou dans la tête là où devrait se trouver ma cervelle. »

J'avais donné à Bruno des verges pour me battre et je ne fus pas déçu ; mon enquêteur n'est rien de moins que prévisible, dans la plupart des cas, ce qui est une excellente qualité chez un enquêteur.

« Il y a un grand trou dans ta tête là où devrait se trouver ta cervelle. C'est-à-dire, si tu prends le capitaine comme client.

– C'est déjà fait. Je lui ai promis que j'essaierais de l'aider. Je te le répète, il m'a sauvé la vie. Essayer de sauver la sienne est le moins que je puisse faire.

– Écoute, Bernie, c'est le genre de chose qui se produit dans une guerre. Ça ne signifie rien. Sauver la vie de quelqu'un était une simple courtoisie dans les tranchées. Comme de donner du feu à un gus pour qu'il allume sa clope. Si j'avais dix marks pour chaque enfoiré auquel j'ai sauvé la vie, je serais un homme riche. Oublie ça. Ce qu'il a lui-même fait, probablement. Ça ne veut rien dire.

– Tu ne le penses pas.

– Non, d'accord, je ne le pense pas. Alors que dirais-tu de ceci à la place : survivre à ce moment-là était juste une question de chance. Pourquoi y prêter attention maintenant ? »

Je pris mon chapeau.

« Où vas-tu ? demanda-t-il.

– Au quartier général de la Gestapo, Prinz-Albrecht-Strasse. Retrouver ce lion. »

NEUF

La Côte d'Azur, 1956

Je bus une gorgée du gimlet parfaitement dosé que le majordome au visage impassible de Maugham venait de monter dans le nid d'aigle de l'écrivain et fis légèrement la grimace en sentant le Plymouth Navy Strength pénétrer dans mes artères durcies tel du formaldéhyde de bonne qualité. Pourquoi est-ce qu'on boit ? Puis j'allumai une cigarette, tirai avec force sur le filtre et attendis que le tabac de Virginie à l'arôme sucré assène le coup de grâce à mes sens émoussés par l'alcool. Pourquoi est-ce qu'on fume ? Pendant ce temps, un chat noir et mince s'était glissé dans la pièce, et quelque chose dans ses mouvements furtifs et circonspects faisait penser qu'il s'agissait d'un obscur cousin de mon âme, venu s'assurer que je n'en disais pas trop au vieil écrivain anglais. « Ne jamais faire confiance à un écrivain, avait l'air de me dire le chat, ils inscrivent toutes sortes de choses. Des choses qu'on ne voulait pas leur raconter. Celles-là en particulier. Il connaît déjà ton nom, ne lui donne pas d'autres informations. Il s'en servirait dans un livre qu'il est en train d'écrire. Tu regretterais toute ta vie de lui avoir certifié quoi que ce soit. »

« Je vous serais reconnaissant d'avoir l'obligeance de garder tout ça pour vous, déclarai-je. Que je suis un ancien policier de Berlin. Je ne tiens pas à ce que les gens soient au courant.

– Bien sûr. Vous avez ma parole.

– Dans tous les cas, il ne s'agit pas d'une histoire dans laquelle quiconque s'en sort à son avantage, moi y compris.

– Ce qui est tout l'intérêt d'une bonne histoire, répondit Maugham. Je n'ai jamais aimé les héros, de toute façon. Je préfère de beaucoup les hommes possédant des failles. Croyez-moi, c'est ce qui fait vendre de nos jours.

– Alors la surprise, c'est que je ne sois pas déjà dans un roman. Sans plaisanter. Quand j'y repense, je me dis que j'aurais dû faire davantage pour dissuader le capitaine de suivre le plan qu'il s'était fixé. Mais c'était mon ancien commandant, et j'avais l'habitude de faire ce qu'il demandait. Ce n'est pas une excuse suffisante, j'en conviens, mais c'est ainsi. Un regret de plus dans les dix volumes de tentative de justification que constitue ma vie.

– Dix volumes, hein ? Voilà qui semble intéressant.

– Écrits en gros caractères, toutefois.

– Eh bien, que s'est-il passé ? demanda-t-il. Dans votre histoire.

– Rien de bon, répondis-je. Ce fut un désastre pour le capitaine, et pour moi aussi, en l'occurrence. Cela m'a rappelé à l'attention pernicieuse du général Heydrich, qui, un peu plus tard cette année-là, m'a fait chanter pour que je retourne dans la police, ce qui voulait dire bosser pour lui et au final pour le SD.

– "Chanter" ? Qu'avait-il sur vous ? »

Je souris.

« Rien de spécial. Uniquement des menaces de violence extrême. C'est le chantage le plus efficace de tous.

Les nazis avaient tellement de manières de menacer quelqu'un de violences qu'on avait parfois du mal à se rappeler qu'il s'agissait du gouvernement allemand et non d'une bande de gangsters de Chicago. Si j'avais refusé de faire ce qu'il demandait – travailler pour lui –, j'aurais été un homme mort. Sûr et certain. Heydrich obtenait toujours ce qu'il désirait. »

Le chat battit des paupières, les yeux agrandis par l'incrédulité, comme s'il doutait de la véracité de cette assertion. Les chats savent très bien si quelqu'un ment ou, comme dans mon cas, déforme la vérité afin de l'adapter à son nouveau personnage. Raison pour laquelle, probablement, je n'ai pas de chat.

« Et êtes-vous allé au siège de la Gestapo ? Mettre votre tête dans la gueule du lion ?

– Oui. J'ai rencontré Huber et Fehling, les officiers de la Gestapo chargés de l'enquête sur l'affaire von Frisch. J'ai tout de suite compris que ces deux-là possédaient l'arrogance sans bornes de ceux qui jouissent de la totale confiance de personnes d'un rang supérieur au leur – Himmler, je pense, et sans doute aussi Heydrich. Comme vous pouvez l'imaginer, ils se sont montrés on ne peut moins aimables ; ils n'aimaient guère l'idée que leurs accusations contre le général s'envolent en fumée parce qu'un homosexuel bien intentionné s'apprêtait à apporter la preuve qu'Otto Schmidt était à l'évidence un menteur. J'ai eu la chance, alors que j'étais là-bas, de croiser leur patron, Arthur Nebe. Il ne m'a pas parlé, mais il a eu un petit entretien avec Huber, après quoi on m'a laissé partir – Nebe a toujours eu un faible pour moi, je suppose donc que c'était grâce à lui. Cependant, avant de me relâcher, on m'a averti en termes non équivoques qu'il m'était interdit de reprendre contact avec le capitaine von Frisch ou avec le conseiller juridique du général, le comte Rüdiger von der Goltz. Ayant toujours été du genre indiscipliné, je me suis malgré tout rendu à l'état-major de l'armée, où j'ai parlé à un autre juge militaire, nommé Karl Sack, et l'ai mis au courant. C'est lui qui a ensuite informé les avocats du général de la volonté de von Frisch de déposer contre Otto Schmidt, le témoin vedette de la Gestapo.

À ce moment-là, les choses s'étaient mises à bouger beaucoup plus rapidement que je ne l'avais prévu et, de façon encore plus impitoyable que je n'aurais pu l'imaginer, le capitaine von Frisch avait été arrêté à son domicile de Lichterfelde et placé en "détention préventive", comme disait avec le plus grand sérieux la Gestapo, au quartier général de cette dernière, dans Prinz-Albrecht-Strasse. D'ordinaire, cela signifiait qu'il allait vous arriver quelque chose de très désagréable, ce qui n'a pas manqué. Ils lui ont flanqué une effroyable raclée dont il ne s'est jamais vraiment remis. Mais il était extrêmement courageux et a refusé de changer ses déclarations – à savoir que c'était lui le von Frisch qui avait eu des rapports homosexuels dans les toilettes de la gare de Potsdamer Platz et non le général –, et ils ont finalement été obligés de le relâcher. Hennig nous a fait venir, mon enquêteur et moi, pour le récupérer dans sa cellule du sous-sol du QG de la Gestapo, ce dont je garde un souvenir affreusement précis. C'est le genre de chose qu'on n'oublie pas.

Il était couché nu sur le sol dans une mare de sang et d'urine, et pendant quelques minutes nous l'avons cru mort. Tout son corps était aussi violet qu'une prune mûre – il avait en fait les oreilles qui saignaient –, et c'est seulement lorsque je l'ai touché et qu'il s'est mis à gémir que nous nous sommes rendu compte que, chose incroyable, il vivait encore. La Gestapo s'y entendait à battre un homme jusqu'à ce qu'il soit à deux doigts de la mort, et quelquefois encore plus près. Un examen médical a montré par la suite qu'il avait plusieurs côtes et une clavicule cassées, la mâchoire fracturée et des contusions multiples. On lui avait arraché tous les ongles et plusieurs dents avec une pince, et un de ses yeux saillait horriblement hors de l'orbite. J'avais déjà vu des types qu'on avait passés à tabac, mais jamais aussi brutalement, et certainement pas d'aussi vieux. Sans brancard sur lequel l'étendre, il nous a fallu le transporter jusqu'à ma voiture dans une vieille couverture sale, et on ne nous a permis de l'emmener à l'hôpital de la Charité qu'à la condition que nous ne révélions pas au personnel médical la façon dont il avait récolté ses blessures, ce qui nous a obligés à inventer un conte digne des frères Grimm, comme quoi il était sorti de chez lui dans une crise de somnambulisme et s'était retrouvé sur la trajectoire d'un tram. Non qu'ils nous aient crus, notez bien. Ce n'était pas la première fois qu'ils voyaient un homme roué de coups par la Gestapo. Comment il avait pu résister à tout ça et rester fidèle à sa version des faits, je ne le saurai jamais.

En dépit de ses blessures, le capitaine a plus ou moins réussi à se rétablir suffisamment pour se rendre au tribunal militaire cinq semaines plus tard. Le 2 mars 1938, il a donné son témoignage, lequel était diamétralement opposé au récit fait par son maître chanteur initial, Otto Schmidt. Tout ça était une véritable farce. Assis sur un des bancs, j'ai suivi les délibérations à la Preussenhaus, et même Hermann Goering paraissait mal à l'aise. Il sautait aux yeux que le capitaine avait été roué de coups, et tout le monde savait par qui, mais on n'a tenu aucun compte de cet élément. Grâce à lui, le général von Fritsch a été acquitté, mais le mal était fait, et, s'il a conservé son grade, il n'a jamais été rétabli dans ses fonctions de commandant en chef. Par la suite, il a réintégré son premier régiment et a été tué lors de l'invasion de la Pologne en septembre 1939. Certains pensent qu'il a fait en sorte de mourir en héros, refusant de se mettre à l'abri lors d'un bombardement de l'artillerie polonaise, ce qui aurait été tout à fait typique d'un homme issu de ce milieu. La mort était toujours préférable au déshonneur.

Il semble qu'après sa lamentable prestation au tribunal, Otto Schmidt ait été de nouveau arrêté quelques semaines plus tard et envoyé dans un camp de concentration – probablement Sachsenhausen –, où je présume qu'il est mort en portant un triangle rose. En effet, si les Juifs dans les camps avaient l'obligation de porter une étoile jaune, les homosexuels devaient, eux, exhiber un triangle rose. Ainsi prévenus, les gardes étaient libres d'imaginer les punitions les mieux adaptées au délit en question, en fonction de leur point de vue. Ç'a dû être terrible. À cause des six millions de Juifs qui ont été assassinés, on oublie généralement que beaucoup d'homosexuels allemands ont connu eux aussi une mort violente dans les camps. Apparemment, les nazis n'étaient jamais à court de minorités à persécuter.

– Quelle horreur ! dit Maugham. C'est tragique, le nombre d'homosexuels qui sont victimes de chantage – même si, pour les pédérastes comme moi, il s'agit quasiment d'un risque professionnel. Je me demande souvent ce que les autres hommes ont contre nous. Je suppose que c'est l'importance que nous attachons à des choses que la plupart d'entre eux trouvent insignifiantes, ainsi que le cynisme avec lequel nous considérons les sujets que le commun des mortels juge nécessaires à son bien-être spirituel. Ça et un intérêt indu pour la bite des autres. »

J'éclatai de rire.

« Oui, probablement.

– Et ce pauvre vieux capitaine ? demanda-t-il. Votre ami. Qu'est-il devenu ?

– Le traitement brutal qu'il avait subi aux mains de la Gestapo avait complètement ruiné sa santé. J'ai continué de prendre de ses nouvelles pendant un mois ou deux, puis il a dû quitter sa maison de Lichterfelde par manque d'argent, et je l'ai malheureusement perdu de vue. J'ignore quel a été son sort par la suite, mais il est tout à fait possible qu'il ait fini lui aussi dans un camp de concentration pour une raison quelconque. À ce moment-là, les amis huppés du capitaine au sein de l'armée n'étaient plus guère en situation d'empêcher qu'une chose semblable se produise. Hitler avait réalisé en l'espace de quelques semaines son rêve de devenir commandant en chef et ministre de la Guerre. Quelques jours après le verdict, l'Allemagne envahissait l'Autriche, et Blomberg et l'affaire von Fritsch furent aussitôt oubliés. Presque tout le monde en Allemagne et en Autriche acclamait désormais Hitler comme le nouveau Messie. Moins à Berlin qu'à Vienne, toutefois. Pour la défense de ma ville natale, je me sens tenu de préciser que jamais les Berlinois de gauche ne se sont pris de sympathie pour Hitler comme l'ont fait les Autrichiens. Mais c'est une autre et longue histoire.

Harold Hennig a été rétrogradé et muté plus tard dans les forces de sécurité à Königsberg. Nous nous sommes rencontrés de nouveau quand on m'a transféré de Berlin là-bas, en 1944, mais là encore c'est une autre histoire. Voilà plus de vingt ans que cet individu fait chanter des hommes comme vous, monsieur. C'est un professionnel, et il sait ce qu'il fait. Il ne faut pas s'attendre à ce qu'il commette le genre d'erreurs typique de la manière dont les nazis ont géré le dossier contre le général von Fritsch. Ça n'arrivera pas. En fait, je pense qu'il a l'intention de faire pression sur moi, dans une moindre mesure que sur vous. Après tout, il connaît mon identité réelle et une bonne partie de ma véritable histoire. Je dirais qu'il le fera non pas pour m'extorquer de l'argent – je n'en ai pas beaucoup –, mais tout simplement parce qu'il en a la possibilité. Chez lui, c'est une question de penchant et d'habitude. Une façon de montrer son pouvoir sur quelqu'un d'autre.

– Je suis désolé. »

Maugham avala une gorgée de dry martini. Je pouvais sentir l'absinthe dans son verre, ce qui donnait au vermouth et à la vodka glacés quelque chose de trouble, à l'image de l'insaisissable vieillard.

« Puis-je vous poser une question personnelle ? demanda-t-il.

– Vous pouvez toujours, mais je ne répondrai peut-être pas.

– Avez-vous déjà tué un homme ?

– Le meurtre est légal en temps de guerre. C'est en tout cas ce qu'on nous disait souvent.

– Je prendrai cela pour un oui. Mais croyez-vous pouvoir le refaire ?

– C'est comme boire un verre : on a du mal à s'arrêter après un seul. Mais tuer quelqu'un est beaucoup plus difficile qu'il n'y paraît dans les pages d'un roman.

– Je vois. Que serait l'art sans le meurtre ? Je me le demande.

– Et pourtant, c'est aussi beaucoup plus facile. Quiconque peut couper une tranche de pain peut couper une gorge. Mais cela fait un bail que je n'ai pas tiré sur quelqu'un. Croyez-moi ou non, je suis venu ici pour fuir tout ça.

– Ce que je me disais, c'est que vous pourriez peut-être vous arranger pour que Herr Hebel ait un accident. Par exemple, qu'il se fasse renverser par une voiture. Ou que les freins de son véhicule lâchent dans un virage en épingle à cheveux – il y en a plein par ici. Je serais tout à fait prêt à vous verser la somme que je devrais lui remettre rien que pour m'assurer qu'il ne va pas revenir en demander davantage. Sérieusement. Cinquante mille dollars si vous le supprimez. À mon âge, on est enclin à tout envisager pour avoir une vie paisible. Même le meurtre. Et, franchement, ce n'est pas un crime si terrible de nos jours, n'est-ce pas ? Pas depuis la guerre. Écoutez, tout ce que je vous demande, c'est d'y réfléchir.

– Je sais ce que vous me demandez, monsieur. Et la réponse est non. Je préférerais de beaucoup disparaître à nouveau plutôt que d'avoir à tuer notre ami Harold Hebel. "*Fiat justitia, pereat mundus.* Que la justice règne, dussent périr tous les scélérats que renferme le monde." C'est ma version du ciel étoilé au-dessus de moi et de la loi morale à l'intérieur de moi.

– Qu'est-ce que c'est ? Du Kant ? »

Je hochai la tête.

« Non que je me soucie de ce qui peut arriver à Hebel : je lui souhaite d'être aussi malade qu'un homme peut l'être, et il fut une époque où je l'aurais descendu avec joie et sans l'ombre d'une hésitation. Non, je m'inquiète nettement plus pour moi que pour lui. Je n'ai aucune envie d'ajouter un onzième volume d'*apologia pro vita sua* à ces dix dont je vous ai déjà parlé. De plus, il n'y a aucun moyen de savoir quelles précautions minutieuses a pu prendre un tel énergumène s'agissant de sa propre vie. Il s'attend sans doute à se faire descendre. Je parie qu'il a déjà envoyé à un avocat de la région une enveloppe à ouvrir au cas où il décéderait subitement pendant qu'il est ici, au cap Ferrat.

– Une pensée troublante.

– C'est certainement ce que je ferais si j'étais dans ses bottines anglaises fabriquées à la main.

– Oui, Robin les a remarquées lui aussi. Être victime d'un chantage de la part d'un gars qui va chez le même bottier que vous est tout simplement odieux. Au moins, Louis Legrand avait l'air de ce qu'il était : un petit escroc de bas étage. Apparemment, ce type ressemble à un homme d'affaires prospère. »

Maugham alluma une cigarette, et ses yeux étroits s'emplirent de mélancolie.

« Dommage, ajouta-t-il d'un ton légèrement sarcastique. Qu'on ne puisse pas le tuer, j'entends. J'aurais aimé contribuer à commettre un acte véritablement criminel une fois dans ma vie. Surtout maintenant qu'on me tient en haute estime. Cela m'aurait beaucoup amusé de pouvoir assister au mariage princier tout en planifiant un meurtre.

– Rien ne vous empêche de le tuer.

– Même quand j'étais de service en Russie et que je devais porter un revolver, je n'ai jamais été très bon tireur. Et ma vue n'est plus ce qu'elle était. De sorte que je le manquerais probablement. À moins d'avoir affaire à un critique. Je suis convaincu que je pourrais tirer sur Harold Hobson, le critique dramatique, sans aucun problème.

– Alors un de vos amis. Votre majordome, s'il est aussi adroit avec une arme à feu qu'avec le gin. Ou Robin, peut-être.

– Si l'un d'eux possédait un revolver, on pourrait toujours le lui suggérer. Mais je ne saurais pas où me procurer un tel objet, je le crains.

– Une arme à feu est facile à obtenir. C'est le courage de s'en servir avec sang-froid qui est difficile à trouver.

– Je suppose. »

Maugham demeura un instant silencieux.

« Robin, lui, en serait capable, reprit-il. De liquider Hebel, je veux dire. Je suis certain qu'il a tué des gens pendant la guerre. Les vôtres. Il a reçu des citations à l'ordre du jour, vous savez. Quoique, à la réflexion, il bâclerait sans doute une chose comme un meurtre et laisserait un indice crucial derrière lui : un de ses boutons de manchettes en or à monogramme, par exemple, ou, plus vraisemblablement, sa foutue carte de visite. À bien des égards, Robin vit totalement sur une autre planète. C'est ma faute, en fait. Je l'ai isolé du monde réel pendant presque toute sa vie.

– Alors vous feriez mieux de ne pas le lui demander, au cas où il se sentirait obligé de dire oui.

– Vous avez probablement raison.

– Que va-t-il se passer maintenant ? Hebel vous a-t-il dit si je devais prendre contact avec lui ? Ou s'il prendrait contact avec moi ? Et l'argent ? Est-ce qu'il est prêt ?

– La somme se trouve dans mon coffre en bas. Et Hebel a dit qu'il vous laisserait un mot indiquant où et quand il veut que l'argent soit versé. Le plus tôt sera le mieux, peut-on supposer. »

DIX

Le dimanche matin arriva, aussi chaud qu'une cigale à l'étuvée. Toutefois, le hall en marbre beige de l'hôtel était doté d'une climatisation si implacable que j'étais content d'avoir ma jaquette en laine, même si elle me faisait ressembler à mon grand-père, un fonctionnaire qui avait travaillé toute sa vie à la Chambre des représentants de Prusse à Berlin, où, en 1862, il avait entendu Bismarck prononcer son célèbre discours « Par le fer et par le sang ». Mon grand-père me manquait. Et je me souvins que, dans mon enfance, il m'emmenait de chez lui près de Fischerinsel voir la fosse aux ours. Derrière mon bureau, je devais ressembler à un ours dans une fosse, dressé sur ses pattes arrière, chaque fois qu'un client s'approchait dans l'espoir que je lui rende service et moi nourrissant celui de gagner un pourboire. D'un pas traînant, les clients de l'hôtel entraient, sortaient, montaient dans les étages, se rendaient à la piscine, gagnaient la salle à manger pour prendre leur petit déjeuner, leur déjeuner ou leur dîner, et cela dans toute une variété de tenues de vacances, dont certaines presque aussi absurdes et inappropriées que la jaquette noire en laine portée par le concierge d'un grand hôtel. Quelques-uns allaient même à l'église à Beaulieu, mais en règle générale ils ne bougeaient pas de l'hôtel réfrigéré. Je ne les en blâmais pas. Il faisait trop chaud pour s'adonner à la religion, et de toute manière, comme beaucoup de Prussiens, j'ai toujours été païen, par goût et par éducation. Pour Bismarck, c'étaient les dépenses militaires – de façon métaphorique, le sang et le fer – qui avaient été la clé de l'importance de la Prusse au sein de l'Allemagne. Pour moi, cela tenait au fait que la Prusse était restée totalement étrangère au christianisme jusqu'à sa conquête finale par les chevaliers Teutoniques du pape en 1283. Et depuis cette date, Dieu nous punissait durement pour avoir tardé à rejoindre son Église. Voilà ce que j'appelle un peuple élu. Cela expliquait une grande partie de l'histoire allemande. Cela expliquait la forêt noire impénétrable qu'était mon âme ténébreuse et cela expliquait certainement mon sens de l'humour, jamais très loin quand je donnais des indications aux clients de l'hôtel, que j'achetais des billets de théâtre ou que je m'occupais de changer des devises, d'ordinaire des dollars. Les Américains n'arrêtaient pas de se plaindre du taux de change, et ce, quoiqu'ils fussent les touristes les plus riches de la Riviera cette année-là. Les Américains étaient les touristes les plus riches de la Côte chaque année, ce dont la plupart d'entre eux semblaient tirer une grande satisfaction, mais ce qui avait aussi pour conséquence qu'ils payaient pratiquement deux fois plus que les autres – les Français appelaient ça sans vergogne la « taxe amerloque ». Gonfler les prix était une chose, et l'on pouvait difficilement en vouloir aux Français, à court de liquidités, de céder à la tentation de fixer des prix trop élevés dans les restaurants et les taxis. Extorquer de l'argent sous la menace était une autre paire de manches. À mon avis, le chantage est l'un des pires crimes qui existent, dans la mesure où il peut durer une vie entière, ce qui est souvent le cas, et je me souviens encore du plaisir avec lequel j'appris que Leopold Gast, le maître chanteur le plus tristement célèbre de Berlin, avait été condamné à la réclusion à perpétuité en 1929, après qu'une de ses nombreuses victimes – des femmes en majorité – se fut suicidée, mais pas avant d'avoir écrit une lettre détaillée à la police, lettre qui permit ensuite de le déclarer coupable. Franchement, la guillotine aurait été un sort trop clément pour un être aussi détestable que Gast.

C'était avec un degré de répugnance semblable que je considérais à présent Harold Heinz Hennig, *alias* Harold Hebel, alors qu'il traversait avec nonchalance le hall de l'hôtel dans ma direction. Il souriait, par-dessus le marché, tel le loup venant de dévorer la grand-mère, ce qui ne fit qu'exacerber ma haine à l'égard de ce type au physique avantageux et plus jeune que moi. Je sentis une forte odeur d'eau de Cologne, pris note de la coûteuse montre en or Cartier attachée au poignet hâlé du bras posé sur le comptoir et fus soudain saisi de l'envie de couper ce bras pour le lui faire bouffer. Image plaisante dont je me divertis pendant que nous parlions.

« Herr Hebel, dis-je en allemand, tout en le regardant avec la froideur d'un chien de porcelaine. Que puis-je pour vous ? »

Il faufila une main manucurée dans la poche de poitrine de sa veste taillée sur mesure à Savile Row et en sortit une enveloppe qu'il me tendit.

« Je me demandais si vous ne pourriez pas me traduire cette lettre en allemand, au cas où vous auriez un moment de libre. Mon français n'est pas aussi bon que le vôtre, Herr Wolf, et elle contient quelques termes techniques qui, franchement, me dépassent. »

C'étaient les premiers mots qu'il m'adressait depuis janvier 1945, et il me fallut tout mon sang-froid pour ne pas le lui rappeler ou lui envoyer mon poing dans la figure. Hebel le savait, bien sûr, mais il lui paraissait plus prudent de faire comme si nous nous connaissions à peine, lui et moi. Sa voix avait le son sourd d'un grognement, comme celle d'un gros chat ou d'un chien de garde.

« Certainement, monsieur. Je m'en occupe tout de suite.

– Prenez votre temps, mon ami, dit-il avec amabilité en me donnant un billet. Il n'y a pas d'urgence. Dans l'après-midi serait parfait.

– Très bien, monsieur.

– Vous pouvez laisser les deux versions dans ma chambre si vous voulez, je les prendrai demain. »

Puis il sortit dans la chaleur torride et glissa un pourboire au voiturier, qui courut chercher son véhicule.

Je pris ma pause de milieu de matinée avant d'ouvrir l'enveloppe et de lire avec soin les instructions dactylographiées de Hebel sur le lieu où et la façon dont la rançon du chantage devait être versée. Puis je me rendis dans le bureau de derrière, d'où j'appelai Somerset Maugham à la Villa Mauresque. Quand Alan, son petit ami et secrétaire, l'eut fait venir au téléphone, je dis au vieux que c'était pour le soir même.

« Alors il a pris contact ? »

Maugham parlait en allemand, ce qui m'allait très bien ; me parler en allemand semblait lui plaire.

« Oui.

– Que pensez-vous de lui ?

– La même chose qu'il y a plus de dix ans. Que je souhaiterais le voir mort.

– La proposition tient toujours.

– Non, merci. Je n'aime pas tuer n'importe qui, monsieur. Même les gens que je ne porte pas dans mon cœur.

– Peut-on lui faire confiance ?

– Non, bien sûr que non. C'est une fripouille. Mais pour lui, c'est le jour du gros chèque, et il tient à ce que l'opération se déroule sans anicroche. Dans cette mesure, tout devrait se passer comme prévu. Ce soir, du moins. Après ça, votre opinion vaut la mienne.

– Comment dois-je l'emballer ? L'argent, je veux dire. Sous forme de paquet ?

– Un paquet nécessiterait d'être défait pour pouvoir compter les billets. Non, tout ce qui ralentit les choses ce soir est à éviter. Un sac serait bien. De préférence, un dont ça ne vous dérange pas de vous défaire au profit d'un fumier comme Hebel.

– Est-ce qu'un sac de la Pan American Airlines conviendrait, à votre avis ?

– Je ne sais pas. Il peut contenir cinquante mille dollars ?

– Je dirais que oui.

– Dans ce cas, utilisez-le. En tout état de cause, l'argent doit être prêt à dix-neuf heures. Le rendez-vous est fixé à vingt. J'apporterai le négatif et la photo à la Villa Mauresque dès que je les aurai récupérés.

– Cinquante mille dollars ! s'exclama-t-il sur un ton acariâtre. Cela doit être la photo la plus chère de toute l'histoire.

– Une image est aussi parlante qu'un millier de mots. Ce n'est pas ce qu'on prétend ?

– Seigneur, j'espère bien que non. Autrement, je vais finir au chômage.

– Écoutez, monsieur, il est sans doute préférable qu'aucun des mots que peut dire cette photo-là ne soit entendu hors d'un hammam ou d'un roman de Marcel Proust. Aussi vaudrait-il mieux vous résigner à payer.

– C'est facile à dire pour vous. Cinquante mille dollars, c'est cinquante mille dollars.

– Vous avez raison. Et, je dois l'avouer, cinquante mille portraits de Washington font cinquante mille histoires que j'adorerais entendre. Dans ce cas, ne payez pas. Envoyez-le sur les roses et prenez-en plein la figure. C'est à vous de décider, monsieur. Mais quelquefois, quand c'est absolument nécessaire, même le diable doit mettre de l'eau dans son vin.

– Supposons que je vous donne l'argent et que vous filiez en voiture jusqu'à la frontière italienne. Vous pourriez être à Gênes avant minuit et prendre un bateau pour Dieu sait où…

– Et abandonner mon magnifique emploi ici au Grand-Hôtel ? Non, je ne pense pas. Chacun aime à se leurrer en pensant qu'il possède des valeurs morales. Pendant des années je me suis dit que j'étais le type le plus honnête que j'aie jamais rencontré – dans l'Allemagne nazie, ce n'était pas difficile, il est vrai. Mais pourquoi me croire sur parole ? Marquez un certain nombre de billets. Notez quelques numéros de série. Il devrait être assez facile de retrouver ma trace. Je crois pouvoir affirmer que même la police française n'aurait pas trop de mal à me mettre la main dessus, moi ou l'argent. À la réflexion, faites-le dans tous les cas. On ne sait jamais. »

Le reste du dimanche passa lentement, comme bien souvent, surtout quand vous avez une tâche cruciale à accomplir à la fin de la journée. Hebel revint à l'hôtel juste après le déjeuner et monta directement à sa chambre sans même jeter un regard dans ma direction. Il était du genre relax, je dois lui reconnaître ça. Je sortis, allai à sa voiture et la fouillai. J'y trouvai une brochure de l'usine de parfum de Grasse, d'où je conclus que c'était là qu'il s'était rendu. Pendant son absence, j'avais commencé à avoir mal dans le bas du dos, ce qui n'a rien d'inhabituel lorsque je passe presque toute la journée debout, et j'avais hâte de rentrer chez moi pour prendre un bain. Mais avant, j'avais un boulot important à faire. Dès que Hebel ressortit – vers dix-huit heures –, je pris sa clé et montai inspecter sa chambre. J'explorai tout ce qui touchait à sa personne vipérine, désireux de voir ce qu'il y avait d'autre parmi ses précieuses affaires qui pourrait être embarrassant pour mon client vulnérable et facile à compromettre. Des lettres, peut-être, ou une autre photo. C'était mon idée du service à l'étage. Il n'avait déposé aucun objet ayant de la valeur à ses yeux dans le coffre de l'hôtel, sans quoi je l'aurais certainement su. Ni rien non plus dans sa voiture. Ce qui ne laissait que sa chambre et, éventuellement, comme je l'avais suggéré à Maugham, un notaire de la région avec un coffre-fort et un acompte hebdomadaire.

Ce que je trouvai était surprenant, mais pas de la façon dont je m'y serais attendu.

ONZE

C'était une jolie suite au dernier étage de l'aile est de l'hôtel, juste en dessous d'un mât où flottait le drapeau tricolore, baignée de lumière en cette fin de journée estivale et remplie du parfum de fleurs coupées, avec une jolie vue sur les jardins verdoyants descendant en pente douce et au-delà sur la mer bleu foncé. Ancré dans la baie, le yacht du milliardaire grec Aristote Onassis, le *Christina O*, avec sa cheminée jaune caractéristique et ses lignes de frégate, ressemblait à un *Argo* flambant neuf en quête de quelque toison d'or moderne et lucrative, comme aurait pu en concevoir Charles Ponzi[1], peut-être, ou Ferdinand Demara[2].

Je parcourus la pièce des yeux. Il y avait un grand lit, un coin salon confortable, une salle de bains et une terrasse ensoleillée de la longueur des Champs-Élysées. Sur les murs, des gravures représentant des scènes anodines de la Riviera qui me faisaient toujours apprécier des artistes aussi lugubres que Bosch et Goya, et sur une table une grande coupe contenant des fruits. Le magnétophone Grundig por-

1. Escroc italien (1882-1949) ayant mis au point un système basé sur une chaîne d'emprunt, les intérêts versés aux épargnants étant prélevés sur les sommes placées par les nouveaux souscripteurs.

2. Escroc américain (1921-1982) célèbre pour avoir endossé l'identité de nombreuses personnes, aux professions diverses.

table de Hebel était posé sur une commode. Je le mis en marche et écoutai du jazz be-bop pendant une minute ou deux, ce que je trouve en général plus que suffisant. Il y avait un carnet d'adresses, un agenda et une trousse de toilette abritant un nombre optimiste de préservatifs. Sans surprise, les placards et les tiroirs renfermaient toute une gamme de vêtements chic. En revanche, au sommet d'une pile de chemises de Turnbull & Asser soigneusement pliées, je découvris une enveloppe adressée à Bernie Gunther, tandis que, sous le tas de chaussettes et de sous-vêtements, était dissimulé un Sig 9 mm, récemment nettoyé. C'était un joli pistolet avec un chargeur plein, et j'étais content de le voir là, ne serait-ce que parce que cela me donnait à penser que Hebel n'aurait pas d'arme quand je le rencontrerais un peu plus tard. Mais c'est la lettre impudente qui m'intéressa le plus, et je me demandai comment je pourrais la lire sans qu'il s'en aperçoive. De toute évidence, il s'attendait à ce que je fouille sa chambre, ce qui laissait supposer que je perdais mon temps. Aussi, après avoir étudié un moment la position de l'enveloppe sur la chemise du haut – se pouvait-il qu'il y ait eu un cheveu que je n'avais pas remarqué et qui l'informerait que j'avais fourré mon nez dans ce tiroir ? –, je n'y touchai pas. Mais sur une impulsion, et tout en me disant qu'il pourrait peut-être me servir à faire entendre raison à Hebel, je pris le pistolet, que je glissai à l'arrière de mon pantalon rayé avant de redescendre ; il n'allait se plaindre à personne que je lui aie emprunté son arme, surtout si elle était pointée sur sa tête.

Il est rare que j'agisse ainsi, et je le regrettai fortement presque aussitôt. Dans le hall, deux flics en civil m'attendaient et dressaient déjà un inventaire silencieux de mon visage, de mon attitude, de ma jaquette et de ma façon de marcher – leurs yeux me parcouraient d'un bout à l'autre comme des fourmis. Je savais que c'étaient des flics parce que ce genre de vêtements civils fait toujours un peu ordinaire dans un grand hôtel. Les flics sont les mêmes partout. Ils ont généralement l'air d'appartenir à un autre monde, un monde de seconde zone comme l'Union soviétique ou l'Alaska, où les costumes bon marché, les chaussures trop étroites et les chemises chiffonnées avec des cols et des rasages de la veille constituent la tenue standard. Ces deux-là ressemblaient à deux cailloux grisâtres dans un bol à punch en argent. Je les conduisis promptement dans le bureau de derrière pour éviter qu'ils ne fassent peur aux lustres ou que M. Charrières, le directeur de l'hôtel, ne soit affligé par cette vision. Pendant un court instant, je crus qu'ils étaient venus parler à Hebel et me demandai combien de temps s'écoulerait avant qu'il n'essaie de conclure un accord avec eux me concernant, mais, à ma grande surprise, ils étaient là pour me poser des questions au sujet d'Antimo Spinola. Ils me montrèrent chacun une carte professionnelle graisseuse et marmonnèrent leur nom au milieu d'un nuage bleu de fumée de cigarette française, mais c'est à peine si j'y prêtai attention, car j'étais maintenant plus inquiet à l'idée de rater mon rendez-vous avec Hebel que je ne l'étais quant à mes relations avec Antimo Spinola. L'Italien pouvait très bien se débrouiller ; du moins était-ce ce que je pensais. Il y avait cinq mille dollars pour moi si la remise de l'argent de Maugham s'effectuait sans accroc – bien assez pour m'acheter une nouvelle voiture. Ou un billet pour ailleurs. Ailleurs était un endroit que j'avais de plus en plus envie de visiter.

« Vous le connaissez bien ? demanda un des flics.

– Spinola ? Je joue aux cartes avec lui deux fois par semaine à l'hôtel de la Voile d'Or, au cap Ferrat. C'est mon partenaire de bridge. Ce qui veut dire : pas très bien. Le bridge est un jeu comme ça : trop intéressant pour un tas de calembredaines du style qu'avez-vous-fait-aujourd'hui ?

– Depuis combien de temps jouez-vous ensemble ?

– Oh, peut-être deux ans. Depuis que je travaille ici, en tout cas.

– C'est un bel hôtel.

– N'est-ce pas ? »

« Tant de beauté, faillis-je ajouter, mais tant de tristesse également. » Un univers beau et triste, à mon avis, peuplé de gens beaux et tristes. Sauf qu'on ne parle pas ainsi aux flics quand ils vous posent des questions. Pas si on veut qu'ils vous fichent la paix.

« Est-ce que l'on mise de l'argent au bridge ?

– On peut. Mais pas nous.

– Comment avez-vous fait sa connaissance ?

– On nous a présentés. J'ai oublié qui. Quelqu'un à la Voile d'Or, peut-être.

– Deux ans, ce n'est pas très long. Il devrait vous être possible de vous rappeler.

– On pourrait le penser. Le barman de la Voile, sans doute. Un chic type. Et un bon barman. »

Les questions arrivaient vite à présent, comme les attaques d'un boxeur, lancées d'un ton brusque par un des flics puis par l'autre. Mais j'avais déjà livré bien des combats de cet ordre. Aussi, je rentrai la tête dans les épaules, levai mon gauche pour me protéger contre un coup en traître et m'apprêtai à me défendre pied à pied.

« Êtes-vous déjà allé à son appartement à Nice ?

– Non. Pour la simple raison qu'il ne me l'a jamais proposé.

– Et au casino ? Vous y êtes déjà allé ? »

Je fis la grimace.

« Je n'aime pas beaucoup les casinos. D'une part, je n'ai pas d'argent à perdre, d'autre part, les probabilités ne sont pas mon fort. Et je ne parle même pas de l'architecture… La plupart des casinos ressemblent à des opéras, or je déteste l'opéra.

– L'argent est important pour vous ?

– Pas spécialement, mentis-je. En fait, j'ai toujours trouvé extrêmement sain de ne pas en avoir beaucoup. Surtout quand on voit ce qu'une forte quantité de ce truc peut faire aux gens.

– Et Spinola ? Il est à court d'argent, d'après vous ?

– Non. Cela dit, il ne m'a pas montré son relevé de compte.

– A-t-il des ennemis ? »

Pendant un instant, je songeai au pistolet qu'il m'avait confié et qui se trouvait pour l'heure sur le haut du réservoir de mes toilettes, puis je secouai la tête. Tout à coup, il me sembla avoir une ribambelle d'armes à feu et très peu de documents pour les justifier. Je me sentais comme une armurerie oubliée.

« Aucun dont il ait fait mention.

– Et des amis ?

– C'est ce que je me demande souvent. En a-t-il ? Inspecteur, Spinola est mon seul véritable ami. Mais je ne saurais dire s'il en va de même pour lui – j'espère que non parce que je fais un bien piètre ami.

– Et les femmes ?

– Il n'en parle pas beaucoup. Il est si discret. Trop discret, peut-être… Parce qu'il doit y avoir quelqu'un.

– Pourquoi dites-vous ça ?

– Inspecteur, il est italien. Et un Italien beau gosse, en plus. Sans parler du fait qu'il n'est pas marié. J'ai du mal à croire que ces trois atouts puissent être gaspillés dans un endroit comme la Côte d'Azur.

– Et vous, vous êtes allemand.

– Que dire ? Je n'ai pas eu autant de chance que lui avec les femmes, je suppose.

– Ce n'est pas la question.

– Très bien, alors que pensez-vous de ceci : les Allemands et les Italiens, nous avons l'habitude de former des alliances. À ce propos, je vous présente mes excuses pour la précédente.

– Où étiez-vous hier soir ?

– Hier soir ? J'ai dîné à la Villa Mauresque. Avec M. Somerset Maugham, le célèbre écrivain. C'est un homme très secret, comme vous le savez sans doute, mais je suis sûr qu'il ne verra aucun inconvénient à confirmer mon alibi. À supposer que j'aie besoin d'en avoir un. »

J'allumai une cigarette et m'octroyai une pause, tout en jetant un coup d'œil à leurs visages basanés, presque aussi froissés et indéfinissables que leurs vêtements.

« Écoutez, repris-je, ça ne vous ennuierait pas de m'expliquer de quoi il s'agit ? M. Spinola a-t-il des ennuis ? Est-ce qu'il va bien ? Je pense que le moment est venu de me dire s'il s'est passé quelque chose. Et pourquoi vous me posez toutes ces questions. »

Jusqu'ici, on avait très bien fonctionné en parlant de lui au présent, mais, comme le font parfois les flics, ils changèrent alors de temps pour continuer directement au passé, avec seulement un court et brusque arrêt qui n'indiquait que trop bien la situation actuelle de Spinola. On pourrait dire que ce fut brutal, mais il n'existe aucun moyen d'adoucir des mots tels que ceux-là ; le mieux est encore de les cracher comme des clous.

« Il est mort. M. Spinola a été assassiné. Quelqu'un l'a abattu chez lui hier soir.

– Nous avons trouvé votre carte professionnelle à côté du téléphone, et votre nom figure dans son agenda pour demain soir. Le casino n'étant pas ouvert aujourd'hui, nous avons donc pensé à venir vous voir en premier. »

Très honoré, je hochai lentement la tête.

« Demain soir… nous devions avoir notre partie de bridge habituelle à la Voile. "Abattu" ? Comment ? Je veux dire, où a-t-il été touché ?

– Une balle, dans le cœur. »

Je continuai à hocher la tête, mais je pensai au pistolet de Hebel pressé contre mes reins telle une pierre géante et me souvins qu'il avait été nettoyé, et récemment – on pouvait encore sentir l'huile pour armes dans le canon. Non qu'il fût difficile de se procurer un flingue sur la Côte d'Azur : il y avait un armurier à Villefranche. Et les Français ont les lois les plus souples d'Europe en ce qui concerne les armes à feu. Hitler aurait pu s'acheter un pistolet en France sans grande difficulté. Sans difficulté, après s'être acheté toute l'armée française.

« Possédez-vous une arme, monsieur ?

– Moi ? Non. Les armes ont tendance à effrayer les clients. Même les Américains, assez curieusement. En règle générale, nous constatons que nous parvenons à leur faire régler leur note sans trop de problèmes.

– Avait-il peur de quelqu'un ? Semblait-il préoccupé par quelque chose ?

– Non.

– La mort de M. Spinola n'a pas l'air de vous affecter beaucoup.

– Oh, mais si ! Les bons partenaires de bridge sont plutôt durs à trouver.

– C’est là une remarque assez cruelle.

– De toute évidence, vous ne jouez pas au bridge. Disons simplement que je suis d’autant plus affecté par une chose que je donne l’impression de la prendre à la légère.

– Des idées s’agissant de qui aurait pu l’avoir tué ? »

Je souris. Les flics sont vraiment les mêmes partout : ils s’attendent toujours à ce que quelqu’un d’autre se creuse les méninges à leur place. On se demande comment ils font pour décrocher un examen à l’école sans regarder par-dessus l’épaule de leur voisin. Cela dit, c’est indéniablement un moyen de l’avoir.

« Non, je ne vois personne. Ce n’est pas moi – vu la manière dont je joue aux cartes, que Spinola m’ait descendu aurait été beaucoup plus vraisemblable. Écoutez, pourquoi ne pas poser la question au personnel du casino ? Je suis frappé par le nombre de types louches qui font marcher ces endroits, sans parler de ceux qui y gagnent et y perdent de grosses sommes d’argent… C’est tout à fait le genre d’individus qui en tuent d’autres sans hésiter. Le crime organisé existe à Nice, n’est-ce pas ? Axé en grande partie sur le casino. Spinola a peut-être eu une prise de bec avec la mafia locale.

– Soyez assuré que nous ne négligerons aucune piste.

– Est-ce tout ?

– Ce n’est pas suffisant ?

– Je voulais dire, répondis-je avec la patience et la froideur d’un concierge de grand hôtel digne de ce nom, avez-vous encore besoin de moi ? J’ai un rendez-vous pour lequel je suis déjà en retard.

– N’essayez pas de retourner en Allemagne, d’accord ? Pas avant que nous n’ayons terminé nos investigations. »

La dernière fois que j’avais vu mon immeuble à Berlin, ce n’était plus qu’un mur de briques noircies d’où sortaient trois bouts de plancher qui tenaient comme par miracle, formant un E géant. Ni portes, ni chambres, ni toit, rien que le ciel ouvert, si empourpré par le soleil couchant qu'on aurait dit le sang de tous ceux qui avaient perdu la vie dans une bataille pour la Sainte Allemagne ressemblant à la fin du monde. Je me rappelle l'avoir contemplé en pensant combien il y avait de souffrances et de meurtres dans ce ciel rouge et qu'il ne serait jamais plus bleu. On aurait pu sentir l'odeur de la mort dans le vent, tel le Jugement dernier. Non que tout cela ait grande importance maintenant que la fin du monde est beaucoup plus proche qu'elle ne l'était auparavant.

« Retourner en Allemagne ? À Berlin ? Non, messieurs. Cela n'arrivera sûrement pas. »

DOUZE

Comme ma voiture s'arrêtait dans l'allée de gravier, Ernest, le majordome, ouvrit la grande porte d'entrée verte. L'instant d'après, Maugham était là, vêtu d'une chemise bleue à col ouvert, d'un pantalon blanc en lin, et chaussé d'espadrilles. Il portait à l'épaule un sac de la Pan American. Je ne descendis pas de voiture. Je coupai le moteur, baissai la vitre, et Maugham se pencha vers moi. C'était une belle soirée d'été – une soirée faite pour les mots d'amour et non pour une photo compromettante et la rançon d'un chantage. Je pouvais entendre, derrière une épaisse haie de lauriers-roses de couleur blanche ou rouge, l'eau couler dans la piscine, et l'air embaumait la fleur d'oranger, ce qui était préférable à l'odeur de cigarette et de martini-absinthe qui imprégnait l'haleine méphitique du vieil homme, laquelle se répandit sur moi comme du gaz chloré flottant au-dessus d'un *no man's land.*

« Désirez-vous boire un verre avant d'y aller ? demanda-t-il.

– Non, merci. Je préfère avoir les idées claires pour le robre que je m'apprête à jouer avec Herr Hebel. Mais j'en prendrai certainement un à mon retour. En fait, dites à Ernest que j'en prendrai peut-être plusieurs.

– Bien sûr. Nous vous garderons même de quoi dîner. »

Il laissa tomber le sac sur le siège du passager et, sortant un mouchoir plié, essuya son front luisant de sueur. Robin apparut dans l'encadrement de la porte, bientôt suivi d'Alan Searle. Maugham devina leur présence persistante et lorgna par-dessus son épaule avec une pointe de déplaisir de se sentir surveillé comme une personne sénile. Il était tout sauf gâteux.

« Robin et Alan sont d'avis que l'un d'eux devrait vous accompagner. Vous et, plus important, l'argent.

– Ce ne sont pas les instructions de Hebel.

– Je sais.

– Mais oui, pourquoi pas ? Du moment qu'ils restent dans la voiture, je suppose que ça ira.

– Vous n'êtes pas un peu nerveux ?

– Non. »

C'était un mensonge, car, pour je ne sais quelle raison, j'avais un étrange pressentiment, comme si quelque chose de terrible allait se produire. J'avais même commencé à m'interroger sur tout ce fichu arrangement. Pouvait-il s'agir d'une obscure mise en scène destinée à me coller sur le dos le meurtre de Hebel que le vieil Anglais retors aurait réussi à organiser en parallèle ? C'était un auteur prodigieusement doué, après tout, et inventer une intrigue tordue échappant à mon entendement de simple mortel n'eût pas été hors de portée de son imagination fertile. Ça n'aurait certainement pas été la première fois que quelqu'un m'aurait pris pour un idiot. En fin de compte, je n'avais que la parole de Maugham comme garantie que c'était bien Harold Heinz Hebel qui avait demandé que je me charge de l'échange. Je me demandais d'ailleurs si le pistolet de Spinola était toujours posé sur le haut du réservoir des toilettes chez moi et si la mort de celui-ci avait un lien quelconque avec ce qui allait se passer à la Voile d'Or. Une traîtrise de la part d'une femme est quelque chose que l'on ne peut pas vraiment lui reprocher ; il vous faut en tenir compte, comme de la météo. Elles sont ainsi faites, et voilà tout. D'après mes idées archaïques, W. Somerset Maugham était comme une vieille femme rusée à bien des égards.

« Non ? Vous m'étonnez. Vous êtes un homme d'un tempérament extrêmement calme, il faut bien le dire, et je commence à comprendre pourquoi Hebel a pensé que vous seriez parfait pour ce travail.

– Ça ira, répondis-je. J'ai un ami qui vient avec moi pour veiller à ce que tout se passe en douceur. »

Puis, rien que pour lui flanquer un peu la frousse, j'ouvris la boîte à gants et lui laissai voir le Sig qui se trouvait à l'intérieur.

« Doux Jésus ! Est-ce que cette chose est chargée ?

– Naturellement. Sans munitions, un pistolet n'est efficace que comme presse-papier.

– Je veux dire, vous ne l'utiliseriez pas à moins d'y être forcé, n'est-ce pas ? Juste si votre vie était en danger… »

Je souris et allumai une cigarette.

« L'autre soir, vous étiez partisan que je le tue, monsieur.

– En effet. Et je le suis toujours. Mais pas de sang-froid. J'ai suggéré un accident de voiture. Je ne voulais certainement pas que vous le tuiez juste après être venu ici, à la villa. De quoi est-ce que cela aurait l'air aux yeux de la police ? En outre, vous avez dit vous-même qu'il avait peut-être pris la précaution de déposer chez un avocat de la région une lettre qui m'incrimine, et peut-être vous aussi.

– Ce pistolet est simplement une petite surprise à laquelle il ne s'attend pas, dis-je. Voyez-vous, il lui appartient. J'ai fouillé sa chambre au Grand-Hôtel avant de venir et je l'ai trouvé dans son tiroir. Ce qui répond à votre question quant à savoir s'il est digne de confiance. Ce type est un criminel. » Je regardai ma montre, puis Robin et Alan dans l'encadrement de la porte. « Vous feriez bien de vous décider, monsieur. Voulez-vous que l'un d'eux vienne ou pas ?

– Cela changerait quelque chose ?

– Pas si j'ai vraiment prévu de déguerpir avec l'argent, non. Mieux vaut qu'ils restent tous les deux ici plutôt que d'aller au-devant des ennuis. Et croyez-moi, pour ce qui est d'aller au-devant des ennuis, j'en connais un rayon. C'est un chemin qui tourne brusquement à gauche sur la route de Pétrinville au moment où vous vous y attendez le moins. »

Je redescendis au port, où plein de petits bateaux allaient et venaient sous la lune de début de soirée, telles des abeilles ramassant du pollen. Je me garai dans les parages et grimpai à pied la montée de l'esplanade en direction de l'entrée de l'hôtel, le sac de la compagnie aérienne en bandoulière et le pistolet sous la ceinture de mon pantalon. Si quelque chose devait mal tourner, il valait mieux que ma voiture soit ailleurs quand cela se produirait. Le clocher de la petite église marquait huit heures, comme si l'heure sur le Cap avait de l'importance. Or, pour n'importe qui sauf moi, elle n'en avait probablement aucune. Des créatures rouges et roses, l'air d'avoir trop pris le soleil, débarquaient et se dirigeaient vers les nombreux restaurants, en quête d'un bon dîner, mais l'heure du repas importait peu. Il n'existait en réalité qu'un seul bon restaurant, celui de la Voile d'Or, même si c'était peut-être un peu trop collet monté pour la plupart des touristes, ce qui explique probablement que je l'aimais bien.

Ma première pensée en franchissant la porte d'entrée de l'hôtel ne concernait ni Hebel ni l'argent dans le sac que je portais, mais ce pauvre Spinola. Jamais plus nous ne nous assiérions au bar lui et moi pour parler de tout et de rien avant une amicale partie de cartes. Je m'étais toujours senti seul, mais l'idée que j'avais perdu l'unique ami qui me restait me frappa soudain aussi cruellement que si j'avais été amputé d'un bras ou d'une jambe. J'aimais bien Anne French, mais je ne pouvais guère la qualifier d'amie ; il ne faisait aucun doute dans mon esprit qu'elle se servait de moi pour s'approcher de Somerset Maugham. Je m'en moquais. Les gens font ce qu'ils ont ou croient avoir à faire, et il n'y a pas moyen de l'éviter. Cela rend certainement la vie plus intéressante, bien que peut-être un peu moins agréable. Je poussai un soupir en me rendant compte que j'allais sans doute devoir informer les Rose que Spinola était mort et que nos soirées de bridge avaient pris fin. Puis je me dis que je pourrais demander à Anne d'être ma partenaire. Ça lui plairait. Certes, pas autant que si je lui demandais de venir faire un quatrième avec Somerset Maugham, cela dit il fallait bien qu'elle commence quelque part.

Je m'approchai de la réception, où un homme avec une moustache de souteneur et un nœud papillon bleu lisait les dernières nouvelles du Tour de France dans *L'Équipe*, même s'il était visible à son tour de taille qu'il n'était pas monté sur un vélo de course depuis un bon bout de temps. Il s'appelait Henri et, d'après Spinola, il avait fait partie de la Résistance française, organisation dont les effectifs semblaient en augmentation constante : ils étaient assurément deux fois plus nombreux qu'ils ne l'avaient jamais été pendant la guerre.

« C'est bien le journal qui croyait que le capitaine Dreyfus était coupable de nous avoir vendu des secrets ? » demandai-je.

Henri haussa les épaules.

« Ces jours-ci, on n'y trouve pas de politique. Seulement du cyclisme.

– En France, c'est de la politique.

– Vous savez, parfois vous êtes très français pour un Allemand.

– Je prendrai ça pour un compliment. Bon, est-ce qu'il n'y a pas un autre Allemand ici ? M. Hebel.

– Il a la chambre 28, répondit Henri. Deuxième étage. Vous devez aller tout droit. »

J'acquiesçai.

« Vous connaissez Robin Maugham, n'est-ce pas ?

– Bien sûr.

– Est-ce qu'il connaît M. Hebel ?

– Suffisamment pour boire un verre avec lui.

– Une fois ? Ou plus ?

– Plus d'une fois, je dirais. »

Je m'interrompis, hésitant à lui parler de Spinola, avant de repousser cette idée. Je n'étais pas d'humeur à subir un déluge de questions pour lesquelles je n'avais pas de réponse. La seule chose que je désirais, c'était récupérer le négatif et les photos, et repartir ensuite sans encombre.

« Je suppose que vous êtes au courant pour ce malheureux Spinola ? demanda-t-il.

– Oui. Les flics sont venus me voir au Grand-Hôtel et m'ont interrogé à propos de notre partie demain soir.

– C'était un brave type et un bon client. Il me manquera.

– À moi aussi. Comment l'avez-vous su ?

– J'ai un copain au Maréchal-Foch. »

L'avenue du Maréchal-Foch, c'était là où se trouvait le commissariat de Nice.

« Il est inspecteur de police judiciaire. Il semble croire qu'une femme est impliquée.

– Selon vos meilleurs écrivains, c'est généralement le cas. Mais a-t-il dit pourquoi ?

– Non. Juste ça et le fait qu'il a été abattu. Avec un pistolet de petit calibre.

– C'est peut-être ce qui leur fait penser qu'il s'agit d'une femme. Le pistolet de petit calibre.

– Petit ou gros, ça ne fait pas grande différence quand vous vous prenez la balle en plein cœur. Il y avait près de cinq litres de sang sur le sol là où ils l'ont trouvé. » Henri eut un de ces haussements d'épaules typiquement français qui sont plus éloquents que tout ce qu'ont jamais écrit Montaigne et Voltaire. « Je suppose que c'est la fin de vos parties de bridge hebdomadaires avec M. et Mme Rose. Dommage. Vous allez tous me manquer. »

Je haussai les épaules à mon tour.

« Vous savez, Henri, il existe une règle non écrite au bridge qui veut que, lorsque votre partenaire se fait tuer, vous êtes censé essayer de trouver le coupable.

– Ça ressemble plutôt au *Cluedo*.

– Il est plus facile de remplacer un partenaire si on peut découvrir pourquoi le précédent a été tué. Personne n'a envie de prendre la place de quelqu'un qui s'est fait tirer dessus.

– J'imagine.

– Ce que je veux dire, c'est que si votre copain de la PJ déniche quoi que ce soit sur ce qui est arrivé à Spinola, ça m'intéresserait de le savoir. Vous comprenez ? En souvenir du bon vieux temps. L'Italie et l'Allemagne. L'Axe.

– Et peut-être bien pour égaliser la marque ?

– C'est du passé. Aujourd'hui, j'aimerais seulement donner un coup de main, si je peux. Mais pour ça, j'ai besoin de davantage d'informations. »

Il hocha la tête.

« Ça, je peux comprendre. Bien sûr. Je lui demanderai.

– Discrètement. Je ne voudrais pas que ses réponses se transforment en questions gênantes pour vous ou moi, ni pour qui que ce soit d'autre d'ailleurs.

– Naturellement. Et vous pouvez me faire confiance. Comme on disait durant la guerre : "La délibération est le travail de beaucoup d'hommes ; l'action, d'un seul."

– Ça fait pas mal de temps que je ne me suis pas vu dans ce rôle. Mais seul, je le suis. »

TREIZE

J'empruntai l'escalier et suivis le couloir recouvert d'une épaisse moquette jusqu'à la chambre 28, où je frappai, puis attendis patiemment, encore que quiconque observant la scène eût sans doute été d'un autre avis à cause du flingue que je serrais dans ma main – celui de Hebel. Il était dirigé vers la poignée de la porte, une décision de dernière minute afin d'essayer de mettre fin aux chantages passés, présents et futurs.

Le sourire qu'il arborait lorsqu'il ouvrit vacilla un instant tandis qu'il reculait en levant lentement les mains derrière sa tête bien peignée.

« Pas besoin d'arme. De quoi s'agit-il ?

– De votre pistolet, voilà de quoi il s'agit. » Je refermai la porte derrière moi d'un coup de pied, puis lançai le sac de la Pan Am sur le lit. « Je pensais que vous l'auriez reconnu.

– Mon pistolet ?

– Oui. Il se trouvait dans un tiroir de votre chambre à côté de la lettre à mon intention.

– Vous l'avez lue ?

– Non. Ce que vous avez à dire ne m'intéresse nullement.

– Je vois.

– Non, vous ne voyez pas. J'ai l'intention de fouiller cette pièce afin d'être sûr de récupérer le négatif et la totalité des tirages – sans parler de tout autre objet que vous auriez mis de côté pour pouvoir presser de nouveau le citron. C'est de bonne guerre. » Je pointai le canon du pistolet vers la moquette. « À genoux. Cela fait une éternité que je n'ai pas tiré sur quelqu'un pour le blesser, et je ne réponds pas de mon adresse actuelle au tir, aussi, vous feriez mieux de ne rien tenter. »

Hebel s'agenouilla au bord du lit et commença à se détendre un peu.

« Écoutez, Gunther, je ne suis pas armé. Malgré ce qu'on pourrait croire, les armes à feu sont toujours une erreur dans ce domaine. Elles sont généralement le signe que les négociations ont échoué.

– C'est ainsi que vous appelez ça ? Bientôt, on va vous demander de prendre la parole devant l'Assemblée générale des Nations unies.

– Il n'y a pas grand-chose ici, mais allez-y, fouillez. Vous trouverez l'enveloppe avec les tirages et le négatif sur le haut de la commode. Comme convenu avec Herr Maugham. Et je n'ai vraiment rien d'autre à vendre. Cinquante mille dollars – je présume qu'ils sont dans ce sac – représentent un gros coup pour moi. Suffisant pour prendre ma retraite. »

Je dénichai l'enveloppe, et, après en avoir vérifié le contenu, j'ouvris les tiroirs et examinai soigneusement la pièce. C'était une jolie chambre, avec une belle vue sur le port. Rien d'aussi prestigieux qu'au Grand-Hôtel, mais charmante et confortable, et décorée avec goût. Je la préférais presque.

« Une des choses que j'ai apprises dans la police de Berlin, dis-je, c'est que l'argent est comme les pensions d'État. Il n'y en a jamais assez pour prendre sa retraite. Surtout quand on est un escroc.

– Je suppose que vous n'allez pas me payer, à présent.

– C'est l'idée générale, petit malin.

– Mais vous avez quand même apporté le fric. Vous êtes allé le chercher à la villa et vous voici. Ce qui doit signifier… non, ne me dites pas que vous comptez garder le magot pour vous ?

– J'y ai pensé.

– Et si je le disais à M. Maugham ?

– Et si je vous balançais une beigne avec ce pistolet ? Trouver un dentiste n'est pas si facile un dimanche soir.

– Vous savez, on pourrait se partager l'argent. Cinquante-cinquante. Avec mon silence garanti.

– Ce qui reviendrait à faire de moi votre associé. Et il n'y a pas de risque, pas après ce qui s'est passé à Königsberg.

– Ah ! Je me demandais quand vous alliez y venir. » Il secoua la tête. « Écoutez, c'était il y a très longtemps.

– Difficile d'oublier, cependant.

– Vous devriez peut-être essayer. Nous sommes tous amis en Europe, maintenant, non ? Alliés dans le combat contre le monde communiste ?

– Voilà ce que je crois : cinquante mille dollars ou pas, soit vous ne reviendrez pas, soit vous reviendrez avec un autre truc à vendre. Un tirage que vous avez conservé. Ou quelque chose de complètement différent, une lettre, peut-être. C'est aussi simple que ça. À mon avis, vous reviendrez. Parce que les types de votre espèce reviennent toujours. Je n'ai pas oublié la façon dont ce salopard d'Otto Schmidt et vous avez harcelé pendant cinq ans le pauvre capitaine von Frisch. Je ne pense pas que vous soyez le genre de léopard qui sait où acheter un pot de peinture ou qui connaît l'adresse d'un bon chirurgien esthétique.

– Et si je disais à la police qui vous êtes en réalité ?

– Et si je leur racontais comment vous êtes au courant ? Que les flics s'en mêlent serait une très mauvaise chose pour chacun de nous, et vous le savez. J'imagine que nous sommes tous les deux des hommes recherchés, dans une moitié de l'Allemagne ou dans l'autre. Franchement, vous devriez vous estimer heureux que je ne vous troue pas la peau, ce qui est tout ce que vous méritez.

– La présence de mon cadavre serait un peu difficile à expliquer.

– Des gens ont déjà disparu de cet hôtel. Pendant la guerre, la Résistance se réunissait ici.

– Ah. Eh bien, ça n'a pas dû être très efficace, c'est tout ce que je peux dire. Je crois me rappeler que cette partie de la France était nazie en tout sauf de nom. Vous n'êtes pas d'accord ?

– Je pense qu'il est temps que vous commenciez à répondre aux questions, pas moi.

– Je n'ai rien à dire que vous ne sachiez déjà.

– J'en doute. Quand vous pressez un citron, vous serrez le poing à plusieurs reprises.

– Pas cette fois-ci. »

Je pris un oreiller, le repliai autour du Sig et pointai celui-ci vers le talon d'une de ses chaussures faites main.

« Vous n'êtes pas sérieux.

– Commençons par la manière dont vous vous êtes procuré cette photo.

– Vous savez comment sont ces pédés… On ne peut se fier à aucun d'entre eux.

– Un nom.

– Louis Legrand.

– Où l'avez-vous achetée ? Ici en France ? Où ?

– Ici en France. À Nice.

– Quand ?

– Il y a quelques semaines.

– À présent, dites-moi ce que vous avez d'autre sur le vieux, ou je vous en tire une dans le talon. Ça ne vous tuera pas, mais vous ne pourrez plus marcher sans l'aide d'une canne.

– Rien. Il n'y a rien d'autre, je vous le promets. Juste le négatif et les épreuves dans l'enveloppe. Puisque vous avez fouillé ma chambre au Grand-Hôtel, et ma voiture aussi, sans doute, vous savez que je dis la vérité.

– Cessez de me faire perdre mon temps. » Je lui flanquai un coup de genou dans le dos et l'envoyai s'affaler sur la moquette. « Nous savons tous les deux que ça ne vous ressemble pas de tout miser en une fois. Ce n'est pas ainsi que fonctionnent les vendeurs de votre acabit. Alors vous allez me dire où vous avez planqué le reste de vos échantillons, ou je vous jure que vous ne quitterez cette pièce qu'en fauteuil roulant. »

J'appuyai le canon du Sig contre son talon d'Achille pour bien me faire comprendre ; je ne suis pas certain que j'aurais vraiment tiré, mais il n'avait pas besoin de le savoir.

« D'accord, d'accord, je vais vous le dire. »

Je le laissai se remettre à genoux, mais, comme il était lent au démarrage, je lui donnai quelques chiquenaudes sur le lobe de l'oreille, histoire d'encourager sa conscience – si tant est qu'il en possédât une – à s'épancher.

« J'avais oublié quel caractère violent vous avez, Gunther. Il y a chez vous une rage dont je ne me souvenais pas.

– Vous devriez me voir quand je n'arrive pas à trouver mes cigarettes… Alors crachez le morceau avant que je ne fasse un perçage d'oreille que vous n'êtes pas près d'oublier.

– Il y a une bande magnétique, dit-il.

– Quel genre de bande magnétique ?

– Une bande magnétique. BASF, AEG, je ne sais pas. Un enregistrement sonore.

– De quoi, exactement ?

– Un homme en train de parler. On pourrait appeler ça une sorte de confession.

– Qui est cet homme ?

– Ah, c'est là que ça devient intéressant. »

J'écoutai avec attention tandis qu'il me décrivait ce qu'il y avait sur la bande. Je fus tout d'abord déconcerté, puis surpris, et enfin pas tant que ça. Tout cela semblait extrêmement ingénieux. Beaucoup trop ingénieux pour un Fritz ordinaire comme moi. Ce que je soupçonnais à moitié depuis le début. La seule chose vraiment bizarre était que Hebel ait décidé de me mêler à cette opération pourrie. D'un autre côté, il semble que j'aie un certain don pour m'attirer des ennuis, et qu'eux n'aient aucun mal à me trouver. Or ça n'aurait pas pu avoir davantage l'air d'ennuis si quelqu'un avait érigé le mot en lettres de quinze mètres de hauteur au sommet du mont Boron voisin.

Au bout d'un moment, Hebel vit que son exposé m'avait fait forte impression et se sentit suffisamment confiant pour se lever et aller se servir à la bouteille de schnaps posée sur la table de chevet, puis pour allumer une cigarette, sans risquer que je me remette à lui agiter le pistolet devant la figure.

« Vous en voulez un ? demanda-t-il en me remplissant un petit verre dans le même temps. Vous avez l'air d'en avoir besoin. »

Je le lui pris des mains et le vidai rapidement. C'était du bon schnaps, aussi froid que la lagune de la Vistule en janvier, et juste comme je l'aime.

« Où est-elle en ce moment, cette bande ?

– En sûreté. Demain, je vous en remettrai une copie pour que vous l'apportiez à la Villa Mauresque, où Herr Maugham pourra l'écouter à loisir. Je lui prêterai même mon magnétophone pour qu'il puisse la passer. Ensuite, je pense qu'il saura quoi faire. Je lui donne quarante-huit heures pour réunir deux cent mille dollars. Avec les cinquante mille qu'il s'est déjà procurés, ça ne devrait pas être trop difficile. Disons que je vous laisse la photo pour rien en gage de ma bonne foi.

– Vous avez fait du chemin depuis que vous extorquiez les tapettes dans les chiottes de la gare de Potsdamer Platz, dis-je. Je vois bien le mal que vous pouvez faire à Somerset Maugham. Mais là… ça me semble plutôt téméraire.

– Certains citrons sont plus gros que d'autres, mais ils se pressent avec non moins de facilité. J'ai appris ça des nazis. La grand-mère de Hitler était une experte en matière de chantage, vous le saviez ?

– Ça ne m'étonne pas. »

Je m'assis sur le bord du lit et réfléchis quelques instants avant de déclarer :

« Je ne suis pas censé être ici.

– Mais vous l'êtes, incontestablement. J'ai dit à Herr Maugham que vous étiez l'homme le mieux placé pour l'aider. Vous êtes ici parce qu'il a besoin de vous ; et, si l'on va par là, moi aussi. Vous êtes l'intermédiaire idéal, Bernie. Fiable. Intelligent. Ayant beaucoup à perdre. Utile pour moi et pour Herr Maugham. »

Je secouai la tête.

« Ce que je veux dire, c'est que je devrais être mort.

– Tous ceux d'entre nous qui ont survécu à la guerre ont eu de la chance, fit remarquer Hebel avant de me remplir un second verre. En particulier vous et moi, peut-être.

– Vraiment ? Je me demande… Quoi qu'il en soit, je ne devrais pas être en vie à cette minute. J'ai essayé de me tuer il y a peu. Je me suis assis dans le garage avec le moteur en marche et j'ai tout bonnement attendu que la chose se fasse. Je ne saurai jamais pour quelle raison précise j'ai continué à respirer de l'air plutôt que des gaz d'échappement, mais, pendant un instant, j'ai compris ce qu'était réellement la mort. Bien sûr, nous savons tous que nous mourrons. Cependant, jusqu'à ce que cela se produise, aucun de nous n'a vraiment conscience de ce que signifie être mort. Eh bien, moi, je l'ai compris, parfaitement. J'en ai même perçu l'absolue beauté. Voyez-vous, Hebel, vous ne mourez pas. La mort n'est pas quelque chose qui vous arrive, non. C'est comme si vous deveniez la mort. Vous en faites partie intégrante. Tous ces milliards de gens qui ont vécu et ensuite sont morts, vous les avez rejoints. Et une fois que vous avez éprouvé ce sentiment, il ne vous quitte plus, même quand vous croyez être encore en vie. Ne l'oubliez pas lorsque tout cela sera terminé. N'oubliez pas que c'est vous qui avez choisi de mêler un homme mort à vos petites manigances. »

Après ça, je lui dis que nous – à savoir mon client et moi – prendrions contact avec lui dès que nous aurions écouté la bande. Puis je ramassai l'enveloppe contenant les photos et le négatif, ainsi que le sac de la Pan Am renfermant l'argent, enfonçai le canon du pistolet sous ma ceinture et, sans un mot de plus, quittai la pièce.

En bas, dans le hall de l'hôtel, je retournai à la réception.

« Quand vous parlerez à votre copain de la PJ, voyez s'il ne peut pas trouver quelque chose sur un dénommé Louis Legrand.

– Je l'ai déjà fait, répondit Henri en écrivant le nom. Parler à mon copain, je veux dire. Elle a laissé son écharpe.

– Qui ça ?

– La bonne femme soupçonnée du meurtre de Spinola. J'ai appelé mon pote de la PJ et je lui ai posé des questions, comme vous le souhaitiez. Celle qui lui a tiré dessus a laissé une écharpe verte en mousseline à côté de son cadavre.

– C'est tout ? Bon, avec sa petite culotte, ils auraient peut-être pu établir quelque chose. Comportement sexuel. Couleur de cheveux. Qui elle voit gagner le Tour de France. Que sais-je ?

– Il l'avait à la main. L'écharpe. Probable qu'elle la portait quand elle lui a tiré dessus, d'une distance assez courte : il y avait de la poudre brûlée sur la chemise de Spinola. Par conséquent, ça devait être quelqu'un en qui il avait confiance. En tout cas, c'est ce que dit mon copain.

– Hum.

– Que signifie ce "hum" ?

– Je ne suis pas policier. Ça signifie donc que je ne sais vraiment pas quoi en penser, Henri. »

Ce qui, bien entendu, n'était guère étonnant avec tout ce qui se bousculait à présent dans mon esprit. Ma tête devait ressembler à la cabine de bateau bourrée de passagers clandestins dans le film des Marx Brothers. Mais la plus grande partie de l'espace au sol était occupée par l'idée grandissante que toute l'affaire concernant Maugham n'avait pas grand-chose à voir avec le chantage exercé sur lui. Pas véritablement. Hebel avait quelque chose d'autre à vendre. Quelque chose de beaucoup plus important que la photographie de quelques hommes nus s'ébattant autour d'une piscine en 1937. Cela n'avait été qu'un leurre, destiné à capter l'attention de chacun. À obtenir des lettres de créance. Eh bien, maintenant, il les avait, et c'était comme s'il les présentait à la Cour de St. James en gants blancs et bicorne à plumes d'autruche.

« J'ai fait ce que vous m'aviez demandé, dit Henri avec tristesse. C'était un brave type, Spinola.

– Bien sûr, bien sûr. Je vais examiner ça, d'accord ? Peut-être que je trouverai quelque chose d'utile. Peut-être. »

Mais le nom de la femme qui avait tué par balle notre ami Spinola semblait de moindre importance par rapport à une sombre intrigue visant à faire chanter le Secret Intelligence Service britannique.

QUATORZE

À la Villa Mauresque, ils finissaient de dîner ; du moins jusqu'à ce que je me pointe avec l'argent et les photographies. Pendant un moment, je les laissai penser que j'avais fait de l'excellent boulot en récupérant les épreuves et le négatif, ainsi que, Dieu sait comment, les cinquante mille dollars. Je n'aurais pas pu me sentir plus populaire si j'avais été Noel Coward vêtu seulement d'une paire de sandales. Je n'avais pas le courage de leur dire que toute l'affaire n'était que le premier acte d'un opéra qui menaçait d'être plus long que *Tristan et Isolde*.

Nous nous trouvions sur la terrasse, sous le ciel étoilé, surveillés par un pékinois et deux nègres porte-torchères. Je mangeai du hachis de bœuf, bus de l'amarone et laissai même Somerset Maugham porter ma main à ses lèvres roses grimaçantes et déclarer que, quel que soit le salaire qu'on me donnait au Grand-Hôtel, il me paierait le double si je venais travailler pour lui à la Mauresque.

« Faire quoi au juste ? » demandai-je, curieux.

Les yeux d'alligator s'étrécirent dans leurs plis de peau brune tandis qu'il réfléchissait.

« Je suis un homme riche, répondit-il enfin, et il me semble que j'ai besoin d'une protection sous une forme ou une autre. Surtout à mon âge. On pourrait me kidnapper.

Ou me faire chanter à nouveau. Et il y a sans cesse des visiteurs importuns à la grille d'entrée, désireux de se faire dédicacer un livre. Vous n'avez pas idée... Mais si vous deveniez mon conseiller à la sécurité, Herr Wolf, je me sentirais beaucoup plus tranquille. Et pas seulement moi. Mes invités aussi. Des personnalités très célèbres viennent séjourner ici de temps à autre. Très célèbres et encore plus riches que moi, bien souvent. Charlie Chaplin, Jerry Zipkin, la reine d'Espagne. Et puis il y a ma collection d'œuvres d'art. Comme vous l'avez certainement remarqué, je possède des tableaux de Gauguin, Matisse, Renoir, Pissarro, Picasso, Toulouse-Lautrec, Bonnard, Monet, Utrillo. Un homme armé, voilà exactement ce dont cet endroit a le plus besoin, je pense. »

Robin Maugham approuva avec enthousiasme :

« C'est une idée géniale, mon oncle ! Ton propre Simon Templar[1].

– Vous ne savez rien de moi, objectai-je, ignorant totalement qui était Simon Templar. Je ne suis pas un type bien.

– Regardez autour de vous, dit Searle. Honneurs et décorations ne sont le lot de personne dans cette maison.

– Non, en effet, dit Robin.

– Je sais que vous êtes revenu avec cinquante mille dollars que je croyais ne jamais revoir, continua Maugham. Cela prouve indubitablement un certain attachement aux principes.

– Alors que diriez-vous de ceci, monsieur ? Je ne suis pas sûr de pouvoir supporter l'atmosphère à prédominance masculine qui règne dans cette villa : parties autour de la piscine et jeunes prostitués.

1. Simon Templar, dit le Saint, personnage créé en 1928 par Leslie Charteris et qui deviendrait le héros de ses romans policiers.

– Nous sommes beaucoup trop vieux désormais pour de telles incartades. N'est-ce pas, Alan ?

– Parle pour toi ! rétorqua Searle.

– Cesse de te gratter, Alan, ordonna Maugham. Cela ne fait qu'aggraver les choses.

– Facile à dire, grommela son secrétaire.

– Et vous, monsieur ? Y a-t-il quelqu'un dans votre vie ? Une femme, peut-être.

– À la façon dont vous le dites, on croirait que c'est anormal.

– Mais ça l'est, répliqua-t-il. Pour nous.

– Ce genre de chose ne m'intéresse plus.

– Vous donnez en tout point l'impression d'être un homme au cœur brisé. Vous m'intriguez, monsieur. Qui est cette femme qui vous a rendu si amer ? »

J'éclatai de rire.

« Il en a fallu plus d'une.

– L'amour n'est qu'un vilain tour qui nous est joué pour assurer la continuation de l'espèce. Voilà ce que je pense. »

Je secouai la tête.

« Ça ne fonctionne pas du tout ainsi, monsieur. Il ne s'agit pas d'un phénomène mécanique tel que vous le suggérez. Amour et haine, émotions et sentiments humains ne sont qu'illusions dispensées par Dieu. C'est ce qui nous persuade que nous sommes là et que nous comptons pour quelque chose dans cet univers. Alors qu'il n'en est rien. Pas une seconde. Tout ce que nous sentons et pensons… tout ça n'est qu'une seule et même blague cosmique. Vous devriez le savoir mieux que personne, monsieur. Cela fait soixante ans que vous vous prenez pour Dieu et que vous infligez des blagues cosmiques à vos personnages.

– J'ignorais que vous étiez un philosophe, monsieur.

– Je suis un Allemand. Pour nous, la philosophie est un mode de vie. »

Après le dîner, je le priai de me montrer le jardin. Il prit sa pipe et moi mes cigarettes, et il m'emmena à la grotte près de la piscine, où un grand gong chinois en bronze retentissait une fois par jour pour annoncer l'heure de l'apéritif. Que j'avais raté, bien entendu. Mais Maugham avait eu la prévenance de demander à Ernest, le majordome, de me préparer une carafe de gimlet glacé, et, tandis que nous étions assis là, nous discutâmes et je bus jusqu'à ce que je me sente légèrement de meilleure humeur. Du moins était-ce ce que je pensais.

« Un des inconvénients de me prendre pour Dieu, dit Maugham, c'est que je remarque beaucoup plus de choses que la plupart des gens. Dieu voit tout, purement et simplement. Mais je possède également d'autres sens, et, bien que mon audition ne soit sans doute plus ce qu'elle était, je peux quand même déceler dans votre voix et votre attitude un certain *Weltschmertz*[1] qui ne s'y trouvait pas auparavant. Ce qui est révélateur, je peux vous le dire. En temps normal, vous êtes très sec, mais ce soir vous donnez carrément à Heinrich Heine l'air de déborder de joie printanière. Ce n'est pas fini, hein ? Avec ce Hebel, j'entends. C'était gentil à vous de prétendre le contraire, mais il a quelque chose d'autre à vendre. Quelque chose de plus important que cette photographie, je présume.

– Oui, monsieur.

– Merci d'avoir épargné les garçons – ils se font tellement de souci. Mais je pense que vous feriez mieux de me le dire à présent, non ?

1. Terme allemand signifiant « mélancolie », « mal de vivre ».

– Oui, monsieur. » J'allumai une nouvelle cigarette. « Cela concerne encore votre ami Guy Burgess.

– Ce n'est pas mon ami, que cela soit bien clair. Ce type est une fripouille intégrale.

– D'accord. Eh bien, il semble que, après avoir fui l'Angleterre en 1951, il se soit rendu, en compagnie de son collègue espion Donald Maclean, à Saint-Malo, où ils ont été pris en charge par des agents du KGB, puis conduits dans le Sud, à Bordeaux, pour embarquer à bord d'un cargo soviétique à destination de Leningrad. Cela représente un voyage de plusieurs jours, durant lequel, d'après Hebel, ils ont été débriefés, longuement et séparément, par des officiers traitants du KGB, dans la mesure où on continuait à soupçonner les Britanniques de s'être rendus complices de l'évasion de ces deux traîtres. Toujours est-il que le débriefing – "les confessions non expurgées de Guy Burgess", comme il les a qualifiées – a été enregistré sur bandes. Il n'y en a là qu'une seule, mais d'autres sont également proposées dans le cadre de la transaction.

– Doux Jésus ! s'exclama Maugham. Une bombe, en d'autres termes. Une bombe absolue. Cet homme a été un espion russe au cœur du MI5 pendant vingt ans, impossible de dire ce qu'il sait.

– J'imagine que là réside l'intérêt de la bande en question. Lui le dit. Tout. Je ne l'ai pas entendue, mais j'en apporterai une copie demain, dès que je l'aurai. Hebel vous prête même un magnétophone pour la passer.

– Mais qu'est-ce que cette bande a à faire avec moi ? Il y a près de vingt ans que je n'ai pas vu Guy Burgess.

– Voilà tout ce que je sais, monsieur : apparemment, Burgess est un ivrogne, et ses propos sur la bande – qui m'ont été décrits comme divers et non censurés – incluent des allégations selon lesquelles les Britanniques le soupçonnaient depuis des années d'être un espion mais l'ont laissé filer afin de ne pas compromettre leurs relations avec les Américains ; il a participé à une orgie ayant eu lieu à la Villa Mauresque en 1937 ; et, aussitôt après, il a été engagé à la BBC et au MI6. Il semble que la photographie n'ait été qu'un leurre pour vous faire mordre à l'hameçon. Un moyen de vous impliquer.

– Si tout cela est vrai, comment diable Hebel est-il entré en possession de cette bande ? Et que veut-il que j'en fasse, bordel ? Je ne fais plus partie du service.

– Écoutez, sans l'avoir entendue, mon opinion est la suivante : tout ça a été concocté par les Russes pour faire chanter les services secrets britanniques, en se servant de lui et de vous comme cheval de Troie. Vous êtes la petite porte ouvrant sur le MI6 et le MI5.

– Toute l'histoire de ma vie, grommela Maugham.

– Harold Heinz Hebel travaille peut-être pour les renseignements soviétiques. Le GRU, les services secrets de l'armée. Ou le KGB. Qui sait ? Mais il y a de fortes chances qu'il ait cette bande parce que les Russes la lui ont donnée. Il m'a dit que si vous ne payiez pas il l'enverrait au *New York Times*.

– Combien demande-t-il ?

– Deux cent mille dollars.

– Seigneur Dieu !

– Il pense, je suppose, que vous êtes le mieux placé pour payer la rançon et convaincre ensuite les Britanniques de vous rembourser cette somme, sans parler de les faire chanter. Il faut aussi prendre en compte la sécurité de Hebel : menacer les Britanniques ici sur la Côte d'Azur est une chose, essayer à Londres en serait une tout autre.

– Est-il possible que les Russes ne songent qu'au profit immédiat ? Rien d'autre ?

– Je ne sais pas. Écoutez – et je ne plaisante pas : les opportunités pour l'URSS d'avoir des échanges commerciaux avec des pays capitalistes susceptibles de mobiliser des devises étrangères dont elle a tant besoin sont limitées, c'est le moins qu'on puisse dire. Le fait est que l'extorsion pourrait bien être pour eux le meilleur moyen d'exporter à l'heure actuelle.

– Et à qui d'autre que les services de sécurité britanniques extorquer de l'argent ?... songea Maugham. Cela semble tout droit sorti d'un roman de Ian Fleming. Oui. Même si je n'ai plus rien à voir avec tout ça, ces dernières années ont indéniablement été un désastre pour l'Angleterre dans le domaine du renseignement. James Bond a beau sauver la mise à la reine et au pays, beaucoup d'autres ont réussi à le foutre complètement en l'air : Alan Nun May, Burgess et Maclean, et ce type qui purge actuellement quatorze ans de prison pour avoir livré tous nos secrets atomiques aux Russes, Klaus Fuchs. De toute évidence, le FBI pense que les services de sécurité britanniques sont une contradiction dans les termes, un objet de dérision, et ils n'ont probablement pas tort. Bien des choses ont changé depuis que j'ai travaillé pour eux, en 1917. Nous étions bons alors. Redoutables. En ce temps-là, les petits jeunes allaient à Cambridge après leur école privée pour apprendre comment devenir avocats ou fonctionnaires, pas des espions russes. Le gouvernement britannique aurait sans aucun doute préféré garder le silence sur tout cela. D'autant qu'il est possible maintenant que nos deux pays renouent leur coopération dans le domaine de la recherche atomique. Et même s'il n'y a pas de danger que l'on accorde à un quelconque journal britannique l'autorisation de publier de telles révélations, la presse américaine est beaucoup plus difficile à contrôler.

Deux cent mille dollars n'est probablement pas cher comparé à ce que coûte à l'Angleterre la mise au point de sa propre bombe. Cela dit, deux cent mille dollars représentent beaucoup d'argent pour moi. Fichtrement beaucoup. » Il laissa échapper un soupir. « Imaginons que j'engage les fonds et que les Britanniques refusent de me rembourser... Je ferai quoi ? Certains de ces types à Whitehall sont extrêmement pingres, vous savez. Je veux dire, vraiment avares.

– Eh bien, vous l'enverrez vous-même au *New York Times*.

– Est-ce que cela ferait de moi un traître ?

– Je dirais qu'un bon avocat pourrait soutenir de façon convaincante que vous avez acheté la bande pour protéger les intérêts de votre pays, mais que votre pays vous a laissé tomber.

– Oui, c'est un argument, je suppose. Pour parler franchement, mon pays m'a laissé tomber toute ma vie. »

Je haussai les épaules.

« Attendez d'avoir entendu la bande. Qui sait ? Peut-être en arriverez-vous à la conclusion que c'est le problème de quelqu'un d'autre après l'avoir écoutée.

– Oui, vous avez raison, Walter. Cela ne vous ennuie pas que je vous appelle "Walter", n'est-ce pas ?

– Pourquoi est-ce que ça m'ennuierait ? C'est mon nom.

– Parlez-moi de cet homme, Harold Heinz Hebel. Que savez-vous d'autre à son sujet ?

– C'est un rat qui donne aux rats mauvaise réputation.

– Vous m'avez déjà dit comment il avait fait chanter ce pauvre capitaine allemand, von Frisch, en 1938. Mais vous avez dit aussi l'avoir rencontré de nouveau pendant la guerre.

– C'est exact. En Prusse-Orientale. Durant l'hiver 44-45. Et jusqu'à ce matin au Grand-Hôtel, c'était la dernière fois que je lui avais parlé.

– Je pense qu'avant d'aller plus loin il va falloir que vous me racontiez ça. En fait, il est indispensable que vous me racontiez tout ce que vous savez sur notre ami Harold Hebel. Si je dois appeler mes relations au MI6 pour leur demander leur aide, il faut que je puisse les renseigner sur cet odieux personnage.

– D'accord. Eh bien, voyons voir… C'est un survivant opportuniste qui se tient à proximité des êtres humains et qu'il faut exterminer parce qu'il est porteur de maladies. Un rat. Un rat qui mérite qu'on le noie dans un seau. Maintenant, laissez-moi vous expliquer pourquoi. Laissez-moi vous relater ce qui s'est passé à Königsberg en 1945. »

QUINZE

Königsberg, 1944-1945

« J'ai toujours aimé Königsberg. C'était la capitale de la Prusse-Orientale, une belle et vieille ville, très semblable à Berlin sous bien des aspects. Ma mère en était originaire. Quand j'étais enfant, nous allions y rendre visite à ses parents, qui tenaient une pâtisserie-café dans le style viennois près du Kaiserbrücke, dans Steinfurtstrasse, et, parfois, nous passions des vacances à Cranz, une station balnéaire située tout près. Mais par-dessus tout je me souviens du Königesberger Zoo, dans le Tiergarten local, qui était l'un des plus beaux d'Europe. Je me vois encore, à l'âge de quatre ans, montant sur le dos de l'éléphant ou regardant les ours. La fosse aux ours était encore mieux et plus grande que celle de Berlin. Mon grand-père possédait une Mercedes Benz – l'une des premières voitures à Königsberg – et m'asseoir sur le siège arrière me paraissait presque aussi grisant que de monter sur le dos de l'éléphant. Jusqu'à ce qu'ils perdent tout dans l'hyperinflation de 1923, mes grands-parents étaient relativement riches, je pense. Ma grand-mère était une brave femme, toujours à aider les autres. Il y avait une maison de convalescence juive à Luisenthal, où elle apportait souvent les gâteaux non vendus, et je me demandais bien pourquoi cet endroit bénéficiait plus spécialement de ses largesses. Maintenant, je le sais. Elle-même était à moitié juive. Bien plus tard, en 1919, nous allâmes y passer notre lune de miel, ma première femme et moi, logeant dans la maison de mes grands-parents au bord de l'Oberteich, l'étang supérieur, ce qui nous sembla alors le fin du fin en matière de vie élégante. Nous avons dû visiter toutes les attractions qu'avait à offrir la ville, parmi lesquelles le musée de l'Ambre – Königsberg est célèbre pour son "or allemand", comme on appelle parfois l'ambre –, le musée de Prusse et le zoo, bien entendu, mais en général nous restions assis dans le jardin de devant à contempler l'étang. Ce fut une époque très heureuse pour moi. La guerre avait pris fin, j'étais encore vivant, avec tous mes membres intacts, et amoureux. Ma femme adorait cet endroit, et pendant un moment nous songeâmes même à y habiter. En y repensant, je regrette que nous ne l'ayons pas fait ; peut-être n'aurait-elle pas attrapé l'influenza qui l'emporta peu après. L'épidémie de grippe ne fut pas aussi grave à Königsberg qu'à Berlin : moins de gens pour la propager, probablement – il n'y avait que trois cent mille habitants dans les années 20, contre quatre millions à Berlin.

Être envoyé à Königsberg en 1944 – par nul autre que Joseph Goebbels – était censé être une punition et avoir des allures d'exil, mais, pour ma part, je me sentais presque chez moi, d'autant plus que, jusqu'à cet été-là, la ville, de même que la plus grande partie de la Prusse-Orientale, avait été largement épargnée par la guerre. En définitive, ce fut probablement une chance que je sois loin de Berlin et des pensées de qui que ce soit lorsque le comte von Stauffenberg fit sa tentative manquée de coup d'État en juillet, sans quoi j'aurais très bien pu être emporté dans la vague d'exécutions qui s'ensuivit. À une centaine de kilomètres au sud-est de Königsberg, Hitler annonça à la radio qu'il était toujours en vie. Et dans l'éventualité où quelqu'un aurait été là pour assister à une démonstration de loyauté et d'affection – et uniquement dans cette éventualité –, les gens poussèrent un profond soupir de soulagement.

J'étais un humble lieutenant, attaché à la 132e division d'infanterie et au FHO – la section du renseignement militaire allemand chargée du front de l'Est –, et mon travail consistait à effectuer des évaluations significatives des capacités et des intentions soviétiques, puis à les communiquer aux commandants de l'armée, basés à Paradeplatz. Ces évaluations significatives se résumaient en réalité à ceci : l'Armée rouge était sur le point de nous anéantir.

En tant qu'officier, j'avais droit à une chambre au Parkhotel, dans Huntertragheim, près de l'Oberteich. Construit en 1929, l'hôtel était le dernier cri du luxe moderne. Du moins, jusqu'à ce que deux cents bombardiers Lancaster de la RAF fassent leur apparition deux nuits de suite, fin août 1944, et mettent la ville en pièces. Presque tous les immeubles au sud d'Adolf-Hitler-Platz, y compris le célèbre château et la cathédrale où Kant était enterré, furent détruits ou endommagés. Trois mille cinq cents personnes furent tuées et des dizaines de milliers d'autres se retrouvèrent sans domicile – un avant-goût du sort effroyable qu'allait bientôt connaître Berlin. Les étages supérieurs du Parkhotel et de nombreux hommes qui y logeaient disparurent en fumée, mais le second étage, où j'habitais, fut épargné, et le restaurant d'à côté s'en sortit à peu près indemne lui aussi – une bonne chose, car c'était l'un des rares endroits où les officiers allemands pouvaient emmener des filles des services auxiliaires, lesquelles, même en 1944, étaient parfois chaperonnées de manière stricte.

Il y en avait une en particulier, Irmela Schaper, officier des transmissions de la marine auxiliaire, qui me plaisait beaucoup. Je venais de me remarier, mais ça ne faisait pas grande différence pour Irmela et pour moi, dans la mesure où la ville était plus ou moins encerclée et où il nous semblait évident que nous serions tués. Irmela était une fille du pays. Son père travaillait pour la Raiffeisen Bank, dans Stresemanstrasse, non loin du quartier général de la marine, dans le vieux port. J'officiais quant à moi au sous-sol de ce qui avait été le bureau de poste de Paradeplatz, et nous nous rencontrâmes dans un tabac du Steindamm, tout près de là. Nous avions entendu dire tous les deux que les rations de cigarettes venaient d'arriver, et nous nous y rendîmes en même temps, sauf que j'arrivai le premier et achetai le dernier paquet. À vrai dire, ça n'avait pas grand-chose à voir avec des cigarettes, juste des rouleaux de carton contenant quelques centimètres de mauvais tabac. Ce que nous fumions à ce moment-là, c'est quelque chose d'inimaginable… En tout cas, elle avait l'air très élégante dans son uniforme à veste croisée, blonde et bien en chair, exactement comme je les aime, et dès que je la vis je proposai de partager ce dernier paquet avec elle. Si je vous raconte tout ça, c'est parce que Irmela est la clé de ce qui s'est passé avec Harold Heinz Hebel, ou le capitaine Harold Hennig, comme il s'appelait alors. Mais il vous faudra me laisser raconter cette histoire à ma façon – je ne suis pas un professionnel comme vous, monsieur. Vous me diriez sans doute de commencer au milieu, selon la dernière mode, plutôt que par le commencement. Remarquez, je peux essayer. Voyons… »

*

« Dix chacun », lui dis-je.

Je remplis mon étui à cigarettes, puis lui donnai le paquet.

« C'est très galant de votre part. »

Elle me laissa lui en allumer une. Elle fumait comme une collégienne, aspirant à peine, et cela me fit sourire, mais pas trop, de crainte qu'elle ne pense que je me moquais d'elle, ce qui aurait été grossier et stupide. La plupart des femmes aiment à penser qu'elles sont raffinées, même quand vous êtes ravi qu'elles ne le soient pas.

« Galant ? Moi ? Détrompez-vous. Mon armure est rouillée et nous avons dû manger mon fidèle étalon blanc avant que lui-même ne meure de faim. Si j'essayais de vous saluer en m'inclinant, je m'étalerais probablement de tout mon long : depuis que la RAF a quitté la ville, mon sens de l'équilibre n'est plus aussi bon. Et j'ai les oreilles qui vibrent comme s'il y avait une fanfare au coin de la rue.

– Vous voulez dire qu'il n'y en a pas ? Moi-même, je n'entends plus aussi bien ces derniers temps. En fait, il est possible que je ne dorme jamais plus pendant un orage sans penser que Thor est un tireur anglais dans un Lancaster.

– En ce qui me concerne, "dormir" n'est qu'un joli mot dans un conte de fées. J'aimerais y croire, mais mon expérience et les Russkoffs m'ont appris qu'il en allait tout autrement.

– Nous devrions nous retrouver un soir pour prendre un verre et voir qui bâille le premier.

– Ce ne sera pas moi. Je suis tout à fait réveillé. Vous êtes la chose la plus intéressante qui me soit arrivée depuis que j'ai quitté Berlin.

– Vous n'aimez pas Königsberg ?

– Si, beaucoup.

– C'est ma ville natale. Je vivais ici auparavant.

– Et maintenant ?

– Vous appelez ça "vivre" ?

– Ça vaut peut-être mieux que l'autre solution. Eh bien, à présent que je sais que c'est votre ville natale, je l'aime encore plus.

– C'était un endroit où il faisait bon vivre avant que les Anglais ne décident de le redécorer.

– Oublions ça pour le moment. Que diriez-vous de louer une barque et que je vous fasse faire le tour de l'étang du château à la rame ?

– Pourquoi auriez-vous envie de vous imposer un tel pensum par une chaude journée comme celle-ci ?

– Ce n'est pas que j'y tienne particulièrement, mais je ne peux guère proposer de vous faire visiter votre ville natale.

– Pourquoi pas ? Franchement, dans l'état où elle est, je n'en sais pas plus que vous sur le nom et l'emplacement des rues. Hier, je me suis promenée un moment dans Corpernicus Strasse avant de m'apercevoir que c'était Richard-Wagner-Strasse. Je me sens comme une étrangère ici.

– Peu importe. Les rues porteront toutes des noms russes dans pas longtemps. D'ici un an, Richard-Wagner-Strasse sera probablement devenue Tchaikovsky Prospekt ou Ulitsa Borodine.

– Très réjouissant.

– Désolé. Je suis officier de renseignement, même si ça ne se voit pas.

– À mon avis, il vaut mieux savoir le pire qui puisse arriver.

– Cela semble correspondre à la description de mon boulot actuel.

– Nous pourrions en parler pendant le dîner.

– C'est ce que j'ai entendu de plus agréable depuis une éternité. Où aimeriez-vous aller ? Le meilleur endroit pour dîner était autrefois le Blutgericht, dans le sous-sol de la cour du château.

– Je sais. Jusqu'à ce qu'ils le bombardent.

– Ce qui laisse le Parkhotel.

– Je connais un autre endroit, près du zoo, sur Erich-Koch-Platz. »

Je secouai la tête.

« Il ne peut pas s'agir du Stadtkeller. Il est fermé également.

– Non, c'est autre chose.

– Pas le couvent de la marine ! »

Des « couvents », c'est ainsi qu'on appelait les dortoirs où étaient logées la plupart des femmes des services auxiliaires.

« Non. C'est un endroit tranquille, éclairé aux chandelles, avec une table exclusive, la mienne.

– Il me plaît déjà.

– Après les bombardements, mes parents ont quitté leur appartement pour aller vivre dans leur maison de campagne à Pillau. Je suis restée. Le commandant des services auxiliaires pense qu'eux aussi.

– Ce qui veut dire que vous n'avez pas besoin de respecter le couvre-feu.

– Exactement.

– Sympa.

– Donc, vous êtes invité à dîner. Ce sera boîtes de conserve pour l'essentiel, mais mon père possédait un choix de vins de Moselle des plus convenables.

– J'ai soudain l'impression d'avoir de l'appétit.

– Disons vingt heures ? »

Je jetai un coup d'œil à ma montre.

« Ce seront les cinq plus longues heures de ma vie. Qu'est-ce que je vais faire jusque-là ?

– Eh bien, allez ramer. »

Et ce fut tout.

Je me rendis chez ses parents dans Hammerweg Strasse pour le dîner. Irmela me prépara un repas, je bus deux bonnes bouteilles de moselle bien frais et au bout de quelques heures nous étions amants. C'est ainsi que ça se passait à l'époque. De manière incroyablement rapide. Sans complication. Personne ne parlait d'amour, de mariage ni de conséquences. Personne ne songeait à l'avenir, parce que personne ne pensait en avoir un. Vraiment, vous n'imaginez pas combien la vie peut être facile quand vous pensez qu'il n'y aura pas de lendemain. Les semaines s'écoulèrent ainsi, et, l'hiver approchant, nous célébrâmes ce qui, supposions-nous, pourrait bien être nos derniers mois sur terre.

Irmela était grande et athlétique. Elle avait en outre l'esprit vif, raison pour laquelle elle travaillait comme radiotélégraphiste à la section de transmission de la marine, où elle cryptait toutes les communications en se servant d'une machine spéciale à quatre rotors, l'Enigma de Scherbius, avant de les envoyer. Elle avait fait des études de mathématiques à l'université Albertina de Paradeplatz. L'université avait été détruite, comme presque tout le reste à Königsberg, et, tandis que beaucoup de gens, moi y compris, continuaient à prendre le risque d'aller dans les décombres de sa bibliothèque chercher des livres – Gräfe und Unzer, la plus grande librairie d'Europe, située juste en face de la fac, avait été entièrement consumée par les flammes après qu'une bombe au napalm eut traversé la verrière –, le général Lasch, le commandant de l'armée du Nord de Hitler, avait son quartier général dans un bunker enfoui profondément sous les ruines. Pendant quelques semaines, je fus tout simplement content de voir souvent Irmela, qui était une maîtresse enthousiaste, dans le style position dominante, et nantie d'une expérience des hommes que j'en vins à apprécier. Elle savait que j'étais marié et ne voulait rien de moi à part ma compagnie et mes blagues, lesquelles étaient bien meilleures en ce temps-là qu'elles ne le sont aujourd'hui. L'expérience m'a pourtant appris qu'il vaut mieux être sérieux, et je devrais le savoir ; j'ai essayé des milliers de fois de l'être sans y parvenir.

Après le bombardement britannique, les Russes interrompirent pour l'hiver leur attaque contre la ville et se regroupèrent. La salle de l'Alhambra, dans Hufenallee, poursuivait vaille que vaille ses activités en dépit du fait qu'elle avait été touchée par une bombe et, bien qu'on n'y jouât plus de pièces de théâtre, il nous arrivait fréquemment d'aller y voir un film, même si cela signifiait avoir à supporter des actualités nous rabâchant que la guerre se passait bien pour l'Allemagne et que nous finirions par gagner. Quelquefois, après le film, Irmela me demandait si les choses se passaient vraiment aussi bien que l'affirmait le ministère de la Propagande et de l'Éducation du peuple, ce qui était une autre façon de demander si les choses allaient aussi mal que tout le monde le prétendait. En général, je répondais que les récits d'atrocités et de viols collectifs provenant de villes de Prusse-Orientale proches du front russe étaient très exagérés. Mais elle savait que je mentais – pas parce que j'aurais cru à la victoire finale, juste pour ne pas l'effrayer.

Enfin, un jour, vers la fin du mois d'octobre 1944, elle prit mes mensonges et mes faux-fuyants à bras-le-corps. Bien sûr, elle avait lu certains des messages concernant un village appelé Nemmersdorf, qui se trouvait à une centaine de kilomètres à l'est de Königsberg. Elle n'ignorait pas non plus que je m'étais rendu là-bas pour faire au FHO un rapport sur la situation. Nous étions couchés chez ses parents et nous venions tout juste de mettre fin à une partie de jambes en l'air particulièrement bruyante.

« Bon Dieu ! m'exclamai-je. J'espère que les voisins ne vont pas porter plainte. On aurait cru que je te violais ou un truc de ce genre. »

Ce fut la première et la seule fois qu'elle me frappa.

« Ne plaisante pas avec ça, répliqua-t-elle d'un ton grave. Je ne connais pas une fille dans le service auxiliaire qui ne soit épouvantée à l'idée de ce qui se passera quand les Russes feront leur apparition. On entend raconter des choses. Des choses sinistres. Des choses effroyables. Nous sommes toutes terrifiées.

– Ce n'est pas aussi sérieux qu'on le dit.

– Menteur ! Espèce de sale menteur ! Écoute, Bernie, nous ne sommes des nazis ni l'un ni l'autre, la Gestapo ne nous écoute pas. Alors, pour une fois, inutile de me ménager. Je sais que tu ne veux pas que je m'inquiète, mais je sais aussi que tu es allé quelque part près de Nemmersdorf – ton nom figure sur le rapport. Je ne te demande pas de me donner les détails, seulement de me dire, s'il te plaît, s'il y a quoi que ce soit de vrai dans ce que j'ai entendu dire sur cet endroit ; si les Russes sont aussi monstrueux qu'on le prétend. Ou si tout ça a pour but, en réalité, de nous dissuader de nous rendre, ce qui est l'autre bruit qui court, bien évidemment : que le ministère de l'Éducation du peuple s'efforce de nous flanquer la frousse pour qu'on ne capitule pas. »

J'allumai une cigarette et me servis de l'eau-de-vie de son père.

« Je t'en prie, insista-t-elle. J'ai besoin de savoir. Toutes les femmes de Königsberg veulent savoir à quoi s'attendre, notamment celles qui appartiennent aux services auxiliaires. Vois-tu, aucune de nous n'est tout à fait sûre de son statut de non-combattante. Nous sommes en uniforme et obligées d'obéir aux ordres militaires, mais il nous est interdit d'utiliser des armes et nous sommes soumises à la justice civile. Alors qu'est-ce que ça fait de nous ? Serons-nous traitées comme des civils ou comme des prisonniers de guerre ? Et est-ce que ça aura la moindre importance lorsque les Russes arriveront ? Je n'ai pas peur de mourir, mais avant je préférerais ne pas me faire violer par la moitié de l'Armée rouge. »

Je restai silencieux. Comment lui dire ce que je savais ? Les choses que j'avais entendu raconter par les rares survivants de Nemmersdorf étaient au-delà de toute description.

« S'il te plaît, Bernie… Il paraît qu'il y avait soixante-douze femmes et jeunes filles à Nemmersdorf, âgées de huit à quatre-vingt-quatre ans. Et que toutes ont été violées. »

Je hochai la tête et me décidai :

« En réalité, c'est pire que ça. Bien pire que tout ce que tu as entendu dire.

– Comment est-ce possible ?

– Violées, mutilées et tuées. » Je marquai une pause. « La totalité d'entre elles. Des femmes crucifiées. Les seins coupés. Violées avec des bouteilles de vodka. Un véritable cauchemar. Et ce qui s'est passé à Schulzenwalde était pire. Elles étaient quatre-vingt-quinze. Le Dr Goebbels est déjà en train de rassembler une équipe de journalistes et d'observateurs suisses et suédois qui iront là-bas constater ces atrocités par eux-mêmes, afin qu'il puisse déclarer à la presse mondiale que c'est ce contre quoi l'Allemagne n'a cessé de lutter. Franchement, je pense que tu peux t'attendre à ce que le compte rendu des actualités empire de jour en jour à partir de maintenant ; en d'autres termes, à ce qu'elles disent la vérité. Comme tu l'as mentionné, leur intention est désormais de nous dissuader de nous rendre.

Comme si se battre jusqu'au dernier allait faire la moindre foutue différence !

– Pourquoi les Russes font-ils ça ? Je croyais qu'il existait des règles sur la manière de traiter les gens en temps de guerre.

– En effet. Mais nous avons tellement mal agi avec les Juifs et les prisonniers de guerre soviétiques que nous ne pouvons pas espérer un meilleur traitement. À l'ouest d'ici, il y a un camp de concentration appelé Stutthof, où sont actuellement emprisonnées plus de cent mille personnes, en majorité des Polonais. Mais on y fait mourir de faim et on y assassine des Juifs depuis un an. »

Irmela eut un hochement de tête.

« Ça collerait avec ce qu'on a entendu dire dans les transmissions. Des capitaines se sont plaints à leurs supérieurs ici et à Dantzig. La SS aurait utilisé des bateaux de la marine pour transporter des Juifs à Stutthof depuis le camp de Klooga en Estonie. Apparemment, ces prisonniers étaient en piteux état.

– Écoute, il y a de fortes chances pour qu'ils évacuent les femmes et les enfants de Königsberg avant que l'Armée rouge ne finisse par arriver. Mais avant ça, les choses vont devenir bien plus épouvantables dans cette ville, à mon avis. »

Un soir, tandis que nous nous rendions au restaurant Spaten-Bräu, dans Kneiphöfsche Langgasse, nous nous arrêtâmes pour voir les restes de la cathédrale, et la tombe d'Emmanuel Kant, en grande partie intacte, pour raviver notre appétit de vivre. Irmela en savait long sur Kant, mais elle avait toujours la gentillesse de ne pas m'en dire trop en une seule fois, étant donné que j'étais un officier de renseignement par défaut plus que par aptitude, et qu'on aurait pu écrire ce que je savais de Kant sur une nébuleuse de gaz filant à toute allure.

La cathédrale ressemblait à un gigantesque crâne retrouvé dans les braises d'un bûcher après un supplice médiéval. On se demandait ce que les types de la RAF pouvaient bien viser avec leurs bombes, étant donné que la cible militaire la plus proche se trouvait à plus de un kilomètre de là. Ou estimaient-ils que le meilleur moyen de battre l'Allemagne était de se montrer aussi impitoyables qu'elle ? Auquel cas, ils avaient manifestement de bonnes chances de gagner. Les Anglais nous feraient voler en éclats, après quoi les Russes violeraient et massacreraient ce qui resterait.

« J'ai toujours pensé que je me marierais là, dit Irmela alors que nous faisions le tour des ruines main dans la main.

– Quelqu'un en particulier ?

– Oui, il y avait quelqu'un, mais il a été tué à Stalingrad.

– Un de ceux qui ont eu de la chance.

– Tu crois ?

– La plupart des gars qui étaient là-bas ne sont pas près de revenir. D'après ce que nous savons au FHO, ils triment dans des camps de travaux forcés soviétiques. Si tu veux mon avis, ton petit copain a échappé à ça. » Je hochai la tête. « Alors marions-nous toi et moi, à la place. Ici. Maintenant. Allez ! Pourquoi pas ?

– Eh bien, tout d'abord, tu es déjà marié, au cas où tu l'aurais oublié.

– Qu'est-ce que ça vient faire dans cette histoire ? Ma femme se trouve à Berlin, et je ne la reverrai sans doute jamais. Et puis tu dis que tu m'aimes, et je t'aime assurément, or il se trouve que j'ai un anneau au doigt qui fera très bien l'affaire pour la cérémonie en attendant que je puisse en acheter un autre. Du reste, tu seras probablement veuve dans peu de temps. Sans compter que le blasphème et la bigamie ne sont pas un problème, vu que je finirai de toute façon en enfer. Si ça peut te rassurer, j'en assumerai l'entière responsabilité quand j'arriverai là-bas. Je dirai : "Écoutez, ce n'était pas la faute d'Irmela, c'est moi qui l'ai persuadée."

– Promis ?

– Si tu veux, je peux l'inclure dans les vœux que nous prononcerons.

– Nous n'avons même pas de prêtre.

– Qui a besoin d'un prêtre dans une cathédrale luthérienne ? Je croyais que c'était le principe même de la Réforme allemande, de supprimer l'intercession des prêtres. De surcroît, je me souviens de chaque fichu mot. J'ai déjà été marié suffisamment de fois pour les connaître par cœur.

– Tu es sérieux, n'est-ce pas ?

– Dans les circonstances actuelles, honnêtement, je ne vois pas comment cela pourrait déranger Dieu. En fait, je pense qu'il serait plutôt content qu'il puisse y avoir quelqu'un dans ces ruines qui croie encore que l'idée d'un dieu est possible.

– Possible, mais pas très vraisemblable. Une centaine d'enfants ont été tués dans cette cathédrale alors qu'ils fuyaient les bombes de la RAF. Pour vous convaincre que Dieu n'existe pas, ça bat Nietzsche à plate couture, tu ne crois pas ?

– Alors ce sera une sorte de seconde chance pour lui. Pour Dieu, je veux dire. Un bon moyen de se relancer dans cette ville. Une occasion de se faire pardonner. De nous montrer qu'il a réellement un sens. Je te parie que nous serons les premiers à nous marier dans cette église depuis ce qui s'est passé.

– Tu es fou, tu sais. » Mais elle souriait. « Pourquoi veux-tu faire ça ?

– Parce que les mots sont importants, non ? La plupart du temps, je ne dis pas ce que je pense, pour éviter d'être arrêté par la Gestapo. Pour une fois, j'aimerais dire quelque chose de vraiment important et que je pense. »

Elle opina.

« Je prendrai ça pour un oui. »

Nous étions encore en train de fêter notre faux mariage – à vrai dire, cela sembla beaucoup plus qu'un faux mariage à ce moment-là – par un dîner de viande de cheval au Spaten-Bräu quand le diable fit soudain son apparition, comme on pouvait s'y attendre après notre joyeux blasphème. Une bouteille inopinée d'un excellent riesling arriva à notre table, suivie de près par son généreux donateur, un homme que je ne remis pas tout de suite. Mais lui se souvenait fort bien de moi – les maîtres chanteurs ont besoin d'avoir bonne mémoire. C'était Harold Hennig, et, à ma grande irritation, il me salua comme si nous étions de vieux amis.

« Berlin, n'est-ce pas ? dit-il. Janvier 38. »

Je me levai ; après tout, il portait un uniforme de capitaine et j'étais simple lieutenant. Il s'écoula quelques secondes avant que je ne le relie à l'affaire von Frisch.

« Oui. C'est ça. Gunther. FHO.

– Harold Hennig, dit-il en claquant les talons et en s'inclinant poliment devant Irmela. Eh bien, Gunther, n'allez-vous pas me présenter cette charmante jeune femme ?

– Voici l'*Oberherferin*... »

N'étant jamais tout à fait sûr de son grade non militaire au sein du corps auxiliaire féminin, je lançai un regard à Irmela, qui me confirma d'un signe de tête que je ne m'étais pas trompé.

« Mlle Irmela Schaper.

– Puis-je me joindre à vous ?

– Bien sûr.

– Vous avez l'air de fêter quelque chose, fit-il observer.

– Nous sommes en vie, dis-je. De nos jours, c'est toujours un motif de réjouissance en soi.

– C'est vrai. » Le capitaine s'assit, sortit de sa poche un élégant étui en ambre qu'il ouvrit devant nous, révélant un bataillon de bonnes cigarettes parfaitement rangées, et nous en offrit. « C'est vrai. Là où il y a de la vie, il y a de l'espoir, n'est-ce pas ? »

Prenant une des cigarettes, Irmela l'examina comme s'il s'agissait d'un bibelot intéressant, avant de flairer le tabac avec satisfaction.

« Je ne sais pas si je dois la fumer ou la garder comme souvenir.

– Fumez-la, dit-il, et gardez-en une autre pour plus tard. »

Ce qu'elle fit.

« C'est ce que fume la Gestapo ces temps-ci ? demandai-je, savourant le goût d'une vraie clope. Les choses doivent aller mieux que je ne pensais.

– Oh, je n'appartiens plus à la Gestapo, répondit Hennig. Pas depuis le début de la guerre. Je travaille à présent pour l'Institut Erich-Koch.

– Au coin de Tragheimer et de Gartenstrasse, dit Irmela. Je connais l'immeuble.

– Depuis les bombardements, on nous trouve plus souvent à Friedrichsberg.

– Ça doit être agréable, dis-je. Et beaucoup plus sûr également, à mon avis. »

Erich Koch était le *Gauleiter* de Prusse-Orientale du parti nazi, et son énorme résidence de campagne à Friedrichsberg, juste à la sortie de la ville, était le centre névralgique de son exploitation commerciale de la province, qui, selon l'opinion générale, était totalement dénuée de scrupules. Il détenait une autorité absolue, et même le général Lasch était obligé de céder à ses demandes impérieuses. L'Institut Erich-Koch faisait l'objet de travaux de rénovation – à une échelle princière, disait-on ; dans le même temps, un grand nombre de travailleurs civils aménageaient une piste d'envol sur Paradeplatz, sans doute pour lui permettre de filer rapidement à bord de son Focke-Wulf Condor personnel, et cela à un moment où il y aurait eu davantage besoin de renforcer les défenses de la ville en vue de la bataille qui s'annonçait pour la fin de l'hiver. Tout le monde en effet pensait que c'était lors du dégel printanier de 1945 que l'Armée rouge lancerait sa grande offensive contre Königsberg. Pour l'heure, tout était complètement gelé. Même les Russes. C'était Erich Koch qui avait refusé d'examiner le plan détaillé et systématique du général Lasch pour l'évacuation immédiate de tous les civils de Prusse-Orientale et qui avait placé sa foi dans la construction de fortifications à un emplacement et selon des normes pour le moins discutables.

« Le gouverneur ne se trouve pas à Friedrichsberg pour des raisons de sécurité personnelle, expliqua Hennig, mais tout simplement parce que c'est le meilleur endroit pour coordonner la défense de la ville. Il n'y a pas que Königsberg qui est menacée, Dantzig aussi. Soyez assurés que le gouverneur veille sur notre intérêt à tous.

– Je n'en doute pas », dis-je, même si tout le monde savait que Koch pensait d'abord et avant tout au sien.

J'avais dans l'idée que le Parkhotel où je vivais appartenait en fait à l'Institut Erich-Koch et que l'armée était obligée de payer au *Gauleiter* quatre marks la nuit pour chaque officier qui y logeait, mais je jugeai préférable de limiter mes remarques à une approbation globale de Koch. Il était d'une susceptibilité notoire et enclin à ordonner l'arrestation de quiconque critiquait son pouvoir absolu. Les exécutions publiques étaient monnaie courante à Königsberg, et nombreux les corps pendus aux réverbères près des camps de réfugiés du sud de la ville, où l'on estimait que beaucoup plus de discipline était nécessaire.

« Et quels services fournissez-vous au gouverneur Koch ? » demandai-je à Hennig.

Il secoua la tête et se versa un peu de vin dans un verre.

« Je suis pour ainsi dire son aide de camp. Un officier de liaison. Un vulgaire messager, en fait. Le gouverneur rend une ordonnance, et je suis chargé de la transmettre au commandant militaire. Ou à toute autre personne concernée. » Il sourit à Irmela. « Et vous, ma chère ? Je vois que vous appartenez à la marine auxiliaire, mais vous y faites quoi, si je peux me permettre ?

– Je suis dans les transmissions.

– Ah. Vous êtes une Valkyrie. Une radiotélégraphiste… Pas étonnant que notre ami Gunther passe du temps avec vous, ma chère : il a toujours aimé s'approcher des hautes tensions. En 1938, il a bien failli se brûler les doigts. N'est-ce pas, Gunther ?

– C'est un miracle que j'aie encore des empreintes digitales », répondis-je.

À ces mots, Irmela me prit la main droite et m'embrassa le bout des doigts un par un. Même si j'appréciai la tendresse de son geste, j'aurais préféré qu'elle ne le fasse pas devant Harold Hennig, pour qui, probablement, savoir, c'était pouvoir. Ce n'était pas que je craignais qu'il aille le dire à mon épouse légitime, mais qu'il soit au courant de notre relation ne me plaisait pas beaucoup.

Il sourit.

« Eh bien, nous sommes tous des survivants, pas vrai ?
– Mais pour combien de temps, telle est la question.
– Un petit conseil, mon vieux, rétorqua-t-il. Il n'y a que deux hommes dans toute la Prusse-Orientale qui croient encore à la victoire finale : l'un est Adolf Hitler et l'autre Erich Koch. Par conséquent, si j'étais vous, j'éviterais ce genre de propos défaitistes. Je ne voudrais pas que vous vous retrouviez à décorer un réverbère pour l'édification de quelques réfugiés et travailleurs étrangers.
– C'est horrible de faire ça ! s'exclama Irmela.
– Et pourtant, on voit mal par quel autre moyen on pourrait maintenir l'ordre dans cette ville, répondit Hennig. Seule une discipline de fer nous permettra de tenir. » Il secoua la tête. « Dans tous les cas, je suis bien content d'avoir laissé tomber les méthodes de Prinz-Albrecht-Strasse. La Gestapo, je veux dire, avec ses salles de torture et ses coups-de-poing américains. Pour être franc, je n'ai jamais été fait pour ces trucs musclés. Même si la loi vous protège, ce n'est pas pour moi. »

Il me regarda un instant, et je me demandai s'il avait oublié qu'il nous avait forcés, Bruno Stahlecker et moi, à venir chercher le capitaine von Frisch au quartier général de la Gestapo après que ses sbires et lui eurent battu le vieil homme quasiment à mort. Mais, même s'il ne l'avait pas oublié et s'il savait que moi non plus, il valait sans doute mieux que je n'en fasse pas mention à cette seconde. Personne n'a envie de se faire traiter de sac à merde devant une jolie femme.

Hennig semblait parfaitement à l'aise, comme s'il évoquait le temps où il faisait les quatre cents coups dans une association étudiante. Il enfonça ses mains dans les poches de sa culotte de cavalier, puis renversa sa chaise en arrière, de sorte qu'elle ne tenait plus que sur deux pieds, et se mit à se balancer, avant de poursuivre sur ce mode quelque peu expansif, avec l'air de celui qui a l'habitude qu'on l'écoute.

« Mais quoi que vous pensiez des exécutions sommaires, ma chère, je peux vous promettre que les Russes feront bien pire que ce dont nous sommes même capables. À mon avis, c'est seulement maintenant que les gens commencent à comprendre ce contre quoi nous n'avons cessé de nous battre. Le déclin de l'Occident face à la barbarie slave. On peut dire que l'historien Oswald Spengler avait raison. Si quelqu'un en voulait la preuve, elle se trouve ici. Ou du moins, à cent kilomètres à l'est d'ici. Je crains pour la civilisation européenne tout entière si les Russes parviennent à s'emparer de la Prusse-Orientale. » Il laissa échapper un gloussement. « Sérieusement, je pourrais vous emmener à mon bureau et vous montrer un journal soviétique, *L'Étoile rouge*. Il y a dedans des articles effrayants. L'un d'entre eux me revient notamment à l'esprit : "Tuez les Allemands. Tuez-les tous et enfouissez-les dans la terre. Nous ne pourrons pas vivre aussi longtemps que ces vermines aux yeux verts resteront en vie. Aujourd'hui, il n'y a plus de livres, il n'y a plus d'étoiles dans le ciel, il n'y a plus qu'une pensée : tuer les Allemands." Ce genre de choses… C'est vraiment terrifiant de voir combien ces gens sont pleins de haine à notre égard. On croirait qu'ils ont l'intention de boire notre sang comme des vampires. Ou même pire. Je présume que vous êtes au courant de ces histoires de cannibalisme selon lesquelles l'Armée rouge mangerait de la viande hachée faite à partir de femmes allemandes. »

Après la mise en garde précédente de Hennig concernant le défaitisme, je ne me ressentais pas de lui répondre que les Russes avaient eu de bons professeurs en matière de barbarie. Je tâchai en revanche de l'inciter à modérer un peu son langage, ayant remarqué qu'Irmela avait légèrement pâli en entendant le mot « cannibalisme ».

« Je ne vois pas l'utilité de troubler Mlle Schaper avec ce genre de racontars.

– Je suis désolé, dit Hennig. Le lieutenant a tout à fait raison. Pardonnez-moi, mademoiselle, c'était irréfléchi et indélicat de ma part.

– Ce n'est pas grave, répondit-elle calmement. Je pense qu'il vaut mieux savoir exactement à quoi nous sommes confrontés.

– Voilà qui est parler comme une véritable Allemande », dit Hennig.

Il pivota sur sa chaise et claqua des doigts pour appeler un serveur.

« Apportez-nous de l'eau-de-vie. De la bonne. Immédiatement ! »

Une bouteille d'Asbach Uralt de dix ans d'âge arriva sur la table, et Hennig jeta quelques billets à côté comme si l'argent ne comptait pas, ce qui, vu qu'il travaillait pour Koch, était probablement vrai. Le bruit courait à Paradeplatz qu'avec l'aide de l'impitoyable directeur de l'institut, le Dr Bruno Dzubba, le minuscule Koch avait amassé une fortune personnelle de plus de trois cents millions de marks, et il était clair, à voir la poignée de coupures que tenait Hennig et le coûteux uniforme qu'il portait, qu'une partie de cet argent finissait dans sa poche, ne serait-ce que sous la forme de remboursements de frais juteux. Il déboucha la bouteille et remplit généreusement trois verres.

« Eh bien, à des sujets plus gais ! dit-il avant de porter un toast à Irmela. Votre beauté, par exemple. Je suis très jaloux du lieutenant Gunther, je l'avoue. Vous me pardonnerez de dire que j'espère que vous avez une amie radiotélégraphiste, mademoiselle. Je n'aimerais pas rester ici beaucoup plus longtemps sans avoir, comme le lieutenant, une charmante jeune femme à gâter.

– C'est elle qui me gâte, j'en ai bien peur, rétorquai-je.

– J'en ai le vertige rien que d'y penser. »

Hennig termina son eau-de-vie, puis se leva.

« Merci pour cette délicieuse soirée, mais, hélas, le devoir m'appelle. Le gouverneur doit s'adresser demain matin aux représentants de l'unité du Volkssturm de cette ville – dont le gouverneur Koch a été nommé commandant local – et je dois écrire son discours. Non que j'aie la plus petite idée de ce qu'il faut leur dire... »

Le Volkssturm[1] était la milice dont Himmler venait d'annoncer la création – une sorte de garde nationale composée d'hommes ayant entre treize et soixante ans et ne servant pas déjà sous les drapeaux. Avec un sens de l'humour aiguisé, la plupart des Allemands parlaient déjà de ces unités du Volkssturm comme de la « brigade du père et du fils » ou, parfois – et de manière encore plus comique –, comme de l'« arme de la victoire ».

Quand il fut parti – mais pas avant qu'Irmela lui ait promis de lui présenter quelques-unes de ses amies –, je poussai un soupir de soulagement, vidai mon verre à mon tour et m'en resservis un, craignant que le serveur ne vienne prendre la bouteille.

« Je ne peux pas critiquer son goût en matière d'alcool, n'empêche que je déteste ce type. Cela dit, il y a tellement de types que je déteste ces temps-ci que je n'arrive tout simplement pas à me les rappeler tous, ni pourquoi au juste je les déteste, si ce n'est parce que ce sont des nazis. Ce qui est un motif aussi valable qu'un autre, je suppose.

1. Littéralement : « Tempête du peuple ».

Il est tellement plus facile de savoir pourquoi on déteste les gens, de nos jours…

– Mais pourquoi lui en particulier ?

– Crois-moi sur parole, il y a une bonne raison dans son cas. Détester un type pareil est une cause juste et sainte. Aimer son prochain quel qu'il soit ? Non. C'est infaisable. Je suis sûr que même Jésus-Christ aurait fait une exception pour Harold Heinz Hennig. Sans quoi, il me paraît clair qu'il est impossible d'être chrétien. De même qu'il est impossible de croire en un dieu qui laisserait mourir une centaine d'enfants se réfugiant dans son église. »

Elle se remit à m'embrasser le bout des doigts.

« S'il te plaît, Bernie, ne parlons plus de ça. J'ai envie d'embrasser chaque centimètre de toi avant de m'endormir ce soir. Et que tu m'en fasses autant. »

Mais il y avait quelque chose qui me dérangeait.

« Ce n'est pas tout, poursuivis-je. Qu'il soit au courant à notre sujet m'embête. Qu'il sache à présent qu'il y a quelque chose entre nous, ça m'inquiète. Pour ce genre d'individu, toute information peut être utilisée comme un pistolet chargé. »

Irmela poussa un soupir, puis reposa ma main.

« Tu es ridicule de te faire du souci, Bernie. Réfléchis. En quoi pourrait-il nous nuire ? D'ailleurs, il n'est que capitaine.

– Pas n'importe quel capitaine. C'est un prolongement d'Erich Koch. Tu as vu la manière dont les serveurs lui léchaient les bottes ? La qualité de son uniforme ? Cet étui à cigarettes en ambre ? En outre, ce type était un maître chanteur. Pourrait bien l'être encore, qui sait ? Chassez le naturel, il revient au galop. Par conséquent, peut-être a-t-il quelque chose sur Koch. Peut-être Erich Koch est-il le citron qu'il essaie actuellement de presser. Tu sais, ça ne m'étonnerait pas le moins du monde. Il y a certainement beaucoup à faire avec un salopard comme Erich Koch.

– Il va falloir que tu m'expliques certains points. Pourquoi Koch serait-il un citron ? Je ne comprends pas. »

Je lui contai toute l'affaire von Frisch, ce à quoi Irmela répondit avec bon sens :

« Mais il n'a rien sur toi, Bernie Gunther. Ni sur moi. Aucun de nous n'a quoi que ce soit de particulier à cacher. Et nous n'avons pas non plus d'argent à lui donner, n'est-ce pas ? Par ailleurs, c'est la guerre, et il y a des sujets de préoccupation plus importants, non ? Tu t'inquiètes pour rien. Si on veut faire chanter quelqu'un, c'est sûrement parce qu'il y a un profit à en tirer.

– Pourquoi est-il ici, en ce moment ? demandai-je.

– Simple coïncidence, voilà tout. »

Je bus une gorgée d'eau-de-vie, puis me mordillai l'ongle.

« Avec lui, les coïncidences n'existent pas. Il ne débarque pas dans votre vie sans qu'il y ait une raison. Ça ne fonctionne pas comme ça avec ce genre de type.

– Et comment est-ce que ça fonctionne ? Dis-moi. »

Mais je ne pouvais pas. Après le vin et l'eau-de-vie, lui expliquer le sentiment d'appréhension qui me tenaillait après avoir revu Harold Hennig était au-delà de mes capacités. Pour qu'elle comprenne ce que j'éprouvais à son sujet, il aurait fallu qu'elle revienne avec moi en 1938 et qu'elle voie le corps meurtri du pauvre capitaine von Frisch gisant dans une mare de sang et d'urine sur le sol d'une cellule. Avec le recul, j'aurais pu dire que c'était comme ce tableau de Pieter Breughel connu sous le titre *La Chute d'Icare*. J'imaginai une journée ordinaire à Königsberg – à supposer qu'une telle chose soit possible ; Irmela et moi marchant au bord de la mer, main dans la main, admirant le panorama et regardant les bateaux avec des sourires innocents sur nos visages balayés par le vent, mais sans prêter plus d'attention à ce qui se passe réellement dans le tableau que le laboureur de Breughel ou le berger niais contemplant le ciel maintenant gris et vide. Pendant ce temps, dans un coin de la toile se déroule un drame, ignoré d'à peu près tout le monde. L'orgueil nous frappe depuis les cieux, et nous nous noyons l'un et l'autre dans la mer du Nord glaciale.

C'est le problème avec le chantage. Vous croyez que ça ne vous arrivera jamais, jusqu'au jour où ça vous tombe dessus.

L'hiver survint tôt cette année-là. La neige emplissait l'air gris de décembre comme des fragments d'un espoir déchiré en lambeaux, tandis que les Russes resserraient leur étreinte sur la misérable ville assiégée d'une main de fer glacée. L'eau gelait dans les aiguières et la buée se figeait à l'intérieur des vitres. Certains matins, je me réveillais pour m'apercevoir que le cadre métallique du lit que je partageais avec Irmela ressemblait au bord du toit au-dehors tellement il y avait de glaçons qui en pendaient. La défaite nous regardait droit dans les yeux, à la manière d'une inscription sur une nouvelle pierre tombale. Noël vint et s'en alla, la température tomba à un niveau inégalé, et j'oubliai plus ou moins le capitaine Hennig. Les questions de survie exigeaient davantage d'attention. Le carburant et la nourriture manquaient. Nous pouvions tenir encore trois ou quatre mois au maximum, d'après l'opinion générale. Malheureusement, ce n'était pas celle du grand optimiste qui venait de quitter sa Tanière du Loup, près de Rastenburg, et se trouvait maintenant bien en sécurité à Berlin. Mais Irmela et moi avions d'autres choses en tête que la simple survie, et en particulier le fait qu'elle était enceinte.

Je fus ravi de cette nouvelle, et elle aussi en voyant ma réaction. Je lui promis solennellement que, si par miracle je survivais à la guerre, je divorcerais de ma femme à Berlin pour l'épouser. Et si je ne survivais pas, quelque chose de moi le pourrait, ce qui serait au moins une consolation pour une vie brusquement interrompue, sinon de manière tragique – je pouvais difficilement le prétendre –, en tout cas dans sa quête de sens. Oui, c'est ainsi que j'envisageais la perspective d'avoir enfin un enfant. Quelque chose de moi subsisterait après la guerre. Ce qui fait partie intégrante de cette entourloupe qu'est la comédie grotesque de l'existence.

Puis, un jour de la fin janvier, et de façon totalement inopinée, le capitaine Hennig arriva dans une voiture officielle et me transmit l'ordre de me présenter au *Gauleiter* Koch à son domaine de Friedrichsberg. Ni moi ni mes chefs du FHO n'avions d'autre option que d'obtempérer à un ordre signé par Koch en personne. Ce n'est pas que j'étais indispensable à mes supérieurs. Même le plus abruti des agents de renseignement n'aurait pas manqué de constater que les Russes étaient en passe de gagner la guerre. Mais on ne me regarderait plus jamais du même œil au siège du FHO, où mes collègues pensèrent, non sans raison, que j'étais un des espions larvaires de Koch.

Nous empruntâmes le Holsteiner Damm pour sortir de la ville en direction de l'ouest, puis nous longeâmes la rive nord de la Pregolia. Après une dizaine de kilomètres, à l'endroit où le fleuve sombre se jette dans la lagune encore plus sombre de la Vistule tel le Styx se déversant dans le marais de l'enfer, nous aperçûmes le château, entouré d'un ou deux autres palais de moindre magnificence. Hennig ne me dit pas pour quelle raison j'étais convoqué par le *Gauleiter* ; là-dessus, il resta d'un silence exaspérant.

En revanche, il m'expliqua fort obligeamment que le château avait été construit par le duc Frédéric III, futur Frédéric Ier, de Prusse en 1690 comme pavillon de chasse à l'élan, même si, dès que je la vis, je parvins à la conclusion qu'une demeure de cette dimension avait plus probablement servi de camp de base à une expédition d'un an pour chasser le mammouth laineux ou le tigre à dents de sabre. Le prince von Bismarck l'aurait sans doute trouvée trop majestueuse, sinon trop prussienne, mais elle était parfaite pour le fils aîné de Fréderic le Grand – qui avait dû se demander à juste titre comment il allait pouvoir être à la hauteur de l'immense réputation de son père – et pour Erich Koch, naturellement. La bâtisse ayant la taille de la gare de Potsdamer Platz, Koch avait dû se dire, j'imagine, que c'était la résidence idéale pour un ancien employé des chemins de fer comme lui.

Juste avant que je ne quitte le siège du FHO en compagnie de Hennig, on m'avait expliqué que le Schloss Gross Friedrichsberg, comme l'appelaient tous ceux qui y travaillaient – et il s'agissait effectivement d'un vaste domaine de plusieurs centaines d'hectares –, appartenait maintenant à la Société immobilière de Prusse-Orientale. Il ne fallait pas qu'on puisse penser que Koch s'enrichissait aux dépens du peuple allemand – le fait qu'il fût propriétaire de la Société immobilière de Prusse-Orientale n'était sans doute qu'une malencontreuse coïncidence.

Un majordome immaculé nous fit entrer, puis nous conduisit directement à la bibliothèque du château, où Koch attendait à côté d'un feu au charbon qui aurait suffi à alimenter une locomotive BR 52 de la Deutsche Reichsbahn. Pour être juste, c'était une très grande pièce, qui avait probablement besoin d'une belle flambée dans la cheminée pour empêcher le froid glacial d'empiéter sur les rayons les plus éloignés des étagères de livres. Le *Gauleiter* était assis dans un fauteuil à oreilles doré de style Louis XV, de la hauteur d'une girafe et qui ne servait qu'à le faire paraître encore plus petit qu'il ne l'était en réalité. Avec sa moustache en brosse à dents et son élégante tunique du parti, Koch ressemblait à l'effigie d'Adolf Hitler sur un carnet de rationnement, et en le rencontrant en chair et en os il était difficile de prendre au sérieux ses déclarations tapageuses dans le *Völkischer Beobachter*, selon lesquelles le plus humble des ouvriers allemands était mille fois plus précieux sur le plan racial et biologique que n'importe quel Russe. J'avais déjà vu des nazis plus petits, mais seulement dans les Jeunesses hitlériennes. Il se leva, mais il n'en eut pas l'air plus grand pour autant, et nous nous saluâmes dans la bonne vieille tradition prussienne.

« Merci d'être venu jusqu'ici », dit-il.

Je pris un air détaché et me tournai vers Hennig.

« Le capitaine Hennig a conduit tout du long, monsieur le gouverneur. Je me suis contenté d'admirer le paysage. C'est un endroit agréable que vous avez là. »

Koch sourit gentiment.

« Oh non, il n'est pas à moi. Si seulement c'était vrai… Cette ravissante maison appartient à la Société immobilière de Prusse-Orientale. Je la lui loue – Dieu sait pourquoi. Ces vieilles habitations coûtent une fortune à chauffer en hiver, vous savez. Je me ruinerais si j'essayais de maintenir ce lieu au chaud. » Il indiqua un chariot à boissons. « Voulez-vous boire un verre, capitaine Gunther ?

– On ne m'a pas souvent entendu dire non à un verre de schnaps, répondis-je. Et c'est “lieutenant” Gunther maintenant.

– Oui, bien sûr, vous avez eu des divergences d'opinion avec le Dr Goebbels, n'est-ce pas ?

– Je me suis trompé au sujet de quelque chose. Une erreur de ma part. J'ai probablement beaucoup de chance d'être lieutenant, monsieur le gouverneur.

– C'est sans importance. » Koch sourit et nous versa un verre de schnaps. « Le *Doktor* et moi, nous ne sommes pas toujours exactement d'accord. Avant ma nomination comme gouverneur de la Prusse-Orientale, il m'a quelque peu suspecté, je le crains, d'avoir été impliqué dans la publication d'un article de journal qui se moquait de ses handicaps physiques. »

Je ne me souvenais que d'un seul handicap, mais il aurait été stupide de le contredire alors que tout ce que je désirais, c'était fiche le camp de là le plus rapidement possible. Je n'avais aucune envie de me laisser entraîner dans une rivalité entre ces deux nabots.

Je goûtai le schnaps, ce qui suffit à faire apparaître un sourire étique sur mon visage encore frigorifié.

« Cela vous plairait de redevenir capitaine ? »

À ce stade de la guerre, mieux valait être un officier du rang le plus inférieur qui soit. Être général semblait une responsabilité dont personne ne voulait. La rumeur courait déjà que Hitler songeait à remplacer Lasch. Ou pire. Mais je haussai les épaules avec une indifférence pouvant être interprétée, pensais-je, comme de la modestie. Koch ne se souciait pas de mes sentiments en la matière, du reste, et il avait déjà décidé que, tout comme lui, j'étais désireux d'avancer dans la vie et d'obtenir des avantages chaque fois que c'était possible, et aussi de n'importe quelle façon, probablement.

« Et vous le serez, continua-t-il. Il me suffit de passer un coup de fil à votre commandant, le général Lasch, pour que cela se réalise.

– C'est très aimable à vous. Mais je ne voudrais pas vous créer de problèmes. J'ai cessé depuis longtemps de croire que mon avenir résidait dans l'armée.

– Oh, ce n'est pas un problème. Je suis toujours content d'aider quelqu'un ayant eu maille à partir avec Jo le Boiteux. N'est-ce pas, Harold ?

– Oui, Herr Gauleiter, répondit le capitaine Hennig. Nous n'aimons pas beaucoup le *Doktor*.

– Harold me dit que vous avez été policier à Berlin avant la guerre. À l'Alex-Kommissar, pas moins… »

Je finis le schnaps et le laissai m'en servir un autre, comme je les aime, à ras bord, avant de le descendre d'un trait.

« C'est exact. » J'étais ravi de changer de sujet – du moins au début. « Mais mes grands-parents maternels étaient de Königsberg. J'allais souvent les voir quand j'étais enfant. J'ai toujours aimé venir dans l'ancienne capitale prussienne. C'est un second chez-moi, pour ainsi dire.

– Je ressens à peu près la même chose. Je suis originaire d'Eberfield, près de Wuppertal, mais c'est ici que se trouve à présent mon cœur. En Prusse-Orientale. J'adore tout ce qui vient d'ici. »

Je jetai un coup d'œil à la bibliothèque. Devant tous ces livres, je n'eus pas de mal à comprendre pourquoi il éprouvait un tel attachement ridicule et sentimental pour l'endroit. Les livres sont précieux. Ils peuvent vous faire vous sentir chez vous. Dans n'importe quelle autre habitation, ils auraient déjà servi de combustible.

« Quand vous veniez ici enfant, je parie que vous avez visité le vieux musée de l'Ambre.

– Oh oui, monsieur le gouverneur. L'“or prussien”, comme on l'appelait.

– Tout à fait. La principale source d'ambre au monde est le Samland. Et en particulier Palmnicken. Depuis quelques années, nous avons des Juifs – surtout des femmes – qui l'exploitent à ciel ouvert. Dites-moi, aimez-vous l'ambre ? »

Ce n'était pas le cas, en fait. L'ambre m'avait toujours eu l'air d'une sorte de plastique produit par la nature, sans aucune valeur, une curiosité tout au plus. Je n'arrivais pas à comprendre comment des gens pouvaient accorder autant de prix à ce truc. Mais, sentant que nous en arrivions au fait, j'inclinai poliment la tête et dis :

« Oui, je suppose. Je n'y ai jamais vraiment réfléchi.

– Que savez-vous à son sujet ?

– Seulement qu'il coûte cher. C'est là que je cesse de savoir grand-chose sur quoi que ce soit : qu'il y ait beaucoup d'argent en jeu agit en général comme un frein sur ma pensée.

– Comme pour chacun ces temps-ci. Nous devons tous faire des sacrifices dans cette guerre terrible qui nous est imposée par nos ennemis idéologiques. Mais Harold me dit que vous ne manquez pas de distractions à Königsberg. Que vous fréquentez une charmante jeune fille appartenant à la marine auxiliaire. Comment s'appelle-t-elle ?

– Irmela. Irmela Schaper.

– Bien. Je m'en réjouis. Un soldat doit toujours avoir une petite amie. N'est-ce pas, Harold ?

– Je suis d'accord, Herr Gauleiter. Surtout depuis que j'ai vu la fille en question. Elle est aussi douce que peut l'être une dulcinée.

– Avant de cesser d'être une dulcinée pour devenir une épouse, hein ? »

Koch rit de sa propre plaisanterie. Mais elle était trop près de la réalité pour que je lui rende son sourire.

Il s'approcha d'un bureau de la taille d'un char Tigre et ouvrit un énorme tiroir.

« Venez ici, capitaine. Venez voir. »

Le tiroir était rempli d'objets en ambre – colliers, broches, boucles d'oreilles, fume-cigarettes, figurines d'animaux sculptés ; on aurait dit un des nombreux étals de marché que je voyais près du muséum dans mon enfance.

« Je vous en prie, prenez quelque chose pour votre petite amie.

– Je ne peux pas, monsieur le gouverneur. Vraiment, c'est très gentil à vous, mais…

– Des sottises ! répliqua Koch. Ce que vous pensez qui lui plairait. Un joli collier, ou peut-être une broche. Ou pour vous-même, si vous aimez mieux. Harold possède un très joli étui à cigarettes ancien. Sans parler d'une magnifique paire de boutons de manchettes faite à l'origine pour Arthur Schopenhauer. »

J'aurais préféré ne rien prendre. L'idée d'avoir une dette envers Koch m'était insupportable, surtout maintenant que j'avais appris comment cette chose était exploitée. Mais je finis par me rendre compte que je n'avais pas le choix. Je jetai mon dévolu sur un collier en or contenant une grosse larme d'ambre et, le tenant devant mes yeux, je laissai la lumière du feu illuminer l'insecte parfaitement conservé qu'elle renfermait.

« Excellent choix, dit Koch. C'est une pièce wilhelmienne datant d'avant la Grande Guerre. Fascinant, n'est-ce pas ? Qu'un insecte vieux de plusieurs milliers d'années se soit fait piéger par la résine visqueuse d'un arbre qui s'est ensuite fossilisée.

– De cette façon, elle se souviendra peut-être de moi », dis-je.

Koch prit le collier, l'enveloppa à la manière d'un petit commerçant dans un morceau de papier de soie qui se trouvait aussi dans le tiroir – de toute évidence, ce n'était pas la première fois qu'il faisait ce genre de chose –, puis fourra l'objet dans la poche de ma tunique d'un geste signifiant qu'il ne supporterait aucune objection.

« Vous avez l'impression d'être piégé, capitaine Gunther ? demanda-t-il. Comme ce malheureux insecte ?

– Un peu, quelquefois », répondis-je avec circonspection. Je n'avais pas oublié les conseils de prudence de Hennig sur le défaitisme, ni la propension du *Gauleiter* à pendre les défaitistes aux réverbères de la ville. « Qui ne l'a pas ? Mais je suis sûr que c'est seulement temporaire, monsieur le gouverneur. Nous briserons cet encerclement à brève échéance. C'est ce que tout le monde pense.

– Exactement. Avant d'accéder à la lumière, il faut passer par les ténèbres. N'est-ce pas ? Et maintenant, laissez-moi vous montrer autre chose. »

Koch sortit de la bibliothèque pour gagner le couloir, où se déployaient plus de ramures que dans un parc de cervidés saxon – sans parler de tout un arsenal de mousqueterie qui leur avait sans doute valu d'atterrir là. Le sol en marbre que nous foulions dessinait un damier, et je me sentais comme un pion amorçant un mouvement avec lequel il est fortement en désaccord. J'aurais dû franchir l'entrée et regagner Paradeplatz à pied. Au lieu de ça, je suivis Koch jusqu'à une porte où une armure gothique me fixa avec désapprobation de ses yeux bridés bleu acier. Ayant travaillé autrefois pour le général Heydrich, j'avais l'habitude. Puis nous descendîmes deux volées de marches conduisant au sous-sol et pénétrâmes dans une immense pièce sombre, où Koch s'escrima à trouver l'interrupteur.

« Ici, Herr Gauleiter, dit Hennig, si vous me permettez. »

Quelques secondes plus tard, je contemplais une série de panneaux décoratifs, d'un demi-mètre de haut chacun, disposés le long des murs de la salle. Certains comportaient une couronne impériale et une grande lettre R, tandis que d'autres représentaient des scènes de chasse ; y figuraient aussi des ornements sculptés : aigles entrelacés, guerriers antiques, d'autres couronnes impériales, tritons tenant des dauphins ; et tout ça en ambre. Franchement, il y avait là un peu trop d'ambre à mon goût ; environ une tonne de ce machin. On se serait cru à l'intérieur d'une gigantesque bouteille de bière.

« Dites-moi, capitaine Gunther, avez-vous entendu parler de la Chambre d'ambre ?

– Non, monsieur le gouverneur.

– Vraiment ? La célèbre Chambre d'ambre qui fut offerte par le roi Frédéric-Guillaume Ier à son allié d'alors, le tsar Pierre le Grand ? »

Je haussai les épaules, peu soucieux qu'Erich Koch me prenne pour un ignorant. Pour ma part, je pensais que c'était un odieux escroc qui méritait d'être pendu, et son opinion sur quelque sujet que ce soit – et en particulier sur ma connaissance de l'ambre et de l'histoire russe – n'avait à mes yeux pas la moindre importance.

« Les Russes n'étaient pas si mauvais à cette époque, je suppose, fis-je remarquer.

– C'était avant le communisme, répondit Koch, comme si j'étais le seul Allemand à avoir pu oublier 1917.

– Oui, c'est vrai.

– Eh bien, voyons. En 1716, Pierre a installé ces magnifiques panneaux dans une salle spéciale du palais Catherine près de l'actuelle Leningrad, où ils sont restés jusqu'à ce que nous les libérions il y a quelques années et que nous les emportions ici, au Schloss Friedrichsberg. Quand ils se trouvaient encore au palais, la salle était souvent décrite comme la huitième merveille du monde. »

Je tâchai d'avoir l'air impressionné, même si, à mon avis, cette description éblouie de la Chambre d'ambre avait dû être faite par des gens qui ne sortaient pas beaucoup. Je commençais à en avoir assez de la vénération de Koch pour cet attirail orange, aussi je décidai d'activer les choses.

« Monsieur le gouverneur, puis-je vous demander ce que tout cela a à voir avec moi ?

– Vous allez nous aider à ramener ces objets inestimables à Berlin, où est leur place.

– Moi ? Comment ? Je ne comprends pas.

– Ne vous en faites pas, répondit Koch. Nous n'envisageons pas de vous obliger à les cacher sous votre manteau, capitaine. Non, nous avons une autre idée en tête. N'est-ce pas, Harold ? Une idée un peu plus subtile.

– Nous allons les charger sur un bateau de réfugiés qui doit quitter le port de Gotenhafen d'ici quelques jours, expliqua Hennig. Le MS *Wilhelm Gustloff*. Comme vous le savez probablement, beaucoup de ces bateaux sont fréquemment la cible de sous-marins russes de la flotte de la Baltique opérant depuis le port finnois de Hanko. Nous avons pensé que cela contribuerait à garantir la sécurité à la fois des passagers et des panneaux si la marine russe était informée qu'un de leurs plus importants trésors nationaux – que nous pourrions avoir à échanger un jour – se trouve sur ce même bateau.

– Ils pourraient être nettement moins enclins à le couler, ajouta Koch au cas où je n'aurais pas compris.

– "Informée" ? De quelle façon ? Par carte postale ? Ou désirez-vous que je pousse en voiture jusqu'au front pour leur remettre une lettre ? »

Hennig sourit.

« Ma foi, ce serait là un moyen. Non, nous espérions plutôt que vous pourriez persuader votre bien-aimée – la petite radiotélégraphiste – d'émettre un message en clair sur une fréquence ouverte, avisant les Russes, indirectement, de la présence de la Chambre d'ambre à bord du *Wilhelm Gustloff*.

– Vraiment, dit Koch, quand on y réfléchit, ce serait à l'avantage de tout le monde.

– La "persuader" ? Comment ? Que dois-je lui dire ?

– Juste ce que nous vous avons dit.

– Ai-je besoin de vous rappeler à l'un et à l'autre qu'envoyer un message sans le coder en utilisant la machine Enigma constitue une infraction passible de la cour martiale ? Pour laquelle elle pourrait très bien être fusillée comme espionne. Ou pire. Vous lui demandez de violer la règle numéro un d'une auxiliaire de transmission.

– Non, non, non, répliqua Koch. Mon autorité en tant que *Gauleiter* de Prusse l'emporte sur tous les codes et protocoles locaux de l'armée de terre et de la marine. L'affaire ne peut pas arriver devant une cour martiale.

– Il y aura douze mille personnes sur ce bateau, Gunther, dit Hennig. Des civils, femmes et enfants. Des soldats allemands blessés. Les Russes ne se soucient aucunement d'eux, mais jamais ils n'attaqueront s'ils pensent qu'ils risquent de détruire la célèbre Chambre d'ambre.

– C'est pour les passagers que vous vous inquiétez, demandai-je, ou pour ces précieux bouts de résine ?

– Vous êtes un peu injuste ! protesta Hennig. Il s'agit, au plein sens du terme, d'un grand trésor historique.

– Alors je ne comprends pas pourquoi vous ne donnez pas tout simplement l'ordre à nos commandants du Bureau de la marine à Kiel de leur envoyer un message.

– Pour la simple raison qu'ils se trouvent à Kiel, répondit Koch, à plus de sept cent cinquante kilomètres de mon autorité.

– En outre, ajouta Hennig, si les Russes devaient intercepter une communication navale non cryptée provenant de Kiel, ils penseraient qu'il s'agit d'un piège. En revanche, si elle émane d'une station navale modeste et, disons-le, sans importance, comme celle de Königsberg, ils en concluront qu'elle n'a pas été autorisée par le Bureau de la marine et seront alors plus enclins à la prendre au sérieux. À se dire que la personne qui a envoyé le message tente désespérément d'empêcher la perte de douze mille vies humaines.

– Et que se passera-t-il si votre chantage culturel ne marche pas ? Si les Russes ne sont pas aussi emballés que vous par l'ambre ? Si préserver un trésor national ne les intéresse pas ? Soyons francs, ils n'ont pas pris beaucoup de pincettes avec tout le reste dans cette maudite guerre. Avez-vous entendu parler de l'arithmétique stalinienne ? S'il y a dix Russes et un Allemand encore en vie à la fin de la guerre, Staline considérera qu'il l'a gagnée. Ils sont à présent détenteurs du brevet international de la politique de la terre brûlée.

– Absurde ! dit Koch. Bien sûr qu'ils ne veulent pas perdre la Chambre d'ambre ! Pour commencer, ce sont ces foutus Russkoffs qui l'ont démontée pour la transporter dans je ne sais quel trou en Sibérie – ils devaient donc penser qu'elle avait de la valeur. Sauf que nos hommes sont arrivés juste à temps pour empêcher ça et pour la réexpédier à Königsberg. »

Je secouai la tête.

« Je suis désolé, messieurs, mais je ne le ferai pas.

– Ça veut dire quoi, vous ne le ferez pas ? s'exclama le capitaine Hennig.

– Non. Pour moi, c'est monstrueux de demander ça à une fille pareille.

– Qu'est-ce que vous racontez ? Allez vous faire foutre, Gunther ! Ce n'est pas un vulgaire marchand de bière qui vous demande un service. C'est le gouverneur de la Prusse-Orientale.

– Elle n'a que vingt-trois ans, bonté divine ! Vous ne pouvez pas demander à une fille comme elle de désobéir à des ordres stricts et de prendre des risques, non seulement avec sa propre vie, mais avec celle de douze mille personnes.

– Espèce de pauvre crétin ! rétorqua Hennig. Et vous prétendez être officier de renseignement ? J'ai déjà vu des raclures dans mes toilettes qui avaient plus de jugeote que vous.

– Ça va, Harold, dit Koch avec calme, ça va. Tâchons de rester courtois. Est-ce votre dernier mot, Gunther ? »

Soudain, je me sentis fatigué, trop fatigué pour me préoccuper de ce qui pouvait m'arriver. C'était peut-être le schnaps, mais toute cette guerre me faisait l'effet d'un réverbère qu'on m'aurait attaché au cou. Sauf que ce serait sans doute dans le sens inverse.

« Oui, monsieur le gouverneur. Je suis navré, mais je ne peux tout simplement pas lui demander ça. »

Koch poussa un soupir et fit la grimace.

« Alors il semble que nous n'allez pas redevenir capitaine, en fin de compte.

– Je suppose que peu m'importe en réalité ce qui m'attend. »

Hennig eut un sourire de mépris.

« Il semble également que vous allez rentrer en ville à pied.

– Messieurs, après ce que je viens d'entendre, un peu d'air frais me fera sûrement du bien. »

Je ne racontai pas à Irmela ce qui s'était passé. J'estimais préférable de ne pas l'inquiéter. Dans l'Allemagne nazie, ce n'était pas tous les jours que vous refusiez quelque chose à un homme aussi puissant qu'Erich Koch, et je m'attendais à être arrêté à tout moment puis expédié au camp de concentration de Stutthof. Ils ne m'avaient pas menacé, pas exactement, et, plus important, ils ne l'avaient pas menacée, elle, mais il me paraissait peu probable qu'ils en restent là. Je devais trouver un moyen de les empêcher d'intimider Irmela, et vite, par-dessus le marché.

« Tu dois aller travailler demain ? lui demandai-je ce soir-là.

– Pourquoi ?

– Je me posais la question, c'est tout. Je me disais que nous pourrions peut-être rester ici tous les deux, seuls.

– Je suis de service. Tu le sais, je ne peux pas y aller comme ça me chante. Il s'agit de la marine auxiliaire, pas d'un magasin de chaussures. En outre, ils comptent sur moi. Au cas où tu l'aurais oublié, il se passe pas mal de choses en ce moment dans la mer Baltique. »

Nous étions couchés, partageant une cigarette qui reposait dans un cendrier bon marché, imitation ambre, en équilibre sur ma poitrine.

« Je comprends.

– Ce n'est pas que je n'aime pas passer du temps avec toi, mon poussin. Au contraire. Ces moments que nous avons ici me sont très précieux. Dois-je te dire pourquoi ?… Parce que jamais je n'aurais cru les avoir. Quand tu es apparu dans ma vie, je m'étais plus ou moins résignée à finir mes jours à Königsberg sans avoir jamais connu véritablement l'amour d'un homme.

– Et Christoph, le garçon qui est mort à Stalingrad ?

– Nous étions amants. Mais pas amoureux. Il y a une différence. D'ailleurs, ce n'était qu'un gamin.

– Il n'y a pas de mal à ça quand on n'est qu'une gamine.

– Je sais que tu le penses. Et c'est peut-être ce que j'étais avant. Mais je suis une femme à présent. Grâce à toi. Sans toi, je serais encore en train de glousser dans les cinémas. Tu me traites comme quelqu'un de précieux. Comme si j'avais de l'importance pour toi. Tu écoutes ce que j'ai à dire comme si tu t'en souciais réellement. Je ne peux pas t'expliquer ce que cela signifie pour une femme… C'est tout ce que je désirais : être entendue par l'homme que j'aime. »

Après ça, je restai quelques instants silencieux. Il n'y a rien de mieux que quelques mots d'amour venant d'une femme pour rendre un homme muet.

« Écoute, si un jour quelqu'un te menaçait dans le but de m'atteindre, dis-lui d'aller au diable. Je prendrai le risque. Dans ce monde et dans l'autre.

– De quoi parles-tu ?

– J'essaie simplement de te dire que ce n'est pas moi qui suis important ici. C'est toi.

– Oui, mais pourquoi le dis-tu ?

– Nous sommes en guerre. Les gens racontent un tas de choses étranges en temps de guerre.

– D'accord. Je sais tout ça. Mais est-ce que ça a un rapport avec le capitaine Hennig ?

– Non, mentis-je. Aucun rapport avec lui. En fait, je ne l'ai pas revu depuis cette soirée au Spaten-Bräu, le jour où on s'est "mariés".

– Je ne permettrai pas qu'il t'arrive quoi que ce soit, Bernie, dit-elle avec douceur. Pas maintenant. Tu es un homme si gentil – tu sais ça ? Tu m'as donné ma vie.

– Absurde ! C'était la tienne depuis le début.

– Non, je t'assure. Personne n'a jamais été aussi gentil avec moi. Je ne sais pas ce que je ferais sans toi.

– Tu dois penser au bébé désormais. Pas à moi. Comprends-tu ? Je n'ai pas la moindre importance comparé à toi et à l'enfant.

– Je ne comprends pas. Pourquoi parles-tu de cette façon ?

– Tout ce que je dis, c'est que je veux que tu sois prudente, Irmela.

– Nous sommes encerclés par l'Armée rouge, bombardés par les avions russes, il n'y a pas de carburant et pas beaucoup de nourriture, il n'y a pas d'armes secrètes pour nous sauver, nos maisons sont défendues par la "brigade du père et du fils", et tu veux que je sois prudente ? Tu es ridicule – tu sais ça ? Si je ne t'aimais pas autant, je dirais que tu es en train de devenir fou.

– Je suis peut-être fou de toi. Tu as songé à cette possibilité ? C'est ça. Je suis dingue de toi.

– Alors nous sommes deux. C'est contagieux, apparemment. Passe-moi une autre cigarette.

– Dans ma tunique. »

Je n'avais pas prévu de lui offrir le collier d'ambre, mais elle le trouva en fouillant mes poches à la recherche de cigarettes, et je ne me sentis pas le courage de lui dire qu'il m'avait été donné par Erich Koch.

« Il est magnifique ! s'exclama-t-elle. C'est pour moi ?

– Non. Je pensais plutôt le porter moi-même.

– Je l'adore. »

Elle le mit aussitôt, puis traversa la chambre d'un bond pour se regarder dans le miroir sur pied.

« Qu'est-ce que tu en dis ? » demanda-t-elle en se tournant vers moi.

Je dus admettre qu'il lui seyait parfaitement, conclusion à laquelle il me fut d'autant plus facile de parvenir qu'elle était entièrement nue.

« Oui, ça te va très bien.

– Vraiment, tu trouves ? »

Je souris.

« Tu serais superbe parée du journal d'hier, Irmela.

– Il a dû coûter très cher. »

Une nouvelle fois, je me sentis mal à l'aise de ne pas oser avouer qu'il s'agissait d'un cadeau d'Erich Koch, et je regrettai de ne pas lui dire la vérité, de peur que Harold Hennig ne le fasse à ma place et ne gâche tout. Cela ne faisait aucun doute : j'avais commencé à m'attacher profondément à Irmela, beaucoup plus que je ne l'aurais cru possible pour un homme de mon âge. Je ne méritais pas l'amour d'une jolie jeune fille de vingt-trois ans comme elle. J'en avais presque cinquante, après tout ; cinquante ans de ratages et de déceptions, ce qui signifie que, lorsqu'on pense n'avoir plus que quelques mois à vivre, chaque minute semble compter et chaque sentiment est magnifié. J'aurais fait n'importe quoi pour la protéger, elle et l'enfant qu'elle portait, mais ce « n'importe quoi » me donnait curieusement l'impression d'être insuffisant. La meilleure partie de moi-même avait disparu, sans doute à jamais, mais je pouvais encore espérer prendre soin d'elle.

Le lendemain, en me rendant à Paradeplatz comme d'habitude, je m'aperçus qu'une Audi noire me suivait. Étant donné le peu de voitures circulant sur les chaussées défoncées et recouvertes de neige, elle était facile à repérer, semblable à une grosse tache d'encre noire et brillante sur une feuille de papier blanc. Elle restait à environ dix mètres derrière moi, ce qui était une raison de plus pour la remarquer. Je marche vite. Il y avait trois types à l'intérieur que je n'avais jamais vus, mais ça n'allait pas durer, des présentations ne tarderaient pas, que ça me plaise ou non – j'espérais seulement que la poignée de main franc-maçonne ne serait pas trop douloureuse. Je continuai à marcher en me disant que je les éloignais ainsi de l'immeuble d'Irmela, mais, au bout d'une centaine de mètres supplémentaire, je me rendis compte de la futilité de la chose. Pivotant sur mes talons, je manquai me casser la figure sur le verglas, puis me dirigeai vers l'Audi avec toute la dignité dont j'étais capable et me penchai à la vitre du chauffeur, moyennant quoi je faillis m'étaler de nouveau. Un des types dans la voiture s'esclaffa. Je savais qu'ils appartenaient à la Gestapo avant même qu'il ne fasse apparaître sa plaque d'identité dans la paume de sa main. Seuls la Gestapo et les amis de Koch pouvaient rire de ce genre de blague ou, du reste, se procurer de l'essence.

« Vous êtes Gunther ?

– Oui.

– Montez », ordonna le type à la plaque d'identité.

Je ne discutai pas. De nombreuses personnes avaient essayé de discuter avec sa tête de bois, sans résultat, et au moins c'était uniquement moi qu'ils arrêtaient. Je m'assis donc à l'arrière, allumai une cigarette, puis écoutai patiemment les crissements de leurs manteaux en cuir contre les sièges en m'efforçant de penser à toutes les fois où je m'étais fait embarquer par la Gestapo et où j'avais réussi à m'en tirer au baratin. Naturellement, les choses étaient très différentes maintenant que la guerre était pratiquement perdue. Les membres de la Gestapo avaient toujours été de bons interlocuteurs, mais depuis juillet 1944 et l'attentat du comte von Stauffenberg ils avaient cessé d'écouter quoi que ce soit, à part le son de cordes de piano bien tendues.

À ma grande surprise, nous n'allions pas au Praesidium de la police de Stresemannstrasse, derrière la Nordbahnhof. Au lieu de ça, nous roulâmes encore un peu vers l'est, avant de nous arrêter devant l'Institut Erich-Koch, l'un des derniers bâtiments à arborer encore des drapeaux nazis – ce qui apportait une touche de couleur à une ville devenue prématurément grise de peur et d'angoisse. De façon absurde, quelques-unes des sentinelles d'opérette se mirent au garde-à-vous alors que l'Audi s'immobilisait ; elles devaient penser que les voitures ayant de l'essence contenaient forcément des gens importants. Un officier de la Gestapo m'ouvrit même la portière, et deux autres m'escortèrent à travers une succession de portes d'une hauteur vertigineuse jusqu'à un double escalier en marbre sur les marches duquel un ouvrier fixait avec soin de longues tringles en laiton. Au sommet trônait un grand socle supportant une statue en bronze d'Erich Koch, qui regardait par-dessus la balustrade tel un satrape inspectant son empire – ou peut-être voulait-il s'assurer que les tringles étaient installées correctement. Des lustres en cristal pendaient du plafond en une sorte d'imitation du temps glacial au-dehors, rendant d'autant plus surprenants les souffles d'air chaud qui provenaient des fentes des poêles en céramique flambant neufs. L'institut résonnait du vacarme de centaines de travailleurs étrangers, martelant, peignant et redécorant, ce qui semblait un peu prématuré alors que l'Armée rouge n'avait pas encore dit quelle couleur elle préférait pour 1945.

On me fit longer un couloir de la largeur d'une salle de bowling où on était en train de poser de la moquette bleue, et pendant un instant je me demandai si je n'étais pas en fait à l'école pour aveugles de Luisenallee. C'était la seule explication possible à si peu de prévoyance et à un refus aussi manifeste de regarder la réalité en face. Au milieu de toute cette confusion imbécile se tenait Harold Hennig, les mains dans les poches de son pantalon, sa tunique grise ouverte, comme s'il n'avait pas le moindre souci, ce qui était sans doute le cas. Chaque fois que je le voyais, il m'apparaissait qu'il ne ferait jamais partie des perdants au jeu de la chaise musicale quand les Russes arrêteraient de jouer de la balalaïka. En m'apercevant il me fit signe d'approcher et pénétra dans une pièce déjà garnie de moquette, mais sans beaucoup de meubles, juste deux chaises et un bureau demi-ministre sur lequel étaient posées sa capote et sa casquette. Un grand portrait d'Adolf Hitler au visage tout rose pendait au mur. Portant un manteau gris au col retourné à la dernière mode et une casquette à visière, le *Führer* regardait à mi-distance, comme s'il essayait de décider si le bleu de la moquette allait avec celui de ses yeux. Il n'avait pas à s'en faire. C'était un bleu froid présentant des affinités avec le noir et avec un certain degré de ténèbre que Goethe ne comprenait que trop bien, une couleur facile à associer.

« Et moi qui pensais qu'on était en Prusse-Orientale, dis-je, alors que le véritable État dans lequel nous vivons se trouve être le Déni. »

Avec un reniflement de mépris, Hennig posa sa main sur mon épaule, ce qui ne me plut pas beaucoup, puis il m'amena jusqu'à la cheminée, où une bûche de la taille d'un sanglier grésillait légèrement, tout comme mes neurones. Sur le manteau, il prit une boîte en ambre et l'ouvrit d'une chiquenaude.

« Fumez donc une cigarette, Bernie, dit-il tranquillement, cela tempérera votre langue. »

J'en pris une, l'allumai et tâchai de recouvrer mon calme. Il en fuma une également. Je grattai même une allumette pour lui. Pendant un moment, nous nous contentâmes de nous envoyer mutuellement de la fumée dans la figure. À croire que nous commencions à bien nous entendre.

« Lorsque les médecins légistes examineront votre cadavre, dit-il, ils s'apercevront probablement que vous aviez une bouche hypertrophiée. » Il poussa un soupir las. « On est en 1945, et vous n'avez toujours pas appris que vous ne deviez parler que lorsque les mots sont plus sûrs que le silence.

– Je ne reviendrai pas sur ma décision concernant ma petite amie.

– Vous n'avez rien dans le crâne, rien qui vaille la peine d'être mentionné. Pour un Fritz travaillant dans le renseignement, vous êtes vraiment trop stupide. C'est déjà ce que j'ai pensé en 1938, quand vous avez été assez bête pour vous mêler de cette histoire avec von Fritsch. Vous auriez pourtant dû savoir de quelle manière tout cela tournerait. Et en fait, je suis sûr que vous le saviez – n'importe quel imbécile aurait pu prévoir comment cela finirait. Himmler lui-même avait donné l'ordre de faire porter les soupçons sur ce foutu général. Vous avez été assez insensé pour accepter cette affaire.

– Je l'ai acceptée parce que le capitaine von Frisch avait été mon commandant pendant la Grande Guerre. Et que je l'aimais beaucoup.

– C'est bien ce que je dis : vous avez été stupide. Les principes sont faits pour les gens qui peuvent se le permettre, pas pour vous et moi. Vous avez eu de la chance de vous sortir de cette affaire avec tous vos ongles.

– Possible. Néanmoins, je ne vous aiderai pas.

– Mais si. Et voici pourquoi, espèce d'idiot. »

Il prit un dossier sur le bureau et me le tendit – un mince dossier bleu dont la couverture portait le cachet officiel de l'hôpital Saint-Élisabeth dans Ziegelstrasse, et le nom « Irmela Louise Schaper ». Je n'avais pas besoin de l'ouvrir. Je savais déjà ce qu'il contenait.

« Un des avantages d'être gouverneur de la Prusse-Orientale, c'est que personne n'a de secrets pour vous. Non, pas le moindre. Même les médecins n'osent pas invoquer l'habituel secret médical à Königsberg. Surtout quand la Gestapo le leur déconseille. Eh bien, votre petite amie va avoir un enfant… Félicitations. Je présume que vous êtes le père – bien que certaines de ces filles de la marine ne dédaignent pas de s'embarquer avec un nombreux équipage à bord, si vous voyez ce que je veux dire. Et je me demande ce que dira votre pauvre femme quand elle apprendra ça.

– Sale bâtard ! grommelai-je.

– Moi, non. Mais cet enfant, très probablement. D'ailleurs, on sera fixés en temps voulu. Lequel – soyons francs – est compté… Non, taisez-vous, contentez-vous d'écouter pour une fois, Gunther. Car ce n'est pas de vous qu'il s'agit en réalité. Plus maintenant. À vrai dire, je n'aurai besoin de vous que dans le cas où votre petite amie serait suffisamment à cheval sur les principes pour ne pas comprendre ce qui est bon pour elle. Et pour son enfant, naturellement. N'oublions pas cette petite lueur dans vos yeux. »

Il extirpa un bout de papier grisâtre de sa poche de pantalon et me le montra. Le papier s'intitulait « Laissez-passer pour le MS *Wilhelm Gustloff* ». Le nom d'Irmela était noté en bas.

« Grâce à la générosité et à la compréhension du gouverneur, toutes les femmes de la marine auxiliaire en recevront un. Il s'agit d'un laissez-passer spécial, imprimé sur les propres presses du *Wilhelm Gustloff*. Ils ont tout sur ce bateau : une piscine, un cinéma, trois restaurants et, de loin le plus important, la perspective de revoir l'Allemagne. Au moment où nous parlons, on est en train d'annoncer à ces femmes auxiliaires qu'elles ont de la chance. Qu'elles seront évacuées de Königsberg. Aujourd'hui. Elles poussent déjà des soupirs de soulagement. Les plus jolies, en tout cas. Je pense que beaucoup d'entre elles ont déjà quitté la ville à cette heure, dans la mesure où l'embarquement commence le 25 janvier. C'est-à-dire demain. J'ai dit "toutes les femmes", mais, comme vous pouvez le constater, ce laissez-passer doit encore être signé par le gouverneur. Ou par moi. Et jusqu'à ce qu'il le soit, il n'est tout simplement pas valable.

Dès qu'il sera signé, Mlle Schaper et son futur bébé pourront, bien évidemment, monter à bord du bateau. Mais pas avant. Vous voyez où je veux en venir, Gunther... Ou bien elle accepte d'envoyer le message non crypté – que je lui fournirai, naturellement –, et cela par un canal ouvert, ou bien elle sera la dernière auxiliaire de la marine restée dans la ville quand les Russes arriveront. Après quoi je ne donne pas cher de ses chances, ni de celles du bébé. Je n'ai pas besoin de vous dire, à vous en particulier, ce que les Russes font à nos femmes. C'est vous qui avez rédigé le rapport sur Nemmersdorf, n'est-ce pas ? Combien de femmes ont-ils violées ? Le soldat russe semble considérer le viol des Allemandes comme un devoir patriotique. Je veux dire par là qu'ils baisent comme ils se serviraient d'une baïonnette. Aussi, je me demande combien de Russkoffs elle sera capable de supporter avant de perdre son enfant.

– C'est très joliment dit, Hennig. Si joliment que je me demande pourquoi je n'essaie pas de vérifier combien de vos dents je pourrais faire adhérer à mes articulations.

– Vous ne voudriez pas me frapper, Gunther... Cela gâcherait tout. Pour vous. Pour votre petite amie. Et pour son joker invisible. »

Je me mordis la lèvre, ce qui était momentanément préférable à mordre un officier supérieur. Je ne savais pas trop ce que prévoyaient les règlements militaires sur ce point, mais ce n'était probablement pas un billet de retour sur le MS *Wilhelm Gustloff*.

« Et où serez-vous quand le bateau appareillera ?

– Oh, je serai à bord également. Quelqu'un doit surveiller le rapatriement de la Chambre d'ambre. Vous conviendrez avec moi, j'en suis sûr, qu'elle est beaucoup trop précieuse pour voyager seule.

– Je suis impressionné. Comment avez-vous fait ?

– Lorsque le gouverneur a quitté l'Ukraine, dont il était également le gouverneur, bien entendu, il a réussi à faire disparaître le contenu de quatre musées tout entiers – et il ne s'agit là que de ceux que je connais. Je dirais qu'il possède à présent une collection d'objets d'art capable de rivaliser avec celle de Hermann Goering.

– Et vous avez menacé de le dire à Hitler ou à Himmler, c'est ça ?

– Cela aurait été mon devoir d'officier allemand.

– Et Koch ? Qu'en est-il en ce qui le concerne ?

– Il reste à Königsberg. Bravement. Comme on peut l'attendre d'un homme de cette trempe. Jusqu'à la dernière minute. Après quoi, me semble-t-il, il a pris des dispositions pour se réfugier dans une maison le long de la côte, puis pour gagner Flensbourg à bord d'un brise-glace. Mais vous n'avez pas à vous inquiéter pour la sécurité du gouverneur. Tout ce que vous avez à faire, c'est d'aller voir votre petite radiotélégraphiste, de lui montrer ce laissez-passer et de lui exposer sa mission. Elle n'aura même pas à subir les regards inquisiteurs de ses collègues en faisant son devoir pour le gouverneur : elle est sans doute la dernière là-bas. Par conséquent, cela ne pourrait pas être plus simple.

– Supposons qu'elle refuse.

– Vous avez sacrément intérêt à faire en sorte qu'il n'en soit rien, hein ? Pas si vous voulez être papa dans huit mois. Dès que je l'aurai vue émettre le message – oui, je viens avec vous, Gunther, juste pour m'en assurer –, je signerai ce laissez-passer, et il vous sera alors possible de la conduire vous-même à Gotenhafen, où vous pourrez lui faire de romantiques adieux. Car j'ai bien peur qu'il n'y ait pas de laissez-passer pour vous, mon ami, vous m'en voyez désolé. Pas à moins que vous ne fassiez partie de la division d'entraînement des forces sous-marines : nous avons besoin de ces gars-là pour servir d'équipiers dans les U-Boote. Ou que vous ne soyez gravement blessé. Cela dit, je pense que nous pourrions toujours arranger ça. Normalement, ce serait la seule solution pour un salaud de votre espèce. Que je demande aux deux brutes qui se trouvent dans le couloir de vous emmener hors d'ici et de vous exploser la cervelle. Mais avec vous, Gunther, les choses sont différentes, je pense, et vous seriez sans doute heureux de recevoir une balle dans la nuque. Sachez donc que le fait de désobéir aux ordres du gouverneur aurait pour seul résultat que vous seriez muté au camp de concentration de Palmnicken, où vos fonctions consisteraient à aider les SS à se débarrasser de trois mille travailleuses juives. Ce que vous considérez probablement comme un sort pire que la mort. Par conséquent, comme vous pouvez le constater, vous n'avez pas vraiment le choix. »

Il parcourut la pièce des yeux comme s'il s'attendait à ce que les chaises lui donnent raison.

« Écoutez, ce que je vous demande n'est pas si terrible. On pourrait croire que je veux quelque chose d'extraordinairement compliqué, or tout ce que j'essaie de faire, c'est de préserver la vie de chacun sur ce bateau.

– Y compris la vôtre.

– Évidemment, y compris la mienne. Dans quelques mois, quand la guerre sera finie, que vous serez dans un camp de travail soviétique et qu'Irmela et moi serons en sûreté dans la sainte Allemagne, vous vous demanderez pourquoi vous n'avez pas coopéré plus tôt. Le fait est que nous aurions pu nous arranger pour que vous rentriez également chez vous – j'aurai besoin d'un type compétent pour m'aider à surveiller tout cet ambre d'une valeur inestimable. Alors, puis-je compter sur votre coopération ou pas ? »

En dépit de tout ce qu'il disait, et même de ses sourires d'un blanc éclatant, de son rire doucereux et de sa certitude que je finirais par faire exactement ce qu'il demandait, je savais qu'un jour, dans un monde de demain auquel il se pouvait fort bien que je n'appartienne jamais, je le reverrais et le ferais payer en nature pour tout ça. Pendant un moment, la menace d'une vague vengeance future essaya de se former dans ma bouche, et je pris même ma respiration pour donner de l'air à ces mots futiles. Au lieu de ça, reconnaissant mon impuissance, je ne dis rien, et je crois même avoir hoché la tête pour signifier mon assentiment lâche et muet. Qu'est-ce qu'on ne ferait pas pour une femme ?

Hennig boutonna sa tunique, puis alla chercher son manteau et sa casquette.

« On y va ? »

SEIZE

La Côte d'Azur, 1956

Le faisceau rougeâtre du phare balaya la Villa Mauresque comme s'il foulait le ciel bleu nocturne en quête d'un bombardier ennemi à cibler, mais il ne trouva que Somerset Maugham et moi, assis côte à côte près de la piscine lisse comme un miroir, nous alertant quant à la possibilité que l'un puisse causer un préjudice, encore indéfinissable, à l'autre. Maugham demeurait immobile, et chaque fois que la lumière rouge passait sur ses traits plissés, leur donnant la couleur du sang, il m'évoquait une espèce de vampire. Cela faisait un long moment que je gardais le silence, et le vieil Anglais était suffisamment réceptif pour se rendre compte que le récit de cette pénible histoire m'avait beaucoup affecté – plus que je n'aurais pu le supposer. Après tout, cela remontait à plus de dix ans, et je n'en étais même pas encore arrivé au morceau de choix.

« Voilà un bout de temps que je n'en avais pas parlé, déclarai-je enfin. En fait, je ne pense pas en avoir jamais parlé. Franchement, ce n'est pas le genre de sujet qu'on évoque devant une bière et une saucisse.

– Je suis désolé », dit-il.

Je tapai avec un ongle contre le gong de l'apéritif. Il fit le même bruit que mon cœur. Du moins voulais-je le croire ; sinon, comment terminer mon histoire ? Puis, la gorge nouée, je poursuivis :

« Königsberg capitula le 9 avril 1945, à la suite de quoi je fus emmené en captivité avec quatre-vingt-dix mille autres soldats allemands. En ce qui me concerne, je fis partie des chanceux. Quelqu'un m'aida à m'évader, en 1947. Cependant, la plupart d'entre nous moururent. Et je crois que le général Lasch n'a été libéré qu'il y a environ neuf mois. Dans l'intervalle, la ville fut rebaptisée Kaliningrad, en juillet 1946, du nom de quelque bolchevik sanguinaire, et nettoyée de toute sa population allemande. Beaucoup des habitants qui avaient le malheur de ne pas avoir fui la ville furent emmenés de force en rase campagne, où ils périrent de faim ou de froid. Aujourd'hui, les seuls Allemands encore là-bas sont probablement les statues d'Emmanuel Kant et de Schiller.

– Mais le bateau ? Et Irmela ? Que s'est-il passé quand elle a atteint l'Allemagne ? Vous ne pouvez pas arrêter l'histoire comme ça. Je suis sûr que vous n'avez pas fini.

– J'ai fini si vous voulez un dénouement heureux.

– Je n'aime pas les dénouements heureux. J'aime qu'un dénouement soit ambigu, parce que la vie est ainsi. Mais attendez une minute… En quoi le fait que vous soyez envoyé dans un camp de travail soviétique est-il un dénouement heureux ? Ça ne tient pas debout.

– Je suis toujours là, non ? C'est ce qu'il peut y avoir de plus heureux dans cette histoire, je le crains. »

Maugham eut un hochement de tête.

« Certes, les débuts sont toujours beaucoup plus satisfaisants. Il m'arrive de me dire qu'on ne devrait jamais laisser les romanciers écrire eux-mêmes la fin de leurs livres.

Parce que c'est là que la fiction se sépare de la réalité. Dans la vie réelle, on ne se rend jamais vraiment compte quand quelque chose est terminé. C'est pourquoi, très souvent, conclure un livre en seulement deux ou trois chapitres est pratiquement impossible. »

J'opinai et allumai une cigarette. J'avais trop fumé et ma gorge était sèche, trop sèche pour continuer à parler, mais je savais qu'il ne me laisserait pas m'en tenir là. Je me versai à nouveau du gimlet et l'avalai, à des fins thérapeutiques, naturellement.

« Nous savons tous les deux qu'il y a à votre histoire un autre dénouement que vous ne m'avez pas révélé. Après toutes ces années, c'est inévitable. »

J'opinai de nouveau.

« Oui, en effet.

– Vous feriez peut-être mieux de me le raconter, non ? »

Je pris une grande inspiration et m'élançai :

« Très bien. Après avoir rencontré Irmela avec moi et l'avoir persuadée d'envoyer le message non crypté – ce qui fut plus difficile qu'on n'aurait pu le penser –, Hennig me prêta une voiture, et je la conduisis de Königsberg à Gotenhafen, soit une distance d'environ deux cents kilomètres, le long d'une route parfois envahie de civils essayant d'échapper à l'Armée rouge ; certains choisissaient même de prendre un raccourci à travers la mer gelée, avec des résultats souvent désastreux. Pendant ce temps, la météo ne cessait de se dégrader : vents violents, neige et températures en dessous de zéro. Les conditions étaient si mauvaises que nous arrivâmes tout juste avant le départ du bateau, aussi n'eûmes-nous que peu de temps pour nous faire des adieux convenables. Je regrette de ne pas lui en avoir dit plus. Il en est toujours ainsi… Vu la rapidité avec laquelle nous nous étions unis, il n'est pas illogique que nous nous soyons séparés aussi vite. Tout ce que nous fîmes à ce moment-là le fut à la hâte, dans l'urgence. Elle m'embrassa rapidement, puis elle gagna d'un bond la passerelle du *Wilhelm Gustloff* tandis que je restais là, tel un cabestan inutile, en proie à un horrible mélange de soulagement qu'elle soit à bord et de véritable peur de ne jamais la revoir.

Le bateau ne me donnait pas l'impression d'être en état de naviguer, mais après tout je ne suis pas marin. Beaucoup plus tard, j'appris que pendant cinq ans le *Gustloff* était resté amarré au quai de Gotenhafen, où il avait d'abord servi de navire-hôpital pour les soldats allemands blessés en Norvège, puis de caserne flottante pour les jeunes recrues de la division de sous-marins de la marine allemande, de sorte que les moteurs n'avaient pas fonctionné durant tout ce temps ; de surcroît, la plupart des membres de l'équipage réduit n'étaient même pas allemands. Mais ça ne devait être qu'un voyage de trois jours, et tout ça ne semblait pas poser de problème pour un bâtiment inauguré en 1937. Certainement moins que le nombre de passagers. Il est difficile de dire combien de personnes s'étaient entassées sur le navire pour échapper aux Russes : douze mille d'après certaines estimations, y compris les cent soixante-treize hommes d'équipage. À l'origine, il avait été conçu pour accueillir quatorze cents passagers et quatre cents membres d'équipage, vous pouvez donc imaginer à quoi ressemblait la scène à Gotenhafen. Une vision de cauchemar. Un bois gravé de l'enfer dessiné par Gustave Doré. Il va sans dire qu'il n'y avait pas assez de canots ni de gilets de sauvetage, et, à tous égards, le bateau était très mal préparé à quelque urgence que ce soit. Avec autant de monde à bord, presque toutes les issues et les passerelles étaient bloquées, et l'heure n'était plus aux exercices d'alerte. En outre, alors qu'il n'y avait déjà que deux navires d'escorte pour assurer une certaine protection contre les sous-marins russes, à cause du froid extrême l'un d'entre eux – un torpilleur – a eu sa coque fissurée et a dû retourner à Gotenhafen, ce qui n'en laissait qu'un. Le *Löwe*. Par ailleurs, une formation de démineurs opérant dans le secteur de la baie de Dantzig courait le risque d'entrer en collision avec le *Gustloff*, si bien qu'il fut décidé d'allumer les feux de navigation du bateau. Ce qui allait à l'encontre de toutes les pratiques navales en temps de guerre.

Tout ça était déjà suffisamment inquiétant, mais, à la suite du message non crypté que Hennig avait forcé Irmela à envoyer sur un canal radio ouvert, trois sous-marins soviétiques faisaient route vers la zone lorsque le *Gustloff* appareilla. À la base sous-marine du port finnois de Turku, ils avaient capté le même message au sujet du *Gustloff* et de la Chambre d'ambre que le quartier général de la marine russe de la Baltique, et la confusion régnait quant à ce qu'il fallait faire au juste. Puis le capitaine d'un des sous-marins soviétiques, le *S-13*, aperçut le *Gustloff* illuminé comme un arbre de Noël, demanda par radio des instructions et reçut l'ordre de filer le navire, mais de ne pas tirer. Comme il faisait nuit, le *S-13* s'estima suffisamment en sécurité pour faire surface en attendant des éclaircissements du quartier général de Kronstadt, qui lui-même essayait désespérément d'obtenir une décision définitive du Kremlin. Pour finir, le Kremlin répondit qu'à aucun prix le *Gustloff* ne devait être coulé.

Malheureusement, le capitaine du *S-13* était un ivrogne nommé Alexander Marinesko, déjà traduit devant une cour martiale pour beuverie. Il était probablement ivre et il dut commettre une erreur fatale en décodant le message. Quelques minutes plus tard, le 30 janvier 1945 à 20 h 45, il demanda que quatre torpilles soient chargées dans les tubes avant du *S-13*. À 21 h 15, il donna l'ordre de faire feu, et trois des torpilles touchèrent leur cible.

J'ai du mal à imaginer ce que cela put être. La neige, le froid, l'eau glacée, la haute mer, l'obscurité. Toutes les femmes de la marine auxiliaire, y compris Irmela Schaper, avaient été cantonnées dans la piscine vide sur le pont inférieur, et elles furent probablement tuées instantanément par la deuxième torpille. D'autres n'eurent pas cette chance. Des milliers de passagers furent engloutis à l'intérieur du navire tandis que l'eau s'infiltrait à travers la coque endommagée ; des milliers d'autres se jetèrent à l'eau et se noyèrent ou succombèrent rapidement à l'hypothermie. Le bateau sombra au fond de la mer Baltique moins d'une heure après avoir été touché par les torpilles, faisant du *Gustloff*, avec la perte de plus de neuf mille personnes, la plus grande catastrophe de toute l'histoire maritime. Huit mille d'entre elles étaient des femmes et des enfants. En comparaison, le naufrage du *Titanic* n'a fait que quinze cents victimes.

– Bon Dieu ! s'exclama Maugham. Je l'ignorais. Je veux dire, je n'avais jamais entendu parler du *Wilhelm Gustloff*.

– Deux mille personnes survécurent, parmi lesquelles le capitaine Harold Hennig – de toute évidence – et la majeure partie de l'équipage de bons à rien du *Gustloff*, dont le capitaine, Friedrich Petersen. Hennig fut l'un des cinq cents hommes qui réussirent à prendre place dans les canots de sauvetage et qui furent secourus par le navire d'escorte, le *Löwe*. Moins de quarante-huit heures après, ils furent tous débarqués sains et saufs à Kolberg, à quelque deux cent cinquante kilomètres à l'ouest de Dantzig. Quant à la Chambre d'ambre, il n'est nullement certain qu'elle ait été à bord. Par la suite, le bruit courut qu'il s'agissait d'un mensonge – de la désinformation destinée à dissuader les Russes de couler le bateau – et qu'elle avait été en fait acheminée par train en Allemagne. Mais si elle y était, elle a disparu au fond de la mer Baltique avec tous ces gens, y compris Irmela et son enfant à naître.

Bien sûr, si Irmela ne s'était pas trouvée sur ce bateau, elle aurait fort bien pu être tuée à bord de n'importe lequel des navires transportant des réfugiés allemands qui furent coulés au cours du premier semestre 1945. Le *Goya*, sur lequel sept mille personnes perdirent la vie. Le *Cap Arcona*, sur lequel sept mille autres – dont beaucoup de détenus des camps de concentration – périrent. Et le *Steuben*, sur lequel trois mille cinq cents Allemands moururent. Six mois plus tard, Marinesko, le capitaine du *S-13*, fut chassé de la marine russe. Et c'est à peu près tout ce que je sais, en grande partie grâce à un livre sur le *Gustloff* publié il y a environ quatre ans et qui contient le récit d'un survivant.

Jusqu'à ce que Harold Hennig prenne une chambre au Grand-Hôtel du cap Ferrat sous le nom de Harold Hebel, cela faisait dix ans que je ne l'avais vu ou n'avais entendu parler de lui. Maintenant, vous savez pourquoi je le déteste autant. Et à quel genre d'homme nous avons affaire.

– Et après la guerre ? Qu'est-il devenu ? Pourquoi n'a-t-il jamais été traduit en justice ?

– C'était du bien trop menu fretin pour que quiconque s'en soucie. Les Alliés étaient à la recherche de nazis plus importants. Croyez-moi, tout le monde se contrefiche de Harold Hennig. Surtout maintenant que la République fédérale d'Allemagne essaie de tourner la page et de devenir un bon partenaire pour l'Amérique et la Grande-Bretagne dans la guerre contre le monde communiste. De nos jours, la justice passe après le pragmatisme. Mais Erich Koch, lui, a été arrêté en 1949, il attend dans une prison polonaise d'être jugé pour crimes de guerre. La Pologne n'a pas la même attitude que la République de Bonn à l'égard de la mort d'un demi-million de ses concitoyens. Franchement, je ne donne pas cher de ses chances. Je présume qu'ils le pendront, et bon débarras ! Si jamais un homme mérite d'être pendu, c'est bien Erich Koch. Non que Hennig ne mérite pas d'être étranglé cent fois pour ce qu'il a fait…

– Et pourtant, malgré ça, vous avez dit que vous ne vouliez pas le tuer. Pour ma part, je crois que si j'avais perdu ce que vous avez perdu, je n'aurais pas hésité.

– Je n'ai pas dit que je ne voulais pas le tuer, j'ai dit que je n'allais pas le tuer. Il y a une grande différence. J'en ai assez de tout ce genre de choses. Maintenant, c'est à moi que je pense. Ma tranquillité d'esprit contre ma petite vengeance sordide. Il me faut vivre avec moi-même ; or, même dans les meilleurs moments, je peux être de mauvaise compagnie.

– Mais si Hebel est Harold Hennig et qu'il a été autrefois un nazi, comment est-il possible qu'il travaille maintenant pour les communistes ? Pour le renseignement soviétique. Ils connaissent certainement son passé nazi.

– Le KGB ou la HVA – c'est-à-dire le service de renseignement extérieur de la RDA – ne se soucient pas plus que la CIA de qui vous êtes et de ce que vous avez fait. Tout ce qui compte, c'est comment ils peuvent vous utiliser à leur profit. Après la guerre, la HVA a recruté des tas de nazis sur ordre des Russes et ils ont perfectionné bon nombre de techniques de la Gestapo. Presque rien n'a changé, sauf l'idéologie : de fait, ça continue à être la Gestapo sans en avoir le nom. Et quand vous êtes un ennemi de l'État condamné à l'échafaud ou à dix ans de camp de travail, rien ne distingue la tyrannie communiste allemande de la tyrannie nazie. C'est le même fascisme, mais avec un drapeau différent. La merde a le même aspect et la même odeur qu'auparavant, et c'est toujours de la merde.

– Je suppose.

– Croyez-moi sur parole. Je les connais. » Je souris. « Ce sont mes compatriotes.

– Vous m'effrayez, Walter. Je sais qu'il ne s'agit pas de votre vrai nom, mais j'imagine que vous ne vous sentiriez pas à l'aise si je l'utilisais, aussi je me contenterai de vous appeler "Walter", ou "monsieur Wolf". Au demeurant, le monde que vous décrivez n'est pas un monde qui m'est familier. Plus maintenant. En 1917, tout ça avait un peu l'air d'une partie de rigolade, en réalité... espionner les Russes. Écoutez, ce que je veux dire par là, c'est que, si vous pouviez m'aider dans cette affaire, je vous en serais reconnaissant. Je suis un vieil homme, et il me semble que ces gens jouent à un jeu pour lequel je ne suis plus qualifié. Ma proposition – que vous deveniez mon garde du corps – tient toujours. »

Je ne voulais rien avoir à faire avec tout ça, bien entendu. Que m'importait ce que ce Burgess avait dit à propos du SIS britannique sur la bande magnétique ? Je n'avais jamais eu beaucoup de sympathie pour les Anglais. Dans deux guerres contre l'Allemagne, j'avais vu comment ils étaient capables de se battre jusqu'à l'arrivée du dernier Américain. Pourtant, en dépit de ma position morale fort louable au sujet de Harold Hennig, une partie de moi voulait voir cet ignoble individu éliminé, et pour de bon. J'aimais bien le vieux, et je pense qu'il m'aimait bien. Si je pouvais l'aider à tenir en échec un maître chanteur comme Hennig, ce serait une sorte de revanche pour ce qu'il avait fait à Irmela, et à moi dans une moindre mesure.

« Non merci, monsieur. Mais je serais heureux d'être votre partenaire dans ce robre. C'est le moins que je puisse faire.

En contrepartie, vous pourriez me rendre service en acceptant de rencontrer une de mes amies qui aimerait vous connaître. Elle est écrivain elle aussi.

– Très bien. J'en serais ravi, si c'est une amie à vous.

– Alors demain, quand Hebel me donnera la bande, je l'apporterai directement ici à la villa et vous pourrez l'écouter et décider de la suite. Et si vous pensez que je peux encore vous être utile… eh bien, nous verrons ça demain, n'est-ce pas ? »

Après avoir raconté mon histoire à Somerset Maugham, je retournai à la voiture et m'éloignai avec un abîme là où un cœur et un estomac avaient jadis coexisté paisiblement. C'est le problème avec le passé : il n'appartient jamais autant au passé qu'on le pense. Cela faisait longtemps que je n'avais plus songé à Irmela ni à son enfant, et une partie de moi – la partie qui aurait peut-être pu faire la bourde de se perpétuer par le biais de mon ADN – regrettait amèrement leur disparition. L'idée que j'aurais pu parler d'eux en toute impunité semblait à présent risible. Les années écoulées n'avaient rien guéri en l'occurrence, et, à mon avis, ceux qui prétendent que les choses s'arrangent avec le temps ne savent absolument pas de quoi ils parlent. Pour moi, c'était une tumeur inopérable que j'étais certes parvenu à ne pas voir pendant plus d'une décennie, mais qui était toujours là. Et elle le resterait probablement jusqu'à ma mort.

On pourrait dire que je m'apitoyais quelque peu sur mon sort, et peut-être que j'étais aussi légèrement ivre. Ignorant le casier à homards dans lequel je vivais, je me retrouvai à quitter la ville, puis à grimper la colline de Villefranche en direction de la villa d'Anne French. Si vous passez un certain temps avec des homosexuels, vous commencez à éprouver le besoin de rétablir l'équilibre grâce à la compagnie d'une femme agréable. C'était une piètre excuse pour ce que j'étais en train de faire, mais je n'en voyais pas de meilleure à me donner.

Je m'arrêtai devant le portail, allumai une cigarette et suivis du regard l'allée conduisant à la maison. De la lumière brillait dans sa chambre, et pendant un moment je restai assis là, m'imaginant Anne au lit et me demandant si je n'étais pas sur le point de commettre une erreur stupide et de tout gâcher entre nous. Qu'est-ce qu'une femme comme elle pouvait désirer d'un homme possédant aussi peu de choses que moi ? À part des leçons de bridge.

Je faillis faire demi-tour et repartir. Au lieu de ça, je remontai lentement l'allée puis coupai le moteur. Certes, prudence est mère de sûreté, mais cela ne peut avoir cours entre les hommes et les femmes par une chaude nuit d'été sur la Côte d'Azur. J'espérais ne pas l'offenser, mais, étant ivre, j'étais prêt à prendre le risque. J'ouvris donc la portière, sortis et tendis l'oreille. Du pavillon pour les invités s'échappait le bruit d'un gros poste de radio que quelqu'un essayait en vain de régler sur une fréquence plus fiable. Quelques minutes plus tard, on coupa le son, la porte s'ouvrit et Anne apparut, vêtue seulement d'une chemise de nuit en coton, courte et presque transparente. C'était une soirée torride. Les cigales exprimèrent leur admiration pour son décolleté et ses jambes galbées d'un « clic » supplémentaire de leur abdomen. Je ne demandais assurément pas mieux que d'offrir un peu d'action au mien.

« Oh, je suis content que ce soit vous, dit-elle. J'ai craint que ce ne soit le jardinier.

– À cette heure ?

– Il a une drôle de façon de me regarder ces derniers temps.

– Vous devriez peut-être le laisser arroser les plates-bandes.

– Je ne pense pas que ce soit ce qu'il a en tête.

– Avec la chaleur qu'il fait ? Il s'est trompé de métier.

– Êtes-vous venu tondre ma pelouse ou juste bavarder ?

– Bavarder, je présume.

– Alors racontez-moi quelque chose.

– J'ai bien peur d'être totalement à court d'anecdotes ce soir. Le fait est, Anne, que je me sens un peu triste.

– Et vous pensiez que je pourrais vous réconforter, c'est ça ?

– Quelque chose de ce genre. Je sais, il est un peu tard.

– Trop tard pour un bridge, en tout cas.

– Je suis désolé, mais j'avais juste envie de vous voir.

– Ne vous excusez pas. À vrai dire, je suis contente que vous soyez venu. Je me sentais moi-même un peu triste. » Elle marqua un temps d'arrêt. « J'étais en train d'écouter les informations du BBC World Service sur les ondes courtes. Et maintenant, j'aurais préféré ne pas l'avoir fait. Apparemment, les Égyptiens ont nationalisé le canal de Suez et l'ont fermé à tous les navires israéliens.

– Qu'est-ce que ça signifie ?

– Eh bien, tout d'abord, que le prix de l'essence va augmenter. Mais je pense que cela signifie également qu'il va y avoir une guerre.

– Alors que nous n'avons pas encore fini de payer la dernière ? J'en doute. »

Elle haussa les épaules.

« Un dernier coup de dés de la Grande-Bretagne et de la France pour prouver que ces vieilles puissances coloniales comptent encore ? Après tout, ce sont elles qui gèrent le canal, cela va sans dire. Alors pourquoi pas ? » Elle sourit.

« Mais vous n'êtes pas venu ici pour discuter de politique internationale, n'est-ce pas ?

– On peut, si vous voulez. Du moment que je n'ai pas à voter pour quiconque. Ça n'a jamais rien changé, même dans le bon vieux temps.

– Vieux de combien ?

– Très vieux. Suffisamment vieux pour être bon. Avant les nazis, en tout cas. À propos de temps antédiluviens, j'ai passé la soirée avec Somerset Maugham. À la Villa Mauresque.

– Comment va-t-il ?

– Curieusement, il a l'air de vieillir de minute en minute, si tant est que ce soit humainement possible.

– Dans ce cas, nous sommes deux.

– Je n'ai pas remarqué.

– Vous n'avez pas idée. Moins je m'approche de cette avance de cinquante mille dollars sur publication, plus je me sens vieillir. »

Dans la voiture, j'avais décidé de tout lui dire. Si je devais risquer ma peau pour l'Anglais, il fallait que j'y gagne quelque chose, et ce quelque chose commençait à ressembler à Anne French.

« Alors c'est bien que je sois venu. J'ai des nouvelles qui vous feront probablement très plaisir, à vous et à votre éditeur : j'ai persuadé Somerset Maugham de vous rencontrer. »

J'en faisais peut-être un peu trop, bien sûr, mais ça semblait être le genre de chose qu'elle avait envie d'entendre, ce qui, pour des raisons évidentes, était le genre de chose que j'avais hâte de lui dire.

« Quand ?

– Bientôt.

– Vraiment ? C'est formidable !

– Je n'en mettrais pas ma main au feu. Franchement, il me fait l'effet d'une sorte de vampire.

– Tous les auteurs sont un peu comme ça, je pense.

– Je ne sais pas. Mais j'ai l'impression d'avoir perdu beaucoup de sang là-bas ce soir. Je me sens vidé.

– Alors vous feriez mieux d'entrer et de me laisser vous préparer une transfusion.

– Je crois que j'ai déjà suffisamment bu.

– Autre chose, dans ce cas. Du café, par exemple.

– Vous êtes sûre ? Il est tard. Je devrais sans doute y aller.

– Écoutez, Walter, je n'ai jamais été très douée pour savoir ce que je devais faire ou non. J'ai toujours voulu bien me tenir, mais je me rends compte à présent que j'aurais dû me montrer un peu moins allusive. Surtout maintenant que vous êtes là. Maintenant, je pense que je désire simplement être désirée. »

Elle se débarrassa de la chemise de nuit comme d'une peau en trop et demeura immobile, nue, sous le clair de lune.

« Vous me désirez, n'est-ce pas, Walter ?

– Oui.

– Alors entrons dans la maison avant que je ne change d'avis ou que quelque chose ne me pique pendant que je suis ici toute nue. Un moustique, peut-être.

– Pas si je suis le plus rapide. »

DIX-SEPT

Le sujet de la bande magnétique était imprimé sur la boîte, qui reposait maintenant sur la table de réfectoire à côté du magnétophone. « Entretien avec Guy Burgess, 28 mai 1951, SS *Pamyati Kirova.* » J'insérai avec soin l'amorce dans le Grundig, allumai ma cinquième cigarette de la matinée, me versai une tasse de café avec la cafetière en argent étincelante que m'avait apportée Ernest, le majordome, et, sous le regard d'un nu couleur tomate de Renoir, je m'assis dans l'élégant salon pour attendre Maugham, qui était en retard. Sur les pelouses, les arroseuses tourbillonnaient comme des derviches et le chauffeur lavait une nouvelle fois la voiture. Le nu était un peu trop rose et trop potelé à mon goût ; il ne lui manquait qu'une sucette et un ours en peluche pour être tout à fait inconvenant. J'étais fatigué, mais d'une manière presque agréable, souffrant d'une sorte de gueule de bois due à un excès de sexe. On aurait dit que mes couilles avaient passé la nuit sur une table de billard de brasserie.

Je fermai un moment les yeux et les rouvris lorsque Robin Maugham pénétra dans la pièce et s'affala lourdement dans un fauteuil, à la manière d'une vieille ménagère après une journée à faire les boutiques plutôt que comme un homme vêtu d'un blazer en lin qui venait de finir son petit déjeuner. Il empestait l'eau de Cologne et la fausse politesse. Je sentais qu'il commençait à me détester presque autant que je détestais son eau de Cologne.

« Mon oncle sera là dans cinq ou dix minutes. Il a eu une nuit assez inconfortable. La chaleur, vous savez...

– Moi-même, j'ai eu une nuit plutôt agitée.

– Eh bien, ça ne peut pas vous avoir fait de mal. » Robin sourit. « En tout cas, il est en train de s'habiller. »

J'opinai.

« Très bien.

– Voyez-vous, chaque fois que j'ouvre une porte dans cette maison ces derniers temps, vous êtes là, Walter. Pourquoi donc ?

– Ça vous rend nerveux ?

– Non. Je m'interroge, voilà tout. Qu'est-ce que vous y gagnez ? Qu'est-ce que vous cherchez au juste ici, Walter ?

– Vous m'avez demandé de venir. Pour jouer au bridge. Vous vous souvenez ?

– Non, ce que je veux dire, c'est pourquoi aidez-vous mon oncle à présent ?

– Parce qu'il me l'a demandé.

– Oh, allons, Walter !... Je ne suis pas un foutu débile. Tout le monde veut quelque chose du vieux. Qu'est-ce que vous espérez ?

– Vous vous sentiriez plus à l'aise en pensant que ça me rapporte de l'argent ?

– Oui, je suppose. C'est comme ce que dit le Dr Johnson sur le fait d'être écrivain : à moins d'être un imbécile, personne n'a jamais écrit sauf pour du pognon. Ma foi, la chose doit être doublement vraie pour un homme tel que vous qui a été détective.

– Qui vous a dit ça ?

– Pardon ?

– Que j'ai été détective ?

– Mon oncle a dû le mentionner, je présume.

– Non. Je lui ai demandé de garder le silence à ce sujet, et il m'a donné sa parole qu'il n'en parlerait à personne.

– Nous n'avons pas de secrets, lui et moi. Vous devriez le savoir maintenant.

– Ce n'est pas vrai non plus. Je ne suis pas sûr que votre oncle vous fasse autant confiance que vous le pensez, Robin. Sans compter que sa parole signifie réellement quelque chose. Par conséquent, quelqu'un d'autre vous en a parlé.

– Comme qui ?

– Pourquoi ne pas me le dire ? Qui sait ? Une petite confession vous soulagerait probablement. Non ?... » Je souris patiemment. « Eh bien oui, je suis payé. Voilà ce que j'y gagne. Puisque vous posez la question. Votre oncle m'a promis cinq mille dollars. Mais peut-être que ça non plus il ne vous l'a pas dit.

– C'était pour vous occuper de la remise de l'argent à l'hôtel. Ce qui est fait. Cette histoire de bande magnétique semble beaucoup plus compliquée.

– Toutes choses faisant partie intégrante du service de conciergerie du Grand-Hôtel.

– Oui, je suppose qu'on peut le voir ainsi.

– C'est ainsi que je le vois.

– Très généreux de votre part. Merci.

– Est-ce que vous vous joindrez à nous pour écouter la bande ? demandai-je.

– Oui. Bien sûr. Pour rien au monde je ne voudrais rater ça. Vous-même, l'avez-vous écoutée ?

– Pas encore. Ce n'est aucunement mes affaires. Et il me semblait plus courtois d'attendre que votre oncle soit présent. Après tout, c'est à lui qu'on a demandé de payer deux cent mille dollars pour cet enregistrement. De plus, je ne suis pas sûr de comprendre grand-chose. Mon anglais est bon, mais pas parfait. J'ai toujours un peu de mal pour arriver à savoir ce que vous autres voulez dire en réalité. Les Anglais sont très différents des Allemands sur ce plan. En Allemagne, les gens disent exactement ce qu'ils pensent. Même quand ils préféreraient dire autre chose.

– Ah oui. Bien sûr. »

Il était temps que je suive mon intuition.

« Peut-être est-ce une bonne occasion de nous parler franchement, Robin.

– De quoi ?

– J'espérais que vous accepteriez de me dire ce que vous savez sur cette affaire louche.

– Je ne comprends pas.

– Bien sûr que si. »

Robin sourit, feignant la patience tout en tripotant nerveusement ses boutons de manchettes en or.

« Non, vraiment, mon vieux.

– De toute évidence, l'ancien ami et compagnon de votre oncle, Gerald Haxton, avait des dettes de jeu très importantes. Au casino de Nice, apparemment. J'ai vérifié auprès d'une de mes connaissances qui en a été le directeur pendant un moment : Gerald était endetté jusqu'au cou.

– Ça ne m'étonne pas. C'est-à-dire, en ce qui concerne Gerald.

– Et c'est Gerald qui a poussé Louis à faire chanter votre oncle. Pour se faire un peu de fric tous les deux.

– Oui, c'est possible. Louis n'était pas précisément mon ami. C'était celui de Gerald.

– Mais vous avez vous aussi couché avec Louis. Tout au moins, d'après votre oncle. Et avec Gerald, sans doute.

– Et alors ?

– Simplement ceci : je pense que Gerald vous a donné ou peut-être vendu un certain nombre de lettres et de photos avant de mourir. Une sorte de legs ou de police d'assurance, je ne sais pas. Et vous avez décidé d'imiter son exemple et de les utiliser comme moyen de vous faire de l'argent de poche de temps à autre. Quand vous avez besoin d'un peu de trésorerie pour vous offrir un nouveau jouet – cette Alfa Romeo que vous conduisez, par exemple.

– Êtes-vous en train d'insinuer ce que je pense que vous insinuez ?

– N'ai-je pas été assez clair ? Vous êtes un maître chanteur vous aussi, Robin.

– Foutaises ! Je suis un écrivain. Et je gagne bien ma vie en tant que tel. Il y a quelques années, j'ai écrit un roman intitulé *The Servant* qui a très bien marché… Écoutez, rien ne m'oblige à rester là et à me laisser insulter par vous.

– Vous préférez peut-être que je raconte à votre oncle pour quelle raison vous vous disputiez, Harold Hebel et vous, la première fois que je vous ai vu à la Voile d'Or. »

Robin Maugham garda un instant le silence, rougit jusqu'au bord du col de sa chemise sur mesure, puis alluma une cigarette tout en s'efforçant d'afficher une décontraction qu'il ne ressentait visiblement pas.

« Il n'y a aucun secret là-dedans, répondit-il. J'aurais cru que c'était fichtrement évident : il avait une photo compromettante impliquant mon oncle et j'étais passablement désireux de la récupérer.

– Si j'en crois mon expérience, les gens ne se comportent pas ainsi avec un maître chanteur.

– Parce qu'il y a une façon correcte de se comporter ? Ne soyez pas absurde !

– D'habitude, ils sont extrêmement dociles parce qu'ils ont peur.

– Peut-être parce que ce sont eux qu'on fait chanter.

– D'après le patron de la Voile d'Or, vous vous êtes retrouvés autour d'un verre, Hebel et vous. Plus d'une fois. Votre nom apparaît dans son carnet d'adresses, ainsi que dans son agenda – j'ai fouillé sa chambre au Grand-Hôtel l'autre soir. À mon avis, c'est Hebel qui vous a dit que j'avais été détective. Et je pense que votre dispute était due au fait que vous aviez très envie de savoir comment au juste il avait obtenu cette photo.

– Par Louis Legrand, bien sûr.

– Non. Ce n'est tout simplement pas possible. Voyez-vous, Louis Legrand a été incarcéré à Marseille pendant plusieurs mois – j'ai vérifié auprès de la police, à Nice. Hebel n'a pas pu rencontrer votre petit ami Loulou.

– Je n'aime pas beaucoup votre ton.

– Vous avez raison, je ne l'aime pas davantage. Ça me donne l'air d'un pédé. D'une garce. Je pourrais me peindre les ongles de pied, m'acheter une chemise en soie, et je serais alors parfaitement à ma place à la Villa Mauresque. Dans tous les cas, je ne pense pas que votre oncle aura des difficultés à me croire. Même sans rouge à lèvres, je peux lui présenter des arguments convaincants. »

Robin Maugham poussa un soupir, puis contempla le plafond comme s'il espérait trouver la réponse pendue au lustre en bois poussiéreux. Les portes-fenêtres n'étaient pas trop propres elles non plus. Un soleil éclatant faisait ressortir plusieurs toiles d'araignées sur les vitres, telles des empreintes digitales géantes, et dans le domaine perdu d'un des coins sous la table de réfectoire se trouvait une coupe à champagne contenant un mégot de cigarette. Peut-être était-ce un décor qui me convenait. Moi-même, je n'étais pas exactement resplendissant.

« Ne vous méprenez pas, Robin. Je ne suis pas meilleur que vous. À bien des égards, je suis même pire. Il y a longtemps, j'en suis arrivé à la conclusion que je n'avais pas d'âme à moi. Que je n'en avais plus, en tout cas.

– Écoutez, si je vous dis la vérité, me promettrez-vous de ne pas le répéter à mon oncle ?

– Peut-être. Je ne sais pas. Tout dépend de ce que vous me direz.

– Je vous paierai pour garder le silence.

– J'ai l'impression que vous me prenez pour un de ces salopards qui jouent un double jeu, Robin. Je ne suis pas un maître chanteur. Et j'ai accepté d'aider votre oncle, pas d'aider quelqu'un d'autre à mettre la pression sur lui.

– C'est vrai, j'ai commis des erreurs. Je ne suis qu'un être humain, n'est-ce pas ? Mais vous devez me croire : je n'ai jamais rien fait pour nuire à mon oncle Willie.

– Pas consciemment, peut-être. Eh bien, comment Harold Hebel est-il entré en possession de cette photographie ? »

Robin Maugham se leva et alla fermer la porte du salon. Puis il alluma une cigarette, oubliant complètement qu'il y en avait déjà une en train de se consumer dans le cendrier, et arpenta nerveusement la pièce pendant quelques instants avant de se rasseoir. Il n'était pas encore onze heures, mais il suait déjà abondamment.

« Je n'en suis pas tout à fait sûr, à vrai dire.

– Prenez votre temps. Je ne suis pas pressé, je ne suis pas de service ce matin.

– Il y a un homme à Londres qui était un ami de mon oncle. Un certain Blunt. Anthony Blunt. Un pédéraste lui aussi.

– C'est un des hommes nus figurant sur la photo prise ici, à la Mauresque, c'est ça ?

– Celle de 1937, oui.

– Continuez.

– C'est aujourd'hui un marchand d'art très en vue. Très bien introduit. Conservateur des collections royales. Directeur de l'Institut Courtauld. Bref, j'étais un peu à court de liquidités, de sorte que, la dernière fois que je suis allé à Londres, nous avons déjeuné ensemble à mon club, Anthony et moi, et j'ai proposé de lui vendre cette photo ainsi que quelques-unes des lettres qu'il avait écrites à Gerald. Voyez-vous, Blunt était lui aussi un ami de ce Guy Burgess ; il me semble même qu'ils ont partagé une maison pendant la guerre. Naturellement, si jamais ce cliché atterrissait dans les journaux, cela signifierait que Blunt devrait démissionner de toutes ses fonctions. Dans ces conditions, ce que je demandais n'était pas une fortune. Mille livres, rien de plus – des queues de cerises par rapport au prix qu'en exigeait Hebel.

– Et que s'est-il passé après que vous avez commencé à faire chanter Blunt ?

– Holà ! Doucement, mon vieux. Je n'appellerais pas vraiment ça un "chantage". Je n'ai jamais menacé d'envoyer les lettres et la photo à la presse ni quoi que ce soit de ce genre. On pourrait même dire que j'essayais d'aider ce pauvre garçon. D'empêcher qu'elles ne tombent entre les mains de quelqu'un d'autre. De lui permettre d'avoir l'esprit tranquille. Certes, j'aurais pu les détruire, mais il aurait sans doute continué à se demander ce qu'elles étaient devenues et si elles n'allaient pas revenir un jour le hanter. Vous voyez la différence…

– Vous êtes un maître chanteur bien plus habile que vous ne le pensez.

– Allez vous faire foutre, Walter !

– J'aimerais mieux pas. Blunt vous a donc acheté ce que vous lui proposiez pour si peu. Tirage, négatif, lettres, tout le paquet entouré d'un joli ruban rose. En espèces ?

– Oui. En espèces. Il a un peu râlé, mais il a fini par payer. De sorte que j'ai été plutôt surpris quand ce Hebel s'est pointé ici avec cette même photo en demandant cinquante mille dollars. Je dis bien cinquante mille dollars. Nom de Dieu ! Voilà qui éclipse quelque peu mes efforts d'amateur…

– En avez-vous parlé à Blunt ?

– Oui. Je lui ai téléphoné. Il a dit qu'on avait volé la photo dans son appartement de l'Institut Courtauld juste après que je la lui avais vendue.

– Vous y croyez ?

– Oui. Peut-être. L'endroit est toujours bourré de prostitués. N'importe lequel d'entre eux aurait pu la faucher. De plus, je ne vois pas pourquoi il aurait passé la photo à quelqu'un, prenant le risque qu'on le fasse chanter. J'ai l'impression qu'Anthony Blunt a beaucoup plus à perdre que mon oncle.

– Mais peut-être beaucoup plus à gagner aussi. Blunt est-il riche ?

– Non, pas particulièrement. Je veux dire par là qu'il possède un certain nombre de tableaux de valeur, et qu'il a quelques amis fortunés, mais il ne dispose pas d'énormément d'argent.

– Donc pas aussi riche que votre oncle Willie ?

– Mon Dieu, non. Il n'y a pas beaucoup de gens qui le soient.

– Bref. Ne vous a-t-il jamais traversé l'esprit que Blunt et Hebel étaient peut-être de mèche ? Après tout, Blunt pouvait difficilement menacer d'envoyer lui-même le cliché aux journaux : votre oncle n'aurait jamais cru qu'il prendrait un tel risque. En revanche, il aurait cru possible que quelqu'un d'autre le fasse. Quelqu'un comme Hebel, n'ayant rien à perdre. Ce qui pourrait expliquer également comment Hebel est entré en possession de cet enregistrement de Guy Burgess. Peut-être l'amitié entre Blunt et Burgess allait-elle bien au-delà du partage d'un logement. Rien ne dit avec certitude que la bande a bien été enregistrée sur ce bateau russe et non dans un appartement à Londres.

– Oui, je suppose que c'est possible. Je peux très bien imaginer Blunt utilisant cette photo de la manière que vous suggérez. Mais cet enregistrement, c'est tout autre chose. En outre, mon oncle ne l'achètera que si les services secrets sont prêts à garantir le coût de l'opération. Or ils ne le feront pas sans avoir écouté eux-mêmes la bande. Ce qui laisse Blunt dans la merde à cause de la photo, selon moi.

– Pas vraiment. C'est votre oncle qui l'a, maintenant.

– Oui, c'est lui qui l'a, n'est-ce pas ?

– Par conséquent, à moins que le nom d'Anthony Blunt n'apparaisse dans cet enregistrement, il est tiré d'affaire. Plus ou moins.

– Anthony Blunt ? » Somerset Maugham était soudain entré dans la pièce et se servait du café. « Qu'est-ce qu'Anthony vient faire là-dedans ? »

Robin Maugham rougit de nouveau, cette fois jusqu'à la racine de ses cheveux teints, et répondit en balbutiant :

« J'étais en train de dire à Walter que Blunt avait partagé autrefois une maison avec Guy Burgess à Londres. Et que, de temps à autre, tu le chargeais de faire des offres pour des tableaux dans des ventes aux enchères.

– Oui, c'est exact. Les maîtres anciens sont sa spécialité. Poussin, Titien, pas vraiment ma tasse de thé. Et beaucoup trop cher. Mais, au fil des années, il m'a déniché quelques excellentes affaires. Des impressionnistes principalement. Il a l'œil, Anthony.

– Et pourtant, il ne semble pas s'être aperçu qu'il partageait une maison avec un espion russe, dis-je.

– Vous n'avez pas connu Guy Burgess, répondit Maugham. C'était un vaurien plein de charme. Tout le monde le dit.

– C'est le problème avec vous les Anglais. Vous pensez que le charme excuse presque tout, y compris la déloyauté et la trahison.

– Oui, dit Maugham en allumant une pipe. C'est tout à fait vrai. C'est un de nos défauts, de chercher des excuses aux gens. Bien sûr, pour les Allemands, le charme n'opère que lorsqu'il a été conféré de manière divine, et pour ces individus-là il ne saurait y avoir d'excuses.

– Quand avez-vous vu Burgess pour la dernière fois ?

– Voyons... À Tanger en 1949, probablement. Il s'était attiré auparavant quelques ennuis à Gibraltar, si je me souviens bien. Mais c'était toujours comme ça avec Guy : il n'arrêtait pas de s'attirer des ennuis. Franchement, sa conduite faisait de lui un espion des plus improbables. Souvent ivre et effrontément homosexuel... Lorsqu'il s'est enfui, personne n'arrivait à imaginer comment il avait réussi à donner le change pendant si longtemps. On pourrait dire, je suppose, que c'était la couverture idéale, de faire preuve d'une imprudence telle qu'il soit impensable que vous soyez peut-être un espion. »

Maugham s'assit.

« Êtes-vous prêt ? lui demandai-je.

– Aussi prêt que je ne le serai jamais. »

Je me levai et m'approchai du Grundig posé sur la table de réfectoire. Dans sa mallette de transport Tolex, le magnétophone ressemblait à un morceau oublié d'un vieux gâteau de mariage. Je tournai le bouton doré et les deux bobines se mirent à défiler.

DIX-HUIT

Comme la plupart des Anglais dont j'avais fait la connaissance ces derniers temps – au Grand-Hôtel et à la Villa Mauresque –, Guy Burgess donnait l'impression d'appartenir à l'aristocratie britannique. Il parlait lentement, d'une voix nasillarde et snob, avec un léger problème d'élocution, encore que cela aurait très bien pu être l'effet d'un excès d'alcool – qu'y a-t-il d'autre à faire pendant un voyage de trois jours à Leningrad que de s'enivrer ? Suave, reptilienne et suintant le dédain, comme si toute cette histoire de débriefing par ses employeurs russes était indigne de lui, la voix me rappelait celle d'un acteur anglais que j'avais vu autrefois, nommé Henry Daniell, et qui m'avait paru être l'incarnation à l'écran du scélérat bien élevé et sardonique. Tandis que j'écoutais Burgess, c'était comme si l'homme avait été avec nous dans le salon de Maugham, cherchant dans sa mémoire, ou peut-être sa conscience, l'interprétation la plus favorable de ses actes – en fait, il semblait non moins maniéré que Somerset Maugham et tout aussi pétri d'autojustification geignarde que le neveu du grand écrivain. L'enregistrement était de bonne qualité et parfois, pendant les silences, on pouvait entendre le bourdonnement rythmique et monotone de ce qui devait être les moteurs du bateau, mais aurait très bien pu être la respiration lente d'un Léviathan invisible.

« Je m'appelle Guy Francis de Moncy Burgess et je suis né à Devonport, en Angleterre, le 16 avril 1911. À des fins de vérification, je précise qu'en 1944 j'utilisais une source suisse pour le MI5, nom de code "Orange", qui, je dois malheureusement le dire, a connu un sort des plus désagréables à Trèves. Le MI5 est, bien sûr, le service secret de renseignement britannique. Mon père était officier de marine, et j'ai moi-même suivi les cours du Royal Naval College de Dartmouth avant d'aller à Eton, puis au Trinity College à Cambridge.

Nous sommes aujourd'hui le 28 avril 1951, et j'ai eu quarante ans il y a quelques semaines, ce qui me semble incroyable et assez terrible. Actuellement, je me trouve à bord d'un cargo russe, qui, je le crains, doit rester anonyme, en route pour Leningrad en compagnie de mon collègue du ministère des Affaires étrangères Donald Maclean, avec un recueil de Jane Austen dans mon sac et un imperméable neuf acheté chez Gieves dans Old Bond Street. Mais ce que je peux vous dire, c'est que Donald et moi sommes arrivés à Saint-Malo à bord du *Falaise*, depuis Southampton. Et qu'avant ça j'ai loué une voiture à Welbeck Motors, dans Crawford Street, pour faire le trajet jusqu'à Southampton. Il me semble que c'était une A40. De couleur crème. À Saint-Malo, j'ai donné une assez coquette somme à un chauffeur de taxi afin qu'il aille à vide à Rennes et achète deux billets pour Paris à nos noms. Dans l'intervalle, nous avons embarqué sur ce navire russe. Le fait est que j'ai décidé d'aller vivre en Union soviétique parce que je suis socialiste et que c'est un pays socialiste. Et je pense que Donald est du même avis. En fait, j'en suis certain.

Si je raconte tout cela maintenant sur une bande magnétique, c'est pour que mes amis russes puissent envoyer l'enregistrement à la BBC à Londres, dans l'espoir qu'elle la diffusera et permettra aux gens en Angleterre de connaître la vérité sur cette décision et non pas uniquement à partir de ce que leur a dit le gouvernement britannique. Je m'attends à ce que les journaux me qualifient de "traître", mais je ne suis rien de ce genre, bien entendu. Il ne s'agit là que d'un ramassis de sottises. Et ce n'est pas le cas non plus de Donald Maclean. Du reste, je me demande bien si ce mot a encore un sens. J'ai fait ce que j'ai fait en toute conscience, pour quelque chose en quoi je crois, et qui, à mes yeux du moins, a autrement plus d'importance que l'idée désuète de fidélité au roi et à la patrie. Il se trouve que j'aime énormément mon pays. Simplement, je pense qu'il pourrait être mieux gouverné qu'il ne l'est aujourd'hui. (Sans mes problèmes de vue, je serais très probablement un officier servant à l'heure actuelle dans les forces navales, tout comme mon défunt père.) Quoi qu'il en soit, j'ai encore de la famille en Angleterre et, à un moment donné, j'aimerais bien avoir la possibilité d'y retourner un mois ou deux pour les revoir, mais jamais je ne pourrai le faire, naturellement, à moins d'avoir la certitude d'être en mesure de quitter de nouveau l'Angleterre pour rentrer en Russie.

Mes détracteurs considéreront sans aucun doute cet enregistrement comme une confession ; je préfère penser qu'il s'agit d'une explication. Comme le dit Voltaire : "Tout comprendre, c'est tout pardonner." Et, même si je ne m'attends pas un instant à ce qu'on me pardonne, j'espère que mes actes seront mieux compris. En conséquence, j'estime qu'il est bon de replacer cette explication dans le contexte de ma jeunesse. Je suppose qu'il me faut donc commencer par mentionner que, lorsque j'allai pour la première fois à Cambridge, je m'aperçus que la plupart de mes amis avaient adhéré au parti communiste ou en étaient très proches, politiquement. De fait, en 1932, l'ambiance à Cambridge était si fébrile et la question du fascisme si terriblement pressante que je rejoignis moi aussi le Parti. Il me semblait incontestable que les démocraties occidentales avaient adopté une attitude indécise et compromettante à l'égard de l'Allemagne nazie et que l'Union soviétique constituait le seul rempart réellement solide contre le despotisme en Europe. Selon moi, pendant la guerre, l'Union soviétique n'a jamais été traitée sur un pied d'égalité par la Grande-Bretagne et l'Amérique, et ce, en dépit des sacrifices consentis par le peuple russe, plus grands que ceux de tous les autres alliés réunis.

Après être entré au parti communiste, je fis, comme la plupart des jeunes gens, beaucoup de bla-bla et pas grand-chose d'autre. Mais, en janvier 1933, avec la nomination d'Adolf Hitler comme chancelier d'Allemagne, il me parut que cela ne suffisait plus. Si j'avais quitté Cambridge à l'été 1937, je serais sans doute parti en Espagne me battre avec les Brigades, mais à l'été 1933 je ne savais trop comment faire en sorte que mes nouvelles convictions semblent un tant soit peu pertinentes. Puis, en décembre 1934, je fis la connaissance d'un Russe, Alexander Orlov, qui me recruta pour le Commissariat du peuple aux Affaires intérieures, le NKVD – le précurseur du KGB, le service de renseignement étranger de l'URSS. C'est lui qui me persuada que je servirais plus efficacement la cause de l'antifascisme en démissionnant sur-le-champ du parti communiste et en espionnant pour le compte de l'Union soviétique.

Orlov me présenta à un autre homme, Arnold Deutsch, nom de code "Otto", qui insista pour que j'entre à la BBC

– où je devins assistant de production – et ensuite, la guerre approchant, que j'intègre le MI6. En fait, Deutsch tenait tellement à ce que je me dote d'une couverture parfaite en vue de mes futures activités d'espionnage au sein de l'establishment britannique qu'il m'encouragea fortement à essayer d'épouser la nièce de Winston Churchill. Vous imaginez ? Moi, marié à une Churchill ? Je fis ce qu'on me disait et je la poursuivis de mes assiduités pendant un mois entier alors même que je présentais pour la jeune fille quelques inconvénients manifestes comme futur époux. Nous avons été très amis pendant un moment. Je crois même l'avoir emmenée passer un week-end chez Dadie Rylands et sa famille dans le Devon, où je l'ai sans doute présentée comme ma fiancée. Clarissa Churchill est maintenant l'épouse du ministre britannique Anthony Eden.

C'est Deutsch qui m'a donné le nom de code "Mädchen" – "fille" en allemand –, et en y repensant il me paraît clair qu'Arnold devait posséder un grand sens de l'humour. Ma première tâche majeure – si on peut la qualifier ainsi – consista à me lier d'amitié avec autant de membres du gouvernement et de la fonction publique que possible, et l'on pourrait dire que je devins une sorte de découvreur de talents pour le NKVD. Je proposais quiconque avait une certaine importance. Les historiens G. M. Trevelyan et Stuart Hampshire, John Maynard Keynes, Noel Annan, le poète W. H. Auden, Anthony Blunt, Maurice Bowra, Isaiah Berlin. Tous des piliers de l'establishment britannique aujourd'hui. Et je n'étais pas particulièrement subtil pour ce faire. Je ne dis pas que j'essayais de recruter tous ces gens comme espions, pas du tout. Je m'efforçais de persuader les personnes ayant de la sympathie pour la cause russe de parler en faveur de l'URSS et des communistes, ce qui est très différent. On oublie fréquemment que des hommes aussi célèbres que George Bernard Shaw ont visité l'Union soviétique et sont devenus des adeptes du communisme russe. Et pourtant, jusqu'à sa mort l'année dernière, seuls ses adversaires de droite les plus virulents étaient enclins à le traiter de traître.

Je crois que c'est en 1937, au moment de la guerre civile espagnole, que je séjournai chez l'écrivain Somerset Maugham, dans sa fabuleuse villa de la Côte d'Azur. Nous étions cinq, si j'ai bonne mémoire : Dadie Rylands, Anthony Blunt, Victor Rothschild, Anne Barnes, la petite amie de Victor, et moi – Victor avait une Bugatti neuve ultra chic, à bord de laquelle nous nous rendîmes au Cap depuis Monte Carlo où nous étions d'abord allés. Je dus essayer de sonder Maugham comme recrue potentielle pour la cause, mais il ne s'intéressait pas beaucoup à la politique. Il s'intéressait bien davantage aux jeunes garçons, et je me rappelle avoir passé des moments merveilleux en tant qu'invité – certes, après le départ de Victor et d'Anne. Pour un pédéraste jeune et très impressionnable tel que moi, c'était comme regarder par le trou de la serrure lors d'un banquet de Trimalcion, et un aperçu de ce que cela pourrait être que de vivre ouvertement son homosexualité. Mon Dieu, comme j'enviais cet homme. On l'enviait tous – c'est-à-dire, tous ceux qui étaient homosexuels.

De la Côte d'Azur, je me rendis à Rome et, de là, à Paris, que le GRU – le renseignement militaire russe – et le KGB utilisaient comme base de recrutement et de contrôle. Une occasion pour moi de rencontrer mon officier traitant dans un environnement plus décontracté, autrement dit à l'abri des risques de surveillance. Je fis même du plat à Édouard Pfeiffer, le chef de cabinet de Daladier, alors qu'il était en train de jouer au ping-pong, le corps nu d'un jeune homme en guise de filet. Je restai à Paris jusqu'à la veille de Noël 1937. Le bureau local du Komintern me présenta à toutes sortes de gens intéressants, parmi lesquels beaucoup de sympathisants anglais, tels que Claud Cockburn et John Cairncross. Par ailleurs, Arnold Deutsch m'emmena dîner avec quantité de types étranges, dont certains n'avaient rien de potentiels agents. Des individus ne parlant aucune langue étrangère. N'ayant même jamais mis les pieds à l'université. Quelques-uns carrément rasoir, pour ne pas dire stupides. Je me souviens d'un jeune représentant de commerce anglais prodigieusement terne, rentré récemment de Chine, où il avait travaillé pour un fabricant de tabac. Je veux dire, ce gars n'était même pas allé à l'université, et encore moins à Cambridge. La seule chose dont il était capable de parler, c'était d'une espèce de petite merdeuse qu'il avait épousée dans le Somerset. Et je me rappelle m'être dit : à quoi bon recruter pour la cause un type qui sera heureux en ménage et vendra des cigarettes ? Avons-nous besoin d'espions au point que nous soyons prêts à financer les buralistes de quartier ? Quand bien même cela ne coûterait pas un kopeck à Arnold, si l'on peut dire. Quoi qu'il en soit, ce n'est pas à nous de chercher les raisons de toute cette chienlit. Bien sûr, beaucoup de ces individus sont morts à présent. Tués pendant la guerre. Disparus. Dieu sait quoi.

En 1938, je quittai Paris pour retourner à Londres et entrai à la Section D du MI6, avant de rejoindre le MI5, qui me réexpédia à la BBC, ce qui me donna l'occasion d'interviewer M. Winston Churchill, en septembre de la même année. C'était, bien entendu, l'époque de la crise de Munich, qui me préoccupait énormément et qui eut pour résultat ma démission de la BBC. Toujours est-il que j'avais une Ford V8 que j'aimais beaucoup et, un matin, je me rendis à Westerham, au manoir de Chartwell, la demeure de Churchill. Je lui dis que j'étais quelque peu démoralisé par ce qui se passait, et il me montra une lettre de Prague signée d'Edvard Beneš et qui commençait ainsi : "Mon cher monsieur Churchill, je vous écris pour solliciter vos conseils et éventuellement votre assistance concernant mon malheureux pays." Churchill me regarda et dit : "Quels conseils, quelle assistance offrirais-je, monsieur ? Je suis un vieil homme, sans pouvoir et sans parti ; quelle aide pourrais-je apporter ?" Et je lui répondis : "Ne vous laissez pas abattre, sir, offrez-lui votre éloquence ; réveillez les gens de ce pays par vos discours." Ce dont il fut plutôt content, je pense. Nous partageâmes ensuite un peu de notre aversion mutuelle pour Neville Chamberlain. Une fois terminée la discussion sur Munich, il m'offrit un recueil de ses discours qu'il me dédicaça et que j'ai toujours. "Nous savons, vous et moi, qu'une guerre est inévitable, ajouta-t-il ; si je reviens au pouvoir – ce qui semble probable – et que vous ayez besoin d'un travail, venez me voir, présentez-moi ce livre et je veillerai à ce que vous ayez un emploi décent." Je retournai ensuite à ma voiture et rentrai chez moi. Mais c'est une histoire intéressante, me semble-t-il – certainement susceptible d'intéresser le public de *Week in Westminster*, l'émission de radio que je produisais à la BBC. Si je la raconte maintenant, c'est pour montrer à tout auditeur éventuel que j'ai beau être un communiste et un traître présumé, je n'en suis pas moins un Anglais suffisamment patriote pour admirer un grand personnage et un vieux conservateur tel que Winston Churchill.

De la BBC je passai au service d'informations du Foreign Office, où je devins l'assistant de Hector McNeil, l'actuel secrétaire d'État pour l'Écosse, qui était alors un ministre de second rang au sein des Affaires étrangères, et qui remplaçait parfois le ministre Ernest Bevin. Ce qui voulait dire que j'avais accès à un grand nombre de dossiers du MI6.

Je me mis à transmettre chaque semaine des documents top secret aux Russes. En repensant à cette période je me dis qu'il me facilita la tâche, car il ne cessait de s'éclipser dans sa circonscription de Glasgow. Greenock, si je ne me trompe, ou un endroit effroyable de ce genre. Je m'y suis rendu plusieurs fois avec lui et me suis senti comme un étranger, dans la mesure où je ne comprenais strictement rien à ce qu'on me disait. Je ne prétends pas un instant que Hector McNeil savait ce que je fabriquais. Franchement, cela n'aurait pas pu être plus simple. Les gens s'imaginent toujours que les espions mènent des vies pleines d'exploits et d'intrigues, mais ce n'était pas du tout comme ça. Ni armes à feu, ni encre invisible, ni déguisements. Je sortais tout bonnement les dossiers du classeur de ce pauvre vieil Hector, ou des boîtes jaunes en provenance du MI6, les rapportais chez moi en voiture, et un gars du KGB passait toute la nuit dans ma salle de bains à les photographier ; après quoi je les remettais dans le classeur du malheureux McNeil le lendemain matin. Je possédais ma propre clé, de sorte que je n'avais pas besoin de l'embêter quand il me fallait tel ou tel document. Une fois, je l'accompagnai aux Nations unies à New York et subtilisai dans sa mallette ministérielle des papiers que je fis photographier pendant qu'il déjeunait. C'étaient pour l'essentiel des dossiers du Cabinet, des documents relatifs à la politique gouvernementale – la position de la Grande-Bretagne sur ceci, la position de la Grande-Bretagne sur cela, et, chose affreuse, quelles grandes villes russes nous pourrions bombarder si nous décidions de frapper en premier l'Union soviétique.

Il convient d'ajouter que mes activités n'ont jamais tué personne. Personne.

Pour finir, je voudrais dire ceci, et c'est important : ce que j'ai fait ne demandait en réalité pas beaucoup de sang-froid ni d'ingéniosité, et je n'ai pas eu à prendre de grands risques. Au début, je me sentais nerveux, mais au bout d'un moment c'est devenu de la routine. Franchement, si quelqu'un comme moi a pu espionner impunément le gouvernement de Sa Majesté pendant près de quinze ans, n'importe qui en est capable. Et à mon avis éclairé, la Grande-Bretagne est mal servie par ses services de renseignement et de sécurité. Vraiment très mal servie. Il n'est guère étonnant que le FBI ne fasse pas confiance au MI6 et au MI5. Ce qui ne surprendra personne étant donné que le MI5 et le MI6 ne se font eux-mêmes aucune confiance. Non seulement ça, mais nos services de sécurité sont truffés de prétendus traîtres et… »

Burgess s'interrompit alors que quelqu'un d'autre disait quelque chose, peut-être en russe, et quelques secondes plus tard la bande se termina.

J'éteignis l'appareil et me perchai sur le bord de la table de réfectoire, attendant le verdict du vieil homme.

« Il a un sacré toupet, déclara Somerset Maugham. C'est en grande partie à cause de Guy Burgess et de Donald Maclean que les Américains ne nous font plus confiance.

– Vous pensez donc que c'est vraiment lui ? demandai-je. Guy Burgess.

– Cela fait plusieurs années que je ne l'ai pas vu, et beaucoup d'autres le connaissaient mieux que moi, mais cela lui ressemble effectivement, oui. Quant à savoir si la bande a vraiment été enregistrée à bord de ce bateau russe alors que Maclean et lui fuyaient Londres pour Leningrad, je n'en ai aucune idée. Votre opinion vaut la mienne.

– Un peu scabreux, à certains moments, marmonna Robin. Tu ne trouves pas ? Toute cette histoire sur la maison et le banquet de Trimalcion. Tu ne voudrais pas que ça s'ébruite, n'est-ce pas, oncle Willie ?

– Je suppose que non, répondit Maugham d'un air contrit.

– Même si c'est parfois assez cocasse, non ? Ce passage sur Clarissa Churchill…

– La question essentielle, dit Maugham, est bien évidemment : d'où peut provenir cette bande, bon sang de bois ? Et comment Harold Hebel est-il tombé dessus ? Le KGB a-t-il envoyé une copie à la BBC ? Si c'est le cas, elle n'a manifestement pas été utilisée. Je n'imagine pas qu'ils aient pu la diffuser intégralement ; à mon avis, nous en aurions entendu parler, même ici sur la Côte d'Azur. Si elle a été envoyée à la BBC, celle-ci l'a-t-elle déjà communiquée aux services de renseignement ? Sinon, pourquoi pas ? Est-il possible que la bande ait été volée à la BBC ? Ou bien a-t-elle été donnée à Hebel par quelqu'un du KGB – quelqu'un s'efforçant de semer encore un peu plus la zizanie dans nos services de sécurité ? Ou encore : peut-être qu'un type cherche tout simplement à se faire un tas de fric avec nos services de renseignement, comme l'a suggéré tout à l'heure Walter. Est-ce qu'empêcher que cette bande ne soit envoyée à une station de radio américaine vaut deux cent mille dollars pour le gouvernement britannique ? »

Maugham ralluma sa pipe et tira quelques bouffées pensivement.

« Encore plus important : est-ce que cela vaut deux cent mille dollars pour moi ? Quand on achète un enregistrement, comment sait-on qu'il ne s'agit pas d'une copie ?

– À cet égard, c'est la même chose qu'acheter une photo, répondis-je. Même si on achète le négatif, il n'y a aucun moyen de savoir combien d'épreuves ont été tirées.

– Ce sont là d'excellentes questions, dit Robin. Et je me demande bien comment on peut y répondre.

– Je ne sais pas, répliqua Maugham. Mais je connais quelqu'un qui le pourrait. »

DIX-NEUF

Je retournai au Grand-Hôtel du cap Ferrat, enfilai ma jaquette, et j'eus aussitôt le sentiment qu'un ordre digne de ce nom avait été rétabli dans le monde. C'était comme si j'étais redevenu un individu honorable ; raffiné et humain, poli et courtois, et n'ayant pas une minute à accorder à ce voile d'ombre des sentiments qui passe pour des pensées. Aider les clients à résoudre de petits problèmes matériels, remettre des clés de chambre, changer de l'argent, prévoir des bagagistes, répondre au téléphone, organiser les rotations de personnel – tout cela était à une longue et rassurante distance de l'univers sordide des chantages homosexuels et des espions soviétiques. Il est facile de croire que la civilisation a encore un brillant avenir quand vous vous trouvez derrière le bureau de réception d'un hôtel de luxe. Je pense avoir même esquissé un sourire. À travers les hautes portes-fenêtres de l'extrémité du hall, le ciel sans nuages bordait la mer, semblable à une carte ourlée de bleu d'invitation au calme et au recueillement. J'inspirai profondément et souris de nouveau. Que m'importait ce que Burgess avait dit à quiconque sur quoi que ce soit ? Tous ces gens n'avaient aucune importance pour moi. Moi-même, je n'avais pas une importance particulière pour moi.

En fin d'après-midi, Pierre Bruneberg, le maître-nageur de l'hôtel, s'arrêta devant mon bureau en partant pour m'annoncer que ma seconde leçon de natation devrait attendre un peu à cause du grand nombre de méduses dans la baie. Pour je ne sais quelle raison, je n'ai jamais appris à nager convenablement, et Pierre avait la réputation d'être un excellent pédagogue. Il avait appris à tout le monde, de Picasso à David Niven, et il avait promis de m'apprendre également, dans la mer. Utiliser la piscine de l'hôtel n'aurait jamais marché pour moi. Il commençait toujours la première leçon de la même manière, en demandant à ses élèves de mettre la tête dans un saladier plein d'eau. « Apprenez à nager sans vous mouiller », leur disait-il. Ce n'était pas plus étrange ni à coup sûr plus pervers que ce qui se passait à la Villa Mauresque.

Je ne vis aucune trace de Harold Hebel dans l'hôtel, mais Anne French fit son apparition vers dix-sept heures pour le thé. Nous ignorant largement l'un l'autre, nous fîmes comme si l'intimité qui s'était installée entre nous n'avait jamais existé. C'était pourtant bel et bien le cas : je pouvais encore sentir son odeur sur mes doigts et me rappeler les émotions tumultueuses que sa bouche sensuelle déversait sur les oreillers d'un grand lit en cuivre. Après l'avoir regardée traverser le hall, j'ouvris le journal et cherchai un article lénifiant susceptible de m'aider à penser à autre chose qu'à son corps nu et à ce à quoi il ressemblait quand elle était penchée sur moi comme une entomologiste fascinée. Je ne trouvai rien qui fasse l'affaire et, vingt minutes plus tard, j'en étais encore à me flairer les doigts et à m'émerveiller de ma bonne fortune érotique.

À vingt heures, je finis mon travail. Cela aurait dû être ma soirée de bridge, mais au lieu d'aller à la Voile d'Or pour jouer aux cartes je roulai le long de la Grande Corniche jusqu'à Èze, qui, perché sur une éminence dominant la côte, donne l'impression d'un Berghof balnéaire plutôt que d'un village médiéval en grande partie déserté par ses habitants. Cela dit, je suis probablement le seul homme dans cette partie du monde à me rappeler le Berghof. Il est parfois difficile d'oublier Adolf Hitler. Peut-être l'histoire de l'Allemagne aurait-elle été légèrement différente si nos grands hommes avaient passé moins de temps au sommet des montagnes et un peu plus à la plage. En fait, j'en suis quasiment sûr.

Un peu à l'intérieur des terres se trouve le village de La Turbie, où Jack et Julia Rose possédaient une villa de la taille d'un modeste hameau. Je me garai pas très loin de leur maison à flanc de falaise et allumai une cigarette. La Bentley cabriolet couleur crème de Jack était dans l'allée, j'attendis donc de voir si je me souvenais bien de ses habitudes. Les soirs où Julia et lui ne nous rejoignaient pas pour un bridge, il allait d'ordinaire au casino de Monte Carlo, où il aimait jouer au baccarat – et au dire de Spinola, il était bon par-dessus le marché. C'était une belle maison au bord d'une route sinueuse et tranquille, et on voyait facilement pour quelle raison Jack et Julia vivaient là, mis à part la proximité de Monaco ; aucune des habitations des environs n'était moins chic qu'un palais d'été. Plusieurs scooters passèrent dans un bourdonnement sonore, tels des frelons en colère, ce qui me fit sursauter. Puis, la nuit tombant, les choses se calmèrent nettement, et je fermai les yeux. Je rêvai d'Anne, et de ma femme Elisabeth – et, Dieu sait pourquoi, je rêvai même de Dalia Dresner, la vedette de cinéma qui résidait sur la Côte à Cannes, au Carlton. Je ne me rappelle plus très bien ce qui se passait dans le rêve, si ce n'est qu'il me laissa un sentiment de tristesse et de nostalgie. Ces temps-ci, tous mes rêves me laissent un sentiment de tristesse et de nostalgie, probablement parce que ce ne sont que des rêves.

À vingt-deux heures, le claquement d'une portière me réveilla. La Bentley crème était éclairée comme un poste de télévision et s'avançait déjà dans l'allée des Rose. Au clair de lune, on aurait dit un bateau dans le port du Cap. J'attendis qu'elle ait disparu sur la route, puis je sortis de ma voiture et me dirigeai vers la porte d'entrée. Il n'y avait pas de heurtoir, mais je vis une poignée en laiton que j'étais censé tirer. Je la tirai donc. La sonnette fit le même bruit que si elle avait été reliée à une vache, sans doute dans un pré suisse. Julia vint ouvrir, un verre de martini à la main, raison pour laquelle, peut-être, elle semblait contente de me voir.

« Walter ! Quelle bonne surprise ! Mais si vous cherchez Jack, vous venez juste de le rater, j'en ai peur.

– Dommage. Ça ne fait rien.

– Il est allé jouer au baccarat.

– Je ne comprends pas ça. Le bridge exige de l'adresse, le baccarat n'est qu'une question de chance.

– Jack a toujours eu de la chance. Ne sous-estimez pas la chance.

– Oh, je ne la sous-estime pas. Pas un instant.

– Maintenant que vous êtes là, voulez-vous entrer prendre un verre ? Je viens de préparer une carafe de martini.

– J'ai bien cru que vous ne poseriez jamais la question. »

Elle s'écarta avec un sourire et me conduisit, à travers un grand vestibule, jusqu'à un immense salon. Les portes-fenêtres étaient entrouvertes et une légère brise venant de la mer s'infiltrait dans la pièce, juste suffisante pour agiter les pétales tombés de fleurs en vase sur une table. Julia Rose portait une chemise blanche à volants et un pantalon fuselé couleur gaufrette ; sur ses cheveux blonds était piquée une petite barrette rouge en forme de cerise. Elle faisait penser à un cornet de crème glacée. Elle me versa un martini bien tassé et nous nous assîmes sur l'un des nombreux canapés.

« Jolie pièce. Vous devriez envoyer un missionnaire de temps en temps, au cas où il découvrirait de nouvelles espèces ou des tribus inconnues. »

Julia sourit.

« C'est assez grand, en effet.

– Mais j'aime bien Èze et La Turbie. La vue de Monaco est absolument superbe.

– C'était aussi l'avis de Nietzsche. Il habitait en bas de la route à Èze.

– Voilà qui explique tout ; pourquoi je me sens tellement chez moi ici. C'est le genre d'endroit qu'affectionnent les Allemands cinglés.

– Nous nous y plaisons.

– Vous êtes anglais. Vous êtes presque aussi cinglés que nous autres Allemands.

– Mais vous avez toujours l'air si sain d'esprit, Walter. J'ai du mal à imaginer que le concierge du Grand-Hôtel du cap Ferrat puisse faire quoi que ce soit d'extravagant.

– Ce sont généralement les gens les plus sains d'esprit qui se révèlent les plus mabouls. C'est comme ça que se fait l'Histoire.

– Je vois qu'il va me falloir vous surveiller de près, Walter.

– Et vice versa. »

Elle alluma une cigarette et sourit un peu nerveusement.

« Oh, vous n'avez pas à vous inquiéter pour moi. Je viens d'une famille de courtiers en assurances de la Lloyd.

Qui sont tous notoirement sains d'esprit. Et il y a très peu d'occasions de perdre les pédales à Èze.

– À moins d'être Nietzsche.

– Il est devenu fou ? En fait, je ne sais pas grand-chose sur Nietzsche.

– Il était sinoque, mais pas de façon visible. Tout au moins, pas en Allemagne. »

Je jetai un nouveau coup d'œil à la pièce.

« En tout cas, vous avez une ravissante maison. Ça doit être le paradis de vivre ici. Et ce n'est pas très loin.

– Vous n'étiez encore jamais venu, Walter ? Je ne me rappelle pas.

– Une fois. Avec Antimo. Pour jouer au bridge quand la Voile a fermé pour l'été. Nous avons perdu.

– Pauvre Antimo. C'est affreux ce qui lui est arrivé. Des policiers sont passés nous voir, évidemment. Pour poser les questions habituelles. Est-ce que nous connaissions quelqu'un qui lui en voulait ? Tu parles ! Ils ont aussi posé un tas de questions à votre sujet. Vous paraissiez beaucoup les intéresser. Mais Antimo était un homme tellement adorable… Il me manquera énormément.

– À moi aussi.

– Ont-ils une idée de qui a fait ça ?

– Non, répondis-je. Pas la moindre. Mais moi, oui.

– Vraiment ? Vous m'étonnez. Qui ?

– Vous ne devriez pas être étonnée. C'est vous qui l'avez abattu, Julia.

– Moi ? Ne soyez pas ridicule.

– Non, ce n'est pas ridicule. Vous aviez une liaison avec lui et vous avez menacé de vous faire sauter la cervelle quand il vous a larguée. Spinola vous a arraché votre pistolet – ou du moins un pistolet – pour vous en empêcher ; il est toujours quelque part chez moi. Je suppose qu'il n'a jamais pensé que vous pourriez avoir plus d'une arme à feu. Ou que vous pourriez tirer sur lui et non sur vous. »

J'avalai une gorgée de ma boisson.

« Ce martini est délicieux. Vous êtes un vrai barman.

– Il semble que vous ayez déjà assez bu, Walter. Je ne sais pas... Ce que vous avez dit... c'est plutôt offensant. Je pense que vous abusez de mon hospitalité. Vous devriez sans doute partir maintenant. »

Je ne répondis pas.

« Ou dois-je appeler la police ?

– Oui, appelez la police, si ça vous chante. »

Ce fut au tour de Julia de garder le silence.

« Les flics ont retrouvé une étole en mousseline verte sur la scène du crime, déclarai-je. Le pauvre Spinola l'avait à la main quand vous lui avez tiré une balle dans le cœur à bout portant. Il y a une robe dans votre placard qui s'harmonise à merveille avec cette étole en mousseline, vous l'avez portée un soir à la Voile d'Or. Peut-être vous souvenez-vous que je l'ai ramassée alors que vous l'aviez laissée tomber par terre et que je vous l'ai rendue. J'ai même aperçu le nom marqué sur l'étiquette : Christian Dior. Le même que la robe. Je suis prêt à parier de l'argent là-dessus – quoique pas autant que ce que vous avez dépensé pour l'acheter. Je suis sûr que cela intéressera beaucoup la police. Il est très difficile de tirer sur quelqu'un à bout portant sans que du sang vous éclabousse.

– Vous devez vous tromper. »

Mais des larmes embuaient ses yeux.

« Non, j'ai une excellente mémoire. Que vous me croyez ou non, ça fait partie de mon travail de savoir ce que porte une femme. Au cas où elle aurait besoin de s'acheter quelque chose d'important. Comme une nouvelle étole en mousseline. Je ne vous le conseille pas pour l'instant. Les flics seront attentifs à ce genre de chose. En fait, j'éviterais pendant un moment les magasins de luxe de la Riviera – quelqu'un pourrait se souvenir de vous, on ne sait jamais. D'ailleurs, le vert n'est vraiment pas votre couleur, Julia. Croyez-moi. Le bleu vous irait beaucoup mieux. »

Julia Rose poussa un soupir qui fit un bruit semblable à celui d'un plongeur vérifiant son appareil respiratoire.

« Oh, mon Dieu, murmura-t-elle. Que dois-je faire ?

– "Faire" ? Il n'y a rien à faire. Tout ce que vous pouvez faire à présent, c'est me dire ce qui s'est passé. »

Je la laissai pleurer quelques minutes.

« Je suis vraiment désolée, sanglota-t-elle.

– Je l'imagine volontiers. Mais vous n'avez pas à vous excuser auprès de moi. Même si c'était mon partenaire de bridge. Et un sacrément bon, dois-je ajouter.

– Je l'aimais. Je l'aimais tant. C'était l'amour de ma vie. Jamais je ne m'en remettrai.

– Je vous crois. Depuis combien de temps étiez-vous amants ?

– Trois ans. Je désirais quitter Jack pour épouser Antimo, qui ne voulait pas en entendre parler. Il prétendait qu'il n'avait pas les moyens de se marier et qu'il préférait que les choses restent ainsi. Facile à dire si vous ne vivez pas avec Jack. Je n'arrêtais pas de lui répéter que je me fichais de l'argent, mais il ne me croyait pas. C'est alors que, tout à trac, il a voulu mettre fin pour de bon à ce qu'il y avait entre nous. Je me suis sentie incapable d'assumer ça. J'allais me tirer une balle dans son appartement : tel était mon plan. Je sais, ça a l'air stupide, ridiculement mélodramatique, Walter. Vous devez penser que je suis folle. Je suppose que je l'étais. Et je le suis toujours, pour être franche. Mais l'amour fait parfois cet effet aux gens.

Je l'aimais tellement que j'avais décidé que je ne pouvais pas vivre sans lui. Je tenais à ce qu'il le sache ; qu'il le sache vraiment, je veux dire. Il était tard, et je suis entrée chez lui avec la clé qu'il m'avait donnée quand nous étions amants. Il était au lit et il s'est levé en s'apercevant que j'étais là. Nous avons commencé à discuter, je lui ai demandé de changer d'avis, mais il a refusé. J'ai alors sorti le pistolet de mon sac. Je n'avais nullement l'intention de lui tirer dessus. Pas une seconde. Vous devez me croire, Walter. J'ai essayé d'appuyer le pistolet contre mon cœur et de presser la détente, mais il me l'a arraché des mains, puis le coup est parti. Un seul. Et l'a tué. Après ça, j'ai été prise de panique et je me suis enfuie. »

Je hochai la tête.

« Vous voulez toujours vous tuer ?

– Eh bien, je ne pense pas. Je ne suis pas sûre. À vrai dire, je m'efforce de ne pas y penser.

– Non, s'il vous plaît, ne faites pas ça. Écoutez, oubliez ce que racontent les prêtres et les psychiatres. Croyez-en quelqu'un qui sait de quoi il parle. Parfois, seule l'idée du suicide m'aide à passer la nuit. Cela peut être une réelle consolation.

– Je ne sais jamais quand vous plaisantez.

– J'ai le même problème. Dites-moi, est-ce que Jack est au courant de quelque chose ?

– Non. S'il a des soupçons, il n'en a rien dit.

– Vous en êtes sûre ? »

Elle acquiesça.

« Jack boit beaucoup. Il ne remarque pas grand-chose. Sauf les cartes qu'on lui distribue – il trouve toujours le moyen d'y prêter attention.

– Qu'est devenu le pistolet ?

– Il est toujours en haut. Et il y a du sang sur la robe, vous avez raison.

– Allez chercher le pistolet et la robe. Ah ! Et la clé de l'appartement de Spinola, si vous l'avez toujours.

– Vous allez me livrer à la police ?

– Pourquoi ? C'était un accident, n'est-ce pas ?

– Oui. Mais je me sens tellement coupable que c'est presque comme si je l'avais fait sciemment. Comme si j'étais réellement une meurtrière.

– Pourquoi ne pas me laisser le soin d'en juger ?

– Ça me rend malade. Ils envoient toujours les gens à la guillotine en France, n'est-ce pas ?

– Oui, mais ça n'arrivera pas dans le cas présent. Si vous êtes capable de garder la tête froide à ce sujet, vous pourrez conserver la vôtre, je vous le promets. Maintenant, allez chercher ces affaires comme je vous l'ai demandé. »

Elle sortit de la pièce et revint avec un petit Beretta et sa robe verte dans un sac en plastique. Elle me remit la clé, qui était munie d'une étiquette indiquant obligeamment : « Spinola ».

« Qu'allez-vous en faire ?

– Le pistolet et la clé, je les jetterai dans la mer, probablement. La robe, je la brûlerai dans l'incinérateur de l'hôtel.

– Je suppose que vous voulez quelque chose en échange de votre silence. Ce n'est pas comme ça que ça fonctionne ?

– Vous croyez que je vais vous faire chanter ? » Je souris et secouai la tête. « Je ne vous ferai pas chanter, Julia. La plupart des meurtriers ne tirent qu'une fois, mais les maîtres chanteurs font ça tout le temps, raison pour laquelle le chantage est un crime pire que le meurtre. C'est la première et la dernière fois que nous en parlons, Julia.

La prochaine fois que nous nous verrons, nous ne mentionnerons même pas cette soirée.

– Mais pourquoi ? Je ne comprends pas. Pourquoi faites-vous ça ? Nous sommes des connaissances, pas vraiment des amis. Je pensais même que vous ne m'aimiez pas beaucoup. Vous ne me devez rien.

– Vous n'êtes pas une meurtrière, Julia. Je l'ai su dès l'instant où je vous ai regardée dans les yeux. C'est un spécialiste qui vous le dit. En outre, le code pénal n'a plus le même sens que celui qu'on lui attribuait jusqu'à présent. Pas depuis que le meurtre est devenu la continuation de la politique par d'autres moyens. C'est du Clausewitz. Enfin, ça l'est depuis 1945. Il n'y aurait rien à gagner à vous envoyer en prison. Certainement pas en France. Sans compter que ça ne me rendrait pas mon partenaire de bridge.

– Et la police ? demanda-t-elle.

– La police ? Écoutez-moi, Julia. La police ne se compose que d'hommes ordinaires. C'est seulement avec le pistolet, la robe et la clé que l'impossible deviendrait possible et le possible probable, et que le probable arriverait à tenir le coup devant un tribunal. Même la police ne peut pas faire de miracles, quand bien même on attendrait jusqu'à la fin des temps pour en voir un. Elle a besoin de preuves. Sans preuves, rien n'existe. C'est ce que disait Nietzsche. Manifestement, il n'était pas aussi fou que le prétendent bien des gens. »

VINGT

« Somerset Maugham est victime d'un chantage, dis-je à Anne French devant un dîner tardif chez elle. Et ce n'est pas la première fois. Jusque-là, il ne s'agissait que de lettres d'amour malavisées, mais cette histoire est beaucoup plus sérieuse. Il y a une vieille photographie sur laquelle il figure en compagnie de divers hommes nus, dont quelques-uns sont aujourd'hui assez connus. Ainsi qu'un enregistrement sur bande. Je ne peux pas te donner de détails, mais tout ça est très compromettant pour le vieux. Il y a aussi beaucoup d'argent en jeu.

– Et quel est ton rôle dans cette affaire – si je peux me permettre de te poser la question ? Parce que, pour être franche avec toi, il me semble que cela dépasse un tant soit peu le cadre normal des fonctions d'un concierge d'hôtel, et ce, quelles qu'elles soient, ce qui n'est pas très clair pour moi.

– Pour moi non plus. En général, je réponds simplement à des questions ineptes. De temps à autre, je vole un article de lingerie à un client, je jette une clé de chambre par-ci par-là, je prends soin d'un flingue ou deux. Je me débarrasse d'une robe tachée de sang. Bref, les trucs habituels. Et, parfois, j'essaie de donner un coup de main. »

J'avais passé une partie de la soirée à faire ce genre de choses. Le pistolet de Julia Rose et la clé de l'appartement de Spinola se trouvaient en sûreté dans ma poche de veste, et dès que sa robe brûlerait dans l'incinérateur de l'hôtel Julia serait au-dessus de tout soupçon. Je n'attendais même pas de pourboire.

« "Donner un coup de main" ? C'est ainsi que tu qualifies ton rôle en l'occurrence ?

– Bien sûr. Je suis une sorte d'intermédiaire. Une défense humaine, à l'instar de ce que tu vois se balancer le long des jolis petits bateaux blancs dans le port en bas de la colline, pour empêcher que la peinture ne s'érafle contre le ponton du quai ou contre un autre bateau. Sauf que je suis suspendu entre Maugham et le maître chanteur.

– Comment as-tu obtenu ce travail ?

– J'ai répondu à une annonce dans *Nice-Matin* : "Recherchons Allemand stupide." Écoute, peu importe. Mais il y a des années j'étais flic à Berlin, de sorte que ce genre de chose n'est pas exactement une nouveauté pour moi. Cela fait très longtemps que les gens me déçoivent.

– Tu en donnes assurément l'impression.

– Je sais. C'est mon visage. Je me demande si je ne suis pas en passe de ressembler à Somerset Maugham. » Je haussai les épaules. « J'ignore pourquoi, mais le vieux me fait pitié. Presque tous ceux qui l'entourent ne pensent qu'à leurs propres intérêts et à leur compte en banque.

– Et pas toi ?

– Pas plus que la normale pour un type comme moi.

– Va-t-il payer le maître chanteur ?

– J'en ai l'impression. Un certain nombre d'huiles arrivent demain du Foreign Office pour permettre d'authentifier l'enregistrement.

– Le Foreign Office ? Bonté divine ! Ça a l'air sérieux, effectivement.

– Il semblerait.

– Et dangereux. C'est le genre de faits divers qu'on lit dans la presse du dimanche. Extorquer de l'argent par des menaces… enfin, une menace, n'est-ce pas ?

– C'est le cas en général. Ici, il n'y a aucun doute.

– Alors, je t'en prie, sois prudent.

– Je ne pense pas être en danger. Mais je te le ferai savoir à coup sûr après-demain.

– Vraiment, Walter, si je peux t'être d'une aide quelconque, n'hésite pas.

– Bien sûr. Mais je ne vois pas ce que tu pourrais faire.

– Tu n'as pas à te cacher de moi. Sauf si tu penses que je ne suis pas quelqu'un de fiable. Nous sommes amants, pourtant.

– Je sais que tu brûles d'envie d'écrire cette biographie et je te présenterai à lui une fois que tout ça sera terminé, dans quelques jours peut-être. Mais je ne peux pas trahir sa confiance. Ce n'est pas un mauvais bougre, à mon avis. Pour un Anglais, je veux dire.

– Et moi qui croyais que les Allemands admiraient les Anglais.

– C'est juste une histoire inventée par une tripotée d'Anglais à la conscience travaillée par l'idée d'avoir lâché des bombes sur des enfants à Dresde et à Hambourg.

– C'est vous qui avez commencé.

– À proprement parler, c'est Neville Chamberlain. »

Nous étions assis à la table sur la terrasse. Dans l'obscurité, on pouvait entendre des sangliers grogner parmi les arbres derrière une clôture en fil de fer barbelé. Ils descendaient des collines la nuit en quête de nourriture. La plupart des habitants les considéraient comme un fléau, mais Anne les aimait bien. Il y en avait même un en bronze sur le buffet de son salon. Elle se plaisait à me considérer comme son sanglier domestique.

« Viens avec moi, mon sanglier, dit-elle. Je veux te montrer quelque chose. »

Quittant la terrasse, nous traversâmes le jardin jusqu'au pavillon des invités. À notre approche, les animaux s'enfuirent en poussant de petits cris. Anne alluma la lumière, révélant une grande pièce parfaitement agencée pour un écrivain. Il y avait des pots remplis de crayons, des tas de rayonnages de livres, plusieurs classeurs et, sur une table, une machine à écrire Smith Corona Silent Super de couleur rose. À côté, une portable rose plus petite était posée sur sa mallette de transport ouverte. On aurait dit la gentille petite sœur de la plus grande. Contre un des murs se trouvait une autre table sur laquelle trônait une radio ondes courtes Hallicrafters. Anne était une auditrice assidue du BBC World Service, où elle prenait la plupart de ses informations.

« Voici mon bureau, expliqua-t-elle. C'est là que j'écris. »

Elle effleura tendrement la grosse Smith Corona avec sa rame de papier juste à côté, comme si elle regrettait presque de ne pas pouvoir s'asseoir et se mettre à travailler sur-le-champ.

« Charmant. Tout à fait charmant. Ça me plaît beaucoup. Oui, vraiment. Tu sais, je crois que je pourrais moi-même écrire ici.

– J'aimerais bien lire ce livre.

– Pas un livre. Beaucoup trop long. Ton horoscope, éventuellement.

– Et que dirait mon horoscope ?

– Qu'il va y avoir un bel homme dans ta vie. Que tu viens juste de le rencontrer. Il est un peu plus vieux que tu n'en as l'habitude, peut-être, mais tu vas vouloir le connaître davantage, nu de préférence. Dès que tu lui auras confié ce qui te tracasse exactement.

– Bravo ! Tu devrais écrire pour un magazine. Effectivement, il y a quelque chose qui me tracasse. Il se trouve que je te dois des excuses. Je n'ai pas été entièrement honnête à ton égard, Walter.

– Ça aussi, je l'ai lu dans ton horoscope.

– Non, vraiment. Je suis navrée, mais je n'ai pas du tout été honnête. »

J'avais beau sentir qu'elle était sincère, cela ne me mit pas moins mal à l'aise, comme si elle m'avait manipulé à la manière d'un jeu de cartes. Ce qui n'aurait pas changé grand-chose, du reste. J'ai toujours aimé les femmes un peu insaisissables. Et ce n'était pas comme si elle s'était servie de moi pour se rapprocher de Somerset Maugham. La première fois qu'elle m'avait abordé, je ne connaissais même pas le vieux. Tout ce qu'elle désirait, c'étaient de fichues leçons de bridge. En outre, elle ignorait mon vrai nom, de sorte que j'étais plutôt mal placé pour lui reprocher son manque d'honnêteté.

« Ce n'est pas précisément un club fermé, Anne. À ta place, je ne m'en ferais pas trop pour ça.

– Quand je t'ai dit que j'avais une proposition de cinquante mille dollars de Victor Weybright pour écrire une biographie de Maugham, je n'ai pas précisé que j'avais déjà signé le contrat.

– Félicitations !

– Le fait est que je travaille depuis plusieurs mois sur cette biographie. Je regrette, Walter, mais j'en sais probablement plus que toi sur Somerset Maugham. Plus que tu n'en sauras jamais. »

Tout en parlant Anne ouvrit un des tiroirs du classeur, en retira un des dossiers rouges et me le tendit. Il y avait un titre au coin, libellé ainsi : « MAUGHAM, SYRIE, née Gwendoline Maud Syrie Barnardo ».

« Ce sont les résultats de mes recherches. Celui-ci, par exemple, contient tout ce qui a trait à sa femme, Syrie.

– Je croyais qu'il était… Je veux dire, je ne savais même pas qu'il avait été marié.

– Lorsqu'ils se sont rencontrés, elle s'appelait Mme Wellcome, épouse d'un riche fabricant de médicaments américain. Ils se sont mariés en 1917. C'est probablement Syrie qui l'a dégoûté des femmes. Ils ont divorcé en 1928, mais elle ne s'est jamais remariée, si bien qu'il a été obligé, selon les termes de la convention de règlement, de subvenir à ses besoins. Elle est morte l'année dernière. Ce qui n'était pas trop tôt pour Maugham. De toute évidence, il la détestait. Il avait le sentiment, je pense, qu'elle l'avait pris au piège. Qu'elle s'était servie de lui pour se débarrasser de Henry Wellcome. »

Anne me montra un autre dossier. Il était marqué : HAXTON, FREDERICK GERALD.

« Ce nom-là, je le connais. C'était le petit ami et compagnon numéro un, je crois. Un Anglais homosexuel lui aussi. Je suppose que ça a à voir avec le temps qu'ils ont en Grande-Bretagne. On peut cacher un tas de trucs dans ce brouillard. Quoi qu'il en soit, il m'a l'air d'un drôle d'énergumène.

– En effet. Sauf qu'il n'était pas anglais, mais américain. De San Francisco. Maugham l'a rencontré pendant la Première Guerre, alors que Gerald faisait partie de la Croix-Rouge américaine. Il ne s'est rendu en Angleterre qu'une fois, pour moins d'une semaine, en février 1919. Il est allé à Londres, dans l'espoir de voir Maugham, mais il s'est fait ramasser par les flics et expulser. Il n'y est jamais retourné.

– Ça explique pas mal de choses, j'imagine. En particulier que Maugham soit resté si longtemps ici.

– Ce que je veux te dire à présent, Walter, c'est ceci : je peux réellement t'aider. S'il y a quelque chose que tu as besoin de savoir mais que tu estimes ne pas pouvoir lui demander, parle-m'en. Il y a de grandes chances que je puisse te renseigner. Comme toi, je l'admire, bien que pour des raisons différentes. Tu aimes l'homme pour lui-même, probablement. Je pense quant à moi que c'est l'un des plus grands écrivains du vingtième siècle. Je sais, je n'ai pas été très franche avec toi à propos de tout ça, mais je te donne ma parole – tu en feras ce que tu voudras – que tout ce que tu me diras demeurera confidentiel jusqu'à sa mort. Ou, à tout le moins, jusqu'à ce que tu m'autorises à l'utiliser. Est-ce que ça te paraît correct ?

– Je suppose, murmurai-je d'un ton hésitant. Je ne sais pas.

– Je te paierai pour ton aide, bien sûr. » Elle marqua une pause. « Pour couvrir tes frais.

– Tout à coup, c'est fou le nombre de gens qui veulent me balancer du fric ! J'ai l'impression d'être un distributeur de cigarettes. Et tous anglais, de surcroît. Le plus étrange – pour moi, du moins –, c'est combien ça me laisse froid. Écoute, je ne fais pas ça pour l'argent, Anne. Pas vraiment. Le vieux me verse des honoraires de base pour le tirer du pétrin, un point, c'est tout. Et entre nous, eh bien, je préférerais qu'il n'y ait pas d'argent du tout. Si je t'aide – et je n'ai pas dit que je le ferai –, ce sera parce que tu me plais et uniquement pour cette raison.

Rien d'autre. L'argent complique tout. Surtout entre amants.

– Bien sûr. Je comprends.

– Vraiment ? Je n'en suis pas certain.

– Écoute, les dossiers sont là si tu as besoin de t'en servir. Il te suffit de demander.

– Il y a quelque chose que j'aimerais savoir.

– Tout ce que tu voudras.

– Ses activités au SIS en 1917. Que peux-tu me dire à ce sujet ?

– En réalité, c'est par Syrie que s'est fait le contact avec les renseignements. Une de ses amies était la maîtresse d'un membre du Secret Intelligence Service, le major John Wallinger. Wallinger a proposé un job à Maugham et l'a envoyé en Suisse, en 1915. Un an après, il était devenu un très précieux agent de terrain travaillant pour sir Mansfield Cumming, qui se trouvait à la tête de la section étrangère des services secrets britanniques et pour qui Maugham dirigeait, depuis l'Hôtel d'Angleterre à Genève, tout un réseau d'espions opérant dans le sud de l'Allemagne. Ce qui n'est pas à la portée de n'importe qui. En 1917, après la révolution de Février en Russie, il officiait à l'ambassade britannique de Petrograd, où il a rencontré plusieurs fois Alexandre Kerenski, ministre du Gouvernement provisoire. Maugham avait maintenant plusieurs centaines d'agents secrets sous son seul contrôle. Il a quitté Petrograd deux jours avant la révolution d'Octobre qui a porté les bolcheviks au pouvoir, ce qui devrait t'indiquer une chose : qu'il avait de très bonnes antennes en matière de renseignement. Tout le monde n'est pas parvenu à s'en sortir sain et sauf. Depuis lors, il est impossible de dire combien de missions il a pu effectuer pour les Britanniques, mais il ne fait aucun doute qu'être un auteur de renommée mondiale est une excellente couverture pour se livrer à l'espionnage. Chine, Amérique centrale, États-Unis… Maugham a toujours maintenu des liens étroits avec ses vieux copains des services secrets britanniques. À bien des égards, c'était l'agent idéal : un homme extrêmement perspicace, sans parler de sa discrétion naturelle. Il a même écrit un livre sur l'espionnage, intitulé *Mr Ashenden, agent secret.* Je te le prêterai si tu veux.

– Oui, j'aimerais bien le lire. »

Elle s'approcha des étagères et le trouva rapidement.

Ayant trop chaud, j'enlevai ma veste et l'accrochai derrière la porte des toilettes.

« Je suis impressionné par tout ce que tu sais sur lui.

– C'est mon boulot. Dis-moi, ces gens du Foreign Office, a-t-il précisé de qui il s'agissait ?

– Il a mentionné deux noms. Un certain sir John Sinclair…

– Connais pas.

– Et un dénommé Blunt. Anthony Blunt.

– Tiens, lui, j'en ai entendu parler. Il travaille pour la reine.

– Oui, mais laquelle ? Il y a tellement de reines dans cette histoire[1]. J'en arrive à ne plus savoir qui est qui. »

Elle sourit et mit ses bras autour de mon cou. Dans la lumière de la lampe, ses cheveux bruns entouraient son visage comme la crinière d'un lion. Je les écartai, l'embrassai tendrement et glissai ma main entre ses jambes. « *Gentlemen prefer blondes* », prétendait un film[2] que j'avais vu récemment ; c'était aussi bien que je ne sois pas un gentleman.

1. Jeu de mots : *queen* = pédés.
2. *Les hommes préfèrent les blondes*, réalisation Howard Hawks, 1953.

Elle hoqueta légèrement, puis se pressa contre ma main. Dehors, les sangliers étaient revenus. Je pouvais les entendre renifler dans les bosquets tandis qu'ils fouillaient la terre à l'aveuglette. Du moins, je pensais que c'étaient les sangliers ; rétrospectivement, je me dis que ça devait être les cellules de mon cerveau.

VINGT ET UN

Le lendemain soir, sous un ciel rose saumon, Somerset Maugham, Robin, Alan Searle et moi attendions que le chauffeur du vieux ramène les Britanniques de leur hôtel du Cap. Annette, la cuisinière, avait préparé un dîner froid qu'elle était en train de disposer sur la terrasse pendant que nous nous tenions tous les quatre dans le salon avec des cocktails et des cigarettes. Le magnétophone Grundig se trouvait sur la table de réfectoire, prêt à entrer en action. L'atmosphère était tendue et pleine d'expectative, et, comme à l'accoutumée, plus malveillante et sournoise qu'une troupe de danseuses d'un vieux cabaret de Berlin.

« Regardez ce ciel, fit remarquer Robin. Couleur rose Leander[1], vous ne trouvez pas ?

– Plutôt rose Garrick Club[2], je dirais, objecta son oncle. Non que tu connaisses la différence, mon cher.

– Je ne suis jamais allé au Garrick, dit Alan. Willie ne m'y a jamais emmené, bien qu'il en soit membre.

1. Le Leander Club, l'un des plus anciens clubs d'aviron au monde, a pour emblème un hippopotame rose. Ses membres portent une cravate rose.

2. Le Garrick Club, situé à Covent Garden, porte le nom d'un célèbre acteur du XVIIIe siècle. Ses premiers membres étaient des dramaturges et des acteurs.

– Tu es beaucoup trop jeune pour le Garrick, mon chéri, répondit Maugham. Pour avoir le droit de franchir la porte, il faut avoir une quantité appréciable de poils dans le nez et les oreilles. C'est même un des critères d'admission.

– Alors on devrait te nommer secrétaire du club », rétorqua Alan.

Maugham pivota sur sa chaise pour s'adresser à Annette.

« Nous nous servirons des verres à champagne victoriens, l'informa-t-il. L'un des messieurs qui viennent ce soir est chevalier du royaume.

– Ah ? Qui ça ? demanda Alan. Qui sont ces personnes, Willie ?

– Sir John Sinclair et un certain Patrick Reilly, répondit Maugham. Sinclair est l'actuel directeur du MI6 et Reilly un mandarin du Foreign Office. Je crois qu'il a été président du Joint Intelligence Committee[1], les gens qui supervisent le MI5 et le MI6. Ils vont s'assurer que je n'achète pas chat en poche et, avec un peu de chance, financer mon acquisition.

– S'ils sont si sacrément importants, pourquoi descendent-ils à la Belle Aurore ? demanda Robin.

– Parce que c'est nettement moins cher que le Grand-Hôtel ou la Voile d'Or, répondit Maugham.

– Pourquoi ne logent-ils pas ici à la villa ? Ce n'est pas la place qui manque.

– Ils ont amené avec eux quelques gros bras de la Special Branch, au cas où tout ceci ne serait qu'un complot machiavélique des Russes pour kidnapper deux de nos espions haut de gamme. De plus, comme toujours, le gou-

1. Comité conjoint du renseignement. Il établit quotidiennement pour le Premier ministre du Royaume-Uni une synthèse des informations des services de renseignement.

vernement de Sa Majesté est également près de ses sous. Sans compter que Sinbad préférera de beaucoup séjourner à la Belle Aurore. C'est un peu plus modeste et discret que ces autres hôtels.

– Qui est Sinbad ? demanda Robin.

– Avant d'être directeur du MI6, sir John Sinclair était général de division dans l'Artillerie royale, répondit Maugham. Et encore avant ça, il est allé au Naval College de Dartmouth et a été enseigne de vaisseau dans la Royal Navy. Sinbad le marin. C'est comme ça que je l'ai connu. Il a servi dans la force de Mourmansk en Russie septentrionale et pendant un moment, dans une certaine mesure, il a été un de mes agents de terrain.

– Je ne sais même pas où se trouve la Belle Aurore, dit Searle d'un air maussade.

– Dans l'avenue Denis-Semeria, expliquai-je. Pas très loin de la villa Ephrussi.

– Allons, écoutez-moi ce concierge d'hôtel ! lança Robin.

– Sur la grande route de Villefranche ? » poursuivit Alan.

J'acquiesçai.

« Je passe devant presque tous les jours.

– Un peu bruyant, selon moi, commenta Alan.

– Guy Burgess est lui aussi allé au Naval College de Dartmouth, n'est-ce pas ? demandai-je. En tout cas, c'est ce qu'il déclare sur la bande.

– Oui, tout à fait, approuva Robin.

– Sinbad est beaucoup plus vieux que Burgess, dit Maugham. Environ quinze ans de plus, probablement. Il n'y a donc aucun lien possible en l'occurrence. De surcroît, Burgess n'est pas du tout le type de Sinbad.

– Tu ne veux pas dire qu'il est pédé ? interrogea Alan.

– Non. Sinbad est marié.

– Raison de plus, dis-je.

– À Esme, je crois. Depuis de nombreuses années.

– Quiconque est marié depuis de nombreuses années à une femme appelée Esme est forcément pédé, affirma Robin.

– J'ai du mal à croire que quelqu'un ayant été enseigne de vaisseau dans la Royal Navy ne soit pas un peu pédé sur les bords, fit remarquer Alan. S'ils avaient mis sur les affiches de recrutement que les traditions de la Royal Navy étaient le rhum, la sodomie et le fouet, je me serais engagé sur-le-champ. Au lieu de ça, je me suis retrouvé dans l'armée de terre. Dans ce putain de Yorkshire. Ça suffirait à guérir n'importe qui de l'homosexualité, pour la vie.

– C'est tout ce qui vous intéresse, vous autres ? dis-je. Qui est pédé et qui ne l'est pas ?

– C'est ça ou ce foutu canal de Suez, répondit Alan, et pour le moment je préférerais ne pas parler du canal.

– Non, en effet, murmura Robin. Les Égyptiens vont nous coller dans la merde une fois de plus.

– N'allez pas croire que nous n'avons pas discuté de vous sur le même mode, Walter, dit Maugham. Avant les nazis, Berlin était le paradis des tapettes. Il m'est difficile d'imaginer que vous n'ayez rien de plus captivant dans votre passé extrêmement secret que deux épouses hélas défuntes. »

Je remuai, gêné, sur ma chaise, allumai une cigarette et me dis que plus vite je pourrais m'éclipser de la Villa Mauresque, mieux ce serait. L'ambiance me mettait toujours mal à l'aise, comme si elle avait été calculée pour me donner l'impression que c'est moi qui étais bizarre. Ce qui était peut-être le cas, d'ailleurs. Un poisson hors de son bocal, à coup sûr ; privé d'eau et d'oxygène. Je me resservis un verre et essayai de rester affable.

« Je ne sais pas si j'appellerais ça un "passé secret", déclarai-je. Je pense vous en avoir déjà beaucoup dit, non ?

– Vous seriez un personnage fictif, mon ami, je dirais que vous êtes un narrateur à qui il est impossible de se fier. Comme Tristram Shandy. Comprenez-moi bien : ce n'est pas une mauvaise chose. Pas dans son cas. Ni dans le vôtre. C'est simplement divertissant, voilà tout. »

Robin me regarda en fronçant les sourcils, puis se tourna vers son oncle avec irritation.

« Qu'est-ce que Walter fait là, du reste ? J'aimerais bien le savoir. Il est allemand. Nul doute qu'une soirée comme celle-ci devrait être purement britannique. Il est impensable que quelqu'un comme sir John puisse voir d'un bon œil un Fritz à une telle réunion.

– Tu as raison, bien entendu, dit Maugham. Un Anglais possède une connaissance intuitive de ce qui est bien et de ce qui est mal. Et l'on peut toujours compter sur lui pour faire honneur aux siens, contrairement à ces putains de Boches. Surtout s'il est allé à Eton et à Cambridge. Comme Burgess, par exemple. »

Alan éclata de rire.

« En outre, Sinbad n'est pas le seul à pouvoir s'assurer un peu de sécurité maximale, ajouta Maugham. Moi aussi.

– Eh bien, à mon avis, il est trop vieux pour faire un garde du corps, railla Robin.

– N'est-ce pas, Walter ? »

Je sortis un instant de la poche de mon pantalon l'automatique que Spinola m'avait remis à la Voile d'Or pour que tout le monde le voie, mais surtout Robin.

« C'était donc ça ! dit-il. Et moi qui pensais que la bosse dans sa poche était sa bite. »

Je souris calmement ; ça semblait un peu plus sociable que de cingler son visage rose et suant avec le pistolet. Mais il existe bien d'autres façons de gifler vigoureusement une garce.

« Cela intéressera peut-être votre neveu de savoir qu'Anthony Blunt vient aussi ce soir, dis-je à Maugham.

– Blunt ? Il vient ici ? »

Robin Maugham parut soudain agité. Je ne l'en blâmai pas : rencontrer en société quelqu'un que vous avez fait chanter doit être plutôt gênant. Il se leva, le visage empourpré et soufflant comme une des carpes du bassin d'ornement de son oncle, puis balança sa cigarette.

« Personne ne m'a averti. Pourquoi diable est-ce qu'Anthony Blunt vient également ? Je ne comprends pas. Et d'abord, qui le lui a demandé ?

– Sir John a suggéré qu'il se joigne à nous, répondit Maugham. Blunt connaît Guy Burgess aussi bien que quiconque. De plus, pendant la guerre, il a travaillé pour le MI5, ce qui le rend doublement habilité à être ici. Alan, s'il te plaît, va récupérer ce mégot de cigarette avant qu'il ne mette le feu. Tout est tellement sec en ce moment dans le jardin... Tâche d'être un peu plus réfléchi, Robin. »

Alan se leva, trouva le mégot de cigarette et le posa dans le cendrier, tandis que Robin continuait à rouspéter à propos de l'arrivée imminente de Blunt.

« Merci, Alan.

– Je ne savais pas qu'il avait travaillé pour le MI5, dit Robin. Je pensais que c'était un historien d'art, pas un putain d'espion.

– Les historiens d'art font d'excellents espions, répondit Maugham. En art comme dans la vie, les choses ne sont pas tout à fait ce dont elles ont l'air. Pendant la dernière guerre, j'ai moi-même eu l'occasion de travailler pour le MI6 à Lisbonne. Et ensuite, à New York, j'ai aidé Bill Stephenson à diriger la British Security Coordination[1] depuis le Rockefeller Center. Mais il ne m'est toujours pas permis d'en dire trop à ce sujet.

– Y a-t-il un pédé à Londres qui ne travaille pas pour les services de sécurité, se lamenta Robin, voilà ce que j'aimerais savoir. Eh bien, je regrette que quelqu'un ne m'ait pas averti qu'il venait, c'est tout.

– Maintenant, tu le sais, répliqua Maugham.

– Si vous comptez être dans le coin quand ils arriveront, dis-je à Robin pour ajouter à son malaise à présent manifeste, ce serait peut-être le moment de dire à votre oncle ce qu'il ignore. Sur Blunt et vous, j'entends.

– Bonté divine, tu n'as pas baisé également avec lui ? s'exclama Maugham, avant d'éclater de son vieux rire râpeux. Espèce de petit démon ! »

Robin Maugham me considéra avec de la haine pure.

« Avant que Blunt ne le dise lui-même à votre oncle, éventuellement. Ce qu'il pourrait très bien faire, vous ne croyez pas ? C'est juste un conseil, Robin. Pour vous éviter une source d'embarras inutile.

– Salaud !

– Il a baisé avec lui, hein ? »

Maugham, ravi, continuait à rire de manière satanique.

« Eh bien, réponds. »

Mais Robin en avait eu assez et il déguerpit comme un fox-terrier en colère. Quelques minutes plus tard, nous entendîmes démarrer son Alfa Romeo.

1. Organisation clandestine mise en place à New York par le MI6 en 1940 dans le but d'enquêter sur les activités de l'ennemi dans les Amériques et d'organiser des campagnes de propagande anti-allemandes.

« Je suis vraiment ahuri, dit Maugham entre deux gloussements. Mais qu'est-ce qui se passe avec ce garçon ? »

Le moment était venu. Je lui racontai ce que je savais sur la photo : que son neveu s'en était servi pour faire chanter Anthony Blunt et que celui-ci avait prétendu qu'on la lui avait par la suite volée dans son appartement à Londres.

« Robin et Harold Hebel étaient peut-être tout simplement en cheville pour se faire de l'argent sur votre dos, expliquai-je. Cinquante mille dollars, si vous voyez ce que je veux dire.

– Oui, je vois très bien. Mon Dieu ! Pauvre Robin. Eh bien, ce n'est pas drôle du tout, n'est-ce pas ? »

Se reprenant, Maugham but une gorgée de martini sec, mangea l'olive, puis poussa un soupir.

« Écoutez, Walter, je ne m'attends pas à ce que vous compreniez cela, mais, pour les hommes comme moi et Robin, et Alan, le silence concernant qui et ce que nous sommes n'est pas tant un choix qu'une question de vigilance constante. En fait, ce n'est rien de moins qu'une obsession. Nous vivons dans un monde d'extorsion et de chantage où règne la loi de la jungle comme d'autres vivent dans la religion ou la politique. Le chantage nous contamine, et nous ne sommes pas seulement ses victimes, mais tout aussi souvent ses auteurs. Nos amants éconduits deviennent nos bourreaux les plus implacables. Les garçons que nous avons comblés de jouets, de friandises et d'argent – toujours beaucoup d'argent – font volte-face et mordent, au nom de leur liberté, la main qui les a nourris si généreusement. Les lettres que nous avons écrites sont les instruments de nos propres tortures et de notre chute potentielle. Il me serait facile de condamner les actes de mon neveu, mais je ne le ferai pas. Comme vous vous en souvenez sans doute, je vous ai moi-même fait du chantage pour que vous m'apportiez votre aide dans cette affaire. Vous voyez donc que je suis tout aussi pourri et sans scrupule que Robin.

– Je pense que vous lui inventez des excuses, dis-je.

– Bien sûr. Robin est mon neveu et, malgré ses défauts manifestes, je lui suis très attaché. Je lui inventerai toujours des excuses. C'est le seul membre de ma famille qui me plaise… Non, ce n'est pas tout à fait vrai. J'ai une nièce, Kate, la fille de mon frère, pour laquelle j'éprouve une certaine affection. Mais Robin est un être faible. Et il a besoin de moi. "Besoin" est un mot plus important qu'"amour", Walter. Surtout à mon âge – à supposer qu'il ne l'ait pas toujours été. Il est bon d'être nécessaire. Peut-être vous en apercevrez-vous un jour. »

VINGT-DEUX

Sir John « Sinbad » Sinclair croisa ses longues jambes et ajusta les plis impeccables du pantalon de son costume d'été. Ses chaussures marron vernies luisaient sous la lumière de la lampe, tandis que ses cheveux gris coupés court étaient perchés sur son crâne allongé tel un béret militaire. Il ressemblait exactement à ce qu'il était : un ancien général de l'armée britannique, l'un de ces chefs paternalistes et probablement vénérés qui traitaient leurs hommes comme leurs propres fils et leurs officiers subalternes comme des frères cadets. Tout en écoutant la bande magnétique il prenait des notes avec un stylo plume et frottait de temps à autre un nez cassé qui s'incurvait vers le côté gauche de son visage. C'était un bel homme d'environ soixante ans et nettement plus vigoureux que l'autre Anglais qui l'accompagnait. Patrick Reilly avait une bonne dizaine d'années de moins que Sinclair, mais, bien que de la même taille, il était loin d'avoir sa forme physique ; en témoignaient un double menton naissant et une posture faite pour une chaise de planteur sur la véranda d'un bungalow indien. Sinclair avait l'expression vive et intrépide d'un chien de chasse bien dressé, alors que Reilly était beaucoup plus félin et méfiant, avec de petits yeux verts scrutateurs et une bouche aussi serrée que la bourse d'un avare frison.

Ni l'un ni l'autre n'avaient dit grand-chose, mais Reilly me paraissait déjà le plus intelligent. Les deux hommes me considéraient d'un air soupçonneux, et ils avaient été plus que légèrement surpris – tout comme moi – lorsque Maugham m'avait présenté un peu plus tôt comme son « détective privé ».

« Winston en avait un quand il est venu habiter à la Mauresque, ajouta l'écrivain en guise d'explication et d'alibi. J'ai oublié le nom de ce type.

– Walter Thompson, me semble-t-il, dit Sinclair. Comme l'agence de publicité.

– Non, ça, c'était le précédent, dit Reilly. Vous ne vous rappelez pas ? Un gars du genre obtus. Même que nous avons eu un tas de problèmes quand il a voulu publier un livre sur ses aventures comme garde du corps de Winston.

– Ah oui !

– Eh bien, mon détective s'appelle également Walter, dit Maugham. Et il est avec nous ce soir parce qu'il m'aide à m'occuper de ce maître chanteur, Harold Hebel. J'espère que vous ne voyez aucune objection à sa présence ici, car j'en suis arrivé à me fier pas mal à son jugement. Dans tous les cas, je préférerais qu'il reste. Tout comme, j'en suis sûr, vous vous sentez plus en sécurité avec vos deux gaillards de la Special Branch. Si c'est bien ce qu'ils sont… »

Maugham fit un signe de tête en direction des portes-fenêtres, devant lesquelles deux Anglais à la carrure imposante faisaient les cent pas dans le jardin en essayant de passer inaperçus.

« J'ignore totalement d'où ils viennent. » Reilly se tourna vers Sinclair. « Et vous ?

– Pas de mon département. Je les ai pris dans la réserve. La norme pour une excursion comme celle-ci. Ils sont tous les deux de Fort Monckton, je crois. Des armoires à glace de Portsmouth. »

Le troisième visiteur venu de Londres semblait appartenir à la Villa Mauresque comme jamais Sinclair et Reilly n'auraient pu y parvenir. Manifestement homosexuel, Anthony Blunt était âgé d'une cinquantaine d'années, grand, maigre comme une statue en bronze de Giacometti, il avait une tignasse de cheveux gris coiffés de façon juvénile et l'air d'un type qui vient de goûter un sherry de qualité moyenne. Il portait une chemise blanche à col ouvert et à manches courtes – contrairement aux deux autres, il avait ôté sa veste en raison de la chaleur. Les profondes rides de sourire autour de sa bouche mince s'animaient fréquemment et son sens de l'humour était teinté d'ironie. Il me fit l'effet d'un individu à la fois plein de charme et extrêmement intelligent, mais absolument pas digne de foi. L'idée qu'il ait été un espion dans le MI5 paraissait grotesque, mais il ne ressemblait pas à un maître chanteur, et je ne tardai pas à écarter l'idée qu'il ait pu être de mèche avec Hebel pour extorquer de l'argent à Maugham. Il n'aurait pas même représenté une menace suffisamment crédible pour barboter son journal du matin. Lui aussi prenait quantité de notes, et, lorsque nous eûmes fini d'écouter la bande magnétique, il prit la parole. Sa voix était probablement aussi familière à la reine d'Angleterre que la sienne propre, et je me dis que c'était sans doute la façon dont elle-même s'exprimait.

« Je pense que la réponse à la question la plus évidente dans un premier temps – est-ce Guy Burgess qui parle sur cette bande ? – est catégoriquement oui. Selon moi, c'est bien lui. Les détails et les dates qu'il donne concernant sa jeunesse sont évidemment exacts. Ainsi que le nom de code de la source suisse qu'il dirigeait pour le MI5 en 1944 : “Orange”. Seuls Guy et une ou deux autres personnes, dont moi, connaissaient ce nom, et aussi savaient que ce pauvre “Orange” avait connu une triste fin entre les mains de la Gestapo à Trèves. C’est l’un des éléments qui plaident en faveur de l’authenticité de cette bande. Il y en a un autre, qui, paradoxalement, constitue une confirmation sous la forme d’une perverse illusion, celle de Guy, justement.

En dépit de toute l’expérience qu’il avait acquise et qui aurait dû l’inciter à penser le contraire, je dois dire qu’il était tout à fait symptomatique de sa part de croire réellement que la BBC serait capable de diffuser cet enregistrement. Guy était toujours très critique à l’égard de la BBC et de ses activités. Il estimait, tout comme moi, qu’il s’agit d’une de ces institutions qui banalisent les choses sérieuses, et il est impossible d’imaginer qu’elle aurait traité cette bande comme lui-même l’aurait souhaité. Je ne peux que supposer qu’il s’est dit qu’une bonne âme à la BBC ayant des idées de gauche, désireuse de mettre le gouvernement dans l’embarras, refilerait la bande à un journal tel que le *Manchester Guardian* afin qu’ils en publient un extrait. Mais même eux auraient fait l’objet d’une Defense Advisory Notice en interdisant la publication pour des raisons de sécurité nationale. L’idée qu’une critique ouverte des services de sécurité soit aujourd’hui possible dans nos médias est risible, pour le moins. De même, le fait qu’il avoue avoir sorti des dossiers sensibles est quelque chose que l’on ne permettra jamais à l’opinion publique britannique d’entendre.

– Oui, c’est très préjudiciable, reconnut Sinclair. Cela nous fait passer pour des incompétents.

– L’histoire de Guy allant à Chartwell interviewer Churchill est vraie, continua Blunt. Je l’avais déjà entendue, et l’anecdote est bien connue, je pense. Guy la racontait assez fréquemment au Reform Club, surtout quand il était ivre. Moins connu est le fait qu'il a effectivement poursuivi de ses assiduités Clarissa, la nièce de Churchill – aujourd'hui Mme Anthony Eden. Je l'ai vaguement su à l'époque, ce qui m'a évidemment surpris, pour des raisons évidentes. Je ne me doutais absolument pas qu'il obéissait aux ordres de son officier traitant russe, Arnold Deutsch, nom de code "Otto".

– À ma connaissance, le MI6 n'a jamais entendu parler d'un officier traitant russe nommé Arnold Deutsch, nom de code "Otto", dit Sinclair.

– Moi non plus, admit Reilly. Peut-être faisait-il partie des "grands illégaux", ces communistes d'inspiration trotskiste qui faisaient confiance au Komintern, mais je pensais les connaître tous. Il n'existe aucun Deutsch, Otto ou Arnold, dans nos fichiers. J'en suis certain.

– Et vous, Anthony ? demanda Sinclair. Vous avez déjà entendu parler de lui ?

– Non. Jamais. Assurément, aucun de ceux que j'ai rencontrés à Cambridge ne répond à cette description. Ni personne, dans mon souvenir, qui ait croisé le chemin sinueux, pour ne pas dire imprévisible, de Guy.

– Bien entendu, ajouta Reilly, rien n'empêche les Russes d'avouer maintenant son existence s'il est mort, assassiné par Staline en 1938 – soit quelques années après que Guy eut été recruté, à l'en croire, par le NKVD – comme la plupart de ces illégaux. Ce serait donc possible.

– Pour moi, le passage à propos de Hector McNeil est extrêmement dommageable, dit Sinclair.

– D'autant plus qu'il était ministre du gouvernement à ce moment-là.

– Ça l'est pour le parti travailliste, sinon pour McNeil lui-même. Il est mort l'année dernière.

– Vraiment ?

– Oui. Il avait quarante-huit ans.

– Bon Dieu ! Un Écossais, cela va de soi. Classe ouvrière de Glasgow. Ils ne vivent jamais très longtemps, semble-t-il, pas vrai ?

– L'information concernant une liste de villes russes que nous aurions pu bombarder en cas de frappe préventive n'est pas moins préjudiciable, affirma Reilly. Le peuple britannique n'aime pas se voir comme un agresseur. Cela n'aurait jamais pu être diffusé. Pas avant un million d'années.

– J'aimerais bien savoir qui était ce type que Deutsch et Guy ont rencontré à Paris, remarqua Sinclair. Celui dont il dit que Deutsch cherchait à le recruter pour les camarades.

– Celui qui venait de rentrer de Chine ? demanda Blunt. Oui. C'est assez intéressant.

– Ça me rappelle quelque chose, dit Sinclair. Mais quoi ?

– Il travaillait pour un fabricant de tabac, il ne devrait donc pas être trop difficile de l'identifier, affirma Reilly. Ce qui m'intéresse davantage, c'est la provenance de cette bande. Il faut qu'on vérifie auprès de la BBC s'ils l'ont effectivement reçue. Et, si oui, qu'on sache qui la leur a donnée et ce qu'elle est devenue. On peut difficilement concevoir qu'ils ne se soient pas rendu compte de son importance.

– D'un autre côté, si ce Hebel a reçu la bande de quelqu'un du KGB, dit Blunt, toute la question est de savoir ce que les Soviétiques espèrent obtenir en nous la communiquant maintenant, alors que Burgess et Maclean sont partis depuis cinq ans en Russie. Un vrai casse-tête.

– Plutôt.

– Walter a une théorie intéressante à ce propos, dit Maugham. N'est-ce pas, Walter ?

– Oui, monsieur. »

Je leur parlai rapidement de Hebel et de son passé de maître chanteur accompli en Allemagne.

« Il se pourrait qu'il s'agisse d'une histoire de chantage pure et simple, conclus-je. Auquel cas, je ne vois personne qui soit plus compétent que Hebel pour gérer ça pour le compte des Russes.

– Oui, mais que veulent-ils ? demanda Reilly.

– De l'argent, répondis-je. Quoi d'autre ? L'Union soviétique manque cruellement de devises étrangères. Or elle sait combien les relations anglo-américaines sont sensibles actuellement. Combien vous aurez à cœur d'empêcher les Américains d'entendre la bande. Il est impossible de dire ce qu'il y a sur les autres bandes proposées dans le cadre de la transaction.

– Elles pourraient bien être encore plus embarrassantes, dit Reilly. Oui, je vois ce que vous voulez dire.

– Dans ces conditions, deux cent mille dollars semblent bon marché comparés au coût diplomatique que représenteraient cette bande et d'autres du même type si jamais elles se retrouvaient dans les pages du *New York Times* ou d'un réseau d'information étranger.

– Si Walter a raison, quelqu'un au sein du renseignement russe a manifestement le sens de l'humour, dit Maugham. L'idée que le gouvernement britannique puisse graisser la patte du KGB pour l'empêcher de divulguer des secrets sur son transfuge numéro un est tout simplement hilarante. Du moins, elle le serait si ce n'était pas à moi qu'on demandait de payer.

– Tout à fait, dit Sinclair.

– Et c'est ce Hebel qui se trouvait en possession de la photographie compromettante qu'Anthony a achetée à Robin, le neveu de Willie. C'est bien ça ? demanda Reilly. Pour mille livres.

– Oui, répondit Maugham. Je suis désolé, Anthony. Laissez-moi vous donner les mille livres que vous lui avez versées.

– Ne vous faites pas trop de souci pour ça, Willie, déclara Blunt. Comme vous le savez, il ne s'agit pas tant d'un aléa professionnel que d'un danger intrinsèque. L'image et le négatif m'ont été dérobés chez moi il y a plusieurs mois. En tant que directeur de l'Institut Courtauld, je dois m'occuper d'un grand nombre d'étudiants. À mon avis, l'un d'entre eux a dû les voler et les vendre à cet odieux individu. J'ai une vague idée de qui cela pourrait être. Un jeune Autrichien. Ce qui rend la chose d'autant plus décevante, car c'est l'un de mes élèves les plus prometteurs.

– Vous savez, cet énergumène me fait penser au personnage de la nouvelle de Sherlock Holmes, dit Sinclair, *Charles Augustus Milverton.* »

Reilly sourit calmement.

« Oui, bien sûr. Le roi des maîtres chanteurs. Une excellente histoire.

– Milverton est inspiré d'un maître chanteur authentique, un certain Howell, qui faisait chanter l'artiste Dante Gabriel Rossetti. Howell fut retrouvé avec la gorge tranchée et un demi-souverain dans la bouche. Ce qui semble des plus appropriés, en quelque sorte.

– Si seulement quelqu'un pouvait couper la gorge à ce Hebel, dit Maugham. J'ai suggéré à Walter de le tuer, mais hélas il a refusé. Pourquoi ne pas demander à vos deux copains de Portsmouth de l'embarquer et de le travailler avec un fer à repasser chauffé au rouge ? Vous pourriez obtenir de lui toutes les réponses dont vous avez besoin, me semble-t-il.

– Je ne crois pas que cela plairait beaucoup aux Français, répondit Reilly. Avec toute cette affaire de Suez, nous sommes plutôt en bons termes en ce moment, ce qui change agréablement. Pour une fois, nous sommes sur la même longueur d'onde. Ils n'aimeraient pas du tout que nous nous comportions de façon aussi cavalière, Willie.

– De plus, ajouta Sinclair, il se pourrait que les patrons de Hebel réagissent en envoyant tout bonnement une de leurs bandes aux Américains. Ce qui serait un désastre. C'est le risque que l'on prend en mettant un maître chanteur au pied du mur : que les choses dérapent.

– S'il s'agit seulement d'une tentative pour se faire un peu d'argent, alors c'est assez habile, dit Reilly. Willie paie le maître chanteur – et cela rapidement – pour éviter des ennuis ; nous le payons – quoique un peu plus lentement, comme c'est toujours le cas avec les ministères – pour éviter de mettre Willie dans la situation déplaisante de se demander comment il va récupérer sa mise. Et Walter a raison, je pense. Ces bandes ont été évaluées à leur prix : deux cent mille livres est une somme suffisamment élevée pour que ça en vaille la chandelle, mais pas au point d'empêcher Willie de les acheter. »

VINGT-TROIS

Nous réécoutâmes l'enregistrement, et, cette fois-ci, quand ce fut terminé, nous quittâmes le salon aux murs chaulés pour passer sur la terrasse, où nous eûmes droit à un souper de champagne et de homard froid sous les étoiles. Un peu plus tard, sir John Sinclair s'excusa et alla donner un coup de téléphone aux « amis » à Londres, expliqua-t-il, pour mettre en route le processus laborieux consistant à récolter l'argent de Maugham auprès du gouvernement britannique en mal de liquidités. Robin Maugham continuait à se tenir à l'écart de la Mauresque, ce qui arrangeait son oncle. S'ennuyant, je présume, Alan Searle se rendit quelque part en voiture, nous laissant, Reilly, Blunt, Maugham et moi, bavarder devant du cognac et des cigarettes. Puis, les bras croisés sur la poitrine comme une momie égyptienne, des lunettes perchées au bout de son long nez crochu, Blunt s'excusa à son tour et entreprit de passer en revue les tableaux du vieux marquis de la manchette. De temps à autre, il hochait la tête et ponctuait d'une épithète son appréciation enflammée de la collection de Maugham, qu'il déclara ensuite être plus admirable que tout ce qu'il avait jamais vu chez un particulier, ce qui ravit l'écrivain. Celui-ci avait retrouvé sa bonne humeur ;

la perspective de risquer une grosse somme sans aucune garantie de remboursement l'avait beaucoup affecté.

« Eh bien, c'est un soulagement, je dois dire. Pour l'argent. Je songeais déjà à remettre à plus tard l'achat d'une jolie petite toile de Stanislas Lépine que j'ai dénichée. Assez chère. Le glaçage sur le gâteau, pour ainsi dire. Ou peut-être même la cerise – à mon âge, c'est un peu difficile à dire. À propos, la somme sera disponible auprès de Hottinger, mon banquier à Nice, à partir de demain matin onze heures.

– Vous avez eu tout à fait raison de nous appeler, Willie, dit Reilly. Merci. Merci infiniment. Il ne fait aucun doute que nous devons empêcher que ces bandes ne tombent dans de mauvaises mains. Et si M. Wolf n'y voit pas d'inconvénient, nous lui demanderons, je pense, de se charger de l'échange. Nous préférerions ne pas effaroucher ce Hebel en introduisant à ce stade quelqu'un de nouveau dans l'opération. Cela dit, peut-être que nos gars de Fort Monckton pourraient jouer une partie du temps les porte-flingues et vous aider à garder un œil sur l'argent.

– C'est à Walter de décider, répondit Maugham. Robin et lui sont les seuls à avoir rencontré Hebel.

– Les routes étant ce qu'elles sont, l'échange aura lieu à bord d'un bateau, dis-je à Reilly. À Menton. Je suppose qu'il prévoit de filer rapidement dès qu'il aura compté l'argent. J'irai directement en voiture de Nice à Menton.

– Pourquoi Menton ? demanda Reilly.

– Parce que c'est à la frontière italienne, répondit Maugham. En moins d'une heure, il peut être dans une de ces banques à la noix de Vintimille pour recevoir l'argent.

– Naturellement, dit Reilly, rien ne garantit qu'en payant nous mettrons un terme à tout ça. Une fois que nous aurons acheté un lot de bandes où figurent les Deux de Cambridge, cela risque de ne pas avoir de fin. C'est ainsi que fonctionne le chantage, bien sûr : en un rien de temps, vous pouvez vous retrouver dans l'obligation d'acheter des documents encore plus compromettants. En fait, j'irai même jusqu'à dire que c'est une quasi-certitude. Donald Maclean a été en poste à Washington pendant quatre ans, de 1944 à 1948, avant de devenir l'un des fonctionnaires clés de notre ambassade au Caire. Il va de soi qu'il pourrait nous rendre les choses extrêmement difficiles avec les Américains. Déjà, J. Edgar Hoover nous considère comme un navire faisant eau de toutes parts. Il voit Burgess, Maclean et l'état dans lequel se trouve le MI6 et se demande quel est l'intérêt de partager désormais des secrets avec les Britanniques. Quant aux problèmes que Maclean pourrait nous créer avec les Égyptiens alors que cette affaire de Suez continue, je préfère ne pas y penser. Il peut jeter un sacré pavé dans la mare, je veux dire. Nous avons soutenu le roi Farouk et autorisé les avions américains à atterrir et à se ravitailler en carburant dans la zone du canal avant d'aller effectuer des missions de bombardement au-dessus de l'Union soviétique. Autant de facteurs qui font que les demandes du général Nasser semblent plutôt raisonnables. Aussi, comme vous pouvez le constater, nous devons absolument acheter ce qu'ils vendent, pour éviter un énorme scandale.

– Oui, je vois, en effet, dit Maugham. Dès que j'ai écouté la bande, j'ai su qu'elle pouvait être dévastatrice. Non seulement pour moi, mais aussi pour le gouvernement de Sa Majesté. À mes yeux, ce n'est pas seulement la législation anglaise contre l'homosexualité qui confère un blanc-seing aux maîtres chanteurs ; la loi relative aux secrets d'État également. Dès qu'on met l'accent sur la confidentialité de quelque chose, il y a toujours la possibilité que des gens cherchent à en tirer un avantage financier.

– Vous savez, ceci pourrait même vous valoir d'être fait chevalier, dit Reilly à Maugham.

– Vous pensez vraiment ?

– Pourquoi pas ? J'en toucherai assurément un mot à Selwyn Lloyd la prochaine fois que je le verrai.

– Le secrétaire d'État des Affaires étrangères, précisa Maugham à mon intention. Et, en l'occurrence, un de mes admirateurs.

– Le problème, continua Reilly, est que ces deux types – Burgess et Maclean – ont maintenant la possibilité de semer la zizanie en toute impunité. Guy Burgess peut répéter plus ou moins ce qui lui chante, même si ce n'est pas vrai les Américains le croiront. Maclean et lui ont l'air de bien meilleurs espions – beaucoup plus efficaces qu'ils ne l'étaient sans doute – du simple fait qu'ils ont réussi à s'en tirer pendant si longtemps.

– N'est-ce pas justement la définition du parfait espion ? dis-je. De s'en tirer… dans leur cas durant près de vingt ans ?

– Walter a raison, fit observer Maugham. Il est difficile d'imaginer comment ils auraient pu être plus performants.

– Le filet était en train de se refermer sur eux quand ils se sont enfuis, indiqua Reilly. Je ne peux pas en dire trop à ce sujet, mais je suis absolument persuadé que nous les aurions attrapés d'ici peu.

– Je suis sûr que c'est un énorme soulagement pour M. Hoover, rétorqua Maugham d'un ton plein de sous-entendus. Il dormira nettement mieux en sachant qu'ils allaient être arrêtés avant d'avoir eu le temps de causer de réels dommages aux relations entre la Grande-Bretagne et l'Amérique. »

J'allumai une cigarette et souris. J'aimais bien le sens de l'humour du vieux. À bien des égards, il ressemblait beaucoup au mien – cinglant et amer, et parfois à peine drôle. Le genre d'humour noir qui vous faisait presque toujours vous esclaffer à Berlin.

« Bien évidemment, ajouta-t-il, on se pose la question de savoir si ces deux-là étaient les seuls espions au sein de l'establishment britannique. Quand j'ai entendu Guy Burgess raconter qu'il s'était rendu compte, en arrivant à Cambridge en 1929, que la plupart de ses amis avaient adhéré au parti communiste ou en étaient très proches dans le climat d'antifascisme fébrile, je me suis demandé s'il n'y en avait pas d'autres qui, comme lui, avaient trahi leur pays. Mettons, quelques autres. Auquel cas, Burgess et Maclean ne seraient qu'un simple échantillon de ce à quoi on peut s'attendre d'ores et déjà.

– Je suis allé pour ma part à Oxford, dit Reilly. À New College, où je suis arrivé la même année que Burgess à Cambridge. Jamais senti le moindre relent de bolchevisme là-bas. C'est curieux, ces types qui sont allés à l'université de Cambridge. Difficile de les trouver sympathiques, vraiment. Pour moi, cela doit avoir un rapport avec le mauvais temps qu'il y a dans cette partie de l'Angleterre. Il fait très froid là-bas, vous savez.

– Encore maintenant, s'obstina Maugham, il se peut qu'il y ait d'autres Cambridgiens comme Burgess et Maclean qui refilent l'argenterie de la famille aux Russes. Avez-vous envisagé cette possibilité ? Je l'espère, Patrick. Je ne voudrais pas avoir l'air d'un chasseur de sorcières en chef, mais il serait terrible de penser que l'on n'a pas fait tout ce qui était possible pour découvrir l'étendue de cette trahison. »

Reilly eut un petit sourire, comme si une telle éventualité était inconcevable – ce qui ne fit que persuader le reste d'entre nous qu'il en était bien ainsi –, puis il changea de sujet avec une brusquerie fort peu diplomatique :

« Parlez-moi de vous, monsieur, me pria-t-il. Vous m'intéressez de plus en plus.

– Il n'y a pas grand-chose à dire. Moins qu'un roman et plus qu'une nouvelle, en quelque sorte. Et ce n'est pas très intéressant. »

Je donnai à Reilly la version revue et corrigée, du genre de celles qu'il envoyait probablement en trois exemplaires à ses maîtres politiques. Elle était entièrement fausse, en dehors du fait que j'avais été flic à Berlin, et plus je la réitérais, plus j'étais convaincu que j'avais presque autant de talent pour la fiction que Somerset Maugham lui-même. Ce qui était peut-être le cas, d'ailleurs ; pour un type aussi malhonnête que moi, écrivain a tout l'air d'être un bon métier.

« Vous n'êtes pas communiste, j'espère ? demanda-t-il en prononçant ce mot comme si une chose pareille était impossible pour des êtres civilisés.

– Non, j'ai toujours détesté les communistes. Surtout après 1917.

– Malgré tout, vous étiez probablement de gauche quand vous étiez jeune en Allemagne.

– Au moment de l'arrivée des nazis au pouvoir, j'étais social-démocrate, si c'est ce que vous voulez dire. Eux pensaient que c'était être de gauche – mais, je le répète, c'étaient des nazis. Curieusement, les communistes estimaient que les sociaux-démocrates ne valaient pas mieux que les nazis. Être social-démocrate en 1933 était moins un choix politique qu'une situation fâcheuse.

– Et où vous situez-vous aujourd'hui, politiquement ?

– Au même endroit. Milieu de la route. Ni chair ni poisson. Si tant est que ce soit possible en France… Vu l'amour des Français pour les empires, je ne suis pas sûr qu'il puisse y avoir un centre dans un tel pays. » Je haussai les épaules. « Notez bien qu'on pourrait en dire autant de l'Angleterre. »

Reilly hocha la tête patiemment.

« Qu'est-ce que vous faites d'ordinaire, quand vous ne travaillez pas ?

– Je joue au bridge. Je bois trop. J'évite le soleil durant la journée. La nuit me convient davantage, je pense.

– Êtes-vous retourné à Berlin dernièrement ?

– Non, et je ne me vois pas y aller. Pas depuis qu'ils ont érigé autour de la RDA un tas de barbelés et un tissu de mensonges.

– Pardonnez-moi de poser cette question en votre présence, Willie : avez-vous déjà été homosexuel, par hasard, monsieur ?

– Non.

– Et de l'espionnage, vous en avez fait ?

– De l'espionnage ?

– J'entends par là, vous êtes-vous déjà livré à des activités clandestines ?

– Seulement au Grand-Hôtel. Quand je ne joue pas les hommes de main pour M. Maugham, je travaille comme concierge. Il arrive fréquemment que l'on me surprenne à regarder par les trous de serrure. J'aime bien garder un œil sur les blondes pour voir si elles sont naturelles ou pas.

– Et quel est le verdict ?

– Ces temps-ci, la plupart sont fausses.

– Walter en a bavé avec les femmes, je pense, fit observer Maugham. À mon avis, il a eu le cœur brisé une fois de trop.

– Rien de tel qu'un amour malheureux pour vous faire rigoler, plaisantai-je.

– Tout à fait, dit Reilly d'un ton quelque peu enjoué. Je voulais juste m'assurer que vous étiez digne de confiance. Vous comprendrez, j'en suis sûr, pourquoi c'est nécessaire. La situation étant ce qu'elle est en ce moment, tout le monde à Whitehall est plutôt paranoïaque.

– Bien sûr, je comprends. »

Je souris timidement, me demandant si je venais d'être homologué ; et la possibilité que Patrick Reilly ait jugé que je ne présentais pas un risque pour la sécurité suffit à me faire entrevoir pour la première fois combien il avait été facile pour Burgess et Maclean d'espionner avec succès au profit des Russes sur une si longue période. Burgess n'avait pas exagéré : un enfant arriéré aurait fait un espion non moins efficace que lui-même. Si Reilly avait pu me blanchir, il aurait tout aussi bien pu blanchir Julius et Ethel Rosenberg.

« Quelqu'un connaît le score du test-match ? » lança-t-il avec entrain.

VINGT-QUATRE

Sir John Sinclair revint de la bibliothèque, prit Reilly à part avec une certaine nervosité, puis l'entraîna en douceur dans le salon, me laissant sur la terrasse en compagnie de Somerset Maugham. Le directeur du MI6 avait les joues rouges et son flegme britannique habituel avait totalement disparu. À l'évidence, il avait reçu des nouvelles de Londres qui l'avaient alarmé. Il fut de retour au bout de quelques instants et ferma résolument les portes-fenêtres, comme si la plus grande discrétion était à présent de rigueur.

« Eh bien, fit Maugham, on dirait que ça n'a pas l'air d'aller. »

Je me servis un nouveau cognac. Je buvais trop, mais quand le cognac était aussi bon que celui de la Villa Mauresque, de telles considérations ne semblaient guère de mise. De plus, je m'ennuyais. C'est le problème avec les Britanniques : ils sont terriblement assommants, même quand ce sont des espions.

« Seigneur ! reprit Maugham. J'espère qu'ils ne vont pas se mettre à ergoter à propos de l'argent. » Ses yeux de serpent se plissèrent. « Bon, alors, voilà ce que j'ai décidé : je ne paierai pas s'il subsiste le moindre doute quant au fait qu'ils me remboursent. Désolé, Walter, et soyez certain que je vous donnerai ce que je vous ai promis. Mais je suivrai l'exemple du duc de Wellington et je dirai à ce salopard d'Allemand de rendre cet enregistrement public et d'aller se faire voir. Je préfère les envoyer tous au diable que de rater ce Lépine. Après tout, qu'est-ce que la presse peut contre moi ici ? Je suis déjà en exil. Ce sera dur pour mon frère, mais nous n'avons jamais été proches, et il faudra bien qu'il résiste à la tourmente. »

Sur la table de réfectoire, là où il les avait laissées, Sinclair prit les notes qu'il avait rédigées en écoutant l'enregistrement et se mit à les consulter avec impatience ; puis, renonçant, il laissa tomber le carnet, tourna un des boutons du Grundig et rembobina la bande.

« À mon avis, ce n'est pas l'argent le problème, déclarai-je. C'est un truc qu'a dit Burgess.

– Vous ne pensez pas que cette bande est un faux ? demanda Maugham.

– Vous avez entendu Blunt : il est convaincu que c'est Burgess qui parle. Et selon vous tous, il connaît Burgess mieux que personne – quoi que cela signifie. Non, il s'agit d'autre chose. Quelque chose de factuel, peut-être. Si seulement on pouvait entendre ce qui se passe dans ce salon.

– Merde ! » s'exclama le vieux.

Il pivota sur ses talons, puis tapa du pied avec agacement.

« Il n'y a rien d'autre à faire que de prendre son mal en patience. Nous le saurons suffisamment tôt.

– Suffisamment tôt risque d'être trop tard. » Maugham secoua la tête. « Non ! Walter, il existe un moyen d'écouter ce qui se dit dans cette pièce. Mais il faut être beaucoup plus jeune et plus rapide que moi. Je voulais employer cette méthode dans *Ashenden*, mais mon éditeur ne croyait pas que ça marcherait. Or c'est le cas, je peux vous l'assurer. Tout au moins à la Mauresque. Si vous montez à mon bureau et que vous grimpez ensuite le long du toit, vous pourrez entendre quasiment tout. La cheminée du salon agit comme une sorte de cornet acoustique géant et conduit les sons directement en haut. Combien de fois ne suis-je pas resté là à écouter ce que mes invités pensaient réellement de moi… Plus jamais je n'inviterai Diana Cooper. Eh bien, allez-y ! Je vous suis. »

Je rentrai dans la villa, traversai le vestibule, empoignai la rampe en fer forgé et grimpai les marches quatre à quatre. L'aigle sur un grand perchoir en bois doré de trois mètres de haut au coin du palier observait mes rapides progrès avec un intérêt empreint de détachement. Il y avait chez lui quelque chose de vaguement nazi, et je n'aurais pas été surpris s'il avait défilé triomphalement sous la porte de Brandebourg, à la tête d'un groupe de SA et d'une fanfare militaire dans une procession nocturne aux flambeaux. Parfois, Berlin me manque plus qu'il ne semble approprié.

J'arrivai au second étage et montai l'escalier en bois conduisant au toit plat. De l'autre côté de la structure autoportante du bureau de Maugham se trouvait un toit mauresque fait de tuiles imbriquées, avec tout au bout une grande cheminée carrée s'élevant à hauteur d'homme. Je posai avec précaution le pied sur les tuiles, puis marchai aussi vite que possible jusqu'à la cheminée, à laquelle je m'agrippai.

Je ne m'étais pas attendu à ce que ce soit aussi facile, mais Maugham n'avait pas exagéré. La cheminée était comme un énorme microphone, et je pouvais déjà entendre l'intonation snob de Guy Burgess parlant sur la bande. Je ne le savais pas encore, mais, en m'envoyant là, Maugham m'avait en réalité sauvé la vie.

VINGT-CINQ

« Le bureau local du Komintern me présenta à toutes sortes de gens intéressants, parmi lesquels beaucoup de sympathisants anglais, comme Claud Cockburn et John Cairncross. Par ailleurs, Arnold Deutsch m'emmena dîner avec quantité de types étranges, dont certains n'avaient rien d'une source de recrutement évidente. Des individus ne parlant aucune langue étrangère. N'ayant même jamais mis les pieds à l'université. Quelques-uns carrément rasoir, pour ne pas dire stupides. Je me souviens d'un jeune représentant de commerce anglais prodigieusement terne, rentré récemment de Chine, où il avait travaillé pour un fabricant de tabac. Je veux dire, ce gars n'était même pas allé à l'université, et encore moins à Cambridge. La seule chose dont il était capable de parler, c'était d'une espèce de petite merdeuse qu'il avait épousée dans le Somerset. Et je me rappelle m'être dit : à quoi bon recruter pour la cause un type qui sera heureux en ménage et vendra des cigarettes ? Avons-nous besoin d'espions au point que nous soyons prêts à financer les buralistes de quartier ? Quand bien même cela ne coûterait pas un kopeck à Arnold, si l'on peut dire. Quoi qu'il en soit, ce n'est pas à nous de chercher les raisons de toute cette chienlit. »

Puis quelqu'un – Sinclair, pensai-je – éteignit le magnétophone et déambula pendant un moment. Sur les dalles de pierre, ses solides chaussures anglaises avaient une résonance presque militaire, ce qui n'était sans doute pas étonnant.

« Eh bien ? dit Reilly. Pourquoi toute cette agitation ? Je dois dire que vous avez l'air très excité tout à coup.

– Exact, répondit Sinclair. Cette remarque de Burgess sur la Chine m'a démangé. Je me suis donc mis à gratter.

– Et alors ?

– J'ai appelé le bureau pour demander à un de mes gars de téléphoner à quelqu'un du MI5 qui nous doit un service. Lequel a effectué des recherches approfondies dans les dossiers personnels à Leconfield House. La marque la plus populaire en Chine de la British American Tobacco, anciennement l'Ardath Tobacco Company, était State Express 555. En juin 1937, avant le mariage de celui-ci en juillet de la même année – à la cathédrale de Wells, pas moins –, la BAT a nommé un nouveau directeur adjoint des relations commerciales à l'étranger pour vendre State Express aux Chinetoques. Mais à peine était-il arrivé à Shanghai, en août, que l'armée japonaise a envahi la ville, ce qui l'a obligé à abandonner sa jolie petite villa du Bund et à rentrer en catastrophe à Londres, *via* Paris. »

Sinclair marqua une pause pour entretenir le suspense.

« Cet homme n'était autre que notre cher ami Roger Hollis.

– Bon sang ! fit Reilly. Vous n'êtes pas sérieux ?

– Oh, mais si. Et il y a pire ! Quelques jours après son retour à Londres, Roger Hollis démissionne de son poste à la BAT et postule pour entrer au MI6. Sa candidature est rejetée, Dieu merci, mais quelques mois plus tard, en janvier 1938, il parvient à s'enrôler dans le MI5 comme stagiaire en formation. Apparemment, il avait été introduit en août 1937 par Jane Sissmore à la suite d'une partie de tennis au club d'Ealing, où il a également rencontré Dick White. C'est ce qu'on appelait autrefois une "procédure d'habilitation", me semble-t-il. Une putain de partie de tennis ! Et il y a autre chose. En octobre 1937, Hollis donne une conférence à la Royal Central Asian Society à Londres sur le récent conflit en Chine. Et devinez qui d'autre fait partie de la Royal Central Asian Society ? Notre vieil ami Kim Philby.

– C'est intéressant, j'en conviens. Mais écoutez, John, l'enquête Peach du MI5 continue d'indiquer qu'il n'existe aucun élément concluant à l'encontre de Philby. Il a été blanchi de l'accusation d'être un agent soviétique.

– Seulement officiellement et en public. Et uniquement au profit des relations anglo-américaines. Vous le savez, et je le sais. Qui d'autre que Kim Philby aurait pu avertir Burgess et Maclean qu'on était sur le point de les agrafer ? Personne. » Sinclair réfléchit. « À moins que ce ne soit Hollis, bien sûr… Il est même possible que désigner Hollis disculpe Kim Philby, rétrospectivement.

– Je sais que c'est exactement ce que vous aimeriez, vous autres au MI6, Sinbad. Quelque chose qui innocenterait votre agent Philby et pointerait du doigt votre service concurrent, le MI5. Alors faites bien attention à ce que vous souhaitez, hein ? Parce que ce que vous êtes en train de dire, c'est que l'actuel directeur adjoint du MI5 – l'homme qui a dirigé pendant ces dix dernières années la section s'occupant de l'espionnage soviétique – est lui-même un espion soviétique, déclara Reilly. Est-ce beaucoup mieux que l'idée que Philby soit un agent russe ? Vraiment, je n'en sais rien.

– Mais ce n'est pas tout. Peut-être avez-vous oublié que c'est Roger Hollis qui a fait capoter l'enquête du MI5 sur John Cairncross à la suite de la défection de Burgess. Si vous vous en souvenez, nous pensions que Cairncross pouvait être l'agent soviétique nom de code "Liszt", et il a depuis été mis en examen.

– Mais il l'a reconnu, n'est-ce pas ? répliqua Reilly. Ce qui est beaucoup plus que ce que Philby n'a jamais fait.

– Certes, mais cela expliquerait un tas de choses au sujet de Hollis, vous ne pensez pas ? dit Sinclair. Allons, Patrick, je ne suis pas le seul à avoir eu des soupçons sur Roger Hollis. Depuis l'affaire Gouzenko, les Canadiens le suspectent de ne pas être tout à fait franc du collier. En 1945, lorsqu'il a interrogé Gouzenko à Ottawa, c'était à l'évidence un simulacre. Et c'est aussi lui qui a disculpé Klaus Fuchs, le principal espion atomique des Russes en Grande-Bretagne. Hollis ! Dieu sait combien d'autres il a peut-être absous ! Cela pourrait expliquer également que les Russes aient été au courant de la mission du commandant Crabb le mois dernier et pourquoi ils l'attendaient indiscutablement lorsqu'il a plongé pour jeter un coup d'œil à ce navire soviétique en catimini. Comment ? Peut-être Hollis les a-t-il prévenus. Écoutez, Patrick, Hollis aurait pu être recruté pour la cause soviétique en général alors qu'il vendait encore des clopes à la Chine en 1937, puis de façon plus précise par le Komintern à Paris, comme le raconte aussi imprudemment Guy Burgess. Les camarades l'auraient alors incité à laisser tomber la BAT pour entrer au MI6 ou au MI5. Et comme tout cela commence à avoir l'air parfaitement logique, je pense en effet, je l'avoue, qu'il y a une possibilité que cela innocente Kim Philby d'être "Stanley", l'agent top secret des camarades. Pourquoi pas ? Avec Roger Hollis au MI5, les Russes auraient su tout ce que nous faisions avant que nous y ayons nous-mêmes pensé. »

Reilly soupira bruyamment.

« Oui, mais votre brillante théorie présente un défaut aveuglant, John : si Hollis est un important agent de l'Union soviétique, pourquoi Guy le mentionne-t-il sur la bande, même indirectement ?

– Guy parlait toujours beaucoup trop quand il avait bu, il n'y a donc là rien de surprenant. Non, à mon avis, il a tout simplement perdu de vue que le petit marchand de tabac insipide qui s'était marié à la cathédrale de Wells était en fait Roger Hollis – ce serait typique également. De plus, comme chacun sait, Hollis est totalement effacé et banal. Si terne que les gens l'oublient vite. Il ne parle aucune langue étrangère. Même pas le russe ! Imaginez un chef de la section de contre-espionnage russe qui ne parle pas le russe. Comment expliquez-vous ça ?

– D'accord, dit Reilly, supposons que j'accepte qu'il soit seulement concevable que Guy ait oublié qu'il parlait d'un homme qui – si vous avez raison – était un important espion russe en Angleterre. Comment est-il possible que les Russes eux-mêmes n'aient pas remarqué ce détail, ce qu'ils n'auraient pas dû manquer de faire s'ils avaient l'intention de nous faire chanter avec l'enregistrement ?

– Je suis d'accord avec vous. »

Il y eut un assez long silence, durant lequel je bougeai un peu afin de trouver une position plus confortable. Quiconque m'aurait vu dans le clair de lune m'aurait pris pour un cambrioleur ou éventuellement un Père Noël se trompant de saison. Ridicule, vraiment ! En réalité, tout ce que je désirais à cet instant, c'était de décamper de la Villa Mauresque pour aller voir Anne French à Villefranche et grimper avec elle dans son lit. Je pouvais entendre les deux agents anglais discuter de football en bas dans le jardin et sentir leurs cigarettes bon marché ; moi-même, j'en aurais bien allumé une sans la crainte que les hommes dans le salon ne captent l'odeur de mon tabac descendant par la cheminée. Je regardai autour de moi et vis Maugham s'asseoir dans le grand carré plein de lumière bleuâtre de son bureau. Il faisait penser à une espèce de poisson tropical en voie de disparition, très probablement venimeuse. Mais il n'aurait pas pu être plus venimeux que les relations entre le MI5 et le MI6, lesquelles me rappelaient fortement la rivalité qui avait existé entre l'Abwehr et le SD allemands. Mon expérience m'avait appris qu'une rivalité de ce genre pouvait devenir fatale. Je n'avais aucune idée de qui étaient Kim Philby ou John Cairncross, mais il m'apparaissait clairement que Somerset Maugham avait eu entièrement raison un peu plus tôt, lorsqu'il avait laissé entendre que Burgess et Maclean n'étaient peut-être pas les seuls espions soviétiques dans les prétendus services de renseignement britanniques.

« Supposons que ce soit exactement ce qui s'est passé, continua Sinclair au bout d'un moment. Vous savez, le rasoir d'Ockham et tout ça… Les hypothèses les plus simples sont bien souvent les plus vraisemblables. Guy a toujours été un affreux snob, et il n'y a rien d'étonnant à ce qu'il se montre méprisant à l'égard de ce marchand de tabac qu'il vient tout juste de rencontrer – si méprisant que les Russes ne s'aperçoivent même pas qu'il ne peut faire allusion qu'à Roger Hollis. Toutefois, il existe une autre explication, plus convaincante, selon moi. Nous avons toujours fortement suspecté que le GRU et le KGB soviétiques dirigeaient des réseaux d'espions séparés en Angleterre et ne s'informaient pas mutuellement de leurs intentions. Nous croyons même qu'il leur est interdit de se consulter sans l'autorisation expresse du GKO – le Comité national de défense, à Moscou. Une des conséquences de la paranoïa de Staline : c'est lui en effet qui a décrété que, dans l'idéal, le contre-espionnage soviétique au Royaume-Uni devrait être couvert à la fois par un agent du KGB et par un agent du GRU afin de pouvoir toujours recouper les sources d'information. Eh bien, supposons que Guy Burgess ait été employé par le KGB, qu'ils l'aient fait sortir d'Angleterre et que, pour une raison quelconque, ils aient en même temps enregistré cette bande. Supposons par ailleurs que Hollis ait été employé par le GRU – le renseignement militaire russe. Cela expliquerait une telle omission. Le KGB ne sait rien de Hollis parce que celui-ci fait partie du GRU. C'est une bourde pure et simple : trop de sécurité tue la sécurité.

– Oui, ce serait une possibilité.

– J'ajouterai que les gars du renseignement militaire du GRU dirigeaient des espions en Chine bien avant que le KGB n'en ait même rêvé. Lorsque Jim Skardon a interrogé Klaus Fuchs en 1949 pour le MI5, Fuchs a dit avoir été recruté par le GRU et a ajouté que ces deux organismes se détestaient et se méfiaient l'un de l'autre encore plus que le MI5 et le MI6. Apparemment, quand Fuchs a été transféré au KGB, le GRU a fait un boucan de tous les diables à Moscou auprès du Comité national de défense. Leur homme travaillant pour la concurrence !

– Bon Dieu, à vous entendre, Sinbad, on croirait que les camarades sont encore plus désorganisés que nous.

– Si ce n'est que nous n'avons pas d'agent qui se trouve être le chef adjoint du Comité de sécurité de l'État soviétique. Je donnerais gros pour être aussi désorganisé que ça.

– Oui. Imaginez ce que ce serait que d'avoir un type comme Alexandre Chélépine travaillant pour le MI6.

– Si Hollis travaille pour le GRU, il est tout aussi important que quelqu'un comme Chélépine, Patrick. Et tout aussi déloyal que Burgess ou Maclean. Sinon plus. Il a le pouvoir d'étouffer n'importe quelle enquête sur un agent soviétique travaillant actuellement en Angleterre – Klaus Fuchs ou John Cairncross, par exemple. Ou il peut encourager discrètement l'idée que Philby est un espion soviétique. Du reste, il est possible que Philby ait été pointé du doigt depuis le début par Hollis ; que toutes ses protestations d'innocence aient été totalement justifiées.

– Alors quel est notre prochain plan d'action ? demanda Reilly.

– Il est évident que nous devons acheter ces enregistrements. J'ai adressé une demande à la section d'opérations bancaires à Melbury Road. L'existence de cette première bande fait déjà l'objet de spéculations en haut lieu. Dieu sait ce qu'il y a sur les autres… s'il y en a effectivement d'autres. Celle-ci est bien suffisante. Il nous faut donc l'avoir, et vite !

– "Guy Burgess parle." Oui, je peux imaginer. Du sensationnel, c'est sûr. Et Maugham a raison : les médias américains s'en donneraient à cœur joie avec ce truc. Le FBI ne nous adresserait plus jamais la parole. Nous deviendrions les parias du renseignement occidental. Si nous ne le sommes pas déjà.

– Patrick, j'aimerais aussi demander à mes gens à Broadway de lancer une enquête fiable sur Hollis. Dès ce soir.

– Pour ça, vous allez avoir besoin du feu vert du Joint Intelligence Committee et de sir Patrick Dean. Peut-être aussi du ministre. Et Dick White au MI5 ? Vous comptez le mettre au courant ?

– Il est trop proche de Hollis. Je vous le répète, c'est White qui est censé avoir contrôlé Hollis. Il pourrait être lui-même un agent du GRU, qui sait ? La dernière chose que nous désirons, c'est flanquer la frousse à Hollis et qu'il mette les voiles comme Burgess et Maclean. Ce qui pourrait fort bien arriver.

– Je ne peux pas croire ça de Dick White. Il a voulu démissionner du MI5 quand Percy Sillitoe est parti à la suite de ces défections ; c'est Sillitoe qui l'a convaincu de rester et de reprendre la boutique. Non, je ne vois pas les camarades envisager un seul instant de permettre à White de démissionner s'il avait été des leurs depuis le début. Du reste, il est allé à Oxford, pas à Cambridge.

– Bon, d'accord. Néanmoins, Hollis et White sont comme cul et chemise. Je pense que nous ferions mieux de le laisser en dehors du coup pour le moment. Chacun sait que Dick White est toujours d'accord avec Hollis.

– Très bien. J'appellerai Patrick Dean ce soir. Et vous appellerez vos gens au MI6. Mais pas d'ici, hein ? Nous ferons ça de l'hôtel. Bien que j'admire Somerset Maugham en tant qu'écrivain, je ne fais pas confiance à ce vieux saligaud. Ni à aucun de ces épouvantables pédés dont il s'entoure. Et encore moins à ce putain d'Allemand, Walter Wolf. Il a beau ne pas être pédé, il a quand même l'air d'un nazi. Et n'oublions pas que Maugham est un vétéran de la Russie. Il dirigeait déjà des agents là-bas quand vous et moi étions encore en culotte courte. Pas seulement en Russie, mais aussi à Washington. Ce n'est peut-être pas un hasard si Burgess est venu ici, dans cette maison, en 1937.

– De même qu'Anthony Blunt.

– Ça ne me rend pas optimiste. Le Komintern sous la coupe du GRU était basé à Paris, mais il n'était pas moins actif sur la Côte d'Azur, recrutant à Marseille des réfugiés communistes de la guerre d'Espagne. Quiconque recherchant des agents appropriés dans le sud de la France se serait certainement intéressé à certains des types invités par Somerset Maugham en 1937. Après tout, la plupart d'entre eux menaient déjà des vies extrêmement secrètes en raison de leurs orientations sexuelles. Cela a toujours été quelque chose d'alléchant pour les Russes.

– Blunt, là encore.

– Il a été auditionné par le MI5, n'est-ce pas ? En tant que suspect possible.

– À plusieurs reprises. Le FBI l'a eu dans son collimateur pendant un moment. Mais Courtney Young – qui l'a interrogé – affirme qu'Anthony Blunt est innocent. Qu'il est seulement coupable par association. Malgré tout, nous n'avons que sa parole quant au fait que la photographie lui ait été volée dans son appartement de l'Institut Courtauld à Londres.

– Peut-être qu'un des pédés présents ici en 1937 était déjà un rouge. À mon avis, nous devrions demander à Maugham si nous ne pouvons pas voir cette photo, non ?

– Je ne suis pas certain qu'il accepte. C'est un vieux cachottier.

– Pensez-vous qu'il puisse être un agent russe ? Ce ne serait pas le premier communiste à posséder un foutu Picasso.

– À commencer par Picasso. »

VINGT-SIX

Maugham était assis à la table de travail de son bureau fortement éclairé. Il me lança une serviette pour essuyer la suie sur mes mains, qui étaient restées accrochées à la cheminée pendant près de vingt minutes.

« Vous aviez raison, dis-je. J'ai tout entendu. Ils vont vous donner l'argent, ça ne fait aucun doute. Mais, pour le reste, je ne croirais pas un mot de ce qu'ils racontent. Cet enregistrement les a sacrément secoués. »

Maugham acquiesça, l'air sombre.

« Parfois, je me dis que je mourrai probablement à cette table, déclara-t-il avec calme. Comme un vieux cheval blanchi sous le harnais. Avec un roman à moitié fini ou une pièce en cours. Je songe souvent à commencer un nouveau livre rien que pour rendre la chose possible, comme Dickens. À d'autres moments, je regarde le bois de lit peint dans ma chambre et j'imagine quel air j'aurai quand je finirai par être couché là, mort, exposé comme le gâteau de mariage de Miss Havisham[1]. Pas en forme, probablement. Pas du tout en forme, j'en ai peur.

1. Personnage central du roman *Les Grandes Espérances* de Charles Dickens. Abandonnée par son fiancé le jour prévu pour les noces, Miss Havisham vit dans une grande maison délabrée où elle a laissé le gâteau de mariage sur la table.

– Y a-t-il un bon air à avoir quand on est mort ?

– Les embaumeurs voudraient nous faire croire que c'est d'avoir l'air vivant : pâleur saine, joues rouges, lèvres roses – ce qui, je dois dire, me semble assez effrayant. On pourrait supposer que c'est le cadet de mes soucis, mais chaque matin, quand je me réveille et que je me regarde dans la glace, je n'en reviens pas de constater à quel point je ressemble déjà à un cadavre.

– J'ai vu beaucoup de morts dans mon existence – plus que nécessaire, à vrai dire. Dans l'ensemble, ils se fichent pas mal de l'air qu'ils ont. Et j'aurais pensé qu'avoir une tête à chier est la meilleure garantie que vous avez eu une vie bien remplie. C'est ce que je n'arrête pas de me répéter, en tout cas.

– De ce point de vue, j'ai eu au moins deux vies, qui l'une et l'autre m'ont laissé comme le portrait de Dorian Gray. Cela dit, tous les corps sont imparfaits, n'est-ce pas ? Même ceux que nous idéalisons à tort. Prenez ce tableau sur le mur, *Ève*, de Paul Gauguin. Vous savez pourquoi je l'ai acheté ? Pour me souvenir combien je trouve les femmes laides. Ça et parce qu'elle a sept orteils au pied gauche. C'est comme si Gauguin voulait nous rappeler que nous sommes tous imparfaits. Que, au fond, on ne doit se fier à aucun d'entre nous. Imaginez si elle portait une jolie paire d'escarpins… Jamais on ne saurait qu'elle n'est pas ce que l'on croit. »

Je regardai le tableau et secouai la tête.

« Elle n'est pas mon type, c'est certain. J'aime les femmes qui ressemblent davantage à des femmes qu'à Wallace Beery[1]. C'est pour ça qu'on a inventé les hauts talons, n'est-ce pas ? Pour empêcher qu'elles nous ressemblent.

1. Acteur américain (1885-1949). Il obtint en 1931 l'Oscar du meilleur acteur pour son rôle dans *Le Champion*, de King Vidor, où il incarnait un boxeur déchu qui remonte sur le ring.

– Et cela vous étonne que vos relations tournent mal ? Croyez-en Gauguin. On ne peut pas s'en remettre aux critères de beauté occidentaux. Tous les anges sont des démons, et toutes les femmes des putains.

– Pas toutes. Seulement celles qui réclament de l'argent.

– Elles veulent toutes de l'argent.

– Et pas vos petits amis ?

– Ce ne sont pas des putains. Ils sont cruels parce que le monde dans lequel nous vivons les a rendus ainsi. Les femmes choisissent d'être des putains parce qu'il est plus facile de prendre de l'argent à un homme que d'en gagner soi-même. »

Je haussai les épaules.

« À qui peut-on faire confiance ? À personne peut-être. Pas aux Britanniques, c'est sûr. Certainement pas à ces loustics en bas. Et surtout pas à sir Lancelot et son écuyer. »

Pendant un instant, je songeai à Anne et me sentis mieux, sachant qu'un climat de confiance était au moins en train de s'installer entre nous.

« Bon, qu'est-ce que ces salopards ont dit d'autre ? demanda le vieux.

– Ils semblent penser à présent que Guy Burgess a révélé sans le vouloir l'existence d'un espion au plus haut niveau du MI5 – un dont ils ne savaient rien.

– Vous plaisantez ! »

Je lui racontai tout ce que j'avais entendu à propos de Roger Hollis, et que Reilly et Sinclair le suspectaient d'avoir été lui aussi, tout comme Guy Burgess, recruté par les Russes dans les années 30.

« Roger Hollis ? Connais pas, dit Maugham.

– D'après mon expérience, ça ne sert à rien d'être un espion si tout le monde connaît votre nom.

– Je l'admets. Même si je suis la preuve vivante du contraire. Peu ou prou, j'ai été un espion britannique pendant aussi longtemps que j'ai été écrivain, et plus je suis devenu célèbre, plus j'ai été un espion efficace. »

Il fit le tour de son bureau, s'assit à côté de moi sur le canapé et me tapota le genou. Cela ne me gêna pas, il le faisait par gentillesse.

« Un autre espion, hein ? dit-il. Si cela s'ébruite, les Britanniques peuvent dire adieu à leurs "liens privilégiés" avec les États-Unis. Burgess et Maclean, c'est une chose, mais ça, c'est bien pire : un espion à la direction du MI5 est tout bonnement une catastrophe. Rien qu'à cette idée, Hoover risque d'avoir une crise cardiaque.

– C'était indéniablement la teneur de la conversation que je viens d'entendre.

– Il leur faudrait passer tout le monde au crible dans la communauté du renseignement britannique. Le MI5 et le MI6, de haut en bas. Si c'est vrai… Vous avez dit que ce Hollis était seulement soupçonné d'être un espion.

– Personnellement, j'en ai été convaincu, même si Patrick Reilly ne l'était pas. Non qu'aucun de ces deux types ne m'ait particulièrement impressionné par ses compétences. À mon avis, les fonctionnaires font la pire espèce d'espions. Pour des individus comme Sinclair et Reilly, c'est juste un jeu d'écoliers, un moyen de monter dans la hiérarchie de Whitehall et d'être faits chevaliers. Sauf qu'on ne peut pas gagner de cette façon. Les Britanniques sont en guerre avec les Russes, mais ils ne les connaissent pas du tout. Pas en tant que personnes. Ils considèrent les Russkoffs comme une idéologie, mais ils sont beaucoup plus que ça. Je le sais : j'ai passé presque deux ans de ma vie dans un camp soviétique de travaux forcés.

– À Petrograd, j'ai moi-même appris à connaître assez bien les Russes, dit Maugham. Bien entendu, ça ne m'empêchait pas de commettre des faux pas. Une fois, j'ai même tué un type par erreur. Mais la plupart du temps je savais ce que je faisais. Je ne suis pas sûr qu'on puisse en dire autant de ceux qui dirigent ces affaires de nos jours. Des gens comme Sinclair et Reilly. Les Russes font d'excellents espions. Bien meilleurs que nous parce qu'ils mentent très bien. Et naturellement, ils se mentent à eux-mêmes avec une habileté parfaite. Ce qui est la clé de tout mensonge efficace : vous devez vous convaincre vous-même avant tout. Les Anglais sont des menteurs désespérants en comparaison. Nous sommes trop honnêtes envers nous-mêmes, trop effacés. Mentir nous choque. Raison pour laquelle Burgess et Maclean suscitent autant l'indignation des Anglais. Parce que ce sont des menteurs tellement exceptionnels. Comme moi – et vous, j'imagine. Je pense que vous êtes peut-être le meilleur menteur de nous tous, Walter. Cela dit, vous ne pouviez sans doute pas faire autrement.

– Au cours de ces vingt dernières années, je me suis rendu compte que la franchise était une qualité extrêmement surfaite quand il s'agissait de rester en vie.

– N'est-ce pas ? Eh bien, j'ai passé ma vie entière à mentir pour gagner mon pain, aussi je ne peux qu'être d'accord avec vous. Que comptent-ils faire à présent ? Sinclair et Reilly.

– Je pense qu'ils vont retourner à leur hôtel. Passer de nouveaux coups de fil à Londres en privé. Lancer une chasse aux sorcières plutôt urgente. Maintenant, je vais également rentrer chez moi, si vous n'y voyez pas d'inconvénient. Je repasserai après-demain pour m'occuper de la remise de l'argent. Jusque-là, vous savez où me trouver si vous avez besoin de moi. »

Maugham acquiesça.

« Merci pour tout, mon ami.

– Une fois que ce sera terminé, j'irai me tapir à l'hôtel, bien en sécurité derrière mon bureau de la réception, à répondre aux questions idiotes de touristes paumés. C'est ce que je fais le mieux. »

Maugham sourit, de son sourire indéchiffrable.

« Vous ne m'abusez pas une seconde, Walter. Vous êtes comme moi. Un survivant. La seule différence, c'est que vous n'êtes pas aussi vieux. Mais, bien sûr, vous le deviendrez, si vous vivez suffisamment longtemps.

– Ça, c'est le plus dur, pas vrai ? Personne n'a envie de vieillir. D'un autre côté, personne n'a envie de mourir non plus. » Je haussai les épaules. « Pour être franc, je n'aurais jamais pensé que j'arriverais jusque-là. »

Lorsque les chefs des services secrets anglais furent repartis à la Belle Aurore, je regagnai Villefranche. La route me faisait passer juste devant leur hôtel, et je restai un moment garé devant l'entrée, songeant à me glisser dans le jardin au sommet de la falaise pour me remettre à jouer les indiscrets. Aux étages supérieurs, toutes les lumières brillaient avec éclat, et j'aperçus même Sinclair à la fenêtre, le téléphone pressé contre l'oreille. Mais j'avais eu ma dose d'espions et de chantage pour la journée. J'étais fatigué, et tout ce que je voulais à présent, c'était être au lit avec Anne. Il y avait ça et le fait qu'au moins deux d'entre eux étaient armés.

Bien qu'il fût largement plus de vingt-deux heures, je la trouvai dans le pavillon des invités en train de taper sur le clavier de sa grosse Smith Corona rose. La radio Hallicrafters était encore allumée et je pouvais entendre les bavardages du BBC World Service à l'arrière-plan.

Il y avait du désastre dans l'air, mais ce n'était pas celui auquel tout le monde s'attendait. Celui-ci serait d'un genre désastreux taillé sur mesure, créé spécialement pour moi.

« Quelles sont les nouvelles ? demandai-je. À propos de Suez. Est-ce que les Britanniques ont déjà envahi la zone ? Les Français ?

– Non. Mais ça s'annonce mal. »

Anne portait une robe blanche en macramé, avec de petites fleurs sur l'ourlet. Ses pieds étaient nus. En y repensant, je me dis que j'aurais dû compter les orteils de son pied gauche, histoire de m'assurer qu'elle n'en avait pas sept. Elle n'était pas maquillée et semblait plus petite que dans mon souvenir, plus vulnérable également. Même un peu triste. Elle ouvrit une bouteille de vin, et nous en bûmes une partie sur la terrasse. Je lui dis que j'étais retourné à la Villa Mauresque. Elle était silencieuse, d'une façon inhabituelle, presque hermétiquement fermée. Et fumait inlassablement – il y avait une bonne douzaine de cigarettes dans le cendrier.

« Où est le corps ? demandai-je. Flottant dans la piscine ? Ou couché sur le sol de la chambre à coucher ?

– Tu l'as devant toi.

– Je me disais bien... Quelque chose ne va pas ? Tu parais un peu tendue.

– Rien de grave. Juste une légère rigidité cadavérique. C'est contagieux quand on effectue des recherches sur un homme comme Somerset Maugham. »

Elle effleura mon visage de ses doigts aux ongles soigneusement manucurés, ce qui ne fit qu'exacerber mon désir. Je mourais d'envie d'être en elle, et je compris soudain à quel point elle m'avait manqué. Maintenant que j'avais l'odeur de *Mystikum* dans les narines, tout avait l'air d'aller bien ; ou à peu près.

« Tu as travaillé sur la biographie toute la journée ? demandai-je.

– Oui. Je suis restée un peu trop enfermée, en fait. J'aurais dû aller en ville, ou au Grand-Hôtel pour nager, mais je n'en ai pas eu le courage. Et je n'arrête pas de ressasser, voilà tout. Les livres sont parfois comme ça, jaloux du temps que l'on consacre à d'autres choses. Un peu comme les maris, je suppose.

– Tu en as eu beaucoup, de maris ? »

Elle sourit tristement, mais ne répondit pas, me laissant libre d'interpréter son silence à ma guise. Avait-elle été mariée auparavant ? Je me rendis compte que je n'en savais rien et décidai de lui poser un tas de questions sur elle la prochaine fois qu'elle serait d'humeur un peu plus communicative. Enfin, peut-être.

« Comment ça va ? Le livre, je veux dire.

– Bien. » Elle alluma une nouvelle cigarette et aspira la fumée avec avidité. « Aussi bien que possible, j'imagine.

– Tu donnes plutôt l'impression d'une victime d'accident de la route. »

Elle haussa les épaules.

« Ce n'est jamais facile.

– Enfin, tu as passé de meilleurs moments que moi. Je suis resté toute la soirée à la Villa Mauresque. Ça a été plutôt pénible, c'est le moins qu'on puisse dire.

– Qu'est-il arrivé ? Encore des sottises ?

– On peut dire ça. »

J'hésitai, me demandant pour la première fois dans quelle mesure je pouvais vraiment lui faire confiance.

« Écoute, je suis désolé de revenir là-dessus, mais tu n'as pas oublié notre contrat ? Que tu n'écriras au sujet de tout ceci qu'après sa mort, ou à moins que j'en décide autrement.

– Bien sûr que je n'ai pas oublié. Un contrat est un contrat. Je m'étonne que tu aies besoin de poser la question… Mais ne dis rien si tu ne veux pas. Ça ne me dérange pas du tout. Vraiment. C'était juste pour faire la conversation. »

Elle eut un léger sourire et regarda dans le lointain.

« C'est que les choses à la villa commencent à devenir sérieuses. Voire dangereuses. Pas seulement pour lui. Pour moi aussi probablement. Et pour les personnes de mon entourage. » Je m'interrompis, le temps qu'elle comprenne. « C'est-à-dire toi, bien sûr.

– L'intrigue se corse. Dis-m'en plus.

– Je ne plaisante pas.

– Je vois ça. Mais tu n'as pas à t'en faire à mon sujet, Walter. Je suis capable de prendre soin de moi.

– Je me fais néanmoins du souci à ton sujet. Je viens tout juste de m'en apercevoir. Peut-être davantage que je ne devrais.

– Personne n'est au courant en ce qui nous concerne, n'est-ce pas ?

– Non.

– Eh bien alors… » Elle semblait calme – tellement calme que j'avais le sentiment qu'elle avait solidement verrouillé quelque chose en elle, comme la trappe d'évacuation de son petit canot de sauvetage. « Il n'y a pas de raison de s'inquiéter.

– Il y a toutes les raisons de s'inquiéter quand des types armés débarquent sur les lieux. À la villa. Du genre musclé. D'anciens militaires, probablement. Qui tirent d'abord et réfléchissent ensuite. Si tant est qu'ils soient capables de réfléchir…

– Mais pourquoi des hommes armés ? Somerset Maugham ne m'a pas l'air particulièrement dangereux.

– Je n'en suis pas si sûr. Je croyais avoir un passé, lui en a plusieurs. Tous secrets. Tu auras un bouquin du tonnerre une fois que tu l'auras terminé. Ce qui s'est passé ce soir suffirait à faire un très long chapitre. »

Puis je lui parlai des deux maîtres-espions de Londres, et du fait qu'après avoir écouté la bande enregistrée par Guy Burgess ils pensaient avoir identifié un autre espion travaillant pour les Soviétiques au sein des services de renseignement britanniques.

« Tu ne veux pas dire Somerset Maugham, j'imagine ?

– Non, pas lui. Quelqu'un d'autre. »

Elle éclata de rire.

« Doux Jésus, pas encore un ! Ce n'est pas un scandale, c'est une épidémie. Qui est la barbouze, cette fois-ci ?

– Quelqu'un du nom de Roger Hollis.

– Jamais entendu parler.

– Tu n'es pas censée en avoir entendu parler si c'est un espion.

– Mon Dieu ! C'est un pédéraste, comme les deux autres ?

– Je ne pense pas. Il est marié depuis près de vingt ans.

– Cela ne veut rien dire.

– Ça voulait dire auparavant qu'on aimait suffisamment les femmes pour passer sa vie avec une seule. Il en a toujours été ainsi pour moi, en tout cas.

– Tu m'étonnes… Eh bien, pas en Angleterre. Des tas de pédérastes se marient juste pour la façade. Prends Somerset Maugham : il a été marié pendant plus de vingt ans, lui.

– C'est vrai, j'avais oublié sa femme.

– Pas lui. Il n'a pas pu. Bien qu'il ait fait de son mieux. Pauvre Syrie. Elle a dû en baver avec ce misérable vieux schnock. Je me sens vraiment désolée pour elle. » Elle poussa un soupir irrité. « Bon Dieu, je hais les hommes.

– Cela mis à part – compte tenu du fait que, la dernière fois que j'ai vérifié, j'en étais un moi aussi –, je croyais que tu admirais la vieille buse.

– En tant qu'écrivain, oui. Mais en tant qu'être humain ? Non. Pas une seconde. C'est du moins la conclusion à laquelle j'en suis arrivée. Où sont-ils à présent, ces deux maîtres-espions anglais ?

– À l'hôtel La Belle Aurore. À Villefranche.

– Ils ne logent pas à la Villa Mauresque ?

– Non. Les veinards.

– Pourquoi pas ? Je croyais qu'il les avait fait venir de Londres.

– En effet, mais ils ont tenu à amener leur propre sécurité avec eux. Les types avec des pétards dont je t'ai parlé. Deux malfrats de Portsmouth. Je suppose qu'ils sont un peu nerveux. Les serveurs français peuvent être assez intimidants.

– Pour combien de temps sont-ils ici ?

– Deux ou trois jours, selon moi. Jusqu'à la conclusion de cette affaire. En vérité, Patrick Reilly semble nettement plus intéressé par un match de cricket.

– L'Angleterre contre l'Australie.

– Encore une chose que je ne pige pas. L'Angleterre s'apprête à envoyer des troupes en Égypte, et tout Anglais s'intéresse davantage à un match de cricket.

– Quelle est l'autre chose que tu ne piges pas ?

– Toi, bien sûr. Je pense qu'il y a quelque chose que tu ne me dis pas.

– Ah ?

– Et je soupçonne que, lorsque tu auras fini par le faire, cela me paraîtra aussi difficile à comprendre qu'une partie de cricket. Peut-être même plus.

– Le cricket n'est pas si difficile à comprendre. Ni moi.

– Je te crois sur parole.

– Je suis fatiguée, je suppose. »

Elle partit se coucher – c'est du moins est-ce ce que je pensais. Je restai encore un moment en bas pour vider les cendriers, aller chercher une bouteille d'eau minérale froide et un petit vase dans lequel je plaçai une simple fleur du jardin.

Comme je pénétrais dans sa chambre, elle sortit de la salle de bains, toujours habillée et évitant à présent mon regard, ce qui ne présageait rien de bon.

« Service des chambres, annonçai-je en posant la bouteille et la fleur sur sa table de chevet. J'aurais bien apporté un chocolat pour le déposer sur ton oreiller, mais tu es à court de chocolat. Tu es à court d'un tas de choses, en fait. Il n'y a presque rien dans tes placards. Comme si tu partais quelque part. » Je rabattis les draps. « Quiconque me verrait à cet instant pourrait se faire l'idée fausse que je t'aime beaucoup. Ça, et que j'ai une grande expérience des hôtels. T'ai-je déjà dit que j'avais été propriétaire d'un hôtel ? Un établissement minable à Dachau. Oui, à Dachau. Pas un endroit pour un hôtel. Plus maintenant. Mais c'était il y a longtemps.

– Oublie ça, dit-elle.

– Et risquer de perdre mon boulot ? Pas question ! » Je souris. « Voudrais-tu des serviettes propres ? »

Je parlais trop parce que je n'avais pas envie de l'entendre dire quelque chose qui ne me plairait pas. Et j'avais raison.

Elle ne se déshabilla pas. Elle s'assit sur le lit à côté de moi, genoux pliés sous le menton, et eut l'air pensive, puis très embarrassée. On aurait dit une écolière contrariée.

« Arrête de t'agiter, s'il te plaît. Assieds-toi et écoute. »

Je me laissai tomber sur le lit pour m'apercevoir que mon estomac m'avait devancé. L'odeur du *Mystikum* me donnait soudain la nausée, et j'eus le pressentiment que, pour moi, désormais, ce serait toujours celle du désastre.

« Qu'est-ce qui se passe ?

– Tu as raison, il y a quelque chose que je ne te dis pas. Pardonne-moi, s'il te plaît.

– C'est facile.

– Je n'avais pas l'intention de t'en parler ce soir, mais comme tu as soulevé la question, cela vaut peut-être mieux. Eh bien, voilà. Je suis navrée, mais ça ne peut pas durer.

– Qu'est-ce qui ne peut pas durer ?

– Être avec toi, Walter. Coucher avec toi. Baiser avec toi. Être ta maîtresse. »

Je me raidis.

« J'en suis désolé, Anne.

– Moi aussi.

– Y a-t-il une chance que je te fasse changer d'avis ?

– Écoute, j'ai décidé de rentrer à Londres.

– Je prendrai ça pour un "non". Et ton livre ?

– Je vais rendre l'avance.

– Pourquoi ?

– J'ai décidé que ce n'était pas… que ce n'était pas ce que j'avais envie d'écrire. Je crois que ça ne l'a jamais été. En tout cas, ça ne me convient pas. Rien de tout ceci. Aussi, je m'en vais. Bientôt. Le plus vite sera le mieux. Demain. Probablement à la première heure. »

Je serrai le poing et me mordis l'articulation ; ça paraissait plus prudent que de la fracasser sur mon crâne épais.

« Alors je suppose que tu n'as plus besoin de moi… Oui, je vois comment ça pouvait fonctionner.

– Ce n'était pas ainsi.

– Non ?

– Non.

– Si tu le dis. »

Je n'ajoutai rien, m'efforçant de rassembler mes pensées, mais sans succès ; elles étaient maintenant éparpillées comme autant de brebis égarées sur le flanc de colline aride que j'appelais ma vie.

« Oui ?

– Pardonne-moi, mais ça m'est un peu difficile de parler pour l'instant, avec toutes mes dents en miettes.

– Je suis navrée. Vraiment.

– Tu veux que je m'en aille ?

– Cela vaudrait sans doute mieux, tu ne crois pas ? Afin d'éviter une scène pénible demain matin.

– Non, nous ne voudrions certainement pas une chose pareille. » Je souris aussi vaillamment que je le pouvais. « Surtout pas après la scène pénible que nous avons eue ce soir. Tu sais, tu aurais dû me téléphoner à la Villa Mauresque et laisser un message, ça m'aurait évité de me déplacer. Je sais que tu as le numéro, je l'ai vu dans un de ces jolis petits dossiers qui se trouvent dans ton bureau. D'un autre côté, tu t'es peut-être dit que ce serait plus délicat de le faire en personne, pour ménager mes sentiments. »

Je descendis, puis traversai le jardin verdoyant jusqu'à ma voiture dans un silence qui rugissait déjà dans mes oreilles comme les vagues s'abattant sur la plage le long du Cap. D'une certaine façon, je l'avais vu venir et j'avais été assez stupide pour ne pas tenir compte de ce que me disaient mes sens en alerte. Non que cela pesât très lourd dans l'ordre des choses. Ce n'était qu'un drame de plus, dans une longue série de drames du genre de ceux auxquels Bernie Gunther était déjà habitué. Si quelqu'un était capable d'encaisser les coups, c'était bien lui. Peut-être était-ce ça, une vie humaine ordinaire. Des drames empilés les uns sur les autres comme des couches tranchantes de schiste gris. Cela avait-il davantage d'importance que la mort du homard que j'avais mangé au dîner ou que la feuille de tabac brûlant à cet instant dans ma cigarette ? Pas la moindre. Si jamais vous cessiez de penser à toute la souffrance que renferme une vie ou une autre, cela vous tuerait sûrement, aussi sûrement que si quelqu'un vous tirait une balle dans le cœur à bout portant avec un petit automatique.

VINGT-SEPT

Il y avait deux bouteilles de Schinkenhäger de vingt ans d'âge que j'avais mises de côté pour une occasion spéciale, et aussitôt rentré chez moi je sus d'instinct que c'était ça. L'occasion spéciale. Les grandes douleurs créent leur propre singularité. J'en ouvris une et observai le premier verre plein à ras bord en n'éprouvant rien de moins que l'impératif catégorique de me soûler ; une exigence inconditionnelle, absolue, à laquelle il convenait d'obéir et qui était justifiée comme une fin en soi. Voilà un concept philosophique de base pour vous. Je bus une bouteille entière avant d'aller me coucher et l'autre dès mon réveil. Et quelque part entre les deux j'appelai l'hôtel pour dire que j'étais malade. Non pas que je le fusse vraiment. Personne n'appelle ça « être malade », à part la pauvre infirmière forcée de pomper l'alcool dans votre estomac, et même alors la pitié que lui inspire votre état se mêle, avec raison, à un profond sentiment de dégoût. Eh bien, j'étais presque aussi malade que ça. Je n'avais pas bu autant – de façon totalement préméditée – depuis le jour où j'avais appris que le *Wilhelm Gustloff* gisait au fond des eaux glaciales de la mer Baltique.

Un certain temps après avoir téléphoné au Grand-Hôtel, j'émergeai de ma torpeur avec la vague impression qu'on sonnait à la porte. Une partie stupide de moi-même, en proie à des illusions éthyliques et à une naïveté puérile, se dit que c'était peut-être Anne French venue s'excuser et expliquer qu'elle avait commis une terrible erreur. Aussi, pensant pouvoir trouver la force de lui pardonner, je me persuadai de me lever du sol. Bien sûr que je lui pardonnerais. J'étais ivre.

Je fis de mon mieux pour me traîner à travers la minuscule chambre de mon casier à homards et dégringoler l'escalier. Je n'avais aucune idée de l'heure, mais ce devait être la fin de l'après-midi ou le début de la soirée du lendemain. J'ouvris la porte à un soleil brillant, qui m'aveugla douloureusement. Du moins est-ce ce que je crus. En fait, c'était un poing à l'extrémité du bras robuste d'un Anglais à la face rougeaude, et il m'atteignit plus vite que le schnaps, juste sous le menton, me faisant tomber à la renverse telle une marionnette brusquement privée de ficelles. Affalé sur les marches, jambes écartées, un air retentissant bruyamment dans mes oreilles, je songeai sérieusement à dégobiller. Je continuais à y réfléchir lorsque ce même Anglais me remit sur pied, me propulsa à plusieurs reprises contre le mur, puis me frappa une nouvelle fois.

« S'il y a un truc que j'ai toujours aimé, dit-il – ce fut, je crois, la dernière chose que j'entendis durant un certain laps de temps –, c'est de flanquer mon poing dans la figure d'un salaud de Boche. » Il éclata de rire. « Quand je pense qu'on me paie pour ça… Putain, je le ferais pour rien ! »

Pendant quelques instants, je fus pris de vertige. J'étais de nouveau sur le toit de la Villa Mauresque, écoutant les deux maîtres-espions. La seconde d'après, je tombai en arrière dans la cheminée, abandonnant toute conscience de soi, de même que la certitude profondément enracinée dans les gènes que la vie vaut la peine de se battre. Ce qui n'était pas le cas. De toute évidence. La lumière du soleil au bout du tunnel ne cessa de diminuer, jusqu'au moment où elle ne fut plus qu'une étoile pâle et lointaine dans une galaxie reculée. J'avais subitement disparu, et il était probable que cet état allait persister un bout de temps, sinon de façon permanente. À Berlin, même avant les nazis, rechercher des personnes disparues coûtait à la ville plusieurs millions de marks par an. Cela servait-il à quelque chose ? Il était possible qu'on ne me retrouve jamais, comme bien d'autres avant moi. Lorsque l'obscurité de la cheminée se referma sur moi, j'eus la forte impression que la vie était finie, aussi sûrement que si j'avais été assis une fois encore dans ma voiture en train d'essayer de m'asphyxier avec du monoxyde de carbone. J'aspirai une longue bouffée de mon abandon présent et espérai que mon esprit inutile et fatigué ne serait plus nécessaire. Je ne voulais plus rien savoir. Qu'est-ce que ça changeait, de toute façon ? Il n'y avait pas besoin de se cramponner si fort à la vie. Je laissai donc aller. Laissai aller. L'Anglais m'avait fait une faveur. J'accueillis les ténèbres comme un enfant accueille le matin de Noël.

VINGT-HUIT

Je restai un long moment à contempler l'ampoule jaune au plafond vert foncé. Elle ne s'éteignait jamais. Le jaune n'était pas seulement jaune, mais orange et parfois vert, et peut-être davantage qu'une simple ampoule. On aurait dit l'œil maléfique d'un cyclope presque invisible s'efforçant de scruter mon âme afin de décider si je valais la peine d'être dévoré. Une ou deux fois, j'essayai de me lever dans l'intention de la casser, mais le plafond devait se trouver à au moins trois mètres du plancher de bois nu sur lequel j'étais couché. La pièce était aussi grande qu'une salle de bal, mais il y régnait une chaleur étouffante et l'air empestait le vomi – le mien –, sans parler du bruit des mouches profitant de ce festin inattendu. J'étais couvert de sueur, et ma chemise trempée collait à mon dos comme du papier d'emballage à une motte de beurre. Si j'avais eu des chaussures, j'en aurais lancé une sur l'ampoule parce que je ne voyais d'interrupteur nulle part. Les persiennes, de la taille de la grille d'entrée de la Villa Mauresque, étaient fermées, et même sans en ouvrir une je savais que les fenêtres avaient des barreaux et que j'étais prisonnier. Mais je n'aurais de toute façon pas eu l'énergie de faire quoi que ce soit d'aussi pénible que de lancer une chaussure ou d'ouvrir une fenêtre. En plus, j'avais les mains attachées serré dans le dos. Ma mâchoire me faisait mal comme si j'avais mordu dans les plinthes au bas des murs rouge sang en croyant pouvoir m'échapper par là. Même les cheveux sur mon crâne étaient douloureux. Par-dessus tout, j'avais affreusement soif. J'appelai pour avoir de l'eau, mais personne ne vint.

Une vieille horloge était posée sur la cheminée en marbre poussiéreuse, et, le temps passant, je me rendis compte qu'elle était arrêtée à 12 h 10, comme ma vie, apparemment. Je me trouvais, supposai-je, dans une villa vacante ou désaffectée proche de Villefranche. Je pouvais entendre le bruit de la mer, ce qui contribua à me calmer, et je me mis à imaginer tous les endroits où j'aimerais aller si jamais on me donnait un bateau et ma liberté. L'Écosse ? La Norvège ? Kaliningrad ? Le cap de Bonne-Espérance ? L'espérance étant une denrée rare, ça me semblait une bonne destination. De l'autre côté des persiennes, il paraissait faire sombre, mais je ne pouvais pas en être tout à fait sûr. J'avais regardé fixement l'ampoule pendant si longtemps que ma vision consistait pour l'essentiel en une image rémanente négative. Quelque chose de négatif, en tout cas. Comme tout le reste.

Puis j'entendis le bruit d'une clé dans la serrure de la porte, et les deux Anglais de Portsmouth entrèrent d'un pas lourd et me hissèrent sur mes pieds.

« Il s'est pissé dessus, dit l'un en fronçant le nez de dégoût.

– Ça nous évitera de l'emmener aux chiottes. De quoi tu te plains ?

– Le patron ne va pas aimer ça. »

Ils me traînèrent dans une autre pièce, presque aussi grande, et m'assirent sur une chaise de salle à manger devant une longue table. Il y avait un lustre en verre juste au-dessus de ma tête, mais les volets étaient fermés, et presque toute la lumière provenait d'appliques dans les coins et d'une lampe d'architecte sur un bureau.

L'homme au teint pâle qui se tenait de l'autre côté portait un costume en seersucker et des lunettes aux verres épais, et semblait plus intéressé par le contenu de sa pipe en cerisier que par moi. Bouche et nez minces, cheveu rare, de même que son hémoglobine, à mon avis. Au fond de la salle, la porte était ouverte, et, même si je ne pouvais pas voir qui se trouvait là, il ne faisait aucun doute d'après les nuages de fumée que la pièce était occupée par plus d'une personne. Peut-être les deux maîtres-espions de Londres.

« Avez-vous rapporté des vêtements de son appartement ? demanda aux deux autres l'homme au teint pâle.

– Oui, monsieur. »

Il opina. Je ne l'avais encore jamais vu, mais c'était un Anglais, extrêmement calme et posé. Il faisait penser à un moine d'un ordre très strict.

« Il pue. Lavez-le, donnez-lui quelque chose à manger et à boire, après quoi vous le ramènerez ici dans des vêtements propres. »

Un quart d'heure plus tard, j'étais de retour devant le moine, qui m'examina avec une indifférence polie, aussi froide que s'il regardait un match de cricket soporifique. Lorsque je fus installé, il se leva lentement et sortit d'une chemise à rabat des documents qu'il posa sur la table devant moi comme s'il s'agissait de pièces à conviction. Je ne pouvais pas encore les voir clairement d'où j'étais placé, mais j'avais fortement l'impression qu'ils n'allaient pas tarder à constituer la base d'une accusation grave contre moi qui risquait de me coûter ma liberté, sinon la vie. Le moine tenait mon passeport. Celui que m'avait procuré Erich Mielke.

« Vous êtes Walter Wolf, déclara-t-il. Et vous travaillez comme concierge au Grand-Hôtel du cap Ferrat.

– Oui. Et je proteste. Pourquoi m'a-t-on amené ici ?

– Mais ce n'est pas votre vrai nom. Votre vrai nom est Bernhard Gunther, n'est-ce pas ?

– Non.

– Votre vrai nom est Bernhard Gunther, et ce passeport vous a été fourni par les services de sécurité de la République démocratique allemande, également connus sous le nom de Stasi. »

Il avait presque l'air de s'excuser : on aurait pu penser qu'il regrettait de m'avoir fait venir dans cet endroit par une journée aussi chaude.

« Non.

– Vous êtes en fait un agent de la Hauptverwaltung Aufklärung, le service de renseignement extérieur du ministère de la Sécurité d'État est-allemand. N'est-ce pas exact ? Vous travaillez pour la HVA communiste, pas vrai, Herr Gunther ?

– Non.

– Avant cela, vous avez été officier dans le service de la sécurité nazi, le SD. Mais en 1946, vous étiez prisonnier de guerre au camp de Johanngeorgenstadt, en Allemagne de l'Est, où vous avez été recruté dans un premier temps par la Stasi.

– Non.

– C'était la condition de votre libération de ce camp de prisonniers, que vous travailliez pour la Stasi, n'est-ce pas ?

– Non. J'étais, certes, prisonnier de guerre. Et ils – j'ignore comment ils s'appelaient – m'ont effectivement demandé de travailler pour la Stasi. J'ai refusé. Mais un peu plus tard je me suis évadé.

– “Évadé” ? C’était très intrépide de votre part », rétorqua l’homme.

Il était grand, blond, éloquent, avec une voix grave et mélodieuse, et il avait à ce moment l’allure d’un très vieil écolier, ou peut-être d’un jeune maître d’école, mais certainement pas d’un espion – il n’y avait rien d’athlétique, ni même de physique, chez lui. Ce n’était pas un tueur. Ce type avait été choisi pour son intelligence et non pour sa cruauté. Contrairement aux deux gorilles de Portsmouth, il était plus habitué à percer des trous dans le papier que dans la figure d’autrui. De temps en temps, il gardait le silence tout en tirant sur sa pipe, comme s’il m’offrait la possibilité de fournir une meilleure réponse que celle que je venais de donner. J’aurais préféré une brute épaisse qui m’aurait giflé et aboyé dessus, le genre d’interrogateur qui essaie de vous arracher la vérité en vous en faisant voir de toutes les couleurs. Avec un interrogateur pareil, vous savez où vous en êtes. Mais celui-ci veillait à adopter une attitude amicale et à exercer un ascendant psychologique sur moi, jusqu’à ce que je le considère comme ma seule source de salut et de rédemption.

« Il n’y a pas beaucoup de prisonniers de guerre détenus en Russie et en Allemagne de l’Est qui se sont évadés de camps de travail, n’est-ce pas ? Pratiquement aucun, à ma connaissance.

– Je ne sais pas. Sans doute pas beaucoup. Une occasion s’est présentée et je l’ai saisie.

– Vous avez eu de la chance, Bernhard.

– J’ai toujours eu de la chance.

– Ah ? Comment ça ?

– Je suis ici, en train de vous parler, non ? »

Il sourit, puis regarda ses ongles avant de rallumer sa pipe.

« On peut dire que le genre de chance dont vous avez bénéficié ressemblait fortement à celle décrite par Sénèque. La rencontre de l'opportunité et de la préparation. Mais ce fut presque certainement la préparation de quelqu'un d'autre. Celle d'Erich Mielke.

– Sénèque ? Qui est-ce ?

– Un stoïcien romain, conseiller de l'empereur Néron.

– Quel soulagement ! J'ai cru qu'il s'agissait encore d'un espion est-allemand que j'étais censé connaître.

– Intéressant… Vous demandez qui est Sénèque, mais pas qui est Erich Mielke.

– Je suppose que ce n'est pas un stoïcien romain.

– Non, en effet. Le camarade général Erich Mielke est le chef adjoint de la Stasi.

– Jamais entendu parler de lui. Mais il faut dire que cela fait plusieurs années que j'ai quitté l'Allemagne.

– Un Berlinois, tout comme vous, Herr Gunther.

– Je me fous qu'il soit de Berlin ou d'ailleurs. Vous vous fourrez le doigt dans l'œil. Je ne suis pas celui que vous croyez. Je vous aidais, vous autres, vous vous rappelez ? Vous avez une drôle de façon d'exprimer votre gratitude. Et je n'ai vraiment pas de temps à perdre. J'aimerais m'en aller. Maintenant.

– Nous avons beaucoup de temps, je peux vous l'assurer.

– Dans ce cas, puis-je avoir de l'eau et une cigarette ? »

Il adressa un signe de tête à un des gros bras, qui fit rapidement un pas en avant, comme s'il était à la parade, mit une cigarette dans ma bouche, l'alluma avec un briquet bon marché, puis alla me chercher un verre d'eau.

« Merci. Bon, où en étions-nous ?… Ah oui ! Je vous disais que je n'avais pas la moindre idée de ce dont vous parlez. Vous avez commis une erreur sur la personne, c'est évident.

– Alors permettez-moi de vous rafraîchir la mémoire, Herr Gunther. Nous avons vérifié votre nom auprès de nos amis de la CIA, et je pense que vous êtes ce même Bernhard Gunther qui a fait partie d'un coup monté par la Stasi pour enlever trois de leurs agents dans la zone française de Berlin en 1944. Ces trois agents américains croyaient vous avoir embauché pour les aider à kidnapper Erich Mielke en échange d'un passeport américain et de la somme de vingt-cinq mille dollars. Au lieu de ça, vous les avez trahis et livrés à Mielke. Deux d'entre eux se trouvent toujours dans une prison est-allemande. Vous le saviez ? »

Je secouai la tête.

« Vous vous trompez. Je m'appelle Walter Wolf. Je suis le concierge du Grand-Hôtel. Et je ne comprends rien à ce que vous racontez. Je n'ai jamais rencontré qui que ce soit travaillant pour la CIA. Et, encore une fois, je ne connais personne du nom de Mielke.

– C'est une opération très élaborée que vous avez arrangée ici en France. Ce petit complot a dû coûter pas mal d'effort, de temps et d'argent.

– Je n'en ai pas vu la couleur. De l'argent, je veux dire. Vous avez vu l'appartement où j'habite. Vous pouvez consulter mon compte bancaire. J'ai très peu d'argent. Je dépense tout ce que je gagne au Grand-Hôtel. Je n'émarge certainement pas sur le registre des salaires est-allemand.

– Nous avons quelqu'un qui n'est pas de cet avis. Un témoin.

– Alors cette personne se trompe ou ment.

– Puisque vous avez mentionné votre compte bancaire, continua-t-il en me tendant un des documents posés sur son bureau, voici une copie d'une lettre adressée par vous au directeur d'une banque de Monaco, le Crédit foncier, en date du 19 février 1946. Elle indique que Harold Hebel sera le cosignataire de ce compte bancaire avec vous. Compte sur lequel se trouvent, semble-t-il, plus de vingt mille francs, Herr Gunther. Cet argent aurait été versé par la société d'exportation Schönefeld de Bonn, en Allemagne de l'Ouest. Nous pensons que cette société appartient à la Stasi.

– Je n'avais même jamais entendu parler de cette banque jusqu'à maintenant.

– Cet argent était-il destiné à couvrir vos dépenses ?

– Écoutez, je n'ai écrit aucune lettre à la banque en question. Ce n'est pas ma signature. Et je n'ai assurément jamais entendu parler d'une société d'exportation Schönefeld de Bonn.

– Mais vous connaissez Harold Hebel, n'est-ce pas ?

– Bien sûr. Si vous avez parlé à Somerset Maugham, vous le savez. Il vous aura confirmé ce que je lui ai dit : que Harold Hebel était un maître chanteur professionnel déjà avant la guerre. Que c'est l'homme qui le fait chanter, et qui, à présent, fait chanter les services secrets britanniques, semble-t-il. Et que j'ai aidé M. Maugham à sa requête. Posez-lui la question.

– Je crains que ce ne soit pas possible : il vient d'avoir une légère attaque.

– Écoutez, je n'ai pas demandé à être mêlé à tout ça. Jusqu'à ce qu'il sollicite mon aide, je m'occupais de mes propres affaires au Grand-Hôtel. Et maintenant, si ça ne vous ennuie pas, j'aimerais y retourner pour reprendre mon poste.

– Harold Hebel, de son vrai nom Harold Heinz Hennig, ancien membre de la Gestapo, travaillant aujourd'hui pour la HVA communiste.

– Ça ne me surprendrait absolument pas. Je suppose que ce sont eux qui lui ont fourni la bande magnétique ;

et, avant ça, le KGB. Est-ce Hennig, votre témoin ? » Je secouai la tête. « Ce type est un menteur. À votre place, je ne croirais pas un mot de ce qu'il raconte.

– Mais lui et vous travaillez ensemble ici sur la Côte d'Azur. Depuis le tout début. »

Je tirai sur ma cigarette et soufflai de la fumée vers le lustre dans l'espoir de décourager une grosse araignée qui descendait à cet instant en rappel le long d'un fil diaphane en direction de ma tête.

« Non. Je le hais. Je préférerais le tuer plutôt que de travailler avec lui. Lui et moi avons une longue histoire d'inimitié.

– De qui était l'opération ? Mielke ? Ou votre homonyme ?

– Mon "homonyme" ? Je ne vois pas ce que vous voulez dire.

– Le général Markus Wolf.

– Jamais entendu parler de lui non plus. Tous ces généraux que je devrais connaître... Dans un instant, vous allez me dire que je suis général moi aussi.

– D'après nos informations, Markus Wolf est le chef de la HVA est-allemande et relève directement de Mielke. »

Je jetai un nouveau coup d'œil à l'araignée, qui n'avait été que momentanément refroidie.

« Vous connaissez bien le camarade général Mielke ?

– Je vous l'ai déjà dit, je n'ai jamais entendu parler de lui non plus.

– Allons, Herr Gunther ! Elisabeth Dehler – la femme avec laquelle vous viviez maritalement ici jusqu'à il y a peu – connaît très bien Erich Mielke, n'est-ce pas ? De longue date. Qui plus est, elle travaille également pour la HVA.

– Elisabeth ? » Je souris. « J'en doute fort.

– Elle travaille très certainement pour eux. Et elle se trouve à présent en sécurité à Berlin.

– Ça, je le sais. » Je haussai les épaules. Il n'y avait pas grand-chose que je puisse dire à ce sujet, sinon que c'était vrai. Elisabeth connaissait effectivement Erich Mielke. C'étaient de vieux amis d'avant la guerre, lorsque Mielke n'était qu'un jeune bandit du KPD[1] armé d'un pistolet, mais je ne tenais pas vraiment à l'admettre devant mon interrogateur anglais. Pas avant de savoir de quoi on m'accusait. « Écoutez, il y a quelque temps qu'elle m'a quitté. Elle ne supportait pas la chaleur. N'arrivait pas à maîtriser la langue. L'Allemagne lui manquait plus qu'elle ne l'aurait imaginé, je suppose. Ce qu'elle a fait depuis qu'elle est rentrée, je n'en ai pas la moindre idée. Elle ne m'a pas écrit depuis un bon moment.

– Revenons à cette opération, voulez-vous ?

– Je ne suis pas sûr de vous suivre.

– Je parle de ce coup monté de Karlshorst pour faire accuser Roger Hollis, le directeur adjoint du MI5, d'être un espion à la solde du renseignement militaire soviétique, le GRU.

– Karlshorst ? Je connais le quartier, à Berlin. Mais j'ignore pourquoi vous le mentionnez maintenant, comme si ça signifiait quelque chose pour moi.

– C'est là qu'est basée la HVA ces temps-ci.

– Le MI5. Le GRU. La HVA. Rappelez-moi de quoi il s'agit.

– La Hauptverwaltung Aufklärung. Le service de renseignement extérieur est-allemand. L'équivalent du MI6 britannique. Ou de la CIA américaine.

1. Parti communiste allemand.

– Et c'est reparti ! On en apprend tous les jours, je suppose. Écoutez, jusqu'à il y a peu, j'avais entendu parler de Guy Burgess. J'avais même entendu parler du MI6. Mais je n'avais jamais entendu parler de Roger Hollis. Et si c'est un espion pour le compte de l'Union soviétique, alors grand bien lui fasse ! Je m'en balance. Tout ce que j'ai fait, c'est servir d'intermédiaire entre Hennig et Somerset Maugham. Vous avez l'air de dire que c'est moi qui ai suggéré que Hollis était un espion, mais ce n'est pas le cas. Et je n'en ai à coup sûr jamais parlé devant sir John Sinclair ou Patrick Reilly.

– Vous n'en aviez pas besoin. C'est ce qu'il y avait de si sacrément habile : un petit détail, presque insignifiant, dans la prétendue confession enregistrée de Burgess qu'Erich Mielke et Markus Wolf espéraient que nous détecterions. Et nous l'avons fait. Nous sommes tombés droit dans le piège. Appelons ça la "filière de Shanghai". La British American Tobacco. Vous nous avez vraiment fait tourner en rond à ce sujet, je dois vous rendre cette justice. Vous n'avez pas idée de la panique que cela a semée à Whitehall. Sans la défection opportune d'un des vôtres, ce pauvre Roger Hollis aurait un très gros et très sombre nuage de suspicion planant au-dessus de la tête.

– Eh bien, qu'est-ce que vous attendez de moi ? Une référence afin de le blanchir totalement ? Très bien. À ma connaissance, Roger Hollis est en réalité un type tout à fait charmant qui n'a jamais été un espion soviétique. C'est ça que vous voulez que je dise ? Pas de problème. Donnez-moi une feuille de papier, j'écrirai une lettre à la reine en sa faveur et je le recommanderai pour le titre de chevalier. Vous autres Britanniques semblez en dispenser davantage que de la matière grise.

– Des aveux seraient préférables à une lettre. Cela nous économiserait du temps.

– Autrement dit, vous n'avez aucune preuve. S'il s'agissait d'une partie de bridge, je dirais que vous bluffez.

– À propos de bridge, Robin, le neveu de Somerset Maugham…

– Robin n'est pas très fiable, vous savez. Pourquoi ne lui demandez-vous pas d'où venait la photographie ?

– Oh, nous l'avons fait. Il a reconnu volontiers l'avoir vendue à Anthony Blunt ; mais lorsque Harold Hennig a fait son apparition avec le cliché, il a pensé qu'il n'avait pas d'autre choix que de faire ce que désirait ce dernier. D'après Robin, c'est Hennig qui a suggéré qu'il vous invite à la Villa Mauresque pour jouer au bridge – il a beaucoup insisté. Et, bien sûr, c'est Hennig qui vous a proposé comme un intermédiaire adéquat dans le chantage. Une personne désintéressée et apparemment digne de confiance dont on pouvait être certain qu'elle ne perdrait pas la tête. Mais depuis le départ vous étiez partenaires dans toute cette opération clandestine, n'est-ce pas ?

– Jamais de la vie. »

Je me penchai en avant pour éviter l'araignée qui n'était plus qu'à quelques centimètres de ma tête et pour écraser ma cigarette dans un cendrier sur la table. J'étais fatigué. Tout ce que je voulais, c'était dormir. Mais au même instant mon interrogateur posa une photo devant moi, puis une autre. Sur les deux, je portais un uniforme de la Stasi. Pour moi, il s'agissait de faux manifestes, mais l'Anglais avait visiblement envie d'y croire, ce qui faisait une grande différence.

« Comment expliquez-vous ceci ? » demanda-t-il en me montrant une troisième photo.

Celle-là, je l'avais déjà vue. C'était un portrait de moi pris à Prague en compagnie du général du SD Reinhard Heydrich, peu de temps avant son assassinat par des résistants tchèques.

« Vous avez eu une vie intéressante, cela ne fait aucun doute. Je gage que vous êtes un excellent concierge d'hôtel, capable de fournir toutes sortes d'informations. Et pas seulement sur les restaurants locaux.

– Et vous, qu'est-ce que vous êtes ?... Un espion ? Un flic ? Un fonctionnaire ?

– Quelque chose comme ça.

– Mettez-moi dans une pièce avec Harold Hennig et laissez-moi lui poser quelques questions, vous verrez ce qu'il en est de la fiabilité de votre témoin vedette. Franchement, c'est juste sa parole contre la mienne.

– Possible.

– Écoutez, il m'apparaît que ce type, Erich Mielke, et la Stasi... se sont donné beaucoup de mal en l'occurrence. Mais posez-vous la question suivante : s'ils ont déployé autant d'efforts pour discréditer votre Hollis, comment se fait-il que leur plan s'effondre à présent comme un château de cartes ? Et comment se fait-il que Harold Hennig détienne des photos compromettantes pour moi s'il est censé mener une opération avec moi ? Ça n'a aucun sens.

– C'est un maître chanteur, vous l'avez dit vous-même.

– Réfléchissez : comment se fait-il que vous soyez en mesure de disqualifier le contenu de la confession de Burgess aussi vite ? Aussi aisément ?

– Vous comprendrez bien assez tôt. Nous avons décidé qu'il serait plus rapide de réunir toutes les parties intéressées ici dans cette pièce, d'examiner les éléments disponibles et d'entendre ce que les différentes personnes impliquées ont à dire. Une possibilité de dissiper ce malentendu. Voilà qui est équitable, non ? »

Je me tournai vers la porte ouverte au fond de la pièce où quelqu'un avait toussé.

« Mes juges sont là ?

– Des juges ?

– Ce que vous décrivez ressemble fort à un procès.

– Je suppose qu'on peut dire ça, oui.

– Et si je suis reconnu coupable ?

– Voilà une excellente question.

– À laquelle vous pourriez peut-être répondre.

– À mon avis, c'est vous qui devriez réfléchir très attentivement à vos réponses, Herr Gunther. Nous, nous posons les questions. Et je vous conseille vivement de coopérer. Vous verrez que cela vous rendra la vie beaucoup plus facile. »

VINGT-NEUF

Les deux brutes me ramenèrent dans la pièce aux murs rouges et au plafond vert et me menottèrent à un radiateur en fonte ressemblant à un gigantesque anaconda argenté. Contrairement à l'ampoule électrique au plafond, il n'était pas allumé, heureusement. Ils me donnèrent un grand verre d'eau et une cigarette, et je me sentis comme si la vie valait presque la peine d'être vécue. Presque. J'avais un violent mal de tête, mais ce n'était guère étonnant après deux bouteilles de schnaps et deux coups de poing non moins puissants. À tout prendre, je préférais le schnaps. C'est un moyen beaucoup plus efficace de cautériser les sentiments à fleur de peau, même si, en se dissipant, la gnôle vous laisse un peu déprimé. Quand l'effet de deux bouteilles touche à sa fin, vous avez juste envie de vous dénicher une gentille petite tombe et de vous glisser à l'intérieur. Vu la manière dont les choses se déroulaient avec les Britanniques, ils m'en trouveraient probablement une, voire ils la creuseraient de leurs propres mains. Je n'avais guère confiance dans l'impartialité de la justice britannique s'agissant d'un tribunal irrégulier convoqué dans une villa désaffectée de la Côte d'Azur, et je ne doutais pas que ma vie était en jeu. J'avais eu suffisamment de preuves de la brutalité de l'armée britannique pendant la Première Guerre pour savoir que ces types étaient parfaitement capables de me tuer de sang-froid. Les Tommies avaient beau se croire justes, ils étaient exactement comme les Allemands à cet égard. Chaque homme ou presque que j'avais connu dans les tranchées pouvait raconter des histoires de prisonniers qu'il ne s'était pas donné la peine d'escorter jusqu'à ses propres lignes. C'était aussi vrai pour les Tommies que pour les Boches. J'étais maintenant un prisonnier et je voyais mal comment ces Anglais-là allaient me transporter en toute sécurité jusqu'à une gentille petite prison en Angleterre sans risquer un incident diplomatique avec les Français. Le meurtre est beaucoup plus commode quand l'autre solution représente un tas de paperasses chronophages. J'essayai de dormir, sans grand succès – seul un coupable arrive à dormir avec les mains menottées.

Ils me ramenèrent dans la pièce au lustre quelques heures plus tard. Je me dis que quelque chose ne tournait pas rond, car Harold Hennig était déjà là et portait des menottes tout comme moi ; il avait un gros hématome sous un œil, et sa chemise était déchirée, ce qui me parut une curieuse façon de traiter votre témoin vedette. Ils nous firent asseoir aux deux extrémités de la pièce. Je m'efforçai de l'ignorer, et il me retourna le compliment. Il y avait maintenant trois lascars derrière le bureau, le « moine » compris. L'un d'entre eux avait l'air d'une duchesse qui sent une mauvaise odeur monter du plancher, ce qui était probablement le cas dans cette bicoque. L'autre était du genre avunculaire, avec de grandes oreilles et des dents irrégulières. Il avait autour du cou une cravate rayée identique à celle du moine, et je me demandai si ça voulait dire qu'ils avaient fréquenté la même école, ou s'ils avaient leurs habitudes dans la même boutique impersonnelle de Londres. Les deux brutes de Portsmouth étaient là également, mais accompagnées à présent par d'autres à la stature anthropoïde similaire. Et, une fois encore, j'eus la nette impression que des personnes écoutaient ces délibérations par la porte ouverte : de temps à autre, je pouvais entendre des craquements d'allumettes ou des grincements de chaises.

« Eh bien, nous savons tous pourquoi nous sommes ici.

– J'aimerais bien, fis-je remarquer.

– Alors commençons, n'est-ce pas ? Pourriez-vous faire venir le témoin ? »

L'« oncle » adressa un signe de tête à un des malabars qui se tenaient à côté d'une des autres portes.

« C'est donc bien un procès », dis-je.

Quand le malabar revint, il était suivi d'Anne French. Je sentis mon estomac se nouer. Même si je n'arrivais pas encore à comprendre ce qu'elle fichait là, je savais que j'étais confronté à ce qui avait tout l'air d'un désastre. Pas seulement parce qu'elle évitait mon regard, ce qui n'était pas tellement surprenant, je suppose ; en fait, c'est ce que dit Harold Hennig qui me prit au dépourvu.

« Anne, ma chérie. Qu'est-ce que tu fais ici ?

– Vous m'enlevez les mots de la bouche », lançai-je, me demandant déjà jusqu'à quel point ils avaient pu être intimes pendant que j'étais en service au Grand-Hôtel.

Elle ne répondit pas plus à Hennig qu'elle ne se tourna vers moi. En ce qui me concerne, j'ai beau ne pas croire au diable, j'ai tout de même peur de lui, et je sentais à présent au fond de mes tripes qu'il s'était arrangé pour m'envoyer quelque chose de doublement désagréable.

Anne French s'assit sur une chaise près de la table et regarda droit devant elle. Elle était vêtue d'une robe bleue sans manches d'aspect sobre et ses cheveux étaient réunis sur sa nuque en un chignon. On aurait dit une jeune lycéenne candide. À présent, je pouvais sentir l'odeur écœurante de son parfum, et je compris brusquement d'où venait la chemise en carton à rabat rouge que j'avais vue sur la table. C'était un des dossiers qu'elle gardait dans le classeur de son bureau à Villefranche.

« Comment vous appelez-vous ?

– Anne French.

– Pourriez-vous nous dire pour quelle raison vous êtes ici ? »

L'intuition, jusqu'alors un peu vague, qu'elle était sur le point de me trahir devint soudain très concrète.

« Je suis écrivain de profession. » Elle sourit d'un air penaud. « Sans grand succès, je le crains. C'est un travail qui me permet de voyager dans beaucoup d'endroits différents et qui fournit une excellente couverture à un espion. Comme Somerset Maugham lui-même, pour ainsi dire. Jusque récemment, j'étais aussi membre du parti communiste de Grande-Bretagne et un agent de la HVA – la Hauptverwaltung Aufklärung est-allemande.

– Quels sont vos liens avec l'Allemagne de l'Est ?

– À l'origine, ma mère était allemande. De Leipzig.

– Parlez-vous l'allemand ?

– Couramment. »

Tout ça était totalement nouveau pour moi. Pas une fois elle ne m'avait donné des motifs de soupçonner qu'elle parlait ma propre langue.

« Et depuis quand êtes-vous un agent à la solde des Allemands de l'Est ?

– Je suis entrée à ce qui allait devenir plus tard la HVA au cours d'un voyage à Leipzig en 1945 ; depuis lors, j'ai participé à un certain nombre d'opérations clandestines ici sur la Côte d'Azur. Dernièrement, on m'a demandé de me rapprocher du ministre de la Défense nationale, M. Bourgès-Maunoury, qui séjournait au Grand-Hôtel de

Saint-Jean-Cap-Ferrat. Je devais devenir sa maîtresse afin de pouvoir l'espionner pour la HVA. Toutefois, ce fut un échec. Il est heureux en ménage et a deux enfants. Peu après, me parvinrent de nouveaux ordres de Berlin...

– Avez-vous reçu une formation spéciale pour votre travail ? voulut savoir le moine.

– En partie. J'ai suivi quelques cours dans une école d'espionnage de Tschaikowskistrasse, à Berlin-Pankow, mais en vérité cela consistait surtout à enseigner les manières de table et la façon de se comporter en société à de jeunes Allemands de l'Est manquant de savoir-vivre. Ce qui ne m'a guère été utile étant donné que je savais déjà tout cela. On m'a appris, cependant, à utiliser un poste émetteur. Et une arme à feu.

– Comment receviez-vous vos ordres de Berlin ?

– Essentiellement par radio. »

Soudain, l'attachement d'Anne à sa Hallicrafters et au BBC World Service prit une signification tout autre.

« Je vous en prie, ma chère, continuez votre histoire. »

Le « ma chère » était sympathique ; il me permit de comprendre qu'ils croyaient déjà tout ce qu'elle leur disait et m'indiqua que je devais me préparer au pire.

« Peu après ma tentative infructueuse pour devenir la maîtresse de M. Bourgès-Maunoury, on me donna l'ordre de participer à une opération en compagnie de deux agents de la HVA que j'avais rencontrés à Berlin, Bernhard Gunther et Harold Hennig.

– De la foutaise ! grommela Hennig. Qu'est-ce que c'est que cette histoire ?

– Pouvez-vous identifier ces hommes ?

– Oui, répondit-elle d'un ton catégorique. Les voilà. »

Anne nous désigna du doigt, au cas où il subsisterait le moindre doute quant à notre identité. Ce fut une des rares fois durant les débats où elle me regarda, mais elle aurait aussi bien pu regarder le facteur.

« Pouvez-vous décrire cette opération, je vous prie ?

– Oui. C'était quelque chose qui avait été planifié au plus haut niveau de la HVA par le camarade général Mielke lui-même. En bref, il s'agissait d'une opération ultrasecrète ayant pour but d'inciter le MI5 à éliminer, ou tout du moins à neutraliser, son directeur général adjoint, Roger Hollis. De persuader les services secrets britanniques qu'un de leurs chefs les plus efficaces et les plus loyaux était en réalité un espion de longue date du renseignement militaire soviétique, le GRU. Gunther travaillait déjà en immersion profonde comme concierge au Grand-Hôtel, où on avait espéré au départ qu'il m'aiderait à mettre en place le piège à miel destiné au ministre français. Mais ce plan ayant échoué, celui visant à discréditer Roger Hollis – nom de code "Othello" – entra immédiatement en application.

– Pouvez-vous expliquer en quoi consistait précisément ce plan ? demanda le moine.

– C'est un mensonge total ! s'écria Hennig.

– Vous aurez l'occasion de parler, répondit le moine. Laissons finir Mlle French. »

Anne acquiesça patiemment.

« Merci. L'idée du camarade général Mielke s'inspirait, prétendait-il, de la pièce *Othello* de Shakespeare. Iago entreprend de noircir le nom et la réputation de Desdémone, peu à peu et en faisant montre d'une grande réticence. Harold Hennig arriva donc à l'hôtel en se faisant passer pour un homme d'affaires. Il avait pour mission de faire chanter Somerset Maugham à l'aide d'une photo compromettante représentant Guy Burgess, Anthony Blunt et Maugham lui-même. La photo avait été vendue à Anthony Blunt par

Robin, le neveu de l'écrivain, puis volée dans l'appartement de Blunt à Londres et revendue pour finir à Hennig.

– Volée par qui ? demanda l'homme aux allures d'oncle et aux dents irrégulières.

– Par un agent de la HVA. Un des étudiants de Blunt, je crois, à l'Institut Courtauld. Je ne connais malheureusement pas son nom. Il donna le cliché à Berlin, qui le transmit à Hennig, et à son arrivée ici ce dernier contacta Robin Maugham, qui l'identifia à juste titre comme étant la photo dont il s'était lui-même servi pour faire chanter Blunt. En conséquence, ce fut une tâche relativement simple pour Hennig de faire pression sur Robin Maugham, d'abord pour qu'il invite Gunther à la Villa Mauresque et ensuite pour que Somerset Maugham utilise Gunther comme messager de confiance entre lui-même et Hennig. L'idée était que Gunther s'insinue dans les bonnes grâces de Somerset Maugham en obtenant la photographie pour rien, après quoi Hennig révélerait le nouveau matériel avec lequel il allait faire chanter Maugham, et par extension les services secrets britanniques.

– Parlez-nous de ce nouveau matériel. C'était un enregistrement, n'est-ce pas ?

– Oui, un enregistrement de l'agent soviétique Guy Burgess expliquant comment il en était venu à travailler pour le KGB. Le général Mielke était persuadé que, dès que Somerset Maugham entendrait ce qu'avait à dire Burgess, il comprendrait l'importance vitale de cette bande magnétique pour ses vieux amis du MI6. De plus, on pensait qu'il avait les moyens financiers d'acheter lui-même la bande au nom des services secrets britanniques. Bien sûr, l'enregistrement de Burgess – lequel est parfaitement authentique, c'est effectivement lui qui parle, bien que la bande ait été enregistrée à Moscou et non en mer – contenait un détail qui devait être l'équivalent du mouchoir de Desdémone ; un élément minuscule et presque insignifiant. À savoir que Burgess avait rencontré à Paris en 1937 quelqu'un ayant récemment travaillé pour la British American Tobacco à Shanghai et qui avait été recruté par le GRU soviétique. Mielke espérait qu'un des membres du renseignement britannique finirait par faire le lien entre le marchand de tabac et Roger Hollis, en vertu de quoi le MI6 et le MI5 – déjà passablement paranoïaques après les défections de Burgess et de Maclean – accompliraient l'essentiel du travail en discréditant eux-mêmes Roger Hollis. Il était intimement convaincu que le seul fait de semer le doute au sujet de Hollis suffirait à anéantir celui-ci. De la même façon que Iago laisse Othello effectuer lui-même la pénible besogne de diffamer Desdémone.

– Mielke a-t-il dû soumettre le plan "Othello" à l'approbation du KGB ?

– Oui, je crois. Cela devait être la première grosse opération de la HVA afin de montrer à Moscou qu'elle avait atteint l'âge adulte en tant qu'agence de renseignement. Voyez-vous, la HVA est un service relativement nouveau qui s'efforce encore de gagner la confiance des Soviétiques.

– Le KGB a-t-il donné directement les bandes à la HVA ?

– Non. Aux fins d'établir une certaine crédibilité de leur provenance, ils les ont d'abord remises au bureau de la BBC à Berlin, sur Savignyplatz. Je crois qu'un des correspondants locaux de la BBC travaille pour la HVA et qu'on lui a ordonné de les vendre à Hennig, comme s'il avait songé à les utiliser pour une radiodiffusion puis avait décidé à la place de se faire de l'argent avec. »

Anne s'interrompit et demanda un verre d'eau, qu'on s'empressa de lui apporter avant qu'elle ne continue son numéro de bravoure.

« Mon travail consistait à rencontrer Gunther et Hennig et à rendre compte de leurs progrès opérationnels à mes officiers traitants de la HVA par messages codés sur une radio à ondes courtes. Gunther et Hennig devaient soutirer une grosse somme d'argent à Maugham, et par conséquent aux services secrets britanniques, et transmettre d'autres bandes contenant de fausses informations sur d'autres membres des services secrets. Je pense qu'il y avait aussi sur ces enregistrements de menus détails susceptibles de permettre de discréditer Hollis. J'ignore malheureusement lesquels. Tout l'argent qu'ils tireraient du chantage devait être divisé entre nous trois en récompense de nos loyaux services et pour financer de futures opérations dans le secteur.

– Et ce sont les bandes que vous nous avez fournies ? Celles que vous conserviez dans le bureau de la villa que vous avez louée à Villefranche-sur-Mer ?

– C'est exact. »

Anna mentait de façon si onctueuse, si experte, que je finissais presque par la croire. Elle n'hésitait jamais, pas une seconde, et je me demandai s'il lui était seulement venu à l'esprit que les Britanniques risquaient de m'abattre, moi ou Harold Hennig. Elle avait une voix égale, et même sensuelle ; à deux ou trois reprises, elle eut un frémissement, comme si ce qu'elle avait à dire était perturbant. Elle était très bonne. Indéniablement, Mielke avait bien choisi son Judas. Jean Simmons et Deborah Kerr n'auraient sans doute pas pu réaliser une meilleure performance qu'Anne French. Mais le plus dur pour moi à écouter tout ça était de savoir que je l'aimais.

« Et qu'est-ce qui vous a poussée à changer d'avis quant à votre rôle dans cette machination savamment orchestrée ? »

Le moine lui souriait maintenant gentiment, à croire qu'il la plaignait d'avoir été utilisée avec un tel cynisme par des individus aussi dénués de scrupules qu'Erich Mielke, Harold Hennig et moi.

Anne poussa un soupir.

« Prenez votre temps, ma chère. Il n'y a pas d'urgence. Nous ne voulons pas faire d'erreurs ici. »

Il parlait d'un ton empreint de sollicitude, comme si Anne éprouvait des difficultés à me trahir et, il faut bien l'avouer, à trahir également Harold Hennig.

« Oui, prends ton temps », dis-je.

Elle ne broncha pas.

« J'ai adhéré au parti communiste parce que je croyais à l'abolition des classes sociales et à l'État, et en particulier parce que je pensais que c'était le meilleur moyen de s'opposer à l'impérialisme français et britannique tel que nous pouvons l'observer actuellement à Suez.

– Ne rentrons pas là-dedans, voulez-vous ? dit l'homme à la denture irrégulière.

– Eh bien, je suis une idéaliste, vous comprenez, poursuivit Anne. Comme mon père. Ou du moins, je l'étais. Mais, au cours de ma collaboration avec ces deux hommes, Elisabeth, la femme de Gunther, m'a raconté que pendant la guerre Hennig et lui avaient tous les deux été des fascistes travaillant pour le SD et la Gestapo. C'est elle qui m'a donné les photographies que vous avez vues. Et c'est ce qui m'a finalement amenée à remettre en cause ma loyauté envers le Parti et la HVA. L'idée que le parti communiste allemand puisse se servir d'anciens nazis comme ces deux hommes pour réaliser ses desseins continue de me sembler abominable. J'ai interrogé Gunther une fois à ce sujet, et, au lieu de nier ou d'en éprouver de la honte, il s'est en fait vanté de son passé nazi. Il a dit qu'il n'existait aucune différence entre la Gestapo et la Stasi. Que fascisme et communisme allaient de pair. Que leurs uniformes étaient confectionnés par les mêmes tailleurs et que les mêmes camps de concentration étaient utilisés aujourd'hui pour enfermer les prisonniers. Quand j'ai protesté, il a eu l'air de trouver ça très drôle, et il m'a répondu qu'il pensait que j'étais extrêmement naïve. Eh bien, peut-être l'étais-je. En fait, j'en suis convaincue. »

J'essayai de l'obliger à me regarder, mais sans y parvenir, et elle poursuivit son témoignage mensonger d'une voix régulière et monocorde.

« Quand il m'a annoncé que des responsables des services secrets britanniques arrivaient au Cap et qu'ils logeraient à l'hôtel La Belle Aurore, j'avais déjà décidé que je ne croyais plus au Parti… je veux dire que ça m'était devenu impossible, comme vous pouvez le voir, n'est-ce pas ? Je me sentais totalement désillusionnée. Comme si les écailles m'étaient tombées des yeux.

– L'opération avait-elle toujours eu pour objectif que Maugham fasse venir ici quelques-uns de ses amis du MI6 ?

– Oui. Il semblait peu probable qu'il achète la bande magnétique sans s'attendre à ce que les Britanniques souscrivent à son achat. Ou qu'il souhaite se rendre à Londres à son âge. Le camarade Mielke a toujours cru que les Britanniques viendraient ici. Pour écouter personnellement les bandes.

– Et lorsque Gunther vous a informée de l'arrivée de ces responsables des services secrets, qu'avez-vous pensé ?

– Je me suis dit que c'était pour moi l'occasion de changer de camp. De me racheter. Je suis donc allée les voir en personne, j'en ai appelé à leur clémence et je leur ai raconté absolument tout ce que je savais sur le complot pour discréditer ce Roger Hollis. » Elle poussa un nouveau soupir. « Dites, je n'irai pas en prison, n'est-ce pas ?

– Ce n'est pas à moi d'en décider. Mais, vu les circonstances, non, je ne pense pas. À condition que vous continuiez à coopérer, mademoiselle.

– Merci.

– La HVA est-elle au courant que vous nous avez tout dit sur "Othello" ?

– Non, pas encore. J'ai effectué ma dernière transmission avant-hier soir.

– Et votre prochaine transmission est prévue pour ce soir, si je ne me trompe.

– En effet.

– Moment où il vous faudra rendre compte des progrès, ou de l'absence de progrès, accomplis avec "Othello". C'est bien ça ?

– Oui.

– D'où l'urgence de cette procédure. Mais vous vous réjouissez de reprendre contact avec la HVA et d'assurer à vos officiers traitants que l'opération se poursuit. Est-ce exact ?

– Oui. Bien sûr. »

Il y eut beaucoup d'autres questions du même ordre, mais il était déjà terriblement clair pour moi que, dès qu'Elisabeth était rentrée à Berlin, Erich Mielke avait dû la harceler pour essayer de lui soutirer le maximum d'informations sur ma vie au cap Ferrat. Elle n'avait même pas eu conscience, probablement, qu'il lui posait des questions en vue d'une opération de la HVA. En même temps, pour un homme tel que Mielke, il aurait été très facile de se procurer n'importe quels documents et photos me concernant. Les Russes s'étaient emparés de presque tous les dossiers de police du Praesidium d'Alexanderplatz à Berlin, dossiers qui étaient maintenant la propriété de la Stasi. Mais je ne parvenais toujours pas à croire qu'Elisabeth ait jamais pu travailler pour la Stasi, même si, bien sûr, la rumeur courait que c'était là leur principal talent – qu'ils étaient bien meilleurs que la Gestapo s'agissant de faire chanter les gens pour les forcer à espionner parents et amis. En comparaison, les agents de la Gestapo n'avaient été que des amateurs. Peut-être possédaient-ils quelque chose sur Elisabeth que je ne soupçonnais même pas.

Quant à Anne French, il était désormais évident que je ne pouvais m'en prendre qu'à moi-même pour ce qui s'était passé. J'étais allé tout droit à Gethsémani, comme si un taxi m'y avait conduit depuis une chambre haute du mont Sion. Elle avait dû se dire que je serais facile à piéger après le départ d'Elisabeth. Depuis la première minute où elle m'avait parlé à l'hôtel, elle avait agi sur les ordres de Mielke et m'avait utilisé sans plus d'arrière-pensées que si j'étais la piscine du Grand-Hôtel.

Par ailleurs, j'avais fini par comprendre l'effrayant petit tour de passe-passe auquel était en train de se livrer Mielke. Et il me fallait bien admettre que c'était une chouette opération. L'ensemble du plan devait avoir pour but de consolider la réputation de Hollis au MI5. Quelle meilleure façon de s'y prendre que d'exhiber un stratagème ingénieux visant à le discréditer ? En écoutant tout ce qu'avait dit Anne, j'en étais arrivé à la conclusion que Roger Hollis était bel et bien un espion, et un espion ayant dû lui aussi être en butte aux soupçons. Après cette opération, cependant, Hollis était sûrement tiré d'affaire. Plus personne n'irait le suspecter. Je ne pouvais guère en dire autant à mon sujet. Le dossier contre Bernhard Gunther avait déjà l'air en béton. Tout nier paraissait inutile. Je ne me faisais aucune illusion sur le sort probable qui m'attendait à présent. Grâce à Anne, j'étais pour ainsi dire mort.

TRENTE

Je me levai lentement, avec lassitude et désireux de me faire beaucoup plus petit à leurs yeux, comme si j'étais résigné à mon sort probablement infâme. Et, en un sens, je l'étais, mais un moment de réflexion m'avait persuadé que, comme dans une partie de dés, je ne devais rien ramasser ni lancer moi-même. Tout ce que j'avais à faire, c'était de fermer le couvercle de la boîte à cigares que me tendait Anne French et de faire un pari qui enchérirait sur celui que j'avais accepté de façon tacite. Parfois, quand vous n'avez rien d'autre qu'un visage de marbre et le cran nécessaire, ces cinq dés dans une boîte fermée peuvent vous permettre d'aller beaucoup plus loin que vous ne le croiriez même possible. C'était une assez bonne menteuse, mais, comme l'avait fait observer Somerset Maugham à la Villa Mauresque, des années d'expérience, fruit de la nécessité, avaient fait de moi un assez bon menteur également ; peut-être même meilleur qu'Anne French. Cela restait maintenant à voir.

« Très bien, déclarai-je en regardant d'un air malheureux le moine, vous avez gagné, l'Anglais. Vous avez dit tout à l'heure, quand vous m'avez interrogé, que vous vouliez des aveux complets. Eh bien, je vais vous en donner. Toute la mélasse. La version intégrale et non expurgée. Noms, dates et le reste. J'écrirai tout ça et je le signerai. Exactement ce que vous désirez. »

J'arrondis les épaules, baissai ma tête meurtrie comme si je me repentais de ce que j'avais fait et passai une main dans mes cheveux graisseux. J'avais vu de mon temps à la commission criminelle de l'Alex à Berlin suffisamment d'hommes brisés pour connaître toute la pantomime des aveux sincères.

« Il s'agissait d'un coup monté destiné à discréditer Roger Hollis, comme l'a déclaré cette garce. À prendre votre chef du MI5 et à faire en sorte qu'il sente la merde d'hier. »

Je laissai échapper un soupir et secouai la tête avec l'air de m'apitoyer sur la situation désespérée qui était maintenant la mienne. En même temps, je prenais bien soin d'éviter le regard d'Anne French, afin de ne pas me laisser détourner par l'incrédulité que j'y lirais certainement. Ce petit numéro allait nécessiter toutes mes facultés d'invention.

« Qu'est-ce que vous racontez ? s'exclama Hennig. Elle ment, espèce d'idiot ! Dites, je ne sais pas ce qui se passe ici, mais je pense qu'il y a eu une sorte d'erreur.

– Bien sûr qu'il y a eu une erreur ! m'écriai-je. On s'est fait poisser, à cause d'elle. Écoutez, Harold, ça ne sert à rien. Vous ne voyez pas ? Le jeu est fini pour nous.

– Quel jeu ? Il n'y a aucun jeu.

– Cette salope nous a trahis tous les deux. Elle leur a pratiquement tout dit, et manifestement ils la croient. Alors à quoi bon maintenir plus longtemps la fiction, bon sang ? Hein ? Répondez-moi. Autant jeter l'éponge. Le Parti ne va pas nous sauver à présent. Ni la Stasi.

– De quoi parlez-vous, Gunther ? »

Il ne s'en était pas encore rendu compte, mais qu'il se serve de mon vrai nom se prêtait parfaitement à mes desseins.

« Au surplus, elle a raison, et vous le savez. Les maîtres pour lesquels nous travaillons dans l'Allemagne actuelle sont tout aussi pourris que les fumiers que nous servions auparavant. Peut-être même pires. Au moins, Hitler essayait de se rendre populaire. Ces types que nous avons aujourd'hui s'en soucient comme d'une guigne. Parce qu'ils n'en ont pas besoin. Personne ne sait qui ils sont, d'ailleurs. Juste une bande de bureaucrates sans visage installés à Karlshorst.

– Vous n'êtes qu'un bougre d'imbécile, Gunther ! Bouclez-la, voulez-vous, ou on va se retrouver tous les deux avec une balle dans la peau.

– Vous ne voyez donc pas ? Cette foutue traîtresse a déjà fait le nécessaire. Moi, j'en ai soupé de toutes ces conneries. Je suis fatigué… très fatigué. À mon avis, le mieux est encore de leur donner ce qu'ils veulent et de mettre fin à ce cirque le plus rapidement possible. Allons, mon vieux ! Qu'en dites-vous ? Faisons amende honorable et croisons les doigts. »

Les mains menottées de Hennig étaient étroitement jointes sur ses genoux comme s'il priait avec ferveur, et tout en parlant je pouvais voir blanchir ses jointures. Ses mâchoires bougeaient furieusement, telles deux petites plaques tectoniques, et ses narines palpitaient à la manière d'une bouillotte en train de se vider. Il me regarda comme s'il avait envie de m'étrangler. Ce qui n'était sans doute pas si loin de la vérité car, au bout d'un moment, il se leva tout à coup, traversa la pièce en courant et, hurlant comme Krampus, se jeta sur moi en donnant l'impression de vouloir m'entraîner en enfer. Heureusement, l'une des brutes de Portsmouth intervint juste à temps et le fit tomber de tout son long d'un uppercut qui aurait expédié Floyd Patterson lui-même au tapis.

« Sortez-moi ce connard d'ici ! » s'écria le moine. C'était la première fois que je l'entendais élever la voix. « Enfermez-le et gardez-le sous clé jusqu'à ce qu'il ait appris à se tenir. »

Il aurait aussi bien pu parler d'un élève indiscipliné plutôt que d'un maître chanteur et, vraisemblablement, d'un espion de la Stasi.

Je souris car, dans le feu de l'action, j'avais vu Anne French me fixer du regard, le visage déformé par l'angoisse à l'idée de ce que je pourrais dire aux hommes des services secrets britanniques lorsque les gros bras auraient fini de traîner le corps à demi conscient de Hennig hors de la pièce. Après tout ce qu'elle leur avait raconté, elle pouvait difficilement contredire mes propres aveux à présent. C'était, espérais-je, la seule chose que ses maîtres cyniques de la Stasi n'auraient jamais pu anticiper. Que je sois en réalité d'accord avec elle. Sur chacune de ses paroles et même plus. Et, pour la première fois depuis que je l'avais rencontrée au Grand-Hôtel du cap Ferrat, je vis la peur dans ses beaux yeux.

TRENTE ET UN

« Donnez-moi une cigarette », dis-je à un des gros bras restés dans la pièce.

Il regarda le moine, qui hocha la tête en retour. Il ouvrit un étui en argent, me le tendit, fit la moue tandis que j'en prenais deux et en glissais une derrière mon oreille pour plus tard, puis me donna du feu. J'aspirai une longue bouffée, qui n'aurait pas pu avoir une saveur plus douce si j'avais fait face à un peloton d'exécution.

« Il n'y a pas grand-chose à dire, commençai-je.

– J'espère pour vous que ce n'est pas vrai, répondit le moine.

– Cette maudite femme a raison, bien entendu. » En prononçant ces mots, je regardai Anne droit dans les yeux et je souris alors qu'elle essayait de cacher son malaise. « C'était un coup monté depuis le départ. Et cela aurait marché, en plus. Cela aurait marché si elle n'avait pas ouvert son foutu clapet. C'est une des choses qu'on ne peut jamais prévoir dans une opération clandestine – que quelqu'un soit pris d'une crise de conscience et crache le morceau. Non, vraiment. Eh bien, je vais tout vous dire. Depuis le commencement.

– Si ça ne vous ennuie pas.

– L'opération "Othello" était dirigée par Erich Mielke. Voilà des années que je le connais – depuis avant l'arrivée des nazis au pouvoir, quand il n'était encore qu'un simple cadre du KPD avec un flingue et une casquette à la Lénine. Il a pris pas mal de poids depuis lors. Je veux dire, si l'Erich Mielke d'aujourd'hui croisait celui de 1922, il ne se reconnaîtrait pas lui-même. Il a assassiné deux flics de Berlin cette année-là, et je l'ai aidé à quitter la ville avant qu'il ne soit arrêté. De Berlin, il s'est rendu à Anvers, où lui et un autre communiste nommé Zimmer ont été embarqués à bord d'un bateau à destination de Leningrad, exactement comme vos amis Burgess et Maclean. Moi-même, je n'appartenais pas au Parti à l'époque, mais je détestais le gouvernement semi-fasciste de von Papen et j'étais déterminé à faire tout mon possible pour empêcher que Mielke n'aille à la guillotine. Du reste, ces deux flics ne l'avaient pas volé – c'est ce que tout le monde disait. Je l'ai également aidé à s'échapper d'un camp d'internement français au Vernet en 1940 quand je faisais partie du SD. On m'avait envoyé là pour tenter de l'identifier.

– Comment quelqu'un ayant aidé un assassin du KPD à s'échapper en vient-il à travailler pour le SD ?

– De la même façon que Burgess travaillait pour le MI5, je suppose. J'étais ce qu'on appelait autrefois un "bifteck nazi" : brun à l'extérieur, mais rouge au milieu. D'ailleurs, je n'étais pas le seul rouge à travailler pour le RSHA[1]. Heinrich Müller – "Gestapo" Müller – en était un lui aussi.

– Quelles étaient vos fonctions au sein du SD ?

1. Créé en 1939 et dirigé jusqu'à sa mort par Reinhard Heydrich, le Reichssicherheitshauptamt (Office central de la sécurité du Reich) regroupait le SD (le service de la sécurité de la SS), la Gestapo et la Kripo (police criminelle). À partir de 1941, il eut pour tâche d'organiser la déportation et l'extermination des Juifs d'Europe.

– Je travaillais principalement pour le général Reinhard Heydrich, le soi-disant protecteur de Bohême-Moravie. On pourrait dire que j'étais une sorte d'expert dans la résolution des problèmes : si jamais j'en voyais un, je sortais mon revolver. »

Je souris de ma propre petite plaisanterie. Mais je fus le seul.

« Et quand avez-vous revu le camarade Mielke ?

– Il m'a aidé à m'évader de ce camp de travail en 1947, date à laquelle je suis devenu membre du Parti et de la Stasi. Oui, lui et moi… voilà près de vingt-cinq ans que nous nous serrons les coudes. Mon ex-femme le connaît depuis encore plus longtemps que ça parce qu'elle s'est occupée de lui quand il était enfant, après la mort de sa mère. Il ferait n'importe quoi pour Elisabeth, mais il n'en va pas de même pour moi. Ce n'est pas mon ami. On ne peut pas être ami avec un type comme le camarade général Erich Mielke. Il m'abattrait juste après avoir pris une bière avec moi. Très semblable à Heydrich, en réalité. Deux fragments du même bloc de neige sale.

– Parlez-nous de la bande magnétique. Qui en a eu l'idée ?

– La bande était surtout l'idée de Markus Wolf, je pense. Mielke n'est pas un individu d'une grande subtilité. Plutôt une brute. Un homme d'action. Si vous souhaitez que quelqu'un soit passé à tabac, intimidé, interrogé, tué, jeté dans un camp de travail et oublié, alors Erich Mielke est votre homme. Il représente ce qu'on pourrait appeler l'"instrument contondant" du communisme allemand. Mais si vous désirez une approche intellectuellement plus fine d'un problème, alors vous vous adressez à Markus Wolf. Wolf, le joueur d'échecs. Je ne l'ai rencontré que deux fois, à Berlin, avant cette affaire avec les Américains en 1944, et on s'est assis pour jouer une partie ensemble. Il est juif, et vous savez comment ils sont : calculateurs, rusés, méticuleux – je parie qu'il réfléchit à plusieurs coups à l'avance comme un grand maître. Élevé à Moscou, naturellement, où beaucoup de ces émigrés allemands ont été nourris d'échecs et d'espionnage. Ce n'est pas pour rien qu'on le surnomme "l'Amiral" au QG de la Stasi à Karlshorst – d'après Canaris, bien sûr, le célèbre maître-espion de Hitler que j'ai rencontré aussi, mais une fois seulement. »

Je mentais maintenant avec tant d'aisance que je commençais à avoir le sentiment d'avoir raté ma vocation. J'aurais peut-être pu être le Somerset Maugham allemand. Anne French aurait certainement été de cet avis, et, selon moi du moins, elle n'aurait pas pu avoir l'air plus mal à l'aise, sachant que, pour l'essentiel, je continuais à être en accord avec sa version totalement fictive des événements. Comme tous les bons mensonges, celui-ci reposait sur une base relativement substantielle, en fait. Les meilleurs mensonges sont toujours en partie vrais.

« Dans tous les cas, continuai-je, m'enthousiasmant peu à peu pour ma tâche digne du baron de Münchhausen, Wolf a eu la brillante idée de se servir de Guy Burgess et de Donald Maclean peu après leur défection en Union soviétique en 1951 pour faire chanter les services secrets britanniques. Mais il avait besoin de Mielke pour l'aider à vendre l'idée générale au GKO à Moscou. S'il y a une chose qu'on peut dire d'Erich Mielke, c'est que c'est un vétéran chevronné du Parti et qu'il connaît bien le Kremlin. Suffisamment pour avoir échappé à la grande purge de 1937, quand un grand nombre de ces vieux communistes allemands ont été exécutés ou envoyés dans des camps de travail. Il est vrai que Mielke a eu la chance d'être à ce moment-là en Espagne, où il était commissaire du Parti aux côtés des républicains.

C'était il y a trois ou quatre ans, quand Markus Wolf et lui sont allés à Moscou. Les deux Anglais faisaient déjà l'objet de soupçons. Moscou pensait qu'on les avait laissés fuir en Russie et que, en échange de leur retour ultérieur en Angleterre, les Britanniques prévoyaient de les utiliser pour fournir toutes sortes de fausses informations aux Soviétiques. Staline a même songé à les liquider tous les deux par mesure de prudence ou à les envoyer dans un coin reculé de la Sibérie où ils ne pourraient causer aucun préjudice – la gratitude n'a jamais été le point fort d'oncle Jo. Quoi qu'il en soit, des conseils plus charitables et plus judicieux ont prévalu au GKO, et ils sont restés en vie et quasi en liberté. Mais, de ce fait, aucun d'eux ne s'est jamais vu confier beaucoup plus qu'un rôle symbolique dans le KGB ou le GRU. Toutefois, Wolf a expliqué au GKO que Burgess et Maclean demeuraient une source de renseignements importante et précieuse, que les Britanniques continuaient à avoir peur d'eux, peut-être autant que les Russes, et qu'il était possible de transformer cette peur en paranoïa et de la mettre à profit.

L'enregistrement sur bande a été réalisé dans le studio principal de Radio Moscou. Une véritable production, avec effets sonores et tout. Maclean a fait un ou deux enregistrements, je crois, mais c'est Guy Burgess qui s'est révélé avoir un réel talent pour le microphone. Bien sûr, d'avoir été producteur à la radio lui a sûrement facilité les choses, ainsi qu'une bonne bouteille de whisky. Et c'est également Burgess qui a eu l'idée de concevoir les bandes en vue de les remettre à la BBC. D'après lui, il y avait là-bas quantité de cocos qui partageaient ses opinions…

surtout à Berlin. Plusieurs d'entre eux continuent même d'émarger à la Stasi.

– Vous dites qu'il y a des employés de la BBC à Berlin qui sont des agents de l'Abteilung ? »

C'était l'homme à la denture irrégulière ; tout en parlant, il ajustait nerveusement les boutons de manchettes de sa chemise. Anne laissa échapper un long soupir, puis attrapa son sac à main dont elle sortit un paquet de cigarettes et en alluma une avec impatience.

« C'est exact, répondis-je. Guy Burgess a déclaré à Wolf que, s'ils en avaient eu la possibilité eux aussi – d'espionner –, ils auraient fait exactement la même chose.

– Et alors, pourquoi ont-ils choisi Roger Hollis comme cible et pas quelqu'un d'autre ? Quelqu'un du MI6, par exemple.

– En réalité, au début, le KGB n'était pas convaincu que Roger Hollis soit la personne idéale à laquelle s'en prendre. Mais Wolf les a persuadés que c'était la banalité apparente de Hollis qui le rendait si efficace en matière de contre-espionnage ; ça et le fait que, en tant que numéro deux du MI5, il était le principal adversaire de Wolf, pour ainsi dire. Wolf aimait bien ce genre de chose. Cela confortait sa vision de l'espionnage comme une partie d'échecs, je pense. Tout ça était un peu un jeu, en fin de compte : s'amuser à mettre les services secrets britanniques dans l'embarras. De plus, Guy Burgess avait réellement rencontré Hollis à Paris en 1937, bien que par un pur hasard. Or c'était la clé de toute l'opération. Bien sûr, Hollis n'a jamais été approché par quelqu'un du GRU. Il ne présentait aucun intérêt à leurs yeux, ne connaissant aucune langue étrangère, ne s'intéressant pas du tout au socialisme et n'étant même pas allé à l'université. Plus tard, quand Guy Burgess a vu que Hollis avait rejoint le MI5 et grimpé rapidement les échelons, il en est venu à considérer celui-ci avec un respect nouveau et à penser que son absence totale d'ego faisait probablement de lui l'homme le plus efficace de tout le contre-espionnage britannique. C'était aussi l'avis du général Markus Wolf. Voyez-vous, Wolf croit que les espions sont comme des œuvres d'art peintes par des maîtres faussaires. Ce sont habituellement les broutilles qui les trahissent, mais seulement auprès d'autres spécialistes : un coup de pinceau négligent, la lettre initiale d'une signature mal formée, une erreur dans le numéro du marchand au dos du cadre d'un tableau. Il nous fallait traiter la vie de Hollis de la même manière et imaginer un expert en peinture scrutant la vie de l'homme comme s'il examinait une œuvre inestimable. Cela signifiait trouver un menu détail bidon que négligeraient la plupart des personnes ordinaires – une chose si infime que quelqu'un d'autre pourrait fort bien passer à côté, "comme utiliser du bleu de cobalt au lieu de bleu de Prusse", disait Wolf – et l'insérer de façon rétrospective dans le passé de l'individu en question. Et que Burgess rejette avec snobisme l'homme qu'il avait rencontré à Paris comme un petit vendeur de tabac bon à rien était extrêmement habile.

– Mais pourquoi impliquer Somerset Maugham dans toute cette machination ? » demanda le moine.

Son ton totalement neutre ne m'indiquait pas si j'étais sur la bonne voie. Comme quelqu'un qui essaie de se concentrer sur ce qui est vrai et ce qui ne l'est pas, je tirai une longue bouffée en plissant les yeux et contemplai au-dessus de la tête brune d'Anne un espace intellectuel informe où les idées et les pensées profondes flottaient dans la fumée de sa cigarette.

« Là encore, c'était une idée de Wolf. Il a décidé de se servir de Maugham parce qu'il était riche et perçu comme extrêmement bien introduit, même si cela datait, dans les services secrets britanniques. Bon nombre des hommes ayant travaillé avec lui en Russie étaient encore impliqués dans le service. Il était le ventre mou du MI6 et, bien entendu, facile à compromettre en raison de son homosexualité. Wolf a passé un bon moment à chercher cette photographie de Maugham et de Burgess dont ce dernier lui avait parlé. Ah oui ! J'ai oublié de mentionner que Wolf avait discuté plusieurs semaines durant avec Burgess à l'hôtel Metropol à Moscou, notant des centaines de détails comme celui-là. Et dès qu'il a mis la main sur la photo, le plan a été déclenché. Je vivais alors ici et je travaillais au Grand-Hôtel, où un certain nombre de ministres français aiment prendre leurs vacances avec leur maîtresse, mais il a toujours été accordé beaucoup plus d'importance à l'opération "Othello" qu'au fait de piéger un ministre français de la Défense. À la minute où Wolf a eu la photo en sa possession, nous avons su que nous étions enfin passés aux choses sérieuses. Elle était considérée comme le meilleur moyen d'obtenir la confiance du vieux. Et le stratagème aurait marché sans la crise de conscience de cette femme. J'ai dit à Wolf que nous devrions utiliser une Allemande, quelqu'un ayant encore en Allemagne de l'Est de la famille sur laquelle nous pourrions exercer des pressions au cas où elle aurait seulement l'idée de faire défection. C'est ainsi que fonctionne la Stasi, vous comprenez ? Vous n'avez jamais le choix. Vous travaillez pour eux ou bien quelque chose de désagréable arrive à une personne qui vous est chère : elle perd son boulot ou, pire, elle est expédiée dans un camp. Parfois, comme dans mon cas, ils menacent non seulement de vous garder dans un camp, mais de vous mettre à un travail de forçat. Au camp où j'étais, à Johanngeorgenstadt, ils m'ont affecté à l'exploitation de pechblende pour leur programme d'enrichissement d'uranium. Je serais mort en quelques semaines si je n'avais pas accepté d'entrer à la Stasi. Mais Wolf était convaincu que le statut d'écrivain d'Anne était parfait pour son plan. Pour être franc, je pense qu'il couchait avec elle.

– Des sottises ! s'écria Anne. Espèce de sale menteur ! C'est totalement faux !

– Vraiment ? Tu sembles avoir couché avec presque tout le monde : moi, Harold Hennig, un millionnaire américain à l'hôtel, ton jardinier, et, qui sait, ce ministre français. Si j'avais soupçonné qu'on avait placé la barre si bas, j'aurais évité ton lit et maintenu les choses entre nous sur un plan strictement professionnel. »

Je m'adressai de nouveau au moine.

« Mais, en l'occurrence, j'ai succombé à ses charmes alors même que je l'ai toujours soupçonnée d'être idéologiquement douteuse. Peut-être même parce qu'elle était idéologiquement douteuse. Je ne sais pas, et ça n'a plus grande importance désormais. Nous sommes tous bons pour le grand saut, je suppose. Même toi, Anne. J'ignore quel genre de marché tu t'imagines avoir passé avec eux, mais tu te fourres le doigt dans l'œil si tu crois que tu vas quitter cette pièce libre comme l'air. Qu'il n'y aura aucune conséquence pour toi à Londres.

– Ne vous occupez pas de ça pour le moment. Parlez-nous de Harold Hennig. »

Je m'amusais à présent, aussi je continuai. J'étais sûr que si mon histoire avait semblé complètement invraisemblable à quiconque excepté à Anne, ils m'auraient déjà réduit au silence comme ils l'avaient fait avec Hennig.

« Harold Hennig, je l'ai connu avant la guerre, quand je travaillais comme policier au Praesidium d'Alexanderplatz et lui pour la Gestapo de Berlin. Il était affecté à la brigade anti-pédés. Une occupation déjà extrêmement lucrative pour qui aime le chantage. “Le champion des maître chanteurs”, c’est ainsi qu’on l’appelait dans les forces de police. Je veux dire, quelle meilleure couverture pour un maître chanteur que d’être flic ? C’est Hennig qui s’est trouvé à la base du stratagème pour faire chanter le général von Fritsch et le forcer à démissionner de la Wehrmacht en 1938. Ce, sur les ordres de Hitler – personne ne s’y connaissait mieux en matière de chantage qu’Adolf Hitler. Et j’ai fait entrer Hennig à la Stasi. C’était une de mes principales fonctions au début : rechercher les anciens membres du RSHA et les amener à travailler pour la Stasi en les cajolant ou en faisant pression sur eux. Anne a parfaitement raison là encore : la moitié de la Stasi est plus ou moins issue de l’ancien Office central de la sécurité du Reich. La plupart d’entre nous ont fait leurs armes au sein du RSHA. Voilà une chose que les jeunes idéologues comme elle ne comprennent jamais : la dictature du prolétariat nécessite que la classe ouvrière soit encore plus impitoyable dans l’exercice du pouvoir que les fascistes. Il n’est interdit à personne de participer au fonctionnement des organes de l’État du simple fait de son ancienne allégeance politique. Certains hommes étaient des nazis ; ces hommes sont rééduqués dans le socialisme ; je l’ai été. Anne m’a mal compris lorsque je lui ai dit que je trouvais ça drôle. Mon anglais me joue souvent des tours quand j’essaie de faire une plaisanterie. Demandez à mes employeurs à l’hôtel… »

Anne continuait à secouer la tête. Elle aurait eu un pistolet qu’elle m’aurait sans doute tiré dessus.

« Vous l’aviez minutieusement élaboré, n’est-ce pas, ce plan pour nous vendre l’idée que Hollis était une taupe ?

– Non, répondis-je haut et fort. Wolf détestait ce mot. Les taupes font des taupinières ; il n’y a rien de subtil là-dedans. Quel Anglais ne remarquerait pas des taupinières sur sa belle pelouse ? Wolf préférait considérer ça comme la méthode de l'œuf cryptique, méthode qu'utilisent les coucous. Un coucou est un parasite. Il pond un œuf semblable à ceux qui se trouvent dans le nid de l'oiseau hôte afin de persuader celui-ci d'élever le jeune coucou comme s'il s'agissait d'un de ses propres poussins. L'idée de Wolf était que l'on pouvait vous convaincre de la même manière que vous aviez élevé un jeune coucou tout du long. » Je haussai les épaules. « Eh bien, maintenant, vous savez la vérité. Hollis était votre œuf, pas le nôtre.

– Si ce que vous dites est vrai, déclara le moine, alors peut-être connaissez-vous d'autres œufs cryptiques dans notre service. »

J'allumai la cigarette que je gardais derrière l'oreille avec le mégot de la première, que j'écrasai à moitié dans un cendrier en verre où il continua à fumer pendant encore quelques minutes, ce qui eut le don d'agacer mon interlocuteur.

« La HVA est un nouveau service, répondis-je évasivement. Pondre un œuf comme Hollis prend du temps et, jusqu'ici, seuls le GRU et le KGB avaient eu la possibilité de le faire. Je crois pouvoir dire que Wolf recrute des gens dans votre service à l'heure où nous parlons. Mais ils n'écloront pas avant un moment.

– Et des œufs russes ? Peut-être avez-vous entendu citer le nom de quelqu'un la dernière fois que vous étiez à Karlshorst. »

Je réfléchis à toute vitesse, me rappelant le nom des deux hommes que Sinclair et Reilly avaient mentionnés alors que j'écoutais leur conversation sur le toit de la villa de Maugham et me demandant si le vieux leur en avait parlé. Sans doute pas s'il avait été victime d'une attaque mineure.

C'était le moment dont j'avais espéré qu'il se présenterait – celui où les Britanniques, déjà paranoïaques à propos de la présence d'agents soviétiques dans leurs services, me demanderaient des noms. Mais je devais procéder avec prudence. Si j'étais trop réticent à leur en donner, ils risquaient d'en conclure que je ne savais rien ; mais si j'étais trop impatient, ils supposeraient que j'avais tout inventé.

« Possible, dis-je avec circonspection.

– Peut-être seriez-vous disposé à nous communiquer un nom.

– En échange de quoi ?

– Nous pourrions conclure un marché.

– Quelle sorte de marché ?

– Un marché vous assurant une impunité qui vous permettrait, éventuellement, de retrouver votre liberté.

– Comment savoir si je peux vous faire confiance ?

– Vous n'avez aucun moyen de le savoir. Mais nous avons toutes les cartes en main dans le cas présent. Très franchement, Gunther, je pense que votre seule chance est de nous dire la vérité et d'espérer que tout se passera au mieux. » Il marqua une pause. « À mon avis, vous n'avez rien à perdre. Vous êtes brûlé. Fini. Inutile pour la Stasi désormais. Vous pouvez aisément vous lâcher étant donné que vous ne ferez probablement pas de vieux os lorsqu'ils s'apercevront que vous nous avez tout dit. Bien sûr, il est possible que vous vous en sortiez. On a déjà vu plus étrange.

– Oui, ça pourrait marcher, je suppose… » Je hochai la tête pensivement. « Il y a un nom que je peux vous donner. Deux, en fait. Ils ont longtemps été les deux principaux agents soviétiques au sein du MI6. Dans une certaine mesure, si je vous les livre, je ne ferai que confirmer ce que vous savez, l'identité de l'un d'eux étant déjà de notoriété publique. Mais l'autre devrait prouver que je dis bien la vérité. Toutefois, quand je vous aurai donné ces noms, je vous aurai révélé en réalité le but exact de toute cette opération, à savoir qu'elle a été mise sur pied par la HVA non seulement pour ternir le nom de Roger Hollis, mais aussi et surtout pour sauver la réputation de quelqu'un d'autre. Quelqu'un d'encore plus important, peut-être. Quelqu'un qui serait susceptible d'effectuer un retour en tant qu'agent numéro un du KGB dans le MI6. Quelqu'un qui a toujours été un meilleur espion que Roger Hollis.

– J'ai déjà expliqué ce qu'était l'opération “Othello”, affirma Anne. Qu'est-ce que tu racontes, Gunther ? C'est de l'invention pure et simple.

– Herr Gunther, nous savons tous les deux que vous n'avez pas vraiment le choix, insista le moine. Je suis sûr que vous avez conscience de la situation difficile dans laquelle vous vous trouvez. Dans laquelle nous nous trouvons l'un et l'autre. Aucune issue légale ne s'offre à vous, ni d'ailleurs à nous. D'un autre côté, nous pouvons difficilement vous laisser partir, n'est-ce pas ? Pas à moins que vous nous ayez convaincus d'avoir tout dit. Je crains de ne pas pouvoir répondre de la suite. Certains de mes collègues plus musclés seraient partisans de vous emmener au large et de vous jeter par-dessus bord avec un boulet aux chevilles. Depuis la défection de MM. Burgess et Maclean, le moral dans le service est plutôt bas. Vous tuer, Herr Hennig et vous, contribuerait, j'en ai bien peur, à donner le sentiment que l'équilibre a été rétabli. J'espère sincèrement que les choses n'en arriveront pas là. Aussi, dans votre propre intérêt, je vous exhorte à coopérer pleinement.

– D'accord. Mais je dois mentionner qu'il y a une chose que je ne comprends pas.

– Qu'est-ce que c'est ?

– Pourquoi ne vous en a-t-elle pas parlé ?... Je ne te comprends pas, Anne. Pourquoi essaies-tu de le protéger ? Tout est fini pour moi, pour toi et pour Hennig. Le mieux que l'on puisse espérer, c'est de passer une sorte d'arrangement avant qu'ils ne nous expédient en taule.

– De la pure invention, répéta Anne. Écoutez, je vous ai dit tout ce qu'il y a à savoir. La foutue opération au complet. Je ne cache rien. Sans moi, le directeur adjoint du MI5 serait sans doute suspendu dans l'attente d'une enquête. N'est-ce pas ? C'est uniquement grâce à moi que vous êtes au courant. Sans moi, vous seriez dans le noir total au sujet de tout ceci. »

Personne ne répondit. Anne avait maintenant l'air fuyante, voire légèrement désespérée. Le problème, c'est que tout le monde croyait à son mensonge, ce qui signifiait qu'elle pouvait difficilement infirmer le mien sans compromettre ses propres allégations.

« Pourquoi diable vous cacherais-je quelque chose à présent ? dit-elle. Ça n'a absolument aucun sens ! Il invente tout ça pour me discréditer à vos yeux et sauver sa peau. C'est évident.

– Anne French est en train de vous expliquer qu'elle ne connaît pas le nom de cet homme, déclarai-je. Mais je dois maintenant vous dire qu'elle et moi avons eu une conversation interminable à propos de lui alors que nous étions au lit. Par conséquent, j'ai bien peur qu'elle ne mente quand elle prétend qu'elle ne sait pas de quoi je parle.

– Comment ? Tout ça n'est qu'un tissu de balivernes ! rétorqua Anne.

– Vraiment ? demandai-je d'un air suffisant. Écoutez, la dernière fois que je l'ai vue, je n'ai pas eu l'impression que ses actes suscitaient chez elle la moindre crise de conscience. Rien du tout. Elle était calme et extrêmement sereine. Si je m'étais seulement douté qu'elle allait nous trahir, Hennig et moi, je lui aurais flanqué une balle dans la tête sans l'ombre d'une hésitation. » Je fronçai les sourcils et pointai un doigt dans sa direction. « Lors de ma dernière rencontre avec elle, ses questions portaient toutes sur sir John Sinclair et le MI6, pas sur le MI5 : montrer que Roger Hollis était un espion russe permettait-il de laver notre homme de tout soupçon ? Ce genre de chose…

– Vous n'allez tout de même pas croire les élucubrations de ce salaud de fasciste ?

– Je ne sais pas, répondit le moine. Vraiment, je ne sais pas. C'est un tableau surprenant que vous peignez, Herr Gunther. Comme si vous connaissiez réellement les noms de deux hommes ayant espionné pour le compte de l'Union soviétique au sein du MI6. Est-ce le cas ? Je me demande.

– Écoutez, dit Anne, il est parfaitement évident qu'il va vous donner les noms de sir John Sinclair ou de Patrick Reilly. Ou de cet autre pédé qui était à l'hôtel. Le conservateur d'art. Blunt. Il bluffe, comme s'il s'agissait d'une partie de bridge. Il n'existe aucun agent soviétique dans le MI6, je vous assure. Du moins, pas à notre connaissance.

– Bon, nous savons tous qu'il y a un moyen facile de prouver qui dit la vérité en l'occurrence, fis-je observer. Nous acceptons d'écrire deux noms tous les deux en même temps, après quoi, messieurs, vous pourrez décider quelles sont ses intentions réelles : coopérer ou gagner du temps. Si ces noms ne font pas l'objet d'une certaine suspicion dans les services secrets britanniques, alors c'est moi qui devrai affronter une petite promenade en bateau au clair de lune, pas elle. J'ai déjà reconnu tout ce dont on m'accusait, je n'ai donc absolument rien à perdre, n'est-ce pas ? Cette charmante créature peut-elle honnêtement en dire autant ?

– Très bien. Je vais faire ce qu'elle me suggérait depuis quelques minutes, à savoir, vous mettre au pied du mur. »

Le moine me tendit un crayon et une feuille de papier.

« Écrivez, Gunther. Écrivez ces noms. Mais prenez garde de ne pas vous tromper, mon ami allemand.

– Avec plaisir. »

Ayant déchiré la feuille en deux, j'inscrivis le nom JOHN CAIRNCROSS sur un bout et le tendis au moine.

« Ce premier homme a déjà avoué être un espion soviétique, dis-je. Toutefois, son nom n'est pas encore connu hors du MI6, je ne devrais donc pas être au courant – à moins que quelqu'un de la HVA ne m'en ait parlé. D'accord ? »

Il lut le nom et passa le papier à un de ses collègues.

Je m'apprêtais à écrire le second nom quand je fus soudain pris d'un doute sur la façon de l'épeler. L'anglais a une orthographe si particulière… Le prénom était court et évident. Mais le nom de famille, c'était autre chose. Si je me trompais, j'étais indubitablement fichu. Pendant une seconde ou deux, je songeai à commencer par un « F », mais je changeai d'avis et, priant pour que Maugham n'ait pas informé les chefs des services secrets que j'avais écouté la conversation de Sinclair et de Reilly quand j'étais sur le toit, je l'écrivis avec un « Ph », comme « Philip ». Puis je remis le papier au moine. Dessus figurait le nom KIM PHILBY.

« Je suspecte, dis-je, que rétablir la réputation de ce deuxième homme a toujours été l'objectif de cette opération. »

Il prit connaissance du nom sans manifester le moindre signe d'émotion, puis le montra à ses deux collègues dont les réactions furent tout aussi énigmatiques.

« Maintenant, mademoiselle, je me demande si vous accepteriez de faire de même que Herr Gunther, dit le moine en lui tendant le crayon et une autre feuille de papier. Prenez votre temps. Écrivez les noms de toute personne ayant espionné pour le KGB au sein du MI6 – si vous le pouvez. »

Anne me dévisagea un instant avec une rage muette. L'attitude décontractée qu'elle affichait à nouveau un peu plus tôt s'était évanouie ; elle avait même commencé à se ronger l'ongle du pouce.

« Je vous l'ai déjà dit, répondit-elle d'une voix égale. Vous êtes sourd ? Je ne connais aucun agent soviétique au MI6. » Elle jeta le crayon, froissa la feuille de papier en boule et la lança dans ma direction. « Je ne peux pas vous dire ce que j'ignore, n'est-ce pas ? Il ment. Nul d'entre nous ne connaît le nom d'agents soviétiques au MI6.

– Anne French devrait être l'unique personne à laquelle vous autres pouvez faire confiance parce qu'elle vous a déjà livré l'opération Hollis de la HVA, déclarai-je. Et il est, bien sûr, parfaitement compréhensible que vous la croyiez. J'en ferais autant à votre place, bon Dieu ! Tout le monde. Au prix d'énormes risques personnels, elle vous a tout dit sur "Othello", et avec force détails. C'est indéniable. M'avez-vous entendu le nier bien longtemps ? Non. J'ai confirmé ses déclarations et Harold Hennig aussi. Enfin, plus ou moins… Mais si moi j'ai livré les noms de deux agents soviétiques au sein du MI6 et qu'elle prétend ne pas pouvoir le faire, alors que devient l'opinion que vous avez d'elle ? Et de moi ? À l'évidence, elle a démontré sa loyauté envers vous et son propre pays, et pourtant elle affirme ne rien savoir d'agents soviétiques infiltrés dans le MI6. C'est curieux… » Je la regardai et souris gentiment. « Tu ferais aussi bien de leur dire, Anne.

Je ne pense pas que l'un ou l'autre de ces noms soit une grande surprise pour eux.

– Va te faire foutre ! lança-t-elle entre ses dents.

– C'est déjà fait, mon ange. Au lit. Plusieurs fois. Et ensuite ici. Mais si j'ai oublié ailleurs, n'hésite pas à me le faire savoir. »

TRENTE-DEUX

Les gros bras de Portsmouth me ramenèrent dans la salle aux murs rouges, sauf que, cette fois-ci, ils ne me menottèrent pas une main au radiateur, ni ne laissèrent la lumière ou même ne me tapèrent dessus, ce dont je me félicitai. Pendant un moment, j'arpentai la pièce, pour l'exercice, après quoi je m'approchai de la fenêtre et l'ouvris. Je fus content d'avoir un peu d'air frais, mais, j'eus beau peser de tout mon poids sur la fente du milieu, les persiennes ne bougèrent pas d'un pouce. Il faisait sombre à l'extérieur, et je n'avais aucune idée de l'heure. Je pouvais entendre le bruit de la mer et humer son odeur, et j'avais hâte de sortir de là. Je me sentais à la fois malade et fatigué. Ma mâchoire continuait à me faire souffrir. Je rêvais de prendre un bain. « Fais attention à ce que tu souhaites, Gunther, me dis-je. Ils pourraient bien t'emmener prendre un bain dans la mer. Le genre de bain pour lequel tu n'auras pas besoin de savon. Uniquement une paire de couvre-chaussures en ciment. » J'allai à la porte, retins ma respiration et écoutai. Je n'entendais rien que le silence, mais je me doutais bien qu'ils parlaient de moi ; j'avais donné à l'Anglais amplement matière à discussion. Et même s'ils n'avaient pas cru un mot de ce que je racontais, j'avais réussi à fiche Anne French en rogne. Rien que ça en valait la peine. Au bout d'un moment, je m'allongeai par terre près de la fenêtre et fermai mes yeux douloureux.

Je ne sais combien de temps je dormis, mais il faisait toujours sombre quand je me réveillai, et, pendant quelques instants de grâce, je restai là sans savoir qui ni où j'étais. À en croire le *Teen-Age Popularity Guide* de Betty Cornell, vous devez toujours rester vous-même, mais l'expérience de toute une vie m'a appris qu'il en allait différemment : avec mes antécédents, être soi-même peut facilement vous faire tuer.

Les minutes s'écoulèrent. Je finis par me lever et fis un effort symbolique pour pousser une nouvelle fois les persiennes, mais elles restèrent aussi inflexibles qu'auparavant. Je m'approchai du radiateur et réussis à trouver ce qui restait de l'eau qu'on m'avait apportée plus tôt. Je la bus, puis retournai à la porte et écoutai. Cette fois, quelque chose avait changé. La maison demeurait silencieuse, mais je sentais à présent un courant d'air frais sur mes pieds, et lorsque je me mis à plat ventre pour lorgner sous le panneau je sentis également le courant d'air sur mon visage. Il y avait une porte ouverte quelque part. Celle de l'entrée, peut-être. Mon instinct d'ancien prisonnier me dit que, si la porte d'entrée était ouverte, une autre l'était sans doute aussi. Je me relevai, saisis la poignée en laiton, tournai doucement et tirai. La porte n'était pas verrouillée, et elle s'ouvrit avec à peine un grincement. Au bout d'un long couloir non éclairé auquel je n'avais guère prêté attention précédemment, la porte principale était grande ouverte. J'attendis un long moment, pétrifié, pour voir si quelqu'un rappliquait, mais j'avais la nette l'impression que ce ne serait pas le cas et que les Anglais avaient pris la poudre d'escampette. Je marchai jusqu'à la porte d'entrée le plus silencieusement possible et sortis sur la terrasse, dans le jardin envahi par la végétation, m'attendant encore à moitié à ce que quelqu'un émerge des ténèbres pour me frapper ou, pire, me tirer dessus. Mais rien ne se passa, si ce n'est que j'appris où je me trouvais. La maison était située quelque part sur les pentes du mont Boron, juste au sud de Villefranche, et surplombait Nice à l'ouest. C'était une bastide typique à deux étages, avec des murs jaunes et des volets bleus à la peinture écaillée. Il n'y avait aucune lumière aux fenêtres et pas de voitures garées dans l'allée. L'endroit semblait désert et quasi abandonné. Je songeai d'abord à piquer un sprint le long de l'allée de gravier, mais, la curiosité l'emportant, je retournai à l'intérieur de la vaste demeure.

La pièce au lustre poussiéreux était à présent déserte, sauf que mes chaussures étaient posées sur la table, à côté de ma montre, d'un paquet de cigarettes et d'une boîte d'allumettes, ainsi que de petites clés accrochées à un anneau. J'enfilai mes chaussures, attrapai les clés et les cigarettes, et partis en exploration. Peu à peu, il devint encore plus évident que la maison était vide. Je me risquai même à allumer quelques lumières, et il ne s'écoula pas longtemps avant que je ne découvre Harold Hennig, menotté à un radiateur dans l'une des grandes chambres du premier étage, tel un prisonnier oublié à la Bastille. Je me dis que, si je lui ressemblais même un minimum, j'étais dans un sale état. Il était mal rasé et avait un œil au beurre noir de la taille d'une betterave, qu'il s'était récolté quand on l'avait assommé.

« Alors c'est ici que vous vous cachiez ? lui dis-je.

– Bon Dieu, qu'est-ce que vous faites là ? demanda-t-il en clignant des yeux, aveuglé par la lumière.

– Je ne sais pas. Peut-être suis-je censé être le gardien. Ils sont partis. Les Anglais. Et je ne pense pas qu'ils reviendront. Comme à Dunkerque[1]. Il n'y a que vous et moi ici, et, qui sait, l'Homme au masque de fer.

– Vous en êtes sûr ?

– Plus je parle et plus j'en suis certain. » J'agitai les clés devant son nez. « J'ai trouvé ça dans la pièce à côté.

– Et alors ?

– Rien. Mais j'ai dans l'idée qu'elles pourraient correspondre au bracelet que vous portez.

– Comment se fait-il qu'on ne vous ait pas attaché ?

– Il fallait bien que quelqu'un vous délivre, je suppose.

– Manifestement, ils nous connaissent mal.

– Vous feriez mieux de ne pas me le rappeler : je serais bien capable de changer d'avis. »

J'essayai la clé sur ses menottes. C'était la bonne.

« Pourquoi m'aidez-vous ?

– Je ne suis pas sûr que quiconque vienne ici et vous trouve – l'endroit a l'air plus ou moins désaffecté. Je suppose que je ne suis pas du genre à laisser un type mourir ainsi, menotté à un radiateur comme un chien abandonné. Même si c'est probablement ce que vous méritez.

– Merci.

– Je vous serais reconnaissant de ne pas en faire état.

– S'ils ne vous ont pas attaché, c'est qu'ils ont dû croire ce que vous leur avez dit.

– Possible. »

Je songeai à Kim Philby, l'agent soviétique au sein du MI6, et me dis que si je ne m'étais pas souvenu de son nom les Anglais n'auraient pas cru un mot de ce que je racontais.

« Pas moi. J'ai fini par comprendre ce que vous maniganciez, Gunther. Et je vous félicite. C'était une belle per-

1. Bloqués par les troupes allemandes, les Britanniques avaient évacué les plages et le port de Dunkerque entre le 27 mai et le 4 juin 1940.

formance, la façon dont vous avez coupé l'herbe sous le pied d'Anne French avec votre histoire. J'ai pensé que le mieux que je puisse faire – la seule chose susceptible de faire avancer votre histoire loufoque, je veux dire, et de la foutre dans la merde –, c'était d'essayer de vous frapper. » Il fit jouer sa mâchoire dans la paume de sa main. « Simplement, je ne savais pas que cet enfoiré d'Anglais me balancerait un gnon pareil. Il m'a étendu raide.

– J'apprécie votre prévenance.

– Mais il doit s'agir d'un piège, continua Hennig en se frictionnant le poignet et en agitant sa main. Les Anglais nous tireront probablement dessus dès que nous essaierons de franchir la porte d'entrée, vous ne croyez pas ?

– Pourquoi feraient-ils ça ?

– Je n'en sais rien. Mais pourquoi nous laisseraient-ils nous échapper ? Ça n'a pas de sens.

– Ça en a peut-être davantage que vous ne pensez, dis-je. En ce qui les concerne, nous sommes un fardeau. Et sans aucune utilité pour la Stasi. Je doute beaucoup que le camarade général Mielke puisse croire que les services secrets britanniques vous ont tout bonnement laissé partir, pas vrai ?

– Non, effectivement.

– Les Anglais pensent que nous sommes brûlés tous les deux. Quasi morts. Inutile pour eux de nous tuer alors que la Stasi fera le boulot. Hollis a vraisemblablement été lavé de tout soupçon, et vous et moi ne leur servons plus à rien. Nous permettre de filer est donc la solution la plus simple, la moins embarrassante et la plus diplomatique. Je ne serais guère surpris que la même chose se soit passée avec Guy Burgess et Donald Maclean. Qu'on les ait laissés partir. Pour éviter un scandale. Les Britanniques détestent les scandales.

– Des nouvelles d'Anne French ?

– Pas jusqu'ici.

– Cette sale faux jeton ! J'adorerais lui mettre le grappin dessus.

– Vous couchiez vous aussi avec elle, hein ?

– Bien sûr. Depuis belle lurette. Elle se servait de vous, je le crains, mon vieux. De nous deux, je suppose. Vraiment désolé. Ordre du camarade Mielke. » Il se leva et se remit à se frotter la mâchoire. « Vous croyez vraiment qu'on va pouvoir sortir d'ici ?

– Oui. Mais je continue à penser qu'on devrait se bouger. Quelqu'un pourrait débarquer. La police locale, par exemple. Ou même le gardien. »

Hennig me suivit hors de la maison à travers le parc mal entretenu, puis le long d'une route peu fréquentée qui nous fit descendre le mont Boron en direction de Villefranche. Je jetais de temps à autre un coup d'œil par-dessus mon épaule pour vérifier qu'il ne tenait pas une pierre avec laquelle il allait me fracasser le crâne – ce qui ne m'aurait guère étonné. Nous savions tous deux que la route sur laquelle nous nous trouvions allait nous mener droit à la villa d'Anne, mais aucun de nous ne dit quoi que ce soit à ce sujet. Ce n'était pas nécessaire.

L'aube approchait lorsque nous atteignîmes l'endroit dans l'avenue des Hespérides. Le portail était fermé par une lourde chaîne, mais nous n'hésitâmes pas un instant : nous escaladâmes les grilles, puis nous remontâmes l'allée. Il devint toutefois rapidement clair que la villa était vide. Il n'y avait pas trace de sa voiture non plus. Hennig insista pour que nous nous assurions qu'elle était partie et se hissa même le long de la façade jusqu'à la fenêtre de sa chambre à coucher, au cas où elle se serait planquée à l'intérieur.

« Les placards et les tiroirs sont tous ouverts ! me cria-t-il. On dirait qu'elle était pressée de se faire la malle !

– Je veux bien le croire. »

Il se laissa tomber sur la terrasse sous la fenêtre et poussa un long soupir.

« La chienne ! Me traiter comme ça après tout ce que nous avons traversé ensemble. Je n'arrive pas à comprendre.

– Elle a dû se barrer avec les Anglais, dis-je, ignorant la pointe de regret que j'éprouvai à l'entendre évoquer leur intimité antérieure. Peut-être les a-t-elle accompagnés à l'hôtel La Belle Aurore, au Cap.

– Peut-être, répondit Hennig. Non, à mon avis elle est déjà sur un bateau se dirigeant vers un bled un peu plus loin le long de la côte. Ou à bord d'un avion pour Londres. Dans tous les cas, elle n'est pas près de revenir. »

Il savait où la clé du pavillon était cachée dans le jardin et il nous ouvrit la porte d'entrée. Il alluma une lumière, dénicha une cigarette dans un tiroir, puis une bouteille de cognac dans un placard.

« Vous semblez bien connaître les lieux, fis-je observer, pas vraiment ravi.

– Je demeurais ici quand je n'étais pas dans l'un ou l'autre des hôtels du Cap, expliqua-t-il. C'est là que je gardais les bandes magnétiques. Vous voulez un cognac ? En ce qui me concerne, j'en aurais bien besoin. »

Je pensai à l'état dans lequel se trouvait mon estomac après deux bouteilles de schnaps – je me remettais tout juste de cette gueule de bois.

« Bien sûr. Mettez-m'en un grand.

– Y en a-t-il d'une autre sorte pour des hommes comme nous ? »

Il me tendit un gros verre trapu identique au sien, et nous les vidâmes tous deux en quelques gorgées. Dans le même temps, je jetai un regard autour de la pièce, notant tout d'abord que la machine à écrire portative d'Anne avait disparu et ensuite qu'on avait démoli la radio Hallicrafters à coups de marteau, lequel gisait à présent sur le sol dallé, telle l'arme d'un meurtre.

« On dirait que quelqu'un d'autre est venu ici, fis-je remarquer.

– Ouais, on dirait.

– Elle ?

– Plus vraisemblablement les Anglais. Au cas où il prendrait la fantaisie à l'un de nous d'appeler Berlin par radio.

– Je ne saurais pas comment faire.

– Mais moi, si. Dès qu'ils s'apercevront qu'elle a éventé l'opération, elle sera morte de toute manière. Ils enverront une équipe de tueurs à ses trousses.

– Pourquoi ?

– Parce que c'est ce qu'ils font. »

J'allai aux toilettes et vis ma veste toujours pendue à l'arrière de la porte, là où je l'avais laissée le soir où j'étais venu de chez Julia Rose, à La Turbie. À présent, cela semblait remonter à une éternité.

Lorsque je ressortis, Hennig faisait les cent pas comme un ours névrosé, un nouveau cognac à la main. Il y avait même des larmes sur ses joues, et j'eus presque pitié de lui ; il avait tellement l'air de ressentir la même chose que moi.

« Quel dommage ! dit-il. J'aurais bien aimé réglé moi-même son compte à cette satanée bonne femme. Ça me rend vraiment furax… Bon Dieu, elle m'a marqué beaucoup plus que je ne m'en étais rendu compte ! »

Je haussai les épaules.

« Vous vous y ferez. Tout comme moi.

– Non, vraiment. »

Il posa son verre, prit le marteau et le soupesa en un geste éloquent avant de le balancer sur le canapé.

« Je crois que lui écrabouiller la cervelle me ferait le plus grand bien. Je ne sais pas comment un homme est censé cicatriser autrement ses blessures quand il lui est arrivé ce genre de chose.

– Dans ce cas précis, s'en sortir vivant est la meilleure des revanches, vous ne pensez pas ?

– C'est vous qui le dites. Moi, je pense que je préférerais lui défoncer le crâne. Mais lentement, vous savez. En prenant le temps de savourer la chose. Un coup à la minute.

– Des paroles en l'air. Et vous vous imaginez que ce sera doux… Mais, croyez-en quelqu'un qui sait, ça ne l'est pas. Jamais.

– Qu'est-ce que vous êtes ? Hamlet ? Écoutez, Gunther, n'essayez pas de me manipuler. Je sais ce que je veux, d'accord ?

– Alors c'est aussi bien qu'elle ne soit pas là, je suppose.

– Ça n'a pas d'importance, dit-il. Un jour, je la retrouverai et je lui rendrai la monnaie de sa pièce.

– Vous le pensez vraiment, n'est-ce pas ?

– Bien sûr. Elle entrera dans une chambre d'hôtel et je serai là, attendant derrière la porte, une cordelette à la main.

– Faites comme ça vous chante.

– Vous n'éprouvez pas la même chose ? Elle vous a trahi. Elle a joué avec vous comme avec une main de cartes. S'il y a quelqu'un qui devrait avoir envie de la tuer, c'est vous, Gunther.

– Vous avez peut-être raison.

– Bien sûr que j'ai raison.

– Pour mémoire, quels étaient vos ordres, Hennig ? Juste de contribuer à discréditer Roger Hollis, je présume.

– Exact. C'était une bonne opération, avec ça. Et qui aurait marché s'il n'y avait pas eu Anne French. Elle a dû être prise d'un coup de folie, vous ne croyez pas ? Ça, ou alors cette femme a des nerfs d'acier. Probablement les deux.

– Bien entendu, il est parfaitement possible que ce ne soit pas Anne French qui vous a trahi, mais Mielke et Wolf. Que toute cette opération ait eu en réalité pour but de redorer le blason de Roger Hollis auprès de ses maîtres de Whitehall. Qu'on lui ait dit de la divulguer dès le départ.

– Je ne comprends pas.

– Vraiment ? J'ai bien peur d'en être arrivé à la conclusion qu'elle a toujours été censée trahir votre opération. Oui, depuis le début. Que tels étaient les ordres du général Wolf. Je suis désolé, mais je n'ai pas avalé toute cette histoire de désamour avec le parti communiste. Et cela expliquerait pourquoi Wolf l'a choisie plutôt qu'une personne possédant de la famille en RDA et qu'on pouvait menacer de représailles. Jamais quelqu'un comme ça n'aurait fait ce qu'elle a fait. »

Mais Hennig ne voulait rien entendre. Je ne le blâmais pas ; ça me paraissait totalement alambiqué à moi aussi. Suffisamment alambiqué pour être le genre de truc que pourraient concocter des types des services secrets.

« N'importe quoi ! fit-il. Ce que vous êtes en train de raconter… Un plan de ce genre, je l'aurais forcément su. Mielke et Wolf auraient certainement dit quelque chose.

– Pourquoi ? Parce que vous êtes si important ? Des conneries ! Toute l'opération avait d'autant plus de chance de fonctionner que vous n'étiez pas au courant. La trahison d'Anne blanchit maintenant Hollis. Et pour toujours, probablement. Ce qui ne peut signifier qu'une chose : que le directeur adjoint du MI5 était l'homme de Moscou depuis un bail et qu'il le restera. Qu'"Othello" n'a jamais été destiné à discréditer Hollis, mais à atteindre le résultat exactement inverse.

– Non, c'est Anne qui m'a trahi. Pas eux. Wolf n'est pas si malin. Personne. »

Il serra les poings et se mit à aller et venir dans la pièce en injuriant Anne et en jurant de se venger d'elle de multiples manières toutes plus hideuses les unes que les autres. J'étais presque navré pour lui. Et pour elle aussi, en un sens.

« Zigouillez le poisson dans le bassin ou réduisez la maison en cendres si ça peut vous soulager, déclarai-je.

– À quoi cela servirait-il ? Ce n'est pas la sienne, il s'agit d'une location. Elle ne reviendra pas. Si je pensais qu'il y a la plus petite chance que cela se produise, j'attendrais ici et je foutrais le feu à la baraque avec elle à l'intérieur.

– Vous savez, il y a une différence entre revanche et vengeance, dis-je en glissant la main dans la poche de ma veste.

– Ah bon ? Je ne peux pas dire que je voie tellement la différence, ni même que je m'en soucie.

– La revanche est quelque chose de personnel. Un acte de passion. On prend une revanche pour un tort qu'on a subi. Tandis que, à mon avis, la vengeance a rapport avec la justice. Ce qui est très différent. On venge des crimes, vous ne pensez pas ?

– Si c'est sur vous qu'on tire, quelle importance ?

– Probablement aucune », répondis-je avant de sortir la main de ma poche.

Au bout de laquelle se trouvait un pistolet. Le Beretta 418 de Julia Rose. Celui qui avait tué mon ami Antimo Spinola.

« C'est la seconde fois que vous pointez une arme sur moi, dit Hennig. Mieux vaudrait qu'il n'y en ait pas de troisième, Gunther. Quelle est l'idée cette fois-ci ?

– Vous allez devoir faire de gros efforts pour me convaincre de ne pas vous descendre, c'est tout.

– Vous êtes en colère à cause de cette fille… Je peux comprendre ça. Écoutez, elle était désolée. Elle vous aimait bien – vraiment, Gunther. Plus que moi. Elle me l'a dit. Elle n'était pas obligée de coucher avec vous, c'était son choix.

– Sûr.

– Écoutez, Gunther, il y a dix mille francs dans ma trousse de toilette au Grand-Hôtel. Ils sont pour vous. Et n'oubliez pas le compte en banque à Monaco. Au Crédit foncier. C'est vrai. Il contient vingt mille francs supplémentaires qui étaient destinés à financer cette opération. Vous êtes déjà signataire. Tout ce que vous avez à faire, c'est de montrer votre passeport au directeur, et l'argent est à vous. Nous pourrions y aller tout de suite. Retirer le fric. Vous n'aurez pas besoin de me revoir.

– Non. »

J'actionnai la culasse du petit pistolet et fis monter une des balles de 25 mm dans la chambre. Ce n'était guère une arme pour tuer un homme, mais à plus ou moins deux mètres, ce n'était pas un problème. Hennig le savait lui aussi, et il se mit à reculer.

« Vous n'êtes pas du genre à me tuer, vous vous rappelez ? » Il avait peur à présent. « Vous l'avez dit vous-même, Gunther. Vous êtes un type bien. Je l'ai compris la première fois que nous nous sommes rencontrés.

– Non. Je ne suis pas du genre à laisser un homme mourir attaché à un radiateur, comme un chien abandonné. Mais ceci, c'est différent. »

Je pointai le pistolet sur lui.

« C'est pour les neuf mille personnes qui sont mortes sur le *Wilhelm Gustloff* en janvier 1945. Cela fera bientôt onze ans, et pour elles c'est un acte de vengeance. Mais pour le capitaine Achim von Frisch, Irmela Louise Schaper et son enfant à naître – mon enfant –, c'est de la revanche pure et simple. »

Puis, alors qu'il était probablement sur le point de se remettre à parler et de me supplier de lui laisser la vie sauve, je tirai dans sa poitrine, cinq fois, et encore une fois entre les deux yeux, tandis que son sang s'écoulait sur le sol.

Enfin je sortis et allumai une cigarette. Mon cœur battait la chamade. Les cigales s'étaient tues, retenant leur souffle, consternées de voir que les émotions humaines pouvaient amener d'autres êtres vivants, plus intelligents, à se comporter d'une façon aussi barbare. Cela dit, que savaient-elles des vraies tragédies ? Sans émotion, la souffrance n'est que de la souffrance ; ce sont les sentiments humains qui en font un supplice aussi atroce. Je n'éprouvais aucun regret d'avoir tué Harold Hennig, mais je me trompais au sujet de la revanche, bien entendu. C'était une sensation douce, en fin de compte. Et je n'en avais pas encore terminé avec elle. Loin s'en faut.

Je regagnai le pavillon, essuyai les empreintes sur mon verre et sur le petit Beretta, et jetai celui-ci par terre près du corps sans vie de Harold Hennig. Après quoi je plaçai les clés de l'appartement de Spinola dans le tiroir du bureau d'Anne. J'écrivis en outre son adresse sur une carte du Rolodex de celle-ci, en lettres majuscules. Ce n'était pas grand-chose pour la police en termes de preuves, mais, d'après mon expérience, il n'y a pas besoin d'être Georges Simenon pour incriminer quelqu'un de meurtre. Juste d'un cadavre, d'une arme de crime, d'un jeu de clés et peut-être d'une femme ayant subitement quitté le pays. La police adore les affaires bien nettes de ce genre. Ce meurtre-là était signé : crime passionnel. Je me dis qu'il me faudrait sans doute rester au Cap le temps de répondre à leurs questions et de me rappeler Anne et Herr Hebel au bar du Grand-Hôtel, et peut-être de me souvenir de quelque chose d'important que j'avais oublié jusque-là, à savoir que Spinola avait parlé une fois d'une femme écrivain à Villefranche qu'il voyait quelquefois et qu'il avait eu une dispute avec le nouveau petit ami allemand de celle-ci, dispute au cours de laquelle l'autre l'avait menacé. Dans tous les cas, je pouvais facilement causer assez d'ennuis à Anne French pour faire en sorte qu'elle ne puisse jamais remettre les pieds en France. Ou même qu'elle soit extradée afin d'être jugée pour meurtre. Mais pour mener à bien une telle histoire j'avais d'abord besoin de parler à quelqu'un d'autre. Besoin de parler à un maître conteur. Besoin d'aller voir Somerset Maugham.

TRENTE-TROIS

Je marchai jusque chez moi, me lavai et me rasai, puis j'enfilai ma tenue de travail, fourrai une valise dans le coffre de ma voiture et me rendis à la Villa Mauresque.

Il était encore tôt, et ça ne s'agitait pas des masses dans la somptueuse demeure de Maugham – certainement pas le grand homme lui-même, ni son neveu, ni Alan Searle. Seul le majordome était levé et dans les parages, et il ne sembla pas du tout surpris de me revoir, même avec un gros bleu à la mâchoire et la valise à la main.

« Comment va-t-il ? demandai-je.

– Qui cela, monsieur ?

– Le maître, bien sûr.

– Oh ! Beaucoup mieux, monsieur. Ce n'était qu'une attaque bénigne, je suis heureux de le dire.

– Tant mieux. »

Je le pensais, en plus.

« Êtes-vous venu pour rester, monsieur ? s'enquit Ernest tout en vérifiant les boutons de sa veste blanche.

– Pas cette fois-ci, répondis-je, comme s'il ne s'était pas passé grand-chose depuis la dernière fois que nous nous étions vus. M. Maugham ne m'attend pas, mais il voudra néanmoins me voir. C'est au sujet des événements de l'autre soir. Quand ces Anglais étaient ici.

– Je comprends. Désirez-vous prendre un petit déjeuner, monsieur ?

– Oui, volontiers. »

Je m'installai dans la salle à manger blanchie à la chaux où l'on avait disposé les ingrédients du petit déjeuner et fis comme si j'étais prêt à m'y attaquer. Mais dès qu'Ernest eut quitté la pièce pour aller préparer du café, je saisis de nouveau la valise et montai à la chambre du maître, que je trouvai assis dans son lit, lisant le journal, une tasse de thé dans sa main tremblante. Il portait un pyjama en soie blanc et des lunettes demi-lune, et, avec les estampes chinoises sur les murs, il ressemblait à une version plus âgée et nettement moins compatissante de la déesse Kuan Yin, dont la statue imposante se dressait sur le plancher en bois noir du hall en bas.

« Vous n'avez pas l'air de quelqu'un qui a eu une attaque, dis-je.

– En effet, répondit-il froidement. J'ai simulé pour me débarrasser de tout le monde. J'en avais par-dessus la tête de cette histoire. Et maintenant qu'ils sont rentrés à Londres, je peux reprendre un rythme normal.

– J'aurais dû m'en douter.

– Eh bien, pour une surprise ! Je ne m'attendais certainement pas à vous revoir, Herr Wolf. Ou peut-être devrais-je dire Herr Gunther… Êtes-vous venu m'abattre ?

– Assez bizarrement, non.

– Dommage. À mon âge, on a envie d'un peu d'excitation. Je crois bien que me faire tirer dessus aurait un effet très stimulant sur la vente de mes livres, qui a un peu baissé ces derniers temps. Pour autant que personne ne meure, bien sûr. Ce serait trop triste. Et je raterais alors le plaisir de me voir encore une fois en tête de la liste des best-sellers du *New York Times*. “Le plus grand écrivain anglais abattu par un espion allemand de l'Allemagne de l'Est". Comme gros titre, ça sonne plutôt bien, vous ne trouvez pas ?

– Oui. Sauf que, en l'occurrence, je ne travaille pas pour le renseignement est-allemand. Ni, d'ailleurs, pour aucun autre service de renseignement. Je regrette de vous décevoir, monsieur, mais je ne suis pas un espion. Je crains que vos amis du MI6 ne se soient lourdement trompés sur ce point. Et je dis bien "lourdement" : mes ecchymoses le prouvent. Le fait est que je suis simplement un citoyen ayant un passé.

– Comme nous tous, mon cher, comme nous tous. Mais vous êtes venu régler des comptes, n'est-ce pas ? Avec moi.

– À vrai dire, je suis venu vous rendre un service, répondis-je.

– Vraiment ?

– Et j'espérais que vous pourriez m'en rendre un en retour.

– Voilà qui ressemble fort à un genre de chantage plus subtil et plus glissant. Une pente savonneuse, en quelque sorte. N'est-ce pas ? Avez-vous l'intention de me faire chanter, Herr Gunther ?

– J'ai dit que j'espérais que vous pourriez me rendre un service, monsieur. Je ne songeais pas à en exiger un par des menaces.

– Très juste. » Il indiqua d'un signe de tête une chaise confortable à côté du lit. « Et je vous demande pardon pour ma présomption. Je vous en prie, asseyez-vous. »

Je m'assis avec un peu trop de gratitude, inclinai la tête en arrière, fermai les yeux et poussai un soupir.

« Vous avez l'air fatigué. Et vous avez mauvaise mine.

– J'ai juste envie d'aller me coucher et de dormir mille ans.

– J'espère que vous ne comptez pas le faire ici. À la Mauresque.

– Pourquoi dites-vous ça ?

– Cette valise, naturellement.

– Cette valise contient des dossiers vous concernant. Beaucoup de dossiers. Compilés par quelqu'un nommé Anne French, qui travaillait pour la Stasi – les services secrets de l'Allemagne de l'Est – et qui prévoyait, prétendait-elle, d'écrire une biographie sur vous pour un éditeur américain.

– Ah. Lequel ?

– Je l'ignore, malheureusement. Je ne sais même pas si c'est vrai… à propos de cette biographie, je veux dire. En fait, je sais sans doute très peu de choses sur cette femme. Mais les dossiers, eux, sont bien réels. Il y en avait un plein tiroir dans son classeur. Et maintenant, ils se trouvent tous dans cette valise.

– C'est la femme dont sir John a dit qu'elle travaillait pendant tout ce temps avec vous et Hebel ? Pour me faire chanter et, du même coup, les services secrets britanniques.

– Exact. Sauf que j'ai été réglo avec vous. Je ne peux pas en dire autant à son sujet. Franchement, j'ai appris avec tristesse qu'on travaillait ensemble, elle et moi. Une grande tristesse. Je pensais qu'on couchait simplement ensemble de temps à autre. J'ai découvert qu'il en allait autrement. Elle avait, semble-t-il, ses propres intentions cachées.

– Voilà du poisson pour vous.

– Du poisson ?

– Pardon. Des femmes, dans l'argot des homosexuels.

– Ah… En tout cas, une grande partie du contenu de ces dossiers est assez détaillée et, qui sait, peut-être y a-t-il certaines choses dont vous préféreriez qu'elles ne voient jamais la lumière du jour. Étant quelqu'un d'extrêmement discret et réservé.

– Je suis sûr que vous avez raison. Je déteste l'idée d'une biographie comme d'autres peuvent détester les attentions des proctologues de Harley Street. Surtout à mon âge. Eh bien, que voulez-vous pour ces dossiers ? De l'argent, je suppose. Il n'y a pas grand-chose d'autre que je puisse proposer à un homme comme vous.

– Non. J'ai de l'argent. » Je pensais aux dix mille francs que j'envisageais de prendre dans la trousse de toilette de Hennig au Grand-Hôtel ; il ne servait à rien de les laisser à la police française, quand elle finirait par venir fouiller sa chambre. « Non, tout ce que je veux, c'est quelque chose que vous, plus que quiconque, devriez comprendre facilement.

– Qu'est-ce donc ?

– Je veux tout simplement qu'on me laisse tranquille.

– Ah, l'intimité ! C'est la plus précieuse des denrées. Vous en êtes conscient, n'est-ce pas ?

– Maintenant que vos amis du MI6 sont rentrés à Londres, il n'y a plus que vous, Alan et Robin qui sachiez qui et ce que je suis. Ou, du moins, ce que j'étais. Je veux que vous me donniez votre parole que vous garderez le silence sur moi et sur tout ce qui s'est produit ayant un rapport avec moi, ici, sur la Côte d'Azur.

– Je comprends assurément. Vous avez toute ma sympathie. Et vous voulez mon silence ?... Très bien. Vous l'avez.

– Tout ce qui s'est produit et tout ce qui doit encore se produire.

– Vous m'intriguez. J'avais espéré que toute cette pénible affaire était maintenant terminée. Robin en est persuadé. Dites-moi, qu'est-ce qui doit encore se produire ?

– Le fait est que j'ai assassiné Harold Hennig il y a quelques heures.

– Grand Dieu !

– Il a été abattu au domicile d'Anne French à Villefranche-sur-Mer. La garce est repartie à Londres, je pense – je n'en suis pas certain. Mais j'espère que la police trouvera le cadavre et pensera que c'est Anne qui l'a descendu.

– Deux pour le prix d'un. Le marché du vengeur, en quelque sorte. Oui, j'aime bien cette symétrie. Très jacobéen.

– Je me suis naturellement arrangé pour que tous les indices pointent dans sa direction.

– Ainsi, vous avez tué Hebel, pour finir... Fascinant. Puis-je vous demander ce qui vous a fait changer d'avis ?

– Lui, en fait. Ce salopard n'arrêtait pas de dire comment il allait régler son compte à Anne French, et il avait tellement de raisons de le faire qu'il m'a tout simplement convaincu, je suppose.

– Eh bien, c'est une première, je dois dire.

– Vous aurez remarqué que j'ai dit "assassiné", parce que je n'essaierai pas de justifier ce que j'ai fait. Pas vis-à-vis de vous. Et certainement pas vis-à-vis de moi-même. Il est vrai qu'il y avait plus de neuf mille bonnes raisons de le tuer. Tous ces passagers à bord du *Wilhelm Gustloff*. Mais le moment venu il n'y en a que deux qui m'ont fait presser la détente. » Je haussai les épaules. « Et vous savez lesquelles. Au fait, il n'y a rien qui vous relie au défunt. Vous pouvez donc vous détendre, profiter de votre maison en paix. Je doute que la police vienne poser des questions sur lui à la Villa Mauresque.

– Je suis ravi de l'entendre. Nous nous plaisons à décourager les visiteurs.

– C'est un des secrets que je veux que vous gardiez aussi longtemps que je resterai travailler au Grand-Hôtel.

– Il me semble que vos secrets sont étroitement liés aux miens. » Il poussa un soupir. « Et qu'il me serait difficile de parler de Harold Hennig sans parler aussi de la photographie, de la bande magnétique et des services secrets britanniques, n'est-ce pas ? Les derniers moments de loisir d'une vie gâchée m'ont rendu tout aussi vulnérable que vous. Mais cette ligne de conduite est-elle bien raisonnable, mon ami ? Compte tenu de ce que j'ai appris sur votre identité… D'après sir John, il se pourrait que des hommes viennent à votre recherche. D'autres espions. Des clients de l'hôtel pouvant se changer en assassins. Il a dit à Robin que vous vous éclipseriez probablement dans les plus brefs délais, Hennig et vous. Je dois bien l'avouer, ce bassin à crevettes qu'on appelle le cap Ferrat n'a jamais été aussi excitant.

– Peut-être qu'ils viendront. Peut-être qu'ils me tueront. Je ne sais pas. Des gens ont déjà essayé et j'ai refusé de coopérer. Je suis toujours là. Ou, du moins, un peu de moi. Mais je suis fatigué de courir. Ce *Hollandais volant*-là a besoin de faire relâche et de subir des réparations substantielles. Rien de ce que vos amis du MI6 ont dit sur moi n'est vrai, de toute façon – enfin, une partie, à la rigueur –, si bien que la Stasi me fichera peut-être la paix. Mais, au Cap, je vous laisserai tranquille et vous pourrez peut-être me retourner la politesse. Au sujet de chacun de nous, nous resterons muets. »

Maugham hocha la tête.

« Je comprends. Après cette assez fâcheuse période de tumulte dans votre vie, vous souhaitez retrouver une tranquillité plaisante. Avec un avenir réel au lieu d'être imaginaire. Est-ce que je me trompe ? »

J'acquiesçai.

« Quelque chose comme ça, je suppose. Je ne peux pas être plus précis à cet instant.

– Ce n'est pas surprenant. Et je peux, bien sûr, rester silencieux en ce qui vous concerne, Herr Wolf. Oui, utilisons de nouveau votre nom de plume. Mais je ne peux pas vous garantir que mon neveu Robin en fasse autant : c'est ce qu'on appelle, au sens large, une "pipelette".

– Mais vous pouvez le contrôler, je suppose. D'autant plus que son avenir financier repose en grande partie sur vous.

– Oui. C'est vrai. »

Le vieux sourit, de son sourire impénétrable. C'est du moins ce que je crus – il y avait trop de rides et de sillons sur son visage pour pouvoir en être sûr. Il éclata d'un grand rire rauque.

« D'accord. Marché conclu. »

Je me levai et me dirigeai vers la porte de son élégante chambre à coucher, non sans prendre au passage une cigarette dans la boîte posée sur le guéridon. Elle était en ambre et plutôt détestable.

« Je vous aime bien, Herr Wolf, dit-il. Vous en ferez ce que vous voudrez, mais cela me déplairait beaucoup que des types débarquent d'Allemagne de l'Est pour essayer de vous tuer. Toutefois, je pense que vous êtes quelqu'un qu'il est très dangereux de connaître. En fait, j'en suis sûr. Aussi, soyez gentil avec un vieil homme et ne revenez plus jamais ici. Mes nerfs ne pourraient sans doute pas le supporter. De plus, vous êtes un joueur de bridge exécrable. »

Je ne restai pas pour le petit déjeuner, en définitive. Je descendis rapidement l'escalier de la Villa Mauresque et regagnai ma voiture, ignorant Ernest et la cafetière en argent qu'il me proposait. Les pelouses tondues et les haies de lauriers-roses roses et blancs soigneusement entretenues tranchaient avec l'épave qui était en moi, presque comme si les jardins avaient été conçus comme un rappel poignant de l'homme trompeur que j'étais et de combien je me sentais vide. Des libellules d'un bleu brillant planaient sur la surface de la piscine tels des saphirs volants. Le parfum de fleur d'oranger et de citron aurait pu provenir d'une annexe du paradis lui-même. Tout dans ce parc semblait précieux. Tout sauf moi. Je n'avais pas ma place ici. Mais c'était très bien. À mes yeux, la perfection absolue de la Villa Mauresque était imparfaite. Jamais je n'aurais pu appartenir à un endroit comme celui-là, parmi des hommes sans femmes. Les femmes sont des créatures à risque, mais c'est ça, la vie – prendre des risques. Je montai dans la voiture. Elle ne démarra pas à la première tentative, ni à la seconde, mais à la troisième le moteur s'anima tout à coup avec un bruit de soufflerie évoquant de vieux poumons, et je descendis lentement l'allée de gravier. Dans le rétroviseur, je vis Somerset Maugham qui observait mon départ depuis le balcon en fer forgé de sa chambre à coucher. Il allait mourir bientôt. Il le savait. Il paraissait déjà mort. La mort occupait toutes ses pensées désormais. Mais mourrait-il avant moi, voilà qui restait à voir.

Je rejoignis le Grand-Hôtel, enfilai ma jaquette, arrangeai ma cravate et mes manchettes et adoptai un sourire, après quoi je pris position derrière le comptoir.

NOTE DE L'AUTEUR

Erich Koch fut capturé par les forces britanniques à Hambourg en 1949 et extradé vers la Pologne. Jugé en 1958, il fut reconnu coupable de crimes de guerre et condamné à mort. Sa condamnation fut commuée en réclusion à perpétuité en raison de sa mauvaise santé, mais beaucoup pensent que le gouvernement polonais fit l'objet de pressions de la part de l'Union soviétique, qui croyait que Koch détenait des informations sur la localisation de la Chambre d'ambre du palais de Tsarkoïe Selo, près de Leningrad. Les recherches menées sur l'épave du *Wilhelm Gustloff* pour la retrouver n'ont rien donné jusqu'à présent. Koch mourut en prison, en novembre 1986.

Le naufrage du *Wilhelm Gustloff*, bien que pratiquement oublié aujourd'hui, demeure le plus grand désastre maritime de toute l'histoire. Neuf mille quatre cents personnes périrent, dont un grand nombre d'enfants.

Anciennement Königsberg, Kaliningrad est le centre administratif de l'oblast de Kaliningrad, enclave russe située entre la Pologne et la Lituanie le long de la mer Baltique. C'est la seule partie de la Fédération de Russie qui – géographiquement, du moins – soit entièrement dans l'Union européenne.

W. Somerset Maugham fut réellement un espion britannique et dirigea effectivement un vaste réseau d'agents secrets à Petrograd en 1917. Il mourut, à l'âge de quatre-vingt-onze ans, à Nice, en décembre 1965. La Villa Mauresque, à présent le Sémaphore, se trouve 52 boulevard du Général-de-Gaulle, à Saint-Jean-Cap-Ferrat. C'est une propriété privée, et, contrairement à l'excellent Grand-Hôtel, elle n'est pas ouverte au public.

Guy Burgess, ancien soupirant de Clarissa Churchill et espion soviétique, mourut à Moscou en 1963, à l'âge de seulement cinquante-deux ans. Anthony Blunt et lui furent les invités de Somerset Maugham à la Mauresque en 1937.

Anthony Blunt fut fait chevalier en 1956. En 1964, il avoua être un espion soviétique et, en échange de ses aveux, se vit accorder une totale immunité. Sa vie continua normalement, et il demeura le conservateur des collections royales jusqu'en 1973 et le directeur de l'Institut Courtauld jusqu'en 1974. Ses activités d'espion ne furent portées à la connaissance du grand public qu'en novembre 1979. Il mourut en 1983.

Il apparut en 1963 que Kim Philby faisait partie du réseau d'espions connu sous le nom des « Cinq de Cambridge » ; et en 1979 que John Cairncross était finalement un espion du KGB.

Sir John Sinclair fut chassé du MI6 par le Premier ministre Anthony Eden en juillet 1956. Il fut remplacé comme directeur du MI6 par sir Dick White. Lequel fut remplacé comme chef du MI5 par Roger Hollis, qui, après avoir été directeur général du MI5 pendant neuf ans, de 1956 à 1965, mourut en 1973.

Ancien secrétaire particulier de sir Stewart Menzies, Patrick Reilly fut président du Joint Intelligence Committee de 1950 à 1953. Il fut anobli en 1957, lorsqu'il fut nommé ambassadeur de Grande-Bretagne en Russie.

D'après la biographie définitive de Somerset Maugham établie par Selina Hastings (2009), Robin Maugham se vit offrir en 1959 la somme de cinquante mille dollars par un éditeur américain pour écrire la biographie de son oncle. En apprenant ce projet, W. Somerset Maugham envoya à Robin un chèque de cinquante mille dollars à la condition expresse qu'il abandonne tout projet d'écrire sur lui. Comme le fait observer Hastings : « Maugham n'avait aucun mal à reconnaître un chantage quand il en voyait un. »

Sir Roger Hollis fut innocenté de l'accusation d'être un espion soviétique par le Premier ministre Margaret Thatcher dans une déclaration à la Chambre des communes en mars 1981. Cependant, à en croire Ray Cline, directeur adjoint du renseignement à la CIA de 1962 à 1966, il y a « de fortes probabilités que le MI5 ait été pénétré à un haut niveau, et, parmi tous les candidats possibles pour être un agent soviétique dans cette catégorie, Roger Hollis était celui qui correspondait le mieux à tous les éléments de preuve concernés ». Robert Lamphere, du FBI, affirme quant à lui : « Pour moi, il ne subsiste guère de doute aujourd'hui que c'est Hollis qui a fourni au KGB les premières informations selon lesquelles le FBI lisait leurs câbles en 1944-1945. Philby compléta cette connaissance après son arrivée aux États-Unis, mais le principal coupable dans cette affaire était Hollis. » Le sénateur Malcolm Wallop, membre de longue date de la commission sénatoriale en charge du renseignement américain, a déclaré à l'auteur britannique Chapman Pincher que William Casey, le chef de la CIA de 1981 à 1987, était convaincu que Hollis avait été un espion. Vue que partage Viktor Popov, ambassadeur soviétique à Londres de 1980 à 1986. Dans son livre extrêmement complet et agréable à lire, *Treachery : The True Story of MI5* (2011), Chapman Pincher écrit : « En résumé, si l'on imagine une boussole magique que l'on placerait sur n'importe quelle série de circonstances suspectes affectant les contre-mesures du MI5 en réponse aux assauts du renseignement soviétique, l'aiguille indique presque invariablement l'homme qui servit dans l'agence pendant vingt-sept ans et devint son chef. Dates et circonstances, tout s'emboîte parfaitement et de façon étonnante. La culpabilité à répétition de Hollis dans les catastrophes relatives à la sécurité, qu'elle soit due à la trahison ou à l'incompétence, ne peut plus être mise en doute. Sauf lorsque des événements échappant à son contrôle dictaient la marche à suivre, presque toutes les recommandations qu'il faisait et les décisions qu'il prenait bénéficiaient au renseignement soviétique. » C'est aussi mon opinion.

Du même auteur

Le Chiffre de l'alchimiste
Le Masque, 2004

La Paix des dupes
Le Masque, 2007
et « Le Livre de Poche » n° 32732

Le Chiffre de l'alchimiste
Le Masque, 2007

La Trilogie berlinoise
Le Masque, 2008
et « Le Livre de Poche » n° 31644

La Mort, entre autres
Le Masque, 2009
et « Le Livre de Poche » n° 32077

Une douce flamme
Le Masque, 2010
et « Le Livre de Poche » n° 32433

Une enquête philosophique
Le Masque, 2011
et « Le Livre de Poche » n° 33132

Hôtel Adlon
Le Masque, 2012
et « Le Livre de Poche » n° 32820

Chambre froide
Le Masque, 2012

Vert-de-gris
Le Masque, 2013

Impact
Le Masque, 2013

Prague fatale
Le Masque, 2014
et « Le Livre de Poche » n° 33659

Les Ombres de Katyn
Le Masque, 2015
et « Le Livre de Poche » n° 34079

La Dame de Zagreb
Le Masque, 2016
et « Le Livre de Poche » n° XXX

Le Mercato d'hiver
Une enquête de Scott Manson, vol. 1
Le Masque, 2016

La Main de Dieu
Une enquête de Scott Manson, vol. 2
Le Masque, 2016

Pénitence
Le Masque, 2017

RÉALISATION : NORD COMPO À VILLENEUVE-D'ASCQ
IMPRESSION : NORMANDIE ROTO IMPRESSION S.A.S. À LONRAI
DÉPÔT LÉGAL : MARS 2017. N° 133993 (1700176)
IMPRIMÉ EN FRANCE